Joyce Winter

DREAMKEEPER

Akademie der Träume

Oetinger Taschenbuch

MIX
Papier aus verantwortungsvollen Quellen
FSC® C002795
www.fsc.org

1. Auflage 2018

Lektorat: Julia Hanauer
Umschlaggestaltung: Carolin Liepins
Druck: Livonia Print SIA, Ventspils iela 50, LV-1002, Riga, Lettland
ISBN 978-3-8415-0499-9

www.oetinger-taschenbuch.de

In memoriam Petra.
Möge ihre Seele nur guten Träumen begegnen.

Vor vier Jahren

Allegra tappte auf bloßen Füßen durch die Wohnung. Irgendetwas hatte sie aufgeweckt, dabei war es gerade erst Mitternacht. Und nun hörte sie ihre Eltern im Schlafzimmer halblaut diskutieren. Allegra stellte sich neben die angelehnte Tür und überlegte. Ihr Bauch krampfte sich zusammen. Sie hatte heute Morgen ihre zweite Fünf in Englisch kassiert und gleichzeitig eine Absage für den geplanten Auslandsaufenthalt im Juni bekommen. Jetzt wollte sie einfach kurz in den Arm genommen werden, hatte die Hand schon auf der Klinke ...

»So geht das nicht weiter, Stefan!«, hörte sie auf einmal ihre Mutter sagen. Sie klang bittend. »Ich stehe jedes Mal Todesängste aus. Was, wenn er dich entdeckt? Wenn er es bemerkt? Und noch schlimmer – wenn unser Verdacht sich bestätigt?«

»Wir sind ja nicht allein. Das schaffen wir schon«, antwortete Allegras Vater gelassen.

»Du weißt genau, dass das nicht stimmt, Stefan. Viktor hat sich verändert. Was plant er nur?«

»Heute Nacht werden wir es wissen. Wir gehen gemeinsam mit José, und dann wird uns Viktor Rede und Antwort stehen müssen.«

Allegra beugte sich nach vorne und spähte ins Zimmer. Die Nachttischlampe brannte, ein vertrauter Apfelduft lag in der Luft. Ihre Mutter hatte die Angewohnheit, vor dem Schlafengehen zu duschen. Ihr Vater legte den Wäschestapel weg, den er gerade in den Händen hielt, kniete sich vor seine Frau, die jetzt auf dem Bett saß, und ergriff ihre Hände. »Maria, wir können nicht aufhören«, beschwor er sie. »Wir müssen noch mehr herausfinden. Über das, was Viktor plant. Wer zu ihm hält. Das betrifft uns alle. Wenn du recht hast, dann verrät er alles, wofür wir stehen. Aber wir müssen es beweisen können! Wer soll es denn tun, wenn nicht wir? Ich will unseren Töchtern eine sichere Welt hinterlassen. Eine Welt, in der die Albträume das sind, was sie sein sollen. Träume, nichts weiter. Nicht angenehm, aber ungefährlich für die Seele.«

Maria Heller entzog ihrem Mann die Hände und legte sie sanft an seine Wangen. In ihren Augen glitzerten Tränen. »Für Elena. Und Allegra«, flüsterte sie, und so verharrten sie, Stirn an Stirn, und Allegra schlich leise wieder ins Bett, mit einem leichten Unbehagen, Zeugin einer solch persönlichen Szene geworden zu sein.

An Schlaf war jetzt erst recht nicht mehr zu denken.

Am nächsten Morgen bestrich Stefan Heller für seine beiden Töchter Nutellabrote, während Maria ihre erste Tasse Kaffee trank. »In einer Woche bist du dreizehn«, sagte sie und wuschelte Allegra durchs Haar. »Wie fühlst du dich?« Sie sah ihrer Tochter prüfend ins Gesicht. »Ärgerst du dich noch wegen Englisch?«

Allegra schüttelte den Kopf. »Geht schon. Nein, ich ... ich wäre nur wirklich gerne nach England gegangen. Das hätte mir bestimmt geholfen, endlich die blöde Grammatik in meinen Kopf zu kriegen.«

Ihre Mutter stellte die Tasse ab und lehnte sich gegen die Küchenzeile. »Ich würde sagen, wir versuchen es mit Nachhilfe. Und nach dem nächsten Zeugnis reden wir noch mal mit deiner Lehrerin. Momentan schicke ich dich ohnehin ungern so weit weg.«

»Aber ihr habt es doch selbst vorgeschlagen. Und England ist ja gar nicht so weit weg.«

»Wir werden sehen«, sagte ihr Vater jetzt und warf seiner Frau einen mahnenden Blick zu.

»Ist irgendwas?«, fragte Elena mit vollem Mund. »Ihr seid in letzter Zeit so merkwürdig …«

»Nein, es ist alles in Ordnung«, erwiderte Maria Heller, aber Allegra bemerkte die Blicke, die zwischen ihren Eltern hin- und hergingen. Irgendwas stimmte hier nicht. Andererseits war ihre Familie schon immer sehr geheimnisvoll gewesen, wenn Feste anstanden. Ihre Mutter lachte jetzt prompt auf und sagte: »Bist du immer noch sicher, dass du nur drei Freundinnen zu deiner Geburtstags-Pyjamaparty einladen willst?«

»Das hab ich schon hundert Mal gesagt, Mama. Ja-ha! Wir schauen uns vier Filme am Stück an und stopfen uns den Bauch mit Popcorn voll. Kannst du welches mit Karamell machen?«

»Natürlich. Dann wäre das also besprochen. Ach so: Papa und ich haben heute Dienst. Ihr seid später also allein.« Sie schaute kurz zu Allegras Vater. »Macht euch keine Sorgen, wenn wir spät kommen. Es wird sicher nach Mitternacht. Und jetzt los, die Schule wartet. Habt ihr Zähne geputzt? Den Schlüssel eingesteckt?«

»Ich geh zuerst ins Bad«, rief Allegra und sprang auf.

Zehn Minuten später hatten sich beide von den Eltern verabschiedet, den Kuss ihrer Mutter auf dem Haar gespürt und stemmten sich auf ihren Rädern mit vereinten Kräften gegen den Nordwind, der ihnen entgegenblies.

Maria und Stefan Heller gingen an diesem Abend auf Streife. Alles war wie sonst.

Nur dass sie dieses Mal nicht zurückkamen.

1.

Füller kratzten auf Papier. Die Vormittagssonne schien durch die großen Fenster. Gesprächsfetzen drangen vom Schulhof in den stillen Raum. Jemand seufzte.

Noch mal drüberlesen, die letzten Korrekturen, ein Blick auf die Uhr – sie zeigte 11:22. Allegra legte den Stift beiseite und streckte sich. Die Deutschklausur hatte sie hinter sich. Morgen noch die Matheklausur, dann Bio, dann hatte die Quälerei erst mal ein Ende. Viele Schüler schrieben noch, es war eine einzige, aber richtig schwere Aufgabe gewesen. Allegra packte ihre Sachen zusammen, gab die eng beschriebenen Blätter bei ihrem Lehrer ab und verließ das Klassenzimmer. Johanna und Lisa waren schon ein paar Minuten vor ihr fertig geworden. Jetzt war Kaffeetrinken bei »da Ugo« angesagt. Allegra schloss ihr Rad auf, das sie vor der Schule abgestellt hatte – in diesem Moment summte ihr Handy.

Sie hängte das Schloss über den Lenker und zog das Handy aus der Hosentasche, in Gedanken schon bei der Frage, ob sie den Kaffee durch eine große Pizza ersetzen sollte. Sie hatte nämlich einen Riesenhunger, und die Scampi-Pizza bei Ugo war legendär.

29.4.: Avignon. Flugnr. 233 ab MUC via Paris. Bitte bestätigen. Der Anhang der Nachricht zeigte ein Flugticket.

»Was?«, sagte Allegra und starrte auf das Display, als würde die Nachricht auf wundersame Weise wieder verschwinden. »Nein, nein, nein! Das kann doch nicht wahr sein. Ich schreib doch morgen Mathe.« Sie tippte eine hastige Absage an ihre Freundinnen, stopfte ihr Handy in die Hosentasche, schwang sich auf den Sattel, radelte die Avenariusstraße hinunter und war fünf Minuten später zu Hause. Dort stieß sie die Haustür auf, rannte in den ersten Stock und riss die Tür zum Zimmer ihrer Schwester auf. »Elli, wach auf! Kannst du dir das vorstellen? Ich hab gelernt wie eine Blöde! Und jetzt soll ich an die Akademie, ausgerechnet während der Klausurwoche! Geht's noch? Ich dachte, ich hätte noch Zeit, die Schule fertig zu machen!« Sie drehte schwungvoll das Licht an.

Das Zimmer war trotz der fortgeschrittenen Tageszeit noch verdunkelt gewesen. In dem großen Bett, das an der gegenüberliegenden Wand stand, waren nur eine Decke und blonde Haare zu sehen. Dann erklang, leicht gedämpft durch die Bettdecke: »Dimm das Licht runter.« Erst jetzt schlug Elena die Bettdecke zurück und setzte sich auf. »Langsam. Ein bisschen leiser. Und bitte noch mal von vorn, ja?«

Statt einer Antwort streckte Allegra ihr das Handy hin. »Schau dir das an! Ich kann's einfach nicht glauben.«

Elena sah einige Sekunden lang auf das Display, dann zuckte sie mit den Schultern. »Du wusstest doch, dass das passieren wird.«

Allegra holte tief Luft. »Ja, aber doch nicht jetzt!«, protestierte sie. »Ich wollte dahin, wenn ich mein Abitur habe. Die nehmen einen doch normalerweise erst mit achtzehn!«

Elena verzog die Lippen. »Vielleicht haben sie die Statuten geändert, und mittlerweile geht man mit sechzehn hin? Du wolltest doch unbedingt zu diesem Verein, also bitte, dann geh. Ist ja nicht so, dass man dafür Abitur braucht.«

»Ich weiß, dass du nichts davon hältst …«, begann Allegra, doch ihre Schwester unterbrach sie.

»Darum geht es doch gar nicht. Es ist deine Entscheidung, dein Weg. Wir beide waren uns da immer einig. Du bestimmst, wohin du gehst, auch wenn du noch nicht volljährig bist. Und wenn die Akademie dich ruft, dann musst du in dein Zimmer gehen und packen.« Jetzt wurde ihre Stimme sanfter: »Du hast dich nicht bei einem Freizeitpark beworben, Kleine. Es klingt dringend. Wenn sie dich jetzt gleich wollen, wird das schon einen Grund haben.« Sie streckte die Hand aus, zog Allegra zu sich hinunter und legte ihr die Arme um die Taille. Allegra ließ sich auf die Matratze sinken. Ihre Schwester umgab immer der Duft ihrer Zitrushandcreme, die aber den Geruch von Ölfarbe und Terpentin nie vollständig überdeckte.

»Mama und Papa wären stolz auf dich. Für mich ist das nichts. Ich würde dabei durchdrehen. Du hingegen lebst ihre Berufung weiter«, sagte Elena mit Bewunderung.

Allegra sah nachdenklich auf das rot-gelbe Wellenmuster des Teppichs. »Ich weiß schon … Ich freu mich ja auch, nur …«

»Lass dir von der Akademie ein Attest geben, dann kannst du dein Abi irgendwann nachholen«, schlug Elena vor und streichelte ihr über den Oberarm. »Na los, geh packen. Wir reden nachher noch ein bisschen, wenn du fertig bist. So lange schlaf ich noch, bin erst um vier ins Bett.« Sie gähnte herzhaft und ließ sich wieder zurück auf die Matratze fallen.

Allegra erhob sich, zog ihrer Schwester die Decke über die Schultern und ging in die Küche. Die Lust auf Pizza war verschwunden. »Doch lieber Kaffee«, murmelte sie vor sich hin und schob eine Kapsel in die Maschine.

Mit der dampfenden Tasse in der Hand stellte sie sich kurz darauf ans offene Küchenfenster. Anfang Mai würde es wohl keinen Schnee mehr geben, aber die Luft war merklich kühl geworden. Die Eisheiligen waren noch nicht vorüber. Allegra lächelte. Sie liebte den Frühling über alles, auch wenn in München die Temperaturen erst spät im Jahr anstiegen und dann meist innerhalb weniger Stunden von eiskalt zu mild wechselten. Übermütig pfiff sie mit einer Amsel im Baum ein paar Takte mit, bis diese verwirrt innehielt. Nach dem letzten Schluck Kaffee würde Allegra ihre zwei Koffer unter dem Bett hervorziehen, die sie schon so oft probegepackt hatte. Elena hatte recht: Sie hatte es gewusst. Und nun war der Tag da, auf den sie so lange gewartet hatte.

Sie dachte zurück an die Zeit nach dem Tod ihrer Eltern. Elena, damals gerade achtzehn, hatte mithilfe einer Tante die Verantwortung für sich und ihre kleine Schwester übernommen. Allegra war nur noch eine Hülle gewesen, die redete, zur Schule ging, mechanisch Essen in sich hineinschaufelte. In ihr war es leer gewesen, so leer, dass sie manchmal in den Spiegel schauen musste, um sicher zu sein, dass es sie noch gab. Manchmal, wenn sie abends neben ihrer Schwester auf dem Sofa gesessen hatte und sie einen belanglosen Film schauten, hatte sie die Hände so fest zusammengekrallt, dass ihr die Fingernägel in die Haut schnitten. Jedes Gefühl außer dem Schmerz war ihr abhandengekommen.

Und dann, sechs Wochen nachdem ihr Leben eine solch tragische Wendung genommen hatte, war Allegra wie immer aus der Schule nach Hause geschlurft. Sie hatte gerade die dritte Englischklausur verhauen, aber jetzt machte ihr das Versagen keine Bauchschmerzen mehr. Ihr war alles egal.

Elena wartete vor der Haustür auf sie. »Pack deine Schultasche hinten rein und steig ins Auto«, sagte sie.

Allegra folgte widerwillig den Anweisungen ihrer Schwester und ließ sich auf den Beifahrersitz fallen. Wie aus Protest zog sie den Kaugummi, den sie im Mund hatte, immer wieder lang und wickelte ihn um den Finger.

Sie bemerkte, dass Elena rot verweinte Augen hatte, sagte jedoch nichts. Es dauerte keine Viertelstunde, dann parkten sie auf dem kleinen Parkplatz neben dem Pasinger Friedhof.

»Friedhof?«, fragte Allegra gedehnt. »Echt jetzt?«

»Es muss sein«, gab Elena zurück.

Allegra wurde es flau im Magen. Sie hatte den Friedhof seit der Trauerfeier vor fünf Wochen nicht mehr betreten. Maria und Stefan Heller waren beliebt gewesen, eine große dunkle Traube Menschen hatte sich um Allegra und Elena geschart und ihr jegliche Luft zum Atmen genommen. Allein der Anblick der Friedhofsmauer löste in ihr einen Fluchtreflex aus. Sie klammerte die Finger um den Griff der Autotür, alles in ihr spannte sich an.

»Bitte, Alli, es ist wirklich wichtig. Ich möchte dir gerne was erzählen – und ich kann das nur hier.« Elenas Stimme klang weicher als sonst.

»Von mir aus.« Es musste ihrer großen Schwester wirklich etwas daran liegen. Allegra schob sich ihre Sonnenbrille auf die Nase, die das halbe Gesicht verdeckte, und stieg aus. In den letzten Wochen war es warm geworden, die Bäume hatten ein hellgrünes Blätterkleid bekommen, und es duftete nach Maiglöckchen.

Zielstrebig ging Elena voran, vorbei an der Kapelle mit dem markanten Glockenturm. Sie durchquerte fast das gesamte Areal. Kurz vor der hinteren Friedhofsmauer wandte sie sich nach links.

»Du warst nie wieder hier, oder?«, fragte sie.

Allegra sah die kupferne Gedenkplatte, die zwischen zwei Bäumen angebracht war, und schüttelte den Kopf. »Ich … ich konnte nicht. Wenn ich dran denke, dass sie da unter der Erde liegen … Es geht einfach nicht. Bitte … können wir wieder gehen?«

»Schau auf diese Platte«, sagte Elena, statt zu antworten. Sie nahm Allegra an der Hand und zog sie weiter, bis sie die Namen auf der Platte entziffern konnten. Zu Allegras Überraschung waren nicht nur die Namen ihrer Eltern eingraviert, sondern da stand eine ganze Ansammlung von Namen mit Lebensdaten, von denen die ältesten bis 1830 zurückreichten. Einige hießen wie sie – Heller –, doch auch andere Nachnamen fanden sich darunter. Von Männern und Frauen und auch von zwei Kindern, die keine zehn Jahre alt geworden waren.

Elena strich mit den Fingern über die Platte, fuhr die Vornamen Maria und Stefan nach. Dann holte sie tief Luft und sah Allegra von der Seite an. »Weißt du noch, was Mama und Papa dir von ihrem Beruf erzählt haben?«

»Dass sie für die Polizei arbeiten. Oder so ungefähr. Dass es aber geheim ist und wir nichts darüber sagen dürfen.« Allegra hatte den Satz, den sie aufsagen sollte, wenn sie nach dem Beruf der Eltern gefragt wurde, immer noch parat. »*Meine Eltern arbeiten für die Regierung.*«

Elena nickte. »Sie hätten dir an deinem dreizehnten Geburtstag die Wahrheit gesagt. Jetzt muss ich es tun.« Sie lachte zittrig. »Ich weiß nur nicht genau, wie.«

»Sie waren keine Polizisten? Sie haben mich angelogen? Wieso?« Allegra klang ungläubig. Ihre Eltern waren doch keine Lügner gewesen!

»Sie haben dich beschützt«, korrigierte Elena. Sie ließ eine Hand auf der Platte liegen, als würden ihr die Namen Kraft geben. »Unsere Familie ist etwas Besonderes. Einige von den Menschen auf dieser Tafel sind im Dienst gestorben. Hast du dich nie gefragt, wohin Mama und Papa nachts verschwunden sind? Warum sie oft Angst umeinander hatten? Sie waren Agenten, Alli, sie haben für eine geheime Behörde gearbeitet. So geheim, dass nicht mal die Regierung davon weiß. Du kannst diese Behörde nicht googeln, es gibt sie quasi nicht. Und dennoch ist unsere Familie untrennbar mit ihr verbunden.« Sie schloss für einen Moment die Augen, Allegra konnte sehen, dass sie mit sich kämpfte. »Also ... Es klingt verrückt, aber ... einige von uns sind Traumwanderer. Und du, du gehörst zu ihnen. Du bist eine Traumwanderin.«

Allegra schob sich langsam die Sonnenbrille in die Haare und sah ihre Schwester irritiert an. »Soll das ein Witz sein?«, fragte sie gedehnt. »Dann ist er nicht komisch, das sag ich dir.«

Elena schüttelte heftig den Kopf. »Ich lüge nicht. Bitte, hör mir zu.«

»Traumwanderer? Was soll das denn sein?« Hatte ihre

Schwester den Verstand verloren? Allegra verschränkte abwehrend die Arme.

Doch Elena klang ganz vernünftig, als sie fortfuhr: »Weißt du noch, was Papa dir über Träume erzählt hat?«

Allegra nahm den Kaugummi aus dem Mund, ging ein paar Schritte zum nächsten Mülleimer und warf ihn hinein. Dann antwortete sie zögernd: »Du meinst, als ich im Kindergarten war und diese komischen Albträume hatte? Fast jede Nacht bin ich zu Mama und Papa ins Bett gekrochen. Da waren Monster und Feuer, und ich hatte furchtbare Angst. Papa hat versprochen, dass er die Monster verbannt, damit ich wieder Ruhe habe.« Sie sah ihre Schwester an. »Er hat's getan, irgendwie. Das weiß ich noch. Die Monster waren weg. Und als ich ihn gefragt habe, wie er das gemacht hat, hat er gelacht und gesagt: ›Magie!‹«

»Aber mit Magie hat das gar nichts zu tun.« Elena holte tief Luft. »Alle Geschichten, die Mama und Papa dir erzählt haben, all die Märchen, all die Sagen, all das ist wahr. Unsere Eltern waren Traumagenten, Alli. Die Traumwelt, von der alle glauben, dass sie nicht real ist, dass wir uns das nachts alles einbilden – sie existiert.«

»Du spinnst«, flüsterte Allegra. Ein Windstoß fuhr durch den Friedhof, ein Blatt segelte herab und streifte sacht die eingravierten Namen.

»Ich hab es zuerst auch nicht geglaubt«, sagte Elena und nahm Allegras Hände in ihre. »Was glaubst du, weshalb ich angefangen habe zu malen? Ich tauge nicht zur Traumagentin, aber meine Träume lassen mich auch manchmal tagsüber nicht los. Und bei dir stehen die Türen zwischen den Welten noch viel weiter offen als bei mir. Du warst – bist –

oft dort, das weiß ich. Denk mal nach, was hast du in den letzten Nächten geträumt hast? An was erinnerst du dich?«

Allegra liefen auf einmal Tränen über die Wangen. Stockend antwortete sie: »Es ist immer ähnlich: Ich hetze auf irgendeiner Straße hinter Mama und Papa her und versuche sie aufzuhalten. Aber jedes Mal komme ich zu spät. Sie gehen um eine Ecke, und dann sind sie einfach weg.« Sie lehnte sich an ihre Schwester und schniefte. »Ich vermisse sie so sehr.«

»Ich auch«, flüsterte Elena, »und ich will dich nicht auch noch verlieren, hörst du?«

Allegra nickte. Sie zog ein zerknittertes Taschentuch aus ihrer Tasche, putzte sich die Nase und sah Elena an. »Was tun Traumagenten?«

An diesem Nachmittag hatte Elena noch viel mehr erzählt, und Allegra hatte fortan jeden Agententhriller gelesen, den sie in die Finger bekommen hatte. Sie hatte ihr Karatetraining zugunsten von Meditationssitzungen aufgegeben und nächtelang vor YouTube-Tutorials zum Thema Traumforschung gesessen, obwohl sie mit ihren damals dreizehn Jahren kaum die Hälfte davon verstand. Doch auch wenn ihr der Gedanke an das Schicksal ihrer Eltern Angst einjagte, war die Aussicht, selbst einmal Agentin zu werden, etwas, das die Verbindung zu ihnen auf besondere Weise lebendig erhielt. Also hatte sie sich auf ihre Weise auf die Aufgabe vorbereitet, die sie erwartete.

Allegra riss sich aus ihren Erinnerungen und stellte die Kaffeetasse ab. Die Sonne blitzte zwischen zwei Wolken hindurch und bewirkte, dass sie sich im Küchenfenster spiegelte. Alle sagten, sie und Elena sähen aus wie ihre Mutter: schmal, mit wilden Locken, die ihnen bis über die Schulterblätter hinabreichten. Nur dass sie, die jüngere der Heller-Schwestern, die ältere um einen halben Kopf überragte.

Jetzt war es also so weit: Sie würde die Aufgabe ihrer Eltern fortführen. Und überleben.

Um vier Uhr nachmittags quetschte Allegra ihre Koffer zum letzten Mal zu – immer hatte etwas gefehlt, zuletzt Lumi, der Hase, der sie seit Kindertagen begleitete und der unter ihr Kopfkissen gerutscht war. Schwer atmend stemmte sie sich hoch, um noch einmal nach Elena zu schauen, die in der Zwischenzeit aufgestanden war und sich in ihr Atelier auf dem Dachboden zurückgezogen hatte. Allegras Telefon klingelte. Sie hörte schon am Ton, dass es Johanna war.

»Hey, Alli, wie war die Klausur? Lebst du noch? Wir haben dich vorhin vermisst!«

»Ging so«, antwortete Allegra ausweichend.

Wie sag ich ihr bloß, dass ich ab morgen in Avignon bin?, dachte sie, während Johanna ihr vom Treffen bei Ugo erzählte. Allegra hatte mit ihren Freundinnen nie über den Beruf ihrer Eltern gesprochen. Und schon gar nicht darüber, was das für ihren eigenen Lebensweg bedeutete. Darüber sprach sie ausschließlich mit ihrer Schwester. Die Gefahr, dass man sie nach einem solchen Gespräch für verrückt erklären würde, war definitiv zu groß. Aber einfach wortlos zu verschwinden war unmöglich. Großer Mist. Was nun? Sie ließ sich mit dem Handy am Ohr aufs Bett fallen, verfehlte mit dem Kopf nur knapp den einen Koffer.

»Und dann sag ich zu Lisa, dass die Klausur bestimmt die vom letzten Jahr war –«

»Du, Jo?«, unterbrach Allegra sie.

»Was?« Johanna klang irritiert – sie konnte es nicht leiden, wenn sie nicht dazu kam, die Pointe zu Ende zu erzählen.

»Ich habe einen ... Familiennotfall ... eine sehr kranke Tante ...«, improvisierte Allegra. »Die nächsten Klausuren werde ich nicht mitschreiben können. Ich muss ganz dringend weg.«

»Was? Das kannst du doch nicht machen! Mathe ist doch schon morgen. Elena kann sich doch kümmern ... Du kannst doch nicht einfach die Probenwoche sausen lassen. Die brauchst du fürs Abi. Und das Abi ist megawichtig!«

Nicht so wichtig für mich wie für dich, hätte Allegra am liebsten gesagt. Aber in ihr nagte dennoch ein leichtes Schuldgefühl. Durch Johannas geduldige Nachhilfe hatte sie sich im letzten Jahr von einer mittelmäßigen Matheschülerin zu einer wirklich guten entwickelt, und ihrer Freundin nun zu erklären, dass ihr Engagement nicht mehr gewürdigt wurde, fiel ihr schwer.

»Ich werde die nächsten Wochen in Frankreich sein«, erklärte sie jetzt, »der Flug ist schon gebucht. Morgen früh geht's los.«

»Ach du lieber Himmel, was ist denn los mit deiner Tante? Und wann kommst du wieder?«

»Ich weiß es nicht genau. Du weißt doch, ich hab eine verrückte Familie. Und schulpflichtig bin ich ja nicht mehr. Ich meld mich, okay? Ihr habt doch grade eh genug zu tun, ihr werdet mich gar nicht vermissen ...«

Einen Moment herrschte Stille in der Leitung. Dann sagte Johanna leise: »Doch. Ich werde dich vermissen. Und tonnenweise Pizza ohne dich essen müssen. Schrecklich! Pass auf dich auf und komm bald wieder, ja?«

»Klar.« Allegra seufzte, legte auf und ging jetzt endlich hoch, um nach ihrer Schwester zu sehen.

Elena hatte, neben ihren Malutensilien, die den meisten Platz einnahmen, auch einen Kühlschrank auf den Dachboden geschafft, der immer gut gefüllt war: mit Cola, Saft und ab und zu einer Flasche Prosecco. Sie hatte die Dachbalken weiß gestrichen, um so viel Helligkeit wie möglich in den Raum zu bringen, und zusammen mit einem Freund sogar zwei große Dachfenster eingebaut. Die Luft war erfüllt vom Geruch der Farben. Auch die Leinwände, die Elena in einer Ecke aufgerollt hatte, verströmten ihren eigenen Duft. Die Holzdielen knarrten unter Allegras Schritten.

Offensichtlich hatte Elena ausgeschlafen. Gerade warf sie mit schwungvollen Pinselstrichen eine Landschaft auf eine kleine Leinwand, in kräftigen Farben, lila und rot – es war ihr tatsächlich gelungen, das Sonnenlicht einzufangen. Allegra blieb vor dem halb fertigen Bild stehen, konnte den Sommer darin förmlich schmecken und sah sich staunend zu ihrer Schwester um. »Das sieht toll aus. Dafür findest du bestimmt schnell einen Käufer.«

Elena schüttelte amüsiert den Kopf. »Es ist für dich. Morgen wird es trocken sein. Ich hab ganz besondere Farbe benutzt. Nimm es als Startgeschenk.«

»Bist du sicher?« Allegra hatte plötzlich Tränen in den Augen. Schluchzend fiel sie Elena um den Hals. »Danke«, flüsterte sie und drückte ihre große Schwester so fest sie konnte. Der Weg, den sie jahrelang gemeinsam gegangen waren, gabelte sich jetzt.

»Ich weiß nicht, ob ich das ohne dich schaffe.« Allegra murmelte es nur, doch Elena hörte sie trotzdem.

»Ganz sicher. Und halte mich auf dem Laufenden, ja? Lass dir nicht den Kontakt zur Außenwelt verbieten, ganz egal, was die von Geheimhaltung faseln. Und jetzt trinken wir einen auf dich.« Sie schob Allegra von sich, holte eine Flasche aus dem Kühlschrank, öffnete sie mit einem großen Knall und ließ den schäumenden Prosecco in zwei Gläser fließen.

Normalerweise trank Allegra keinen Alkohol. Nur an besonderen Feiertagen – und am Todestag ihrer Eltern – machte sie mit Elenas Einverständnis eine Ausnahme. In diesem Moment gab der Kühlschrank ein schrilles Pfeifen von sich, dann hörte man ein abgehacktes Brummen. Elena rollte mit den Augen. »Och nö! Schon wieder?«

Allegra zuckte hilflos mit den Schultern. Kaputte Geräte war sie gewöhnt. Sie hatte schon von Kindheit an die Lebensdauer aller elektrischen Geräte in ihrer unmittelbaren Umgebung verringert, niemand wusste, warum. Es war nicht so, dass sie gar nicht funktionierten. Sie hatten nur eine wesentlich kürzere Haltbarkeit. Deswegen besaßen Elena und Allegra grundsätzlich das billigste aller billigen Smartphones. Gleiches galt für den Fön und den obligatorischen Milchschäumer.

Elena hatte ihr immer wieder versichert, es sei ihr egal, sie habe sich daran gewöhnt, aber für Allegra stand fest, dass Elena es kaum erwarten konnte, endlich mal ein paar

Monate den gleichen Mixer zu verwenden und ihn erst dann wegzuwerfen, wenn er wirklich ausgedient hatte. Sie prostete ihrer Schwester zu, und die tupfte ihr mit dem Pinsel einen orangefarbenen Fleck auf die Nase. »Ich hab dich lieb, Kleine. Du packst das schon. Und komm mir ja gesund wieder.« Den letzten Satz sagte sie leichthin, doch in ihren Augen sah Allegra, dass sie traurig war, ihre kleine Schwester ziehen lassen zu müssen. Vier Jahre lang waren sie ein eingeschworenes Team gewesen, hatten alles miteinander geteilt, gemeinsam ihre Trauer überwunden und das Lachen wieder gelernt. Jetzt trennten sich ihre Wege.

Allegra wischte sich mit einem von Elenas Feuchttüchern übers Gesicht. Ihre Finger zitterten. Als sie lächelte, war es ein mühsames Lächeln, das nicht über die Mundwinkel hinausging. Sie hatte fürchterliche Angst vor dem, was sie erwartete – obwohl die Vorfreude sie gleichzeitig fast über dem Boden schweben ließ.

In ihrer letzten Nacht zu Hause wälzte Allegra sich hin und her. Sie öffnete das Fenster, schloss es wieder, zog sich die Decke bis zum Kinn, strampelte sich wieder frei, zählte Schafe vorwärts und rückwärts, fand aber keinen Schlaf. Um zwei Uhr morgens gab sie auf und starrte an die Zimmerdecke. Durch die Rollläden hindurch malte die Straßenlaterne vor ihrem Fenster bizarre Lichtermuster. Wenn sie länger hinsah, ohne zu blinzeln, tummelten sich die unglaublichsten Kreaturen über ihr. Erst um kurz nach drei schlief sie schließlich doch noch ein.

Es war dämmrig, die letzten Strahlen einer untergehenden Sonne erhellten eine karge Landschaft. Dünne graue

Bäume reckten ihre kahlen Äste in den Himmel. An einen Stamm gelehnt saß ein kleiner Junge. Tränen rannen ihm die Wangen herunter, er schluchzte und schluchzte, verschluckte sich an seinen Tränen und wischte sich unbeholfen mit dem Ärmel übers Gesicht. Allegra blieb stehen, verbarg sich hinter einem etwas breiteren Stamm. Jetzt tauchte jemand neben ihm auf. Eine Frau. Als er sie sah, weinte er nur noch mehr, er presste sich die Fäuste aufs Gesicht, der ganze kleine Körper schüttelte sich. Allegra stand regungslos da. Der Schmerz und die Hoffnungslosigkeit, die ihr entgegenfluteten, ließen sie förmlich erstarren. Der kleine Junge hob den Kopf. Er sah mit leerem Blick nach oben, als warte er einfach nur auf sein Ende. Allegra wurde schlagartig kalt, sie begann zu zittern, ihre Knie wurden weich – in diesem Moment wachte sie auf.

Ihr Herzschlag vermischte sich mit ihrem keuchenden Atem, sie hielt sich die Hand vor den Mund und würgte. Sie schaffte es gerade noch ins Bad, wo sie die Reste des Abendessens wieder von sich gab. Dann putzte sie sich die Zähne, wusch sich das Gesicht und setzte sich, immer noch bebend, auf den Klodeckel. Das war doch nicht ihr Traum gewesen? Nie und nimmer! Sie hatte es wieder getan. Schlagartig erinnerte sie sich an ihren Vater, dem sie einmal von solchen Träumen erzählt hatte. Er war sehr blass geworden, hatte sie an den Schultern gepackt und gesagt: »Alli, du spürst, wenn es nicht dein Traum ist. Fremde Träume sind für dich verboten. Mach, dass du da rauskommst. Keine Experimente, keine Kontaktaufnahme, gar nichts. Raus da!« Damals war sie, ohne es zu wollen, in die Träume anderer Leute hineingeraten. Heute musste es wieder so gewesen sein. Oder hatte sie einfach nur einen Albtraum gehabt?

Wie so oft bei Träumen schwand die Erinnerung daran von Sekunde zu Sekunde, und kurz darauf war er bloß noch ein dünnes Gespinst, das nur ein dumpfes Gefühl des Unbehagens in ihr zurückließ. Und auch dieses Gefühl verschwand mit der Morgendämmerung, als sich ein vielstimmiges Vogelkonzert um sie herum erhob und das Licht der Straßenlaterne von einem leuchtend rosa Schein abgelöst wurde, der sich von Osten her über den noch dunkelblauen Nachthimmel zog.

2.

Die DC 9 erhob sich mit lautem Dröhnen in die Luft. Allegra hatte in Paris einen Fensterplatz ergattert und sah, wie sie über der Stadt an Höhe gewannen. Der Pilot zog eine große Schleife und drehte nach Süden ab. Der Flug nach Avignon würde eineinhalb Stunden dauern. Im Geiste ging sie noch einmal durch, ob sie alles dabeihatte. Papiere: oui. Handy: oui. Geld: oui. Der ersten Nachricht war heute Morgen eine zweite gefolgt, in der ihr geraten wurde, sich am Flughafen von Avignon ein Taxi zu nehmen. Allegra hatte die Frage nach einem Attest noch nicht gestellt, wobei sowieso unklar war, ob ihr Gymnasium eine Bescheinigung akzeptieren würde von einer Behörde, die es offiziell gar nicht gab.

Nun war sie auf dem Weg und spürte, wie sich die Anspannung in ihrem Magen zu einem Knoten sammelte. Sie hasste es, keinen festen Boden unter den Füßen zu haben, hinzu kam das schlechte Gewissen, der Schule und ihren Freundinnen gegenüber. Und natürlich die Trennung von Elena. Die Angst vor dem Unbekannten. Nervös tippte sie auf ihrem Handy herum und klopfte gleichzeitig mit dem Fuß einen unregelmäßigen Rhythmus, bis ihre Sitznachbarin, eine mittelalte Frau mit Pagenschnitt, sie amüsiert ansah. »Bist du noch nie geflogen?«

Allegra zuckte zusammen. »Doch, aber ich fahre lieber mit dem Zug.« Sie wandte sich an die Stewardess, die gerade einem Herrn in der Reihe vor ihr einen Kaffeebecher in die Hand drückte. »Kann ich bitte einen Tomatensaft haben? Mit viel Pfeffer.« Die Stewardess nickte und reichte ihr einen Becher und drei Päckchen Pfeffer. Allegra riss sie unter dem verblüfften Blick ihrer Nachbarin alle gleichzeitig auf, schüttete den Inhalt in den Saft und trank ihn in einem Zug leer. Die Wärme breitete sich unmittelbar in ihrem Bauch aus. Ihre Zunge brannte wie Feuer, aber sie ließ sich nichts anmerken, verschränkte die Arme vor der Brust und klebte den Fuß gedanklich so gut wie möglich am Boden fest.

»Ich habe noch nie gesehen, dass jemand seine Flugangst auf diese Weise bekämpft«, sagte die Frau lächelnd. »Das werde ich mir merken.«

Allegra sah aus dem Fenster auf die weiße Wolkenlandschaft. Die anderen schrieben jetzt Mathe. Komisch, gestern hatte sie sich noch darüber aufgeregt, dass sie die Prüfungen verpasste, jetzt war die Schule schon ganz weit weg. Heute begann ein neues Leben, eines, auf das sie hingearbeitet hatte, das sie sich gewünscht hatte, seit sie begriffen hatte, was die Aufgabe ihrer Eltern gewesen war.

Elena war mit dem »Verein«, wie sie die Akademie nannte, nie warmgeworden. »Die spinnen doch mit ihrem Aufpass-Wahn«, hatte sie gelegentlich gesagt, und: »Es gibt doch Milliarden Menschen und genauso viele Träume – wer soll die bitte alle schützen? Das geht doch eh nicht ...«

Aber sie hatte Allegra trotzdem unterstützt.

Elena selbst war einem anderen Ruf gefolgt. Mit knapp dreiundzwanzig hatte sie bereits mehrere eigene Ausstellungen organisiert, und ihre Bilder verkauften sich zu guten Preisen. »Ich bevorzuge einen Beruf, der nicht lebensgefährlich ist«, sagte sie oft.

Allegra wagte einen Seitenblick auf ihre Nachbarin, die

in einem französischen Roman las. Die Frau war nicht ganz bei der Sache, immer wieder wanderte ihr Blick zur Seite, Allegra spürte, dass sie einer genauen Musterung unterzogen wurde. Verlegen stand sie auf, quetschte sich an der Frau vorbei und machte sich in einer der winzigen Toiletten ein bisschen frisch. Im künstlichen Licht des Flugzeugs sah sie aus, als hätte sie die Nacht durchgemacht. Sie streckte ihrem Spiegelbild die Zunge raus. Gut, dass sie Concealer eingepackt hatte.

»Gestern Nacht gab es hier ein heftiges Gewitter, das hat den Zeitplan etwas durcheinandergebracht. Einige andere Maschinen haben Vorrang bei der Landung. Wir werden noch etwa eine halbe Stunde über dem Flughafen kreisen, bevor wir an der Reihe sind«, verkündete der Pilot in dem Moment, als Allegra sich wieder auf ihren Sitz sinken ließ. Ihre Nachbarin wies aus dem Fenster. »Da unten, da kreisen noch zwei, siehst du?«

Allegra warf einen Blick hinaus und erstarrte. Die anderen Maschinen waren so nah! Vielleicht war es doch ein Fehler gewesen, zu fliegen?

»Das nächste Mal fahre ich mit dem Fahrrad«, murmelte sie und wandte den Blick ab. Sie schloss die Augen und lehnte den Kopf zurück.

»Machst du Urlaub in Avignon?«, riss die Nachbarin sie wieder aus ihren Gedanken.

»Schüleraustausch«, wich Allegra aus. Sie hatte nicht vor, irgendjemandem zu sagen, was sie tatsächlich vorhatte.

»Ach ja? Am Lycée Communal?«

Allegra schlug die Augen wieder auf. »An einer Privatschule. Ich will nach dem Abi Internationale Beziehungen studieren.« Das kam der Wahrheit einigermaßen nahe – außer dass die Verhandlungen nicht in der Realität stattfanden …

»Sprichst du denn Französisch?« Ihre Nachbarin ließ nicht locker.

Allegra zuckte mit den Schultern. »Einigermaßen. Besser als Englisch. Ich werde schon klarkommen.« Sie sah der Frau ins Gesicht, registrierte blasse Haut und blaue Augen mit kleinen Fältchen drum herum. »Und Sie? Was machen Sie?«

»Ich bin Psychologin. Ich komme für einen Kongress nach Avignon. In zwei Wochen fliege ich zurück. Wie lange bleibst du?«

Psychologin, aha, das erklärte vielleicht ihr Interesse an Allegra. Oder begann sie immer ein Gespräch mit ihren Sitznachbarn?

»Ich bleibe erst mal für ein Jahr. Dann werde ich weitersehen.« Allegra wunderte sich über sich selbst. Die Lüge war ihr leicht über die Lippen gekommen. Die Ausbildung an der Akademie dauerte eigentlich zwei Jahre, dann wurde man als Agent in die Traumwelt geschickt.

»Ich habe einen Fahrer in Avignon, du kannst gerne bis in die Stadt mitfahren«, bot die Frau jetzt an.

Allegra zögerte. Die Psychologin machte einen netten Eindruck, aber etwas hielt Allegra davon ab, das Angebot einfach so anzunehmen. Auch wenn sie mit fast siebzehn für die »Nicht mit Fremden mitgehen«-Regel schon zu alt war.

»Danke, aber ich komme schon zurecht«, sagte sie und hoffte, dass es nicht unhöflich klang. Sie zog die Kapuze ihres Hoodies über den Kopf und schaute wieder aus dem Fenster.

»Du kannst es dir ja nach der Landung überlegen.« Damit richtete die Frau den Blick wieder auf ihren Roman.

Zwei Stunden später trat Allegra aus dem kleinen Flughafengebäude und winkte einem Taxi. In München hatte noch der Duft nach Schnee in der Luft gelegen, hier in Avignon war es im April schon sommerlich warm. Stimmengewirr umfing sie, einige Fetzen konnte sie verstehen, doch was sich die wartenden Taxifahrer zuriefen, verstand sie nicht mal ansatzweise. Sie sah auf ihr Handy. Und tatsächlich: Es summte, und die erwartete Nachricht mit der Adresse traf ein.

Ich fühl mich wie James Bond, dachte sie grinsend. Fehlt nur noch, dass sich mein Handy nach dem Lesen der Nachricht von selbst zerstört. Eine Hand legte sich auf ihren Oberarm, und sie zuckte erschrocken zusammen. Es war die Sitznachbarin, die sie im Trubel um die Koffer aus dem Blick verloren hatte. »Willst du nicht doch mit mir fahren?«, fragte sie und lächelte. »Mein Fahrer ist schon da drüben. Komm, beeilen wir uns, er steht wie immer im Parkverbot.« Es klang freundlich, und Allegra folgte ihr tatsächlich ein paar Schritte, dann schreckte sie zurück. Die Adresse der Akademie war bestimmt geheim … Und überhaupt: Sie war allein unterwegs und irgendwie auch stolz darauf. »Danke«, wiederholte sie, »aber Sie sehen ja, ich hab ein Taxi.« Damit wandte sie sich um und nannte dem ersten Fahrer leise die Adresse. Der hob die Augenbrauen, nickte aber. Als ihre Koffer verstaut waren, öffnete er ihr die hintere Tür, verkündete: »Une demi-heure – eine 'albe Stunde, Mademoiselle«, und reihte sich zügig in den Verkehr ein, der am großen Parkplatz vorbei in Richtung Innenstadt rollte. Allegra warf einen letzten Blick auf die Frau, die ihren Fahrer mit einer ruckartigen Bewegung anwies, sich um die Koffer zu kümmern, und sichtlich verärgert in den Wagen stieg.

Bin angekommen, simste Allegra an Elena, und dann schlugen Vorfreude und Aufregung wie eine große Woge über ihr zusammen. Der Fahrer ließ die Klimaanlage auf voller Stufe laufen, der eiskalte Luftstrom traf sie im Gesicht. Sie rutschte auf ihrem Sitz hin und her, lehnte dann die Stirn an die Scheibe und blickte staunend aus dem Fenster. Gerade fuhren sie auf der Autobahn an den für Frankreich so typischen riesigen Supermärkten vorbei, an überdimensionierten Werbetafeln, die alles anpriesen, von Pool-Ausstattungen bis zum Fischereibedarf. Sie sah die mittelalterliche Festungsmauer an sich vorüberziehen, schloss für einen Moment geblendet die Augen, als die Mittagssonne von den weißen Steinen reflektiert wurde, und versuchte, dem Singsang des Radiomoderators zu folgen. Mit mäßigem Erfolg. Nun ja, sie war nicht hier, um Land und Leute kennenzulernen. Ihr Ziel war die Akademie der Träume.

Die Akademie Adair, benannt nach ihrem Direktor José Adair, wechselte alle zehn Jahre ihren Standort. Bis vor einigen Jahren war sie in Edinburgh beheimatet gewesen, davor in Prag, früher in Wien. Alles Städte mit einer langen Geschichte, in der der Tod oft ein und aus gegangen war, in der mutige Gelehrte und tollkühne Forscher versucht hatten, die Grenze zum Unbekannten zu überschreiten. Jetzt also Avignon, die Stadt der Päpste. Doch im Grunde genommen war es egal, wo sie sich befanden. Denn die Studenten der Akademie lernten eine Dimension kennen, die nur wenige Menschen je betreten hatten. Sie kämpften dort, wo alles möglich, alles machbar schien, wo das Paradies mit der Hölle Tür an Tür wohnte: in der Welt der Träume.

»Et voilà«, riss der Taxifahrer Allegra aus ihren Gedanken. »Die Île de la Barthelasse.«

Sie dankte ihm, zahlte, stieg aus, und der Mund blieb ihr vor Erstaunen offen stehen. Von hohen Hecken eingerahmt, erstreckte sich vor ihr ein weitläufiger Park. Darin standen viele kleine Bungalows. Links konnte sie ein großes, dreistöckiges Gebäude erkennen, in dessen Mitte eine Glaskuppel über das Dach hinausragte. Überall wuchsen große Rhododendron- und Oleanderbüsche, Palmen wiegten sich im Wind – das Ganze hatte die Anmutung eines Ferienressorts. Was hatte sie sich vorgestellt? Natürlich hatte sie versucht, die Akademie zu googeln, doch es gab keine Bilder. Jeder, der hier einen Schritt hineintat, unterwarf sich einem ganzen Haufen von Regeln. Dass es keine Präsenz im Internet gab, war nur eine von ihnen. Geheimhaltung war das oberste Gebot.

Mit einem Lächeln, das vorsichtig an ihren Mundwinkeln zupfte, ging sie an dem großen Schild vorbei, auf dem lediglich stand *privé – danger!*, duckte sich unter der rotweißen Schranke durch und zog ihre Koffer hinter sich her. Niemand war zu sehen. Komisch. War sie denn die Einzige, die heute ankam? War das Häuschen da vorne ein Pförtnerhaus? Jemand nickte ihr durchs Fenster zu, sie konnte durch die Scheibe eine wilde Lockenmähne und einen ebenso wilden Bart erkennen. Der Mann fragte sie nicht nach ihrem Namen, sondern machte eine Handbewegung, die klar besagte, sie solle einfach weitergehen. Seltsam. Allegra hatte mit Gewusel und Gedränge gerechnet, wie beim ersten Schultag.

Die Bungalows waren aus schwarzem Stein und Glas gebaut, sie wirkten luftig und verschlossen zugleich. Plötzlich summte ihr Handy. *Haus 23*, lautete der Text. Sie sah sich um. Kam diese Nachricht von dem Weihnachtsmann im Pförtnerhaus? Wer sonst hatte bemerkt, dass sie angekommen war? Sie meinte, hinter einem Fenster eine Bewegung zu sehen, und etwas weiter weg saß ein Junge an einen Baum gelehnt. Er hatte mehrere Bücher um sich herum liegen und tippte konzentriert auf einem Tablet herum. Zwei Tauben trippelten vor ihr auf dem Weg und pickten alles halbwegs Essbare an, doch sonst rührte sich nichts.

»Na, dann wollen wir mal«, sprach Allegra sich Mut zu und wanderte mit ihren Koffern durch den Park, bis sie die Häuser der Reihe 20 fand. Eine kleine Steintreppe führte zur Tür mit der Nummer 23 hinauf. Sie schleppte ihre Koffer hoch und klopfte an.

Nach ein paar Sekunden wurde die Tür aufgerissen, und ein zierliches Mädchen mit verwuschelten roten Haaren und einer Million Sommersprossen auf der Nase sah sie erwartungsvoll an. »Allegra? Gut, dass du da bist«, sagte sie auf Deutsch und lächelte. »Ich bin Florentine Hansen. Im ersten Jahr. Los, komm kurz rein. Nimm deine Koffer gleich mit. Hier …«, sie zog Allegra samt Gepäck hinter sich her, »das ist dein Zimmer. Bad und Küche teilen wir uns. Genauso wie das Wohnzimmer. Hast du deinen Laptop dabei? Hier gibt es nämlich nur französisches Fernsehen, und wer will schon *CSI* auf Französisch sehen? Ich nicht. Allerdings funktioniert das WLAN nicht immer, das liegt an den Sicherheitsmaßnahmen. Ach, und hast du einen Freund? Den darfst du hier selbstverständlich nicht einladen. Geheimhaltung, jederzeit und überall.« Jetzt erst holte sie Luft. »Hab ich was vergessen?«

Allegra verkniff sich angesichts dieses Wortschwalls nur mit Mühe das Lachen. »Nein, danke, soweit ist alles klar. Muss ich mich irgendwo anmelden?«

»Ach so, logisch, hab ich das noch gar nicht erwähnt? Komm, wir gehen schnell ins Hauptgebäude, Madame Berger wartet schon auf dich. Vielleicht kann ich dir danach noch den Campus zeigen. Aber ich schätze, eher nicht. Wir haben hier grade so was wie einen Ausnahmezustand, das wird sie dir erklären. Deswegen bist du schließlich da.«

Ohne diese mysteriöse Ankündigung näher zu erläutern, marschierte Florentine mit schnellen Schritten zur Tür. Sie wirkte, als hätte sie zehn Stunden geschlafen und danach drei doppelte Espresso getrunken. Allegra ließ die Koffer in ihrem neuen Zuhause stehen, folgte dem quirligen Mädchen und warf an der Eingangstür noch einen Blick zurück in das Haus. Die getönten Fenster sorgten für ein angenehmes Licht, die Wände waren in einem hellen Vanilleton gestrichen. Es war klein, ohne eng zu wirken, die Möbel waren aus hellem Holz, und irgendwo surrte leise eine Klimaanlage. Auf dem Couchtisch lagen eine Ausgabe von *Psychologie heute*, ein paar deutsche Taschenbücher und eine angebrochene Packung Kekse. Allegra schloss die Tür und eilte hinter Florentine her.

»Müssen wir abschließen?«, fragte sie.

Florentine schüttelte den Kopf. »Handscanner.« Sie wies auf ein unauffälliges Kästchen neben der Tür.

»Und was sind das für Stangen?« Allegra zeigte auf einen dünnen, kupferfarbenen Metallstab, der an der Ecke des Hauses gut drei Meter in die Höhe ragte. An seiner Spitze saß eine kleine Kugel. Nicht nur an ihrem Haus – an jedem Bungalow standen die dünnen, biegsamen Stäbe. Sie wiegten sich sanft im Wind hin und her. »Gibt's hier morgens so was wie einen Fahnenappell?«

Florentine schüttelte energisch den Kopf. »Das sind Traumstäbe. Wenn es um ein Haus herum mehrere gibt, nennt man das einen Traumzaun. Die Garantie dafür, dass du nachts weder Besuch in deinem Traum bekommst noch versehentlich in fremden Träumen herumwanderst. Die gibt es erst, seit die Akademie nach Avignon umgesiedelt ist. Sehr seltenes Metall und sehr teuer. Nur wenige Menschen wissen, wie man sie herstellt.«

»Aha«, sagte Allegra, die Augenbrauen skeptisch hochgezogen. Sie meinte, ein leichtes Flirren zwischen den Stangen zu erkennen. »Fließt da Strom dazwischen?«

»Ha, du hast ja eine blühende Fantasie. Nein, es ist ein besonderes Metall. Eine spezielle Legierung, übrigens. Aber das lernst du noch.«

»Aha«, sagte Allegra zum zweiten Mal und schaute sich neugierig um, ob sie noch mehr Außergewöhnliches entdecken konnte.

»Unsere Wertsachen lassen wir vorne im Hauptgebäude, hast du noch was Wertvolles im Koffer? Du kriegst vorne einen Safe. Aber mir ist hier noch nie irgendwas weggekommen.«

»Bei dir gibt's ja auch nichts zu holen!«, sagte eine leise, aber gehässige Stimme auf Französisch. Florentine erstarrte, und Allegra blinzelte erstaunt. Vor ihr stand eine wunderschöne, schwarzhaarige Frau. Sie war jung, und ihre Haut war so hell, dass sie fast durchsichtig wirkte. Eine große Sonnenbrille verbarg ihre Augen, und sie hatte den Mund zu einer Grimasse verzogen.

»Wer bist du denn? Schneewittchen?«, fragte Allegra ebenfalls auf Französisch und grinste.

Die Frau schob sich die Sonnenbrille in die Haare, und Allegra traf ein eisiger Blick.

Allegra hob die Schultern, als wolle sie sagen: »Ich weiß echt nicht, was du hast«, gab Florentine einen leichten Schubs und wollte weitergehen, doch die Frau schüttelte den Kopf. »Nicht so schnell«, sagte sie. »Du kommst mit mir. Madame Berger wartet schon auf uns.« Sie ging voran, ganz offensichtlich in der Annahme, dass Allegra ihr widerspruchslos folgen würde.

Sie sah Florentine fragend an und bekam ein Augenrollen als Antwort. Florentine fuhr sich mit den Fingern durch die roten Haare und straffte die Schultern. »Dieses Schneewittchen ist Sofia Adair«, flüsterte sie. »Tochter des Direktors, Einser-Absolventin, Sprachgenie und selbsternannte Königin der Akademie Adair. Und leider relativ oft im Dienst, die blöde Tussi.« Florentine rasselte das alles im Eiltempo herunter, sodass Allegra kichern musste.

Sofia reagierte nicht, lief weiterhin mit schnellen Schritten voran.

»Adair?« Allegra zuckte zusammen – da war sie ja gleich zu Beginn ins Fettnäpfchen getreten. Ganz leise murmelte sie: »Ist sie die Schwester von Edward und Jasper? Braucht sie Blut zum Überleben?«

»Wahrscheinlich trinkt sie heimlich meins«, flüsterte Florentine. »Seit ich hier bin, hat sie mich auf dem Kieker. Nur weil meine Eltern nicht in ihrer Liga spielen. Gott sei Dank ist sie nicht meine Mentorin. Aber könnte natürlich sein, dass du sie bekommst. Grässliche Vorstellung. Obwohl – ich glaube, du würdest mit ihr klarkommen, auf den Mund gefallen bist du jedenfalls nicht.« Sie wechselte übergangslos wieder zu normaler Lautstärke. »So, hier sind wir.« Mit einer ausholenden Handbewegung wies sie nach vorne. »Das ist das Hauptgebäude. Von oben betrachtet ist es ein Fünfeck. Du findest hier die Verwaltung, die Mensa, die Unterrichtsräume, die Sporthalle und die Krankenstation. Und natürlich den Traumsaal.« Sie wies auf die Kuppel, deren Wölbung gerade noch zu sehen war.

Auch das Hauptgebäude bestand aus Stein und Glas, die Scheiben waren getönt und verhinderten, dass jemand hineinsah. »Fünfeck, hm. Genau wie das Pentagon?« Allegra erinnerte sich dunkel an ihren Politikunterricht.

»Na, zumindest halten sie sich hier für mindestens genauso wichtig.«

Sofia sah sie strafend an.

Allegra wollte gerade nachfragen, was genau es mit dem Traumsaal auf sich hatte, da öffnete sich mit leisem Zischen eine breite Glastür. Hinter Florentine und Sofia trat sie in die Eingangshalle, die um einen Innenhof gebaut war, der nach oben offen war und Luft und Sonne hereinließ. Auch hier waren draußen wie drinnen die metallenen Stäbe angebracht. Allegra drehte sich staunend um sich selbst. Überall standen große Pflanzen, an zwei Wänden glitten Wasserkaskaden unhörbar in großzügige Becken, man hätte einen Schmetterling flattern hören können.

»Sag mal, wo sind denn alle? Müsste hier nicht ein Haufen Leute unterwegs sein?«

Florentine fuhr sich wieder mit den Händen durch die Haare. »Ich hab doch gesagt, hier ist grade nichts normal. Außerdem ist noch Unterricht. Aber ich weiß sowieso nur die Hälfte.«

»Genau. Und deshalb übernehme ich jetzt«, fiel Sofia ein. Sie trat nach links in einen schmalen Gang, klopfte an der ersten Tür und zog Allegra in den Raum. Die Frau hinter dem Schreibtisch strahlte sie mit einem so herzlichen Lächeln an, dass Allegra gar nicht anders konnte, als ebenfalls zu lächeln und sich willkommen zu fühlen.

»Da bist du ja endlich!«, sagte die Frau auf Französisch, ging auf Allegra zu und nahm sie an den Händen. »Wir haben auf dich gewartet.« Sie lachte, als sie Allegras verwirrten Gesichtsausdruck registrierte, und sprach auf Deutsch weiter. Nur an der Melodie hörte man, dass sie diese Sprache selten verwendete: »Entschuldige, du weißt gar nicht, wer ich bin. Mein Name ist Elisabeth Berger, alle nennen mich Madame Berger. Ich bin schon seit dreißig Jahren an der Akademie und sowohl für die Neuankömmlinge als auch für einen Teil des Unterrichts zuständig. Sofia, bleiben Sie bitte hier. Florentine, wartest du draußen? Ich werde dich aber noch brauchen.«

Florentine nickte, lächelte Allegra im Hinausgehen noch zu, doch Allegra ließ sich nicht täuschen. In Florentines Blick hatte Angst gelegen.

Madame Berger war einen halben Kopf kleiner als Allegra und hatte blondes, kurz geschnittenes Haar, in dem vereinzelt etwas Grau durchschimmerte.

»Ich kenne Sie von Fotos«, sagte Allegra nachdenklich.

»Gut möglich. Deine Mutter und ich waren gute Freundinnen. Sie war ein Jahr lang meine Mentorin. Und du ... du siehst jetzt mehr denn je aus wie sie.« Madame Berger schaute sie einen langen Moment an. Trauer schimmerte in ihren Augen. »Aber das hat man dir sicher schon oft gesagt.« Jetzt lächelte sie erneut.

»Meine Schwester sieht ihr noch ähnlicher ...« Allegra war plötzlich verlegen.

»Elena«, sagte Madame Berger. »Das stimmt. Seit sie damals hier war, habe ich nichts mehr von ihr gehört. Wie geht es ihr?«

»Elena war hier? In Avignon?« Allegra konnte nicht fassen, was sie da hörte. Davon hatte ihre Schwester nie ein Wort gesagt!

»Oh ja. Das war kurz nach der Trauerfeier für eure Eltern. Ich hatte ihr angeboten, dass ihr beide hier leben könnt, aber davon wollte sie nichts wissen. Sie machte sehr deutlich, dass sie mit der Akademie nichts zu tun haben will.«

Ja, das passte eher zu der Elena, die Allegra kannte. »Sie ist Malerin geworden«, erzählte sie, »und ganz erfolgreich. Sie lebt immer noch in München.«

»Davon habe ich gehört – sehr schön! Und es freut mich noch mehr, dass du den Weg zu uns gefunden hast. Ich schätze, Elena tut so, als wären wir eine fanatische Sekte.« Sie lächelte, um ihren Worten den Stachel zu nehmen.

Allegra verzog das Gesicht. »Ganz so schlimm ist es

nicht. Elena will mich beschützen, aber sie versteht, dass es meine Entscheidung ist. Also, sie lässt mich meistens einfach machen.« Sie stemmte die Hände in die Seiten. »Aber eines würde ich schon gern wissen: Warum ausgerechnet jetzt? Und warum so dringend? Muss man nicht achtzehn sein, um hier anzufangen? Ich wollte eigentlich noch mein Abi machen! Und wo sind all die Menschen, die hier leben? Ich dachte, die Akademie ist wie eine Uni? Momentan komme ich mir vor wie in einer Geisterstadt.«

»Können wir den Small Talk nicht wann anders führen?«, fragte Sofia dazwischen, die unruhig im Raum auf und ab wanderte.

»Bitte nimm Platz.« Madame Berger ignorierte sie.

Allegra ließ sich in einen der Sessel sinken, die nah am Fenster um einen kleinen Tisch gruppiert waren. Darauf standen Gläser, eine Kanne mit Eistee sowie ein Körbchen mit Mandeln und Pistazien. Ihr Magen knurrte vernehmlich.

Madame Berger lachte auf. »Bedien dich.«

Das ließ Allegra sich nicht zweimal sagen. Sie unterdrückte das mulmige Gefühl, das sie begleitete, seit Florentine ihre ominösen Bemerkungen hatte fallen lassen, und nahm sich ein paar Mandeln. Kauend sah sie sich um. Das Büro sah aus wie der Raum, in dem sie letztes Jahr ihren Personalausweis beantragt hatte: Mannshohe Aktenschränke säumten die Wände, ein großer weißer Schreibtisch dominierte die hintere Hälfte, nur der obligatorische Gummibaum fehlte. Dafür gab es auf jeder freien Fläche Kakteen, ein oder zwei tatsächlich blühend, die meisten aber scheinbar vollkommen ausgedörrt. Große, kleine, runde und welche mit langen Stacheln.

Seltsames Hobby, dachte Allegra. Sie hatte schon immer frische Pflanzen vorgezogen. Kakteen erschienen ihr immer unfreundlich und dem Tode nahe – die Stacheldinger machten sie geradezu depressiv.

Jetzt fiel ihr ein großer Bildschirm an der Wand auf, der zwei große Sanduhren zeigte. In dem einen Glas fielen ganz langsam violette Sandkörnchen nach unten. Allegra konnte nicht abschätzen, wie lange es dauern würde, bis der Sand vollständig durchgeronnen war, aber zwei Drittel waren bestimmt schon in der unteren Hälfte. In der anderen Uhr stieg der Sand wie von Zauberhand immer wieder empor, kreiselte, sank wieder – er machte irgendwie einen lebendigen Eindruck.

In Allegras Nacken kribbelte es, genau wie vorhin bei ihrer Ankunft. Es lag etwas Unheimliches in der Luft, etwas, das sie nicht greifen konnte, das aber dennoch Unbehagen in ihr hervorrief.

Madame Berger blickte besorgt zu den Sanduhren, bevor sie sich setzte.

Allegra nahm einen Schluck von dem Eistee, der gleichzeitig süß und würzig schmeckte. »Lecker. Was ist das für ein Tee?«

»Wir nennen es die Akademie-Mischung. Du findest diesen Tee auch in der Mensa und den Gruppenräumen.«

»Und was genau ist da drin?« Allegra schnupperte. »Verbene? Minze?«

»Unter anderem.« Madame Berger seufzte. »Eigentlich wollte ich dir einen schönen, langen Vortrag über die Akademie Adair halten. Und dir Zeit geben, dich einzugewöhnen.«

»Ich glaub das einfach nicht«, unterbrach Sofia. »Wir haben keine Zeit für ein Kaffeekränzchen mit dem Frischling. Lorenzo und sein ganzes Team sind verschwunden, ich habe keinen Kontakt mehr zu ihm.« Sie schlug mit der flachen Hand auf den Tisch, sodass die Gläser und die Karaffe klirrten. »Also bitte.«

Madame Berger ließ sich nicht provozieren. »Ich bin dabei, das Problem zu lösen.« Sie wies auf die Sanduhren, »Wir haben tatsächlich wenig Zeit. Also machen wir es kurz: Was weißt du über uns?«

Allegra zog angesichts des plötzlich geschäftsmäßigen Tons die Augenbrauen hoch. »Was meine Schwester mir erzählt hat«, gab sie zurück. »Dass die sogenannte *Dream Intelligence* mehrere Akademien weltweit hat und dass Sie Agenten sind, die die Träume der Menschen bewachen. Sie nennen sich die Dreamkeeper.«

»Richtig. Denn die Traumwelt ist zwar eine Welt, die in den Köpfen der Menschen steckt, aber auf eine bestimmte Art gibt es sie wirklich. Jeder Traum hat seine eigene Hülle, auch Membran genannt. Die wird leider manchmal durchlässig. Das ist zwar ganz natürlich, weil diese Membran – wie das Leben auch – wächst und sich verändert und eben auch mal dünner wird oder sich auflöst. Das ist für die beteiligten Träumer oft sehr unangenehm, weil ihre Seele dadurch ungeschützt. ist. Die Seele eines Träumers ist sehr verletzlich. Also greifen wir ein und reparieren die Membran, wenn wir Unregelmäßigkeiten bemerken. Das ist für uns Agenten reine Routine. Aber jetzt ... Jetzt ist es anders. Wir werden angegriffen.« Sie schluckte, und ihre Augen schimmerten, als hielte sie die Tränen zurück.

Allegra fuhr ein Schauer über den Rücken. »Von den Träumen?«, fragte sie leise.

»Nicht von den Träumen selbst«, korrigierte Madame Berger. »Sondern von jemandem, der sich die Traumwelt zunutze macht. Normalerweise sind wir hier rund fünfzig Agenten und Studenten. Dir ist ja aufgefallen, dass heute kaum jemand zu sehen ist.«

Allegra nickte.

»Seit vorgestern sind ein Dutzend von uns in der Traumzeit verschwunden.«

Mit aufgerissenen Augen starrte Allegra sie an. »Was meinen Sie damit – verschwunden?«

»Nun ja, ihre Körper sind hier, aber ihre Seelen sind ... wir wissen es nicht. Wir haben den Kontakt verloren.« Madame Bergers Stimme klang belegt. Sie wies auf die Sanduhr mit dem violetten Inhalt: »Wenn der Sand vollständig durchgelaufen ist, können sie nicht mehr in die reale Welt zurückkehren.«

»Was? Das ist doch verrückt! Wie kann das denn sein?« Allegra sprang auf. »Warum sitzen Sie hier und reden mit mir, anstatt einen, was weiß ich, Rettungstrupp loszuschicken?«

»Sie hat recht«, fiel Sofia ein, die neben dem Fenster lehnte und mit den Händen unablässig auf das Fensterbrett trommelte.

Madame Berger warf ihr einen scharfen Blick zu. »Zehn Minuten, Sofia. So viel Zeit haben wir noch.«

»Und was hat der Sand damit zu tun?« Allegra spähte zu dem Bildschirm hinüber. »Das ist doch kein normaler Sand, oder?«

»Nein, die Sanduhren sind etwas ganz Besonderes. Was jetzt aber viel wichtiger ist: *Du* musst Teil dieses Rettungstrupps sein, Allegra. Weil wir nicht genau wissen, wo unsere Leute sind. Deswegen der dringende Ruf.«

In der darauffolgenden Stille konnte man nur den Sand leise rieseln hören. Allegra ließ sich vor Schreck wieder auf den Sessel fallen. »Ich? Aber Sie sehen doch, ich habe keine Ahnung!«

»Das musst du auch nicht. Du bist eine Traumwanderin. Wie wir alle hier besitzt du die Fähigkeit, bewusst in die Traumwelt zu wechseln. Anders als uns ist dir aber – mit viel Glück – eine weitere Gabe zu eigen. Und genau die bräuchten wir jetzt.«

Allegra versuchte, einen der vielen Gedanken festzuhalten, die ihr durch den Kopf schossen. »Meine Mutter hat mir früher Geschichten erzählt. In denen die Heldin ihre Träume verteidigt, wie ein Schlossherr seine Burg. Ich hab als Kind immer gedacht, das wären nur Märchen …?« Sie ließ ihren Satz wie eine Frage verklingen, allerdings wusste sie in diesem Moment, dass es genau so war. Ihre Eltern waren so etwas wie Polizisten gewesen, hatten den Träumern, die das ja selbst nicht konnten, geholfen, ihre Träume zu schützen. Sie waren erfahren gewesen und hatten dennoch dabei ihr Leben verloren – wie konnte Allegra da helfen? War sie nicht hergekommen, um das alles erst zu lernen? Angst machte sich in ihrem Magen breit. Ihr Blick fiel wieder auf die Sanduhren, und sie riss sich mit Gewalt aus ihren Gedanken.

»Was kann ich tun?«, fragte sie. Ihre Stimme klang rau.

Elisabeth Berger lächelte. »Du stehst erst am Anfang,

Allegra. Wir verlangen nichts Unmögliches von dir. Heute kannst du uns helfen, indem du für uns den richtigen Traum findest, viel schneller, als wir es könnten. Und damit das Leben unserer Leute rettest.«

Was? Sie sollte Leute aus der Traumwelt retten? Sie sollte dort Wunder vollbringen, wo ausgebildete Agenten versagten? In Sekundenschnelle hatte sich ein riesiger Berg vor ihr aufgetürmt, den zu überwinden schier unmöglich schien. Beklommen stand Allegra auf und ging ans Fenster zu Sofia. Es half ihr beim Nachdenken, wenn sie nach draußen sehen konnte.

Grün ist gut fürs Denken, sagte Elena immer, und sie hatte recht. Vor dem Fenster stand ein Mandelbaum, viele Blüten waren bereits zu Boden gefallen, aber Allegras Blick wanderte an den Zweigen entlang bis zu einem großen Blatt, das dabei war, sich zu entfalten. Sofias Parfüm, schwer und süß, stieg ihr in die Nase.

Okay, sagte sie sich. Durchatmen. Und erst mal Informationen sammeln. Eines nach dem anderen – wie bei einer Schulaufgabe. »Vielleicht hilft es mir, wenn Sie mir sagen, wonach Sie suchen«, begann sie. »Und wie ich den einen Traum finden soll. Und dann wüsste ich gerne, was eigentlich passiert ist. Ich kann keine Entscheidung treffen, wenn ich zu wenig weiß.«

»Du bist deiner Mutter sehr ähnlich«, sagte Madame Berger, und ihre Stimme klang wehmütig. »Ich werde dir alles erzählen – aber erst kümmern wir uns um den Notfall.« Sie trat zum Tisch und entsperrte den Bildschirm eines Tablets. Ein Ordner öffnete sich und zeigte Fotos, Zeichnungen und Diagramme, die Ähnlichkeit mit einer

Sternkarte hatten. »Ich habe eine ungefähre Vorstellung davon, wo unsere Leute sind. Und da kommst du ins Spiel. Um es einfach zu sagen: Es gibt zwei Ebenen in der Traumwelt. Ebene eins ist eine Art Vorhof, Ebene zwei sind die einzelnen Träume selbst. Ich möchte von dir, dass du in die erste Ebene gehst.«

Nach all dem Input der letzten Stunde fühlte sich Allegra, als ob sie zum zweiten Mal von einer Dampfwalze überfahren würde. Sie blickte zwischen den beiden Frauen hin und her, sah in die blitzenden Augen von Sofia Adair, erkannte die Sorge in Elisabeth Bergers Gesicht und traf eine Entscheidung.

»Okay. Ich versuch's. Aber nicht alleine.« Sie wies mit dem Kinn auf Sofia. »Kommst du mit?«

Sofia wiegte den Kopf. »Sie ist total unerfahren«, sagte sie zweifelnd zu Madame Berger. »Und noch ein Kind!«

»Ich bin fast siebzehn«, protestierte Allegra.

Sofia beachtete ihren Einwand nicht. »Die Hellers waren etwas Besonderes ...« Sie schluckte die Worte herunter, die sie offensichtlich noch hinzufügen wollte. Allegra verstand dennoch. *Aber die Kleine bestimmt nicht.* Oder so ähnlich.

»Schön für dich, wenn du meine Eltern kanntest. Ich weiß leider nicht mehr viel von ihnen, und vielleicht kann ich auch nicht das, was sie konnten. Aber wir werden es nicht rausfinden, wenn wir hier weiter rumstehen. Was ist – hilfst du mir?« Allegra hatte es noch nie leiden können, wenn jemand, der sie gar nicht kannte, sie in eine Schublade stopfte.

»Du bist ganz schön frech.« Doch Sofia klang eher beeindruckt als beleidigt.

Madame Berger verschränkte die Arme. »Wir beide wissen, was auf dem Spiel steht, Sofia. Allegra hat recht. Wir brauchen Sie beide. Ohne Ihre Erfahrung schafft sie es nicht.« Ihre Worte klangen höflich, doch ihr Ton war scharf. Sofia holte tief Luft, dann ließ sie sich auf einen der Sessel sinken. Madame Berger tat es ihr gleich – und nach einem kurzen Zögern setzte sich Allegra dazu.

»In Ordnung. Sofia, Sie fangen an. Sie hatten den letzten Kontakt mit Lorenzo und seinem Team. Erklären Sie es Allegra kurz von vorn. Von den zehn Minuten sind bereits vier um.«

Sofia schenkte sich eine Tasse Tee ein, aber sie trank nichts davon, sondern klammerte nur die Finger um die Tasse. »Lorenzo hatte bei einem seiner letzten Erkundungsgänge einen Traum entdeckt, den er sich mit seinem Team genauer anschauen wollte. Von außen, natürlich. Wir Agenten bleiben normalerweise in der ersten Ebene. Die Träume zu betreten ist verboten, mit ganz wenigen Ausnahmen.«

»Wenn jemand träumt, befindet er sich in der zweiten Ebene, aber die erste wird er nie wahrnehmen«, ergänzte Madame Berger. »In den letzten Wochen gab es immer wieder ... Vorfälle. Wir glauben, dass jemand versucht, Träumer aus dem eigenen Traum hinaus in einen bestimmten anderen Traum hineinzulotsen. Was sowohl psychologisch wie moralisch absolut indiskutabel ist. Ein Träumer sollte in seinem eigenen Traum bleiben. Da ist er sicher und beschützt, und niemand kann sein Unterbewusstsein beeinflussen. Also haben wir mehrere Agenten auf die Suche geschickt und versucht herauszufinden, wo dieser spezielle Traum ist und warum er so ... verlockend ist. Wir können uns eigentlich nicht zwischen oder in den Träumen verlaufen. Mit unseren Ankern gibt es normalerweise immer einen Weg zurück. Zumindest dachten wir das.«

Allegra konnte nicht anders, sie sah mit offenem Mund von einer zur anderen und versuchte zu verarbeiten, was sie da hörte. »Also ist dieser Lorenzo samt seinem Team verschwunden, und Sie wissen nicht, wohin, also in welchen Traum? Das sind doch Millionen Träume, unter denen Sie einen speziellen suchen«, warf sie ein. »Und wie kommt man überhaupt in die erste Ebene? Müssen die Agenten dafür schlafen? Und was ist ein Anker?« Sie erinnerte sich plötzlich daran, dass ihr Vater damals im Schlafzimmer von einem Anker gesprochen hatte.

»Als Anker können alle anderen Traumwanderer fungieren. Die Anker gehen mit auf Ebene eins, doch sie behalten eine Verbindung zur realen Welt. Und nein, wir müssen nicht schlafen, um in die Traumwelt zu kommen. Es gibt andere Möglichkeiten, die Dimension zu wechseln. Das ist Stoff vom ersten Semester.« Sofia klang herablassend.

Allegra räusperte sich. »Aber muss man nicht in die Träume hinein, um sie anzuschauen? Mein Vater hat mir genau das streng verboten. Die Träume anderer sind tabu!«

Madame Berger nickte. »Das ist richtig – und wenn er dir das gesagt hat, wollte er dich damit schützen, und natürlich die Träumer. Für uns Agenten gilt die gleiche Regel. In Ausnahmefällen müssen wir aber einen Traum betreten, wenn es nicht reicht, die Membran zu behandeln. Doch das muss vorher genehmigt werden.«

»Ähm …« Allegra schluckte.

Madame Berger drehte das Tablet so, dass Allegra darauf Fotos erkennen konnte. »Sieh sie dir an. Einen nach dem anderen.«

Allegra gehorchte. Nacheinander lächelten sie ein Dutzend Gesichter an. Alle um die zwanzig Jahre alt, Jungen und Mädchen. Sie sahen aus wie ganz normale Studenten. Einer von ihnen fiel ihr besonders auf. Er hatte ein Tattoo auf der Wange.

Madame Berger erhob sich und machte eine ungeduldige Handbewegung. »Kommt mit, wir gehen zum Traumsaal. Alles Weitere klären wir auf dem Weg dahin.« Sie beugte sich noch einmal kurz über den Schreibtisch und sprach in ein Mikrofon, das an der Seite angebracht war: »Madame Pinot und Sir Hammond, kommen Sie bitte so bald wie möglich in den Traumsaal. Danke.«

Zum ersten Mal sah Sofia Adair erwartungsvoll aus. Sie warf einen prüfenden Blick auf den Bildschirm mit den Sanduhren, dann stellte sie ihre Tasse zurück, stemmte sich aus dem Sessel hoch und zog Allegra mit sich. »Mal sehen, was du draufhast.«

»Keine Angst. Du musst – darfst – den Traum nicht betreten. Aber du wirst ihn hoffentlich finden können«, sagte Madame Berger.

Es waren Sätze wie diese, die Allegra die Luft abschnürten, ihr das Gefühl gaben, unter Wasser zu sein und immer tiefer zu sinken. »Äh ...«, machte sie erneut und schluckte krampfhaft, weil ihr bitterer Mandelgeschmack im Hals hochstieg. »Ich weiß nicht, ob ich das kann.«

»Ich habe Vertrauen in dich, Allegra.«

Doch Madame Bergers Worte beruhigten Allegra nicht im Mindesten.

3.

Allegra, Madame Berger und Sofia liefen zurück in die Eingangshalle, wo Florentine auf und ab tigerte.

»Du kommst auch mit, Florentine«, rief Madame Berger ihr zu und ging mit langen Schritten voran.

»So schlimm, dass sie selbst mich braucht?«, flüsterte Florentine Allegra zu.

»Noch schlimmer, glaub ich«, gab Allegra zurück. »Ich weiß immer noch nicht, was ich überhaupt tun soll.«

»Dein Vater konnte, soweit ich weiß, in anderer Leute Träume hineinsehen, ohne selbst drin zu sein. Ich hab mal was darüber gelesen. Du weißt das vielleicht nicht, aber dein Vater ist hier so was wie eine Legende. Seine Gabe war etwas ganz Besonderes – eine sehr viel schnellere Methode, um herauszufinden, was in einem Traum vor sich geht. Und wesentlich weniger gefährlich, als in ihn hineinzugehen. Kannst du das womöglich auch?« Florentine sah sie gespannt an.

Allegra hob die Schultern. »Keine Ahnung. Vielleicht?«

Jetzt hatten sie eine große, doppelflügelige Tür erreicht, und Sofia hielt eine Karte vor den Scanner. Die Türenhälften glitten lautlos auseinander. Madame Berger legte Allegra eine Hand auf die Schulter und schob sie in den Raum. »Willkommen im Traumsaal«, sagte sie leise und fuhr dann fort: »Das Problem ist, dass die Traumwelt keine reale Welt ist, in die man einfach eintreten kann. Träume sind eine andere Dimension. Alles ist in einem Schwebezustand, kann sich von einem Moment zum anderen ändern.«

Allegra sah sich ehrfürchtig um. Der Raum war rund und wurde von der großen Kuppel überdacht, die sie bei ihrer Ankunft bereits gesehen hatte. Es brannte kein Licht, doch an der Decke funkelten unzählige Sterne, sodass man schemenhaft Umrisse erkennen konnte. Der Nachthimmel wirkte so real, dass Allegra zweimal hinsehen musste, um sicher zu sein, dass der Raum nicht nach oben offen war. Abgesehen von der Tatsache, dass es erst drei Uhr nachmittags war. In der Mitte erkannte sie jetzt einen großen Projektor, daneben einen Tisch, in den ein Touchscreen eingelassen war.

»Wie in einem Planetarium«, sagte Allegra staunend.

»Stimmt. Wir haben festgestellt, dass es gerade für Anfänger einfacher ist, in Träume zu sinken, wenn der Körper das Gefühl hat, es sei Nacht. Und was passt da besser als der Sternenhimmel?«, erklärte Madame Berger und lotste die drei jungen Frauen zu einer der Sitzgruppen, die im Raum verteilt standen. Jeweils drei bis vier dunkelblau gepolsterte Ottomanen gruppierten sich um einen niedrigen Tisch. Allegras Blicke wanderten durch den Raum, es mussten etwa zwanzig Tische sein. Der Eingangstür gegenüber befand sich ein niedriges, aber breites schwarzes Regal. Darauf standen zwei Sanduhren, gefüllt mit violettem Sand. Waren das die Sanduhren, die der Bildschirm in Madame Bergers Büro gezeigt hatte? Tatsächlich, an der Decke erkannte Allegra eine Kamera. Sie sah sich weiter um, und jetzt fiel ihr auf, dass im hinteren Bereich des Saals einige der Liegen belegt waren. Da lagen Menschen, alle bedeckt mit einer grünen Fleecedecke. Es sah so aus, als ob sie schliefen, doch ihre Gesichter waren bleich, und sie machten trotz der geschlossenen Augen einen angespannten Eindruck. Einer hatte die Fäuste um die Decke gekrampft, ein anderer presste die Lippen zusammen, und eine Frau hatte den Mund aufgerissen, als ob sie einen tonlosen Schrei ausstieß. Bei diesem Anblick verkrampfte sich alles in Allegra, einen Moment lang konnte sie nicht einmal mehr Luft holen. Zitternd legte sie die verschränkten Hände auf ihren Bauch und zwang sich zu einem mühsamen Atemzug, dann zu einem zweiten.

Stumm wies sie auf die vermeintlich Schlafenden, traute ihrer Stimme nicht.

Florentine nickte. »Ihre Körper sind hier, aber ihre Seelen sind unterwegs. Normalerweise müssten wir sie spüren können, das ist etwas, was sie uns ganz am Anfang beibringen, aber jetzt ... ich spüre gar nichts.« Sie klang, als sei sie den Tränen nahe.

Sofia Adair sagte nichts, aber sie sah ebenfalls zu den Studenten hinüber. Allegra fiel auf, dass sie keine Gehässigkeiten mehr von sich gab. Nicht mal gegenüber Florentine.

Madame Berger drückte Allegra auf eine der Ottomanen und setzte sich neben sie. »Dein Vater war ein sogenannter Scout. Er besaß die Fähigkeit zu erkennen, was in bestimmten Träumen geschieht, ohne sich tatsächlich in dem Traum zu befinden«, fuhr sie mit ihrer Erklärung fort und bestätigte damit das, was Florentine gesagt hatte. »Diese Gabe ist sehr selten. Manche sagen, es gibt weltweit nur einen Scout in einer Generation. Doch leider gibt es kaum Aufzeichnungen darüber. Dein Vater konnte Spuren finden, wo wir nur das weiße Nichts sehen. Deine Eltern versuchten zu erforschen, woher diese Gabe kam – und ob man sie erlernen kann.«

»Kann man laut heutigem Stand der Forschung nicht«, fiel Sofia Adair ein. »Ich habe noch vor Kurzem den neuesten Aufsatz dazu gelesen.«

»Aber ich soll sie haben?«, fragte Allegra. »Also wird sie vererbt?«

Madame Berger musterte sie nachdenklich. »Wir gehen davon aus, auch wenn wir dafür noch keine Beweise haben. Dein Vater hat uns berichtet, dass er dich immer wieder in der Traumwelt angetroffen hat. Morgens hast du ihm erzählt, dass du in der Nacht gruselige Filme angesehen hast. Eine kindliche Erklärung, aber sehr treffend. Wenn du nicht *in* den Träumen gelandet bist – das gab es natürlich auch –, warst du vor den Träumen und hast dir angesehen, was darin passiert. Deine Schwester hat die Gabe allerdings nicht.«

»Woher wissen Sie das?«

»Wir haben Elena getestet, als sie hier war. Ihre Verbindung zur Traumzeit ist bestenfalls rudimentär, und wie du schon sagst, das ist ihr sicher ganz recht. Nein, wenn es jemand hat, dann du.« Sie sah Allegra durchdringend an, dann fuhr sie fort: »Es ist so: Unsere normalen Ortungsmöglichkeiten funktionieren nicht, denn der Traum weist anscheinend keine besonderen Merkmale auf. Wir können Träume klassifizieren, wir können sie reparieren, und wir können träumende Seelen beschützen und in ihren eigenen Traum zurückführen. Doch jetzt ... Selbst wir Agenten müssen wissen, wonach wir suchen – und das tun wir in diesem Fall leider nicht. Es gibt Millionen Träume, das hast du vorhin selbst ganz richtig gesagt. Also, entweder existiert dieser ominöse Traum überhaupt nicht, und wir müssen uns der Tatsache stellen, dass die Seelen unserer Agenten einfach verloren gegangen sind, oder sie sitzen in einem Traum fest, dessen Membran eventuell so verändert wurde, dass der Traum für uns nicht auffindbar ist. Außer vielleicht für dich.«

Allegra schluckte.

Madame Berger atmete tief durch, dann wandte sie sich an die anderen beiden: »Ihr zeigt Allegra, wie man sich entspannt. Im Team, verstanden? Sie muss so schnell wie möglich auf die erste Ebene. Allegra, denk an die Fotos der Studenten, die wir dir gezeigt haben. Lass dich von ihnen leiten. Florentine, du fungierst zudem als Anker für uns, bis Sir Hammond eintrifft. Dann tauscht ihr.«

Florentine nickte ernst.

Madame Berger erhob sich, hastete zum Projektor und hantierte dort an den Hebeln. Allegra blickte nach oben. Die Sternbilder verschoben sich. »Was tut sie da?«, flüsterte sie.

»Sie stellt die Projektion so ein, wie sie vorgestern war. Das macht es für dich leichter«, erklärte Florentine.

Allegra hob die Augenbrauen. Aber wenn sie es genau nahm, klang das auch nicht unwirklicher als alles, was sie bislang gehört hatte. »Was muss ich tun? Wie soll ich mich bitte entspannen? Das geht doch jetzt gar nicht.«

»Leg dich hin«, befahl Sofia.

Folgsam streckte Allegra sich auf der Liege aus und blickte nach oben, doch einen Moment später stützte sie sich wieder auf die Ellbogen. »Alles hängt von mir ab? Aber was ist, wenn ich es nicht kann?«

»Nimm es einfach als erste Unterrichtsstunde«, erwiderte Sofia Adair, scheinbar ungerührt, aber Allegra sah, dass sie angespannt war und immer wieder prüfende Blicke in Richtung der vermeintlich schlafenden Menschen warf.

Jetzt knieten sich Florentine und Sofia rechts und links von ihr auf den Boden, nahmen Allegras Hände und legten die zwei freien Hände auf ihre Stirn und Schläfe. Florentines Hand war feucht vor Aufregung. Sofias hingegen war geradezu angenehm kühl. »Du kannst die Augen schließen oder nach oben in den Himmel schauen«, begann Florentine leise. »Hauptsache, du hörst auf unsere Stimmen.«

Allegras Herz klopfte wild. Wie, um Himmels willen, sollte sie ihren Puls beruhigen? Ihren Atem? Sie war doch nicht Meister Yoda! Hektisch bewegte sie ihre Füße im Kreis und hatte auf einmal das dringende Bedürfnis, sich an der Nase zu kratzen. Sie war überzeugt, wenn sie noch eine weitere Sekunde versuchte, still zu liegen, würde sie eine Panikattacke bekommen. Doch plötzlich hörte sie das Summen. Es war ein sanfter, tiefer Ton, der neben ihr erklang, dann langsam von ihrer rechten Hand aus ihren Arm hinaufwanderte, sich über ihr Gesicht, ihre Schultern und den Brustkorb legte und sie in einen warmen Kokon einhüllte. Ein zweiter Ton gesellte sich dazu, und Allegra begriff, dass Sofia und Florentine dafür verantwortlich waren. Die Töne breiteten sich in ihrem ganzen Körper aus, alles in ihr begann sacht zu schwingen, es war ein Gefühl, als würde sie schweben. Ihre Unruhe löste sich auf, ihr Atem wurde tiefer, die Sterne über ihr funkelten, sie konnte in den Lichtpünktchen sogar verschiedene Farben erkennen.

»Gut so. Entspann dich weiter.« Das war Madame Bergers Stimme. Sie ergänzte die Summtöne, sodass sich ein wunderbarer Dreiklang ergab, der Allegra in einen Strudel zog, sie gleichzeitig benommen und klar machte, ihr das Gefühl gab, zu fallen und zu fliegen. Ein Ziehen in der Nähe ihres Bauchnabels, ein Kribbeln, das ihr über den ganzen Körper lief. Irritiert wollte sie den Kopf heben, doch Sofias Stimme hinderte sie daran.

»Bleib liegen. Das ist ganz normal. Du bist eingehüllt in Wärme und Licht.«

Allegra hörte es, wollte nicken, doch sie brachte nur ein Blinzeln zustande. Neben sich nahm sie verschwommen die drei Frauen wahr, über sich den Sternenhimmel. Seltsam – sie war einerseits noch im Traumsaal und spürte, wie ihr reales Ich auf der Liege lag, doch gleichzeitig stand sie schon irgendwo ... anders. Weiß war es um sie herum, neblig, sie konnte keine drei Schritte weit sehen. Und jetzt verließ sie den Traumsaal ganz und gar. Sie blickte an sich herunter und konnte ihre Füße nicht sehen. Der Nebel verschluckte sie. Dennoch fühlte sich der Boden unter ihr fest an, irgendwie ... real.

»Gut so. Jetzt stell dir vor, dass sich vor dir viele Träume befinden, jeweils umhüllt von einer Membran. Denk an die Gesichter, die du angeschaut hast.« Sie machte eine kurze Pause. »Siehst du etwas?«

»Nein, nur den Nebel ...«

»Es funktioniert vielleicht nicht auf Anhieb. Versuch es weiter, bitte.« Madame Bergers Stimme klang gepresst.

Allegra wollte ihr so gerne helfen, aber sie wusste nicht, wie. Wie hatte ihr Vater das gemacht? Wie sah man bitte schön in Träume hinein? Und wo waren sie überhaupt?

In diesem Moment schälten sich ganz langsam mehrere große Lichtkugeln aus dem Nebel. Eine nach der anderen, es war eine riesige Reihe, und dahinter wieder welche, und noch mehr …

»Wow«, hauchte sie. »Sind das die Träume?« Sie ging vorsichtig näher heran und erkannte, dass die Kugeln, die bestimmt doppelt so hoch waren wie sie selbst, zum Teil durchsichtig waren und dass sich darin etwas bewegte. Allegra setzte ihre Füße ganz sanft auf, sie befürchtete, dass diese zarten Gebilde, die nicht stabiler aussahen als Seifenblasen, einfach zerplatzen könnten. Ihr Herz schlug wild, als sie ihr Gesicht vorsichtig einer der Lichtkugeln näherte. Sie schloss die Augen und atmete tief ein. Ihr Herz raste schon wieder, ihre Hände waren schweißnass. Irgendwoher kamen Töne. Gesprächsfetzen, Musik, das Rauschen des Windes. Beim Ausatmen öffnete Allegra die Augen – und sah in den Traum hinein!

»Ich stehe vor einem Meer aus Träumen«, flüsterte sie und fühlte, wie ihr das Herz weit wurde. »Und ich kann hineinsehen!«

Madame Berger war die Erleichterung anzuhören. »Oh, Allegra. Das ist wunderbar! Ich habe es so gehofft …«

Allegra wischte sich die Hände an ihrer Hose ab, schloss noch einmal die Augen und öffnete sie wieder. »All das geschieht grade wirklich? Das sind echte Träume? Irre.« Auch wenn Madame Berger ihr das angekündigt hatte – es tatsächlich zu erleben, war eine ganz andere Erfahrung. »Es sind Hunderte, nein, Tausende! Wie soll ich da bloß den richtigen finden? Ich weiß ja gar nicht, wie er innen aussieht …« Und damit wich Allegras Euphorie schlagartig der Ernüchterung. Vorsichtig lief sie an der vorderen Reihe entlang, darauf bedacht, die Membranen nicht zu berühren. »Und jetzt? Wie geht's weiter?«

In diesem Moment zogen dünne Nebelschwaden vom Boden nach oben, und sie runzelte irritiert die Stirn. »Was ist das denn?«

»Das sind die Traumfäden. Ignoriere sie einfach, sie sind für dich momentan ungefährlich. Stell dir die Menschen vor, die du suchst!« Madame Berger klang jetzt wieder zuversichtlicher. »In der Traumwelt gibt es keine Entfernungen. Unser Gehirn gaukelt uns hier Distanzen vor, ansonsten würden wir diese Welt gar nicht begreifen können.«

Allegra tat, was ihr gesagt wurde, und ließ sich einfach durch die weiße Welt ziehen, vorbei an den schimmernden Träumen. Solange das Summen sie umhüllte, konnte ihr nichts passieren, das fühlte sie. Alle Träume, an denen sie vorbeikam, waren perfekt geformte Kugeln, manche leuchteten in bunten Farben, in manchen sah sie durch die transparente Hülle vollkommen real wirkende Details – ein Bücherregal, eine Kochnische, eine Parklandschaft –, in manchen erkannte sie nur Grautöne. »Ich kann wirklich sehen, was in den Träumen vor sich geht«, murmelte sie. »Das gibt's doch nicht.«

»Allegra?« Madame Bergers Stimme klang wie von weit her. »Was siehst du?«

»So viel!«, sagte Allegra benommen, riss sich dann aber zusammen. Staunen konnte sie später. Sie holte sich die Gesichter von den Fotos wieder vor ihr inneres Auge. Und etwas zog sie weiter, bis sie das deutliche Gefühl hatte, den Gesichtern näher gekommen zu sein. Sie lenkte ihre

Schritte auf einen Traum zu, der nur teilweise erhellt war. Ein großer Bereich lag im Dunkeln. Der Nebel hatte sich wieder etwas gelichtet, und Allegra blickte gespannt durch die Membran, die sie als leichtes Schimmern in der Luft wahrnahm. »Da sind ... so was wie Felsen«, berichtete sie. »Ich sehe Eis, Berge, nein, drei Felsnadeln. Daneben eine große Eisfläche, vielleicht ein See? So irgendwie stelle ich mir die Arktis vor ...«

Madame Berger sog scharf die Luft ein. »Ist es hell oder dunkel?«

»Es dämmert. Die Sonne geht gleich unter, ich kann lange Schatten auf der Eisfläche erkennen.« Sie atmete schneller, ihr Herz klopfte. »Und da liegt jemand! Nein, es sind mehrere Personen!«

»Sind es unsere Leute?«

»Könnte sein, ich sehe es nicht, sie sind zu weit weg. Der Traum ist traurig. Aber irgendwie auch wunderschön.« Allegra trat noch näher an die Kugel heran.

»Stopp!«, sagte Madame Berger scharf. »Bleib stehen!«

»Aber er ist so schön. Ich möchte ...« Allegra machte einen weiteren Schritt.

In diesem Moment tauchte Madame Berger neben ihr auf, Sofia ein paar Schritte hinter ihr. Um beide herum schimmerte die Luft ganz leicht bläulich – was war das denn? Doch bevor sie fragen konnte, hörte sie ein scharfes: »Das reicht! Es könnte der richtige sein, wenn er dich so lockt. Aber ich will nicht riskieren, dass du auch noch darin verschwindest. Bleib stehen!«

Allegra hob die Hand, sie konnte gar nicht anders, der Traum zog sie magisch an, sie fühlte, wie sich die Härchen an ihrem Arm aufrichteten, und stieß einen überraschten Schrei aus, als ihre Hand durch die Membran glitt. Ein Schritt, noch einer, und jetzt war die Luft, die sie einatmete, mit einem Mal eisig kalt. Sie drehte sich um, doch Madame Berger und Sofia waren verschwunden. Die Membran hatte sich hinter ihr geschlossen.

»Wahnsinn«, sagte Allegra halblaut. Sie stellte fest, dass sie zwar hinein-, aber nicht hinaussehen konnte. Semipermeabel, schoss ihr durch den Kopf, ein einzelner Wissensschnipsel aus irgendeiner Biostunde, in der es um den Zellaufbau gegangen war. Nur in eine Richtung durchlässig, oder so ähnlich. Plötzlich durchfuhr es sie wie ein Blitz. Was sie hier tat, war verboten!

Sie brach das Tabu – ohne Genehmigung.

Was würde Madame Berger sagen, wenn sie wieder zurückkam? Konnte man von der Akademie verwiesen werden, bevor man richtig da war? Allegra lachte verzweifelt auf. Aus dem Augenwinkel bemerkte sie, wie sich eine der Gestalten am Boden bewegte. Ein leises Stöhnen folgte. »Hey«, rief eine kraftlose Stimme.

Allegra zuckte zusammen. Konnte ihr der Traum gefährlich werden? War das eine Falle? Wer weiß, was für Monster hier lauerten ... Sie blickte nach rechts und links, auch nach oben in den dunkelblauen Himmel. Keine Bewegung war zu sehen, kein Laut zu hören. Es machte alles einen friedlichen Eindruck – war das wirklich der gefährliche Traum, in dem Leute gefangen gehalten wurden? Sie machte einen vorsichtigen Schritt, testete den Boden unter ihren Füßen – er schien stabil.

»Hey«, rief die Stimme erneut.

Jetzt lief Allegra los. Jemand, der am Boden lag, stellte hoffentlich keine Gefahr dar. Es kam ihr so vor, als schwanke der Boden unter ihren Füßen, aber vielleicht bildete sie sich das auch nur ein. Als sie näher kam, sah sie, dass es mehrere Menschen waren, die hier im Windschatten eines großen Felsens lagen. Drei junge Männer, eine junge Frau. Sie erkannte ihre Gesichter von den Fotos wieder, wenn ihr auch die Namen entfallen waren. Nur einer war wach – der, der gerufen hatte. »Kannst du uns helfen? Bitte«, flüsterte er. Die wenigen Worte hatten seine Kraft aufgebraucht, er schloss die Augen und atmete stoßweise. An seinen Wimpern hingen Eiskristalle, seine Lippen waren aufgerissen. Das waren keine hilflosen träumenden Seelen, sondern ausgebildete Agenten – und trotzdem setzte ihnen der Traum so zu? Wie konnte das sein? Allegra kniete neben ihm nieder. »Ich hol euch hier raus«, versprach sie und hoffte inständig, dass sich diese Worte nicht als Lüge erweisen würden. Ihre Schuhe hatten keine Spuren im Schnee hinterlassen, sie fand keinen Hinweis darauf, wo der Traum endete, wo diese Membran, durch die sie so leicht hindurchgeglitten war, sich befand. Die Erde erzitterte auf einmal, am Himmel erschienen jetzt bedrohliche Wolken, der Wind frischte auf.

Die Gesichter der Agenten wurden noch blasser, die Lippen bläulich. Entschlossen zog Allegra den, der sie angesprochen hatte, am Ärmel seiner Jacke. »Komm, steh auf«, sagte sie, und er schlug die Augen auf und nickte schwach. »Ich versuch's«, gab er zurück und hustete trocken. Mühsam kam er auf die Beine. Währenddessen versuchte Allegra, die anderen wach zu bekommen. Sie schüttelte sie an der Schulter, klopfte ihnen auf den Arm. Nach und nach öffneten sie die Augen, erhoben sich schwerfällig, doch ihre Blicke waren leer. Sie hatten aufgegeben. Allegra schauderte. Noch ein wenig länger, und es wäre ganz sicher zu spät gewesen. So hatte sie sich die Arbeit als Traumagentin nicht vorgestellt. Die Frau klapperte mit den Zähnen. »Mir ist so kalt«, flüsterte sie. »Ich will nach Hause ...«

Sie hielten sich an den Händen und blickten zu Allegra, die sich langsam um sich selbst drehte und nach einem Hinweis Ausschau hielt, irgendetwas, das auf einen Ausgang hindeutete. »Wie seid ihr hier reingekommen?«, fragte sie.

Niemand antwortete. Verwirrung zeichnete sich auf den Gesichtern ab.

»Irgendwo muss doch die Membran sein. Ihr seid hier reingekommen, ich bin's auch. Es muss auch wieder einen Weg raus geben.« Allegra klang sicherer, als sie sich fühlte. Sie drehte sich noch einmal im Kreis, und jetzt sah sie in der Ferne etwas, das aussah wie weitere Menschen, die sich auf dem Boden eng aneinandergeschmiegt hatten. »Wer sind die da drüben? Können die vielleicht was tun? Sind das eure Kollegen?«

»Das sind die Träumer, die wir gesucht haben«, gab jetzt die Frau zur Antwort.

»Dann müssen wir sie doch mitnehmen, oder? Sie müssen doch zurück in ihre eigenen Träume«, sagte Allegra und wollte schon loslaufen, doch die Antwort hielt sie zurück.

Die Frau schüttelte müde den Kopf. »Sie können nicht weg, der Traum hält sie fest. Sie haben es versucht, doch jetzt haben sie keine Kraft und keinen Willen mehr.«

Allegra schwirrte der Kopf. Im Gegensatz zu den anderen war ihr nicht wirklich kalt, doch der eisige Wind pfiff ihr um die Ohren und erschwerte ihr das Denken. Angestrengt spähte sie in die Richtung, aus der sie gekommen war. Wo war denn jetzt die verdammte Öffnung? Auch wenn sie sich erst seit Kurzem darin befand, hatte sie das Gefühl, dass der Traum ihr die Luft zum Atmen nahm, dass es immer enger um ihre Brust wurde. Sie wollte weg von hier, so schnell wie möglich. Dunkle Punkte tanzten vor ihren Augen, und nur mühsam gewann sie ihre Fassung zurück.

Raus, lasst uns raus!, dachte sie flehentlich, sah dabei die Öffnung in der Membran schon fast vor sich.

Nichts.

Sie dachte an die zarte Membran, stellte sich die Öffnung darin vor, und als sie die Hände zu Fäusten ballte und kurz davor war, ihre Panik hinauszuschreien in die kalte Luft, da nahm sie plötzlich ein Schimmern wahr, das immer heller wurde. Die Membran!

»Da geht's lang!«, rief sie, schnappte den Agenten neben sich am Jackenärmel, und in einer Reihe, mehr taumelnd als laufend, stolperten alle hinter Allegra aus dem Traum hinaus, direkt in die Arme von Madame Berger, die sie mit aufgerissenen Augen in Empfang nahm. »Oh, Allegra, wie konntest du nur? Ich dachte schon, wir hätten euch alle verloren. Schnell, kommt mit uns! Sofia, Florentine, los, los, sie müssen zurück!«

Kurz spürte Allegra eine Hand an ihrer Wange, dann fühlte sie das Ziehen in ihrer Körpermitte, und das Polster drückte wieder in ihren Rücken.

Sie war zurück im Traumsaal.

Florentine setzte sich auf Allegras Liege und sah sie mit unergründlichem Gesichtsausdruck an.

Allegra lächelte, zupfte an ihrer grünen Decke und richtete sich langsam auf. Ihr taten alle Knochen weh. Vorsichtig schwang sie die Beine auf den Boden, stützte sich mit den Händen auf und ließ den Kopf für ein paar Sekunden hängen. »Das waren die verrücktesten Minuten meines Lebens«, erklärte sie dumpf und fühlte den Rest eines Schauers über ihren Rücken rieseln. Sie streifte Florentines Arm und zuckte zusammen. Ihre Haut glühte, als hätte sie Fieber!

»Das ist ganz normal«, erklärte Florentine, die ihren erschrockenen Blick bemerkt hatte. »Du bist auch noch wärmer als normal. Das klingt wieder ab.«

Allegra nickte zögernd.

In den nächsten Minuten nahm Allegra alles wie durch einen Schleier hindurch wahr. Madame Berger, die die geretteten Agenten umsorgte und gleichzeitig mit Fragen überschüttete. Die vier, die sich die grünen Decken umlegten, zögernd Antworten murmelten und immer wieder verwirrte Blicke tauschten. Sofia, die neben einem von ihnen saß und ihm immer wieder über die Hand streichelte. Sie lehnten sich Stirn an Stirn, er flüsterte ihr etwas zu, und sie lächelte.

»Weißt du, ich hab schon einiges über deine Eltern gelesen und was sie gemacht haben, aber dich in Aktion zu sehen ist noch mal eine ganz andere Nummer«, raunte Florentine. »Du siehst die ganzen Träume gleichzeitig? Und du warst in einem Traum drin? Das ist ... ach, ich weiß gar nicht, wie ich's nennen soll ... irre!«

Allegra hob verlegen die Hände und ließ sie wieder fallen, wies dann auf Madame Berger und Sofia. »Ich sehe Lichtkugeln, und wenn ich rangehe, ist das wie ein Film, der da drin abläuft. Wie ist es denn bei euch?«

»Das mit den Kugeln ist bei mir genauso, aber sie sind weiß und undurchsichtig, wie der Nebel. Als du reingegangen bist, haben wir fast einen kollektiven Herzinfarkt gekriegt ...«

»Es hat mich irgendwie reingezogen. Und ich hätte fast nicht mehr rausgefunden«, gab Allegra zu und fühlte erneut die Panik von vorhin.

Die Erschöpfung war den Agenten anzusehen, sie bewegten sich langsam, hielten sich aneinander fest, als könnten sie noch nicht recht glauben, dass sie wirklich wieder ganz zu Hause waren.

Allegra stemmte sich hoch und half Florentine, die jetzt durch den Raum wuselte, Trinkbecher mit Tee füllte und sie den Zurückgekehrten brachte. Der Mann, der sie um Hilfe gebeten hatte, stürzte drei Becher hinunter, die anderen nippten vorsichtig, als könnten sie sich noch nicht darauf verlassen, dass ihr Magen das aushielt. »Ich hab fürchterlichen Hunger! Die Küche kann sich schon mal drauf einstellen«, stöhnte der neben Sofia. Es war der, mit dem sie im Traum gesprochen hatte. Erst jetzt bemerkte Allegra, dass sein Tattoo auf der Wange einen kleinen Vogel mit ausgebreiteten Schwingen darstellte. Er gab Sofia einen Kuss auf die Stirn und stand auf, nahm von Florentine, die ihn anstrahlte, einen weiteren Becher entgegen und lächelte dankbar.

»Du musst eben mal die Träume eines Chefkochs besuchen«, sagte sein Kollege. »O Mann, das war eine der seltsamsten Missionen meines Lebens. Wie sind wir da überhaupt reingekommen? Wie lange waren wir drin? Die Sanduhren sind abgelaufen, siehst du das?«

Allegra warf einen verdutzten Blick auf die gläsernen Gefäße. Tatsächlich. Der ganze Sand hatte sich unten gesammelt. Wie viel Zeit war vergangen? Sie hätte ihren Aufenthalt in der Traumzeit auf höchstens eine halbe Stunde geschätzt – das war offensichtlich falsch ... Die Traumzeit war trügerisch.

»Lorenzo, wer hat uns rausgeholt?«, fragte jemand.

Lorenzo zog Sofia von der Liege hoch, legte den Arm um ihre Schultern und sah sich aufmerksam um. Sein Blick fiel auf Allegra. »Du warst das!«

Allegra starrte Lorenzo fasziniert an. Immer wenn er sprach, bewegte sich der Vogel auf seiner Wange, als würde er fliegen.

»Und wer bist du?«

»Das ist Allegra. Allegra *Heller*«, sagte Sofia, bevor Allegra sich vorstellen konnte.

Lorenzo bemerkte den Unterton und zog eine Augenbraue hoch. »Freut mich, dich kennenzulernen, Allegra Heller. Ich bin Lorenzo Cruz. Du hast uns das Leben gerettet, scheint es mir. Danke!«

Sofia verzog den Mund, und Allegra zuckte innerlich mit den Schultern. Sie konnte auch ohne Mademoiselle Adairs Gunst leben.

Lorenzo lächelte Allegra anerkennend an. »Danke! Du warst großartig!« Er wartete ihre Antwort nicht ab, streckte ihr seine freie Hand hin.

Allegra ergriff sie verlegen, sie war Komplimente nicht gewohnt. Lorenzos Hand war eisig, es schien wirklich, als hätte sie die Agenten im allerletzten Moment gerettet.

Dann schnappte sie nach Luft. Eine dunkle Welle brandete ihr entgegen, türmte sich hoch auf und drohte, über ihr zusammenzuschlagen. Keuchend beugte Allegra sich nach vorne, ihre Lungen drohten plötzlich zu explodieren. Bunte Punkte tanzten vor ihren Augen. Nur noch vage bekam sie mit, dass Madame Berger sie stützte und ihren Namen rief. In ihren Ohren rauschte es, das Schlagen ihres Herzens wurde lauter und lauter, um sie herum wurde es schwarz.

4.

Sie würde nicht untergehen! Dieser Gedanke, auch wenn sie nicht wusste, woher er in diesem Moment kam, gab ihr Kraft. Hustend und spuckend kam sie zu sich. Das Gefühl zu ersticken löste sich auf, und dankbar sog sie die Luft ein, ließ sie in Bauch und Brustkorb strömen, wie sie es vor langer Zeit beim Karatetraining gelernt hatte. Einfach nur atmen. Den Bauch spüren, die Rippen, die Seiten, bis in die Lungenspitzen. Dann schlug sie die Augen auf.

Sie lag in einem Bett, jemand hatte ihr eine dünne Decke bis zum Kinn gezogen. Das Kopfteil war leicht erhöht, sodass sie sich umsehen konnte: ein freundliches, helles Zimmer, ein kleiner Wasserfall fiel lautlos an einer schmalen Steinwand herab. Durch das Fenster schien die Nachmittagssonne. Ein Tisch und zwei Stühle waren zu sehen, daneben ein Gerät mit Monitor. Sie bewegte vorsichtig Hände und Füße, und da sich alles richtig anfühlte, schlug sie die Decke zurück und setzte sich auf. Was war das vorhin gewesen? Hatte Lorenzo ihr diese Ohnmacht beschert? Schon allein der Gedanke an seine Berührung ließ sie zittern. Noch nie hatte sie etwas so abgrundtief Böses gespürt, das war ja schlimmer gewesen als in jedem Horrorfilm! Was hatte Lorenzo gegen sie? Oder war es nur ein Zufall gewesen und hatte gar nichts mit ihm zu tun? War es so was wie eine Botschaft aus der Traumwelt gewesen? Allegra fuhr sich mit den Händen übers Gesicht und massierte sich mit Daumen und Mittelfinger die Nasenwurzel. Langsam ließ der Druck hinter ihrer Stirn nach.

Die Tür ging auf, und zwei besorgte Gesichter schauten herein: Madame Berger und Florentine.

»Na endlich«, sagte Florentine. »Wir dachten schon, wir kriegen dich gar nicht mehr wach.« Aber sie klang mehr erleichtert als spöttisch.

Madame Berger trat ans Bett und musterte Allegra mit prüfendem Blick.

Allegra lächelte schwach. »Mir geht's gut«, sagte sie. »Mich hat's nur kurz umgehauen. Das ist alles ganz schön neu für mich.« Die Sache mit Lorenzo erwähnte sie lieber nicht. Nicht, bevor sie wusste, woher diese dunkle Welle gekommen war.

Madame Berger legte ihr eine Manschette um den Oberarm, maß Blutdruck und Puls und lächelte jetzt ebenfalls. »Alles in Ordnung. Wenn du dich sicher auf den Beinen fühlst, wird Florentine dich zurück in euer Haus begleiten. Erhol dich noch ein bisschen. Dein Unterricht beginnt morgen. Komm um acht Uhr in mein Büro.«

»Moment mal«, erwiderte Allegra und hielt sie am Ärmel fest, »wie lange habe ich geschlafen? Und was genau ist eigentlich mit dem Team passiert? Mit mir sind nur vier rausgekommen – was ist mit den anderen? Und die Frau hat gesagt, da sind auch noch Träumer? Was hat das alles zu bedeuten?«

Madame Berger warf Florentine unter hochgezogenen Augenbrauen einen deutlichen Blick zu und legte Allegra kurz die Hand auf die Schulter: »Das besprechen wir alles morgen. Bitte bewahre den anderen gegenüber vorerst Stillschweigen über das, was du in diesem Traum gesehen hast, ja? Du warst ganz großartig. Vielen Dank. Alles andere hat Zeit.« Damit verließ sie den Raum und ließ Allegra irritiert zurück.

»Zeit? Wie jetzt – Florentine, kannst du mir das bitte erklären?« Allegra stand auf, stellte fest, dass ihr nicht schwindlig wurde, und suchte daraufhin unter dem Bett nach ihren Schuhen.

Florentine bückte sich und warf Allegra einen Schuh zu. »Wir gehen rüber zu uns, ich mache uns einen Tee, und dann reden wir.« Sie gähnte und hielt sich die Hand vor den Mund. »Tut mir leid, ich war fast die ganze Nacht wach.«

»Wie bitte? Wie spät ist es eigentlich?«

Florentine blickte auf ihre Armbanduhr. »Elf.«

»Uhr?« Allegra starrte perplex nach draußen. Das war also nicht die Nachmittagssonne.

»Was dachtest du denn? Grad Celsius?«

»Ich war die ganze Nacht hier?« Allegras Stimme ging eine Oktave nach oben. Das konnte doch nicht sein!

»Mal sehen. Du bist gegen fünf Uhr nachmittags umgekippt, jetzt ist es elf Uhr morgens. Also ja – die ganze Nacht.« Diesmal klang der Spott deutlich durch.

»Sorry«, sagte Allegra verwirrt. »Ich dachte, ich bin nur kurz weg gewesen.« Kopfschüttelnd folgte sie Florentine aus dem Zimmer hinaus in die Sonne. Ihre erste Nacht in der Akademie hatte sie sich anders vorgestellt. Obwohl, wenn man sich nicht daran erinnern konnte, galt das auch nicht so richtig, also hatte sie ihre erste Nacht noch vor sich. Dieser Gedanke tröstete sie. Ebenso, dass sie in Florentine eine so sympathische Mitbewohnerin gefunden hatte. Ob die anderen Studenten auch so nett waren? Auf jeden Fall waren alle älter als Allegra, so viel stand fest.

Draußen war es bereits richtig heiß, und Allegra spürte, wie ihr das T-Shirt schon nach wenigen Schritten am Rücken klebte.

»Willst du kurz auspacken? Dann kümmere ich mich in der Zwischenzeit um den Tee«, bot Florentine an, als sie Haus Nummer 23 erreichten. »Oder hast du vielleicht Hunger?« Sie hielt eine Hand vor den kleinen Scanner und drückte die Tür auf.

Allegra horchte in sich hinein und merkte, dass ihr Magen ein einziges Loch war. »Riesenhunger«, bestätigte sie. »Aber an der Mensa sind wir doch schon vorbei, oder?«

»Wir könnten auch Pizza bestellen«, schlug Florentine vor. »Wenn wir Madame Marius ganz nett bitten, bringt sie uns eine.«

Allegra überlegte kurz. »Ich weiß nicht, wer Madame Marius ist, aber eigentlich würde ich gerne den Rest der Akademie sehen. Ich hab ja nur noch heute Zeit, mich in Ruhe umzuschauen.«

»Okay, dann Mensa. Mittagessen wird ab zwölf angeboten. Hier sind ein paar Kekse, damit kannst du anfangen. Heute gibt es Hühnchen, soweit ich weiß. Und Madame Marius ist unsere Köchin. Sie kocht toll.« Florentine hantierte in der kleinen Küchenzeile herum. »Magst du Kräutertee?«

»Gibt's bei dir auch diesen Spezialtee? Na, von mir aus. Ich trinke alles. Außer Cola, davon wird mir schlecht.« Allegra wuchtete die zwei Koffer auf ihr Bett und sah sich um. Hier würde sie also die nächsten zwei Jahre wohnen. Das Zimmer war kleiner als ihr Zimmer zu Hause, aber gemütlich. Dunkler Holzboden, darauf ein Teppich in Blautönen. Ein breites, leeres Bücherregal, das darauf wartete, gefüllt zu werden. Ein Bett an der Wand, etwas erhöht, mit zwei Schubladen darunter und einer bunt gemusterten Tagesdecke darauf. Ein kleiner Sessel, ein Schreibtisch, darüber ein kleines Hängeregal. Und rechts vom Schreibtisch ein großes Fenster, das freie Sicht auf den nördlichen Teil der Rhone-Insel bot, auf der die Akademie lag. Oberhalb des Fensters befand sich ein länglicher Kasten. Neugierig reckte Allegra sich und klopfte dagegen. Eine Klimaanlage?

»Das ist ein Mückengitter, das du wie ein Rollo runterziehen kannst«, erklärte Florentine, die in der Tür stand und Allegra jetzt eine dampfende Tasse reichte. »Und ich sage dir, das brauchst du auch. Die Mücken bringen dich sonst um. Du musst dir unbedingt ein Spray besorgen.«

Allegra nippte vorsichtig an ihrem Tee. Er war heiß und süß und tat ihr gut. »Also, ich kann dich hier mit Fragen bombardieren – oder beim Mittagessen. Was ist dir lieber?« Mit diesen Worten trat sie ins Wohnzimmer und ließ sich auf das Sofa sinken.

»Ach …«

»Selber ach! Komm schon. Madame Berger will mir heute nichts mehr sagen, aber das könnt ihr doch nicht machen! Sag mir wenigstens, ob ihr später noch andere habt rausholen können.« Noch bevor Florentine antworten konnte, wusste Allegra die Antwort.

»Acht sind in diesem Traum geblieben.« Florentine zählte an den Fingern ab. »Emma und Paul aus dem zweiten Jahr und Jeffrey und Solveig, die Mentoren. Außerdem Hiromi, Paula, George und Alex, auch alles ältere Semester.« Sie lehnte sich gegen die Küchenzeile und zog die Nase hoch.

»Und jetzt? Soll ich noch mal rein und es versuchen?«, fragte Allegra.

»Das geht nicht. Es ist zu spät. Wenn die Sanduhr durchgelaufen ist, verwehen die Seelen, weil sie keine Verbindung mehr zur realen Zeit haben. Wir haben sie verloren. Endgültig.« Florentine räusperte sich, blinzelte und griff nach einem Taschentuch. »Sie sind tot«, sagte sie erstickt.

Allegra verstand plötzlich. »Du warst mit einer befreundet, richtig?«

»Solveig war meine Mentorin«, erklärte Florentine leise.

»Hat jeder Student eine Mentorin?«

»Mentoren hat man je nach Bedarf im ersten halben Jahr oder auch ein ganzes Jahr lang, sie helfen einem, mit allem zurechtzukommen. Solveig ist ... war ...« Florentine schluckte, dann sprach sie mit erstickter Stimme weiter: »Witzig, begabt und einfach nur nett. Ich vermisse sie sehr.«

»Ich versteh es trotzdem nicht. Wie ist das mit den Sanduhren? Die können doch nicht bestimmen, wer überlebt.«

»In gewisser Weise schon. Es sind keine gewöhnlichen Sanduhren. Sie beginnen zu rieseln, wenn wir auf Streife gehen. Und wir müssen zurück sein, bevor der ganze Sand durchgeflossen ist, sonst bleiben unsere Seelen für immer in der Traumzeit – oder wenn sie doch zurückkommen, sind sie meist kaum wiederzuerkennen.«

»Was? Aber können die acht nicht einfach warten, bis ihr wiederkommt und sie holt?«

Florentine seufzte. »So einfach ist das nicht. Meyers zweites Gesetz der Physik des Traums besagt«, sie hob die Hände und deutete Gänsefüßchen an, »*dass ein vorab defi-*

niertes Zeitfenster in der ersten und zweiten Ebene besteht. Danach nimmt der Geist irreparablen Schaden. Der Körper merkt es, wenn sein Band zur Seele zerreißt, und dann stirbt man. Nicht gleich, aber nach ein paar Tagen.«

»Aber die Menschen schlafen und träumen doch auch die ganze Nacht«, protestierte Allegra.

»Nur in den REM-Phasen. Für uns, die wir ja gar nicht schlafen, sondern dort auf Streife gehen, gelten eben andere Regeln.«

»So langsam verstehe ich, warum die Ausbildung nicht in sechs Wochen abzuhandeln ist.« Allegra stöhnte.

»Du hast jetzt natürlich eine massive Dosis abbekommen«, meinte Florentine mitfühlend. »Als ich hier ankam letztes Jahr, haben wir erst mal wochenlang Theorie gepaukt. Meine erste Traumsequenz ... ach, da war ich bestimmt schon zwei Monate hier.« Florentine trank ihren Tee aus und bemühte sich um einen leichteren Ton. »Hier ist übrigens dein Stundenplan.« Sie nahm ein Blatt von der Anrichte und hielt es Allegra entgegen. »Wunder dich nicht, als Erstes werden sie dich morgen durchprüfen und schauen, auf welchem Level sie dich eingruppieren müssen.«

»Wahrscheinlich auf dem untersten«, sagte Allegra finster. »Ich bin Anfängerin in allem.«

»Das glaube ich nicht. Welche Sprachen sprichst du?«

»Deutsch, Französisch, Englisch nicht so richtig gut. Ich kann mich meistens ganz gut verständigen, nur mit der Grammatik hab ich es nicht so.«

»Siehst du? Dann kannst du dir den Französischkurs schenken. Hast du Erfahrung in Meditation?«

»Hab ich tatsächlich.«

»Nahkampf? Das wird zwar selten gebraucht, aber sie bieten es an. Zumindest ein Basistraining muss jeder von uns machen.«

»Ich hab früher mal Karate gemacht. Bis zum grünen Gürtel. Reicht das?«

»Ja, ich denke schon.«

Allegra überflog das Blatt. Zusätzlich zu dem, was Florentine bereits angesprochen hatte, standen Fächer wie *Aktives Träumen*, *Schlafforschung*, *Psychologie*, *Simulation*, *Verhandlungsführung* und verschiedene Sportarten auf dem Plan sowie ein Fach mit dem verheißungsvollen Titel *Improvisation*. Es war gelb unterlegt, genauso wie Übungsstunden, die nicht genauer spezifiziert waren.

»Bin ich denn die einzige Anfängerin?«

»Ja, weil wir schon am Ende des Schuljahres sind. Wir haben Unterricht bis Ende Mai, danach gibt es Prüfungen. Die Neuen kommen eigentlich immer im September. Abgesehen davon haben sie hier ganz schöne Nachwuchsprobleme, da entstehen keine großen Jahrgänge. Dafür kriegen wir aber sehr intensiven Unterricht.« Florentine zog eine Grimasse. »Ach ja: Morgen nach dem Frühstück wird es eine Gedenkstunde geben. Wir hatten vor ein paar Wochen schon mal eine, es ist einfach gruselig.« Mit Schwung stellte sie ihre Tasse in die Spüle und ließ Wasser hineinlaufen. »Ich muss noch kurz was erledigen. Ich hole dich in einer halben Stunde ab, dann gehen wir essen, okay?«

Allegra starrte sie an, als hätte sie Chinesisch gesprochen. Madame Berger hatte es gestern erwähnt, aber erst jetzt traf sie dieses Wissen mit voller Wucht. »Soll das heißen, ihr verliert *öfter* Leute? Also die ... ihre Seelen ... verschwinden in der Traumwelt und kommen nie wieder zurück? Das ist doch Wahnsinn.«

Florentine nickte. Unvermittelt schossen ihr Tränen in die Augen, und sie drehte sich weg.

Für einen Augenblick sah Allegra vor ihrem inneren Auge ihre Eltern. War es ihnen auch so ergangen? Hatte ihr Tod auch mehrere Tage gedauert? Niemand hatte darüber mit ihr gesprochen, sie hatte ja auch gar nicht gewusst, welche Fragen sie hätte stellen können. Sie atmete tief durch. »Entschuldigung«, sagte sie dann leise. »Ich weiß einfach noch viel zu wenig von ...«, sie machte eine umfassende Armbewegung, »... von all dem.« Sie strich Florentine hilflos über den Arm, dann lief sie in ihr Zimmer und begann, wahllos Kleidung in den Schrank zu räumen und Kosmetik im Bad zu verteilen. Nach ein paar Minuten sah sie sich um. In ihrer Verwirrung hatte sie die T-Shirts auf dem Klodeckel abgelegt und das Shampoo ins Bücherregal gestellt. Sie öffnete das Fenster, obwohl sie damit die Hitze hereinließ, atmete den würzigen Duft ein, den der Park verströmte, und versuchte sich zu beruhigen. In was war sie da bloß hineingeraten? Sie hatte gewusst, dass die Akademie kein Ferienlager war – nicht umsonst hatte Elena sie immer wieder darauf hingewiesen –, aber diese »Todesrate« überstieg doch alles, was sie in Bezug auf die Gefährlichkeit der Ausbildung erwartet hatte. Beim Gedanken an Elena hellte sich ihre Miene dennoch auf. »Ich ruf dich später an, große Schwester«, sagte sie halblaut. Sie klopfte sich noch ein paar Kekskrümel vom T-Shirt und ging kurz unter die Dusche. Das verschwitzte

Shirt warf sie in das unterste Schrankfach, dann streifte sie sich eine ärmellose Jeansbluse über, die sie erst kürzlich gekauft hatte, ging durchs Haus, öffnete die Eingangstür und setzte sich im Halbschatten auf die vordere Treppe, um auf Florentine zu warten.

Kurz darauf liefen sie gemeinsam die sorgsam geharkten Wege entlang, zurück zum Hauptgebäude. Diesmal führte Florentine sie zu einem Seiteneingang, der direkt in ein Treppenhaus führte. »Wir müssen in den ersten Stock«, verkündete sie, und ihre Stimme hallte von den Wänden wider. Florentine ging voran, hinein in einen großen Raum, dessen Fenster auf den hinteren Teil des Geländes wiesen, und jetzt hörte Allegra zum ersten Mal seit ihrer Ankunft gedämpftes Stimmengewirr. Französisch, Englisch und Spanisch. An großen runden Tischen saßen rund dreißig Studenten und Lehrer. Es duftete nach Thymian und Knoblauch, auf den Tischen standen Karaffen mit Wasser und die obligatorischen Körbchen mit aufgeschnittenem Baguette.

Allegra blieb an der Tür stehen und sah sich unauffällig um. Lorenzo war nirgendwo zu sehen. Sofia Adair auch nicht. Doch sämtliche Köpfe wandten sich ihr zu, und ein Raunen lief durch den Raum. Allegra wurde rot, hielt den Blick gesenkt und konzentrierte sich auf das Büfett. Sie hielt sich an Florentine, nahm sich ebenfalls einen großen Teller und belud ihn mit allem, was das Büfett hergab: Hühnerflügel, Tarte sétoise, Muscheln in cremiger Soße, Bohnengemüse.

Die Stimmung im Raum war gedrückt, das war auch für sie als Fremde zu spüren. Florentine blieb an einem Tisch im hinteren Teil des Raums stehen, an dem schon drei Studenten saßen. »Darf ich euch Allegra vorstellen?«, sagte sie und trat einen Schritt zur Seite, damit die anderen erkennen konnten, wer hinter ihr stand. Allegra streiften neugierige Blicke.

»Salut, Allegra, setz dich. Das sind Amélie und Sabine, ich bin Jean.« Ein junger Mann erhob sich, streckte ihr die Hand entgegen und lächelte sie an. Er war, wie alle anderen hier, ein paar Jahre älter als sie, aber mindestens einen Kopf kleiner und trotz seiner jungen Jahre fast kahl. »Willkommen an der Akademie. Du hast ja schon einigen Wirbel verursacht.« Er setzte sich wieder, nahm sich ein Hühnerbein von seinem Teller und knabberte daran. »Aber krasse Aktion, das muss ich sagen.«

»Da seid ihr mir gegenüber im Vorteil«, erwiderte Allegra und stocherte mit ihrer Gabel in den Bohnen herum. »Ich weiß gar nicht wirklich, was ich gemacht habe.«

»Aber deine Eltern haben dich doch trainiert, oder?« Das war Sabine. Sie sprach wie die anderen Französisch, doch man hörte einen härteren Zungenschlag heraus. Sie trug ein T-Shirt mit der Aufschrift *Belgium rocks*.

Allegra zuckte mit den Schultern. »Nein, ganz im Gegenteil. Als sie gestorben sind, war ich zwölf. Ich habe erst nach ihrem Tod von meiner Schwester erfahren, wer sie waren – und was sie waren. Sie haben das alles von mir ferngehalten. Ich denke«, sagte sie kauend, »sie hätten mir mehr gesagt, wenn sie am Leben geblieben wären. Aber leider ...« Sie sprach den Satz nicht zu Ende.

»Entschuldigung, ich wollte dich nicht überfallen.« Sabine errötete. »Es ist nur so, deine Eltern waren echt berühmt, und jetzt bist du hier, und das ist, na ja, irgendwie cool.«

Allegra wusste nicht, wo sie hinsehen sollte. »Soll ich euch was sagen? Das ist gar nicht cool. Ich komme mir vor wie im falschen Film. Alle wissen was über meine Eltern und meine Familie, alle erwarten irgendwas Heldenhaftes von mir, und ich hab als Einzige keine Ahnung.«

»Aber du hast den Traum gefunden. Und wie ich gehört habe, warst du sogar drin. Das *war* etwas ganz Besonderes, auch wenn du damit gegen eine elementare Regel verstoßen hast. Aber letztendlich hast du jemanden retten können, und nur darauf kommt es an.« Damit legte Jean den abgenagten Knochen zurück auf seinen Teller und sah Allegra an. »Wir waren alle mal neu hier. Am Anfang ist alles ungewohnt. Du hast eben einen Turbostart hingelegt. Sei froh, dass – «

»Aber es fehlen doch acht!«, unterbrach ihn Allegra. »Sind sie denn wirklich verloren? Und die an– « Sie wollte gerade noch etwas über die Träumer sagen, erinnerte sich gerade noch rechtzeitig an Madame Bergers Bitte um Stillschweigen und lenkte den Satz in eine andere Richtung. »Was ist, wenn ihr euch doch irrt?« Sie sah aus den Augenwinkeln, wie Florentine den Kopf schüttelte, aber nicht mehr dazu kam, etwas zu sagen, denn in diesem Moment ertönte ein feines Klingen. Jemand hatte ein Glas angeschlagen. Sofort verstummten sämtliche Gespräche. Am Büfett stand ein Mann. Er trug einen Anzug und trotz der hohen Temperaturen eine Krawatte und eine Weste. Er hatte schwarze, glatte Haare und die blasse Haut von jemandem, der nie in die Sonne geht. Sofias Vater, schloss Allegra – die

Ähnlichkeit von Kinn und Mundpartie war unübersehbar. Jetzt erspähte sie auch Sofia, die neben dem Büfett mit verschränkten Armen an der Wand lehnte und Allegra durchdringend ansah.

»Ich bitte um Ihre Aufmerksamkeit.« Direktor Adair sprach nicht laut, aber seine Stimme trug durch den gesamten Raum. »Wie wir feststellen müssen, erhöhen sich unsere Verluste in besorgniserregendem Maße. Gestern haben wir acht Studenten verloren. Morgen früh vor dem Unterricht werden wir von ihnen Abschied nehmen. Ich erwarte, dass Sie alle daran teilnehmen, ohne Ausnahme. Geben Sie bitte den Studenten, die nicht hier sind, Bescheid. Gleichzeitig konnte ein Teil unseres Teams gerettet werden, dank Madame Berger, die mit Sofia und Florentine Hansen einen ganz besonderen Einsatz koordiniert hat – nämlich mit unserer neuen Studentin, die ich hiermit offiziell vorstellen möchte.« Er nickte Allegra zu, der erneut die Röte ins Gesicht stieg. »Allegra Heller, willkommen an der Akademie Adair. Wir freuen uns, dass Sie hier sind.«

Jetzt wandte er sich wieder an alle: »Heute Nachmittag um drei findet eine Krisensitzung statt. Der Rat kommt bitte in mein Büro. Allegra, das gilt auch für Sie, ich möchte, dass Sie uns von Ihrer Erfahrung gestern berichten.« Direktor Adair legte die Hände zusammen und verbeugte sich leicht. »Das ist alles. Ich danke Ihnen.«

Kaum hatte er zu Ende gesprochen, erhob sich Gemurmel, manche standen sogar von ihren Plätzen auf, um einen Blick auf Allegra zu erhaschen. Sie senkte den Kopf, konzentrierte sich auf ihr Gemüse und war froh, als die Konversation an ihrem Tisch wiederauflebte.

Damit hatte sie nicht gerechnet. Ja, sie hatte gewusst, dass ihre Eltern »im Dienst« umgekommen waren. Aber dass sie selbst damit zur Heldin mutiert war, davon hatte nie jemand was gesagt. Es fühlte sich nicht nur unangenehm an, es machte ihr wirklich Angst. Die Blicke der anderen fühlten sich an, als würden ihr Insekten über den Rücken krabbeln. Allegra schüttelte sich unwillkürlich. Der Appetit war ihr vergangen. Sie murmelte »Bis später«, nickte Florentine zu und flüchtete aus der Mensa, ohne jemanden anzusehen oder auf die Gespräche der anderen zu achten, in denen sie immer wieder ihren Namen vernahm. Sie nahm irgendeine Treppe, die sie zu ihrer Überraschung in die Haupthalle brachte, verlangsamte die Schritte nur, um nicht in die Schiebetür zu rennen, und trat aufatmend nach draußen. Die Hitze traf sie wie ein Schlag, doch der Schock war ihr willkommen. Damit konnte sie besser umgehen als mit dem Gefühlschaos, das in ihr tobte. Sie rannte durch den Park und kam kurz darauf keuchend an ihrem neuen Zuhause an. Die Rückwand von Haus 23 lag im Schatten von zwei hohen, ausladenden Pinien. Dort ließ sie sich auf den Boden sinken und zog ihr Handy hervor. Allegra tat das, was sie immer tat, wenn sie nicht weiterwusste: Sie rief ihre Schwester an.

Kurz darauf musste sie das Gerät vom Ohr weghalten, um nicht taub zu werden. »Das ist ja völliger Wahnsinn, Alli!« Elena hatte schweigend Allegras Bericht angehört, doch jetzt wurde sie laut. »In was, um Himmels willen, bist du da reingeraten? Du weißt, dass du jederzeit zurückkommen kannst!«

Allegra schluckte. »Ich hab gar kein so großes Problem

mit dem, *was* die hier tun, Elli. Aber die behandeln mich, als sei ich jemand Besonderes. Nur weil Mama und Papa – «

Elena unterbrach sie und klang mit einem Mal sehr entschieden. »Weißt du, ich hätte nie gedacht, dass ich dir das mal so sage. Aber du bist tatsächlich etwas Besonderes. Wenn du diese Gabe von Papa geerbt hast, und so viel verstehe ich von dem Verein und dem, was er tut –, dann ist das was, was du nicht ignorieren solltest. Papa hat mir immer gesagt, dass ich erkennen würde, zu was ich auf der Welt bin. Ich müsse es nur zulassen. Er hatte recht. Und ich denke, an dem Punkt bist du jetzt auch, Alli. Du kannst dich für deine Gabe entscheiden, aber du musst es mit ganzem Herzen tun. Ich habe die Malerei gefunden, das ist meine Welt. Du musst herausfinden, was deine Welt sein soll. Du kannst auch zurückkommen, dein Abi machen und BWL studieren. Wenn du das wirklich willst. Sicherer ist es allemal, so viele Tote – also echt, dass …«

»Aber Mama und Papa …«

»Die haben sich auch irgendwann entschieden. Ja, sie sind das Risiko eingegangen, dass wir sie verlieren könnten – und es ist passiert. Aber das sollte nicht deine Entscheidungsgrundlage sein. Darf ich dir einen Rat geben?«

Allegra nickte, dann fiel ihr ein, dass Elena sie ja nicht sehen konnte. »Ja, bitte«, sagte sie mit dünner Stimme.

»Geh zu dem Treffen heute Nachmittag. Dann mach eine Woche den Unterricht mit, schau dir alles an. Rede mit den Leuten. Rede mit Madame Berger. Finde raus, was mit diesem Lorenzo los ist. Und ob dich die Leute wirklich nur als Abziehbild unserer Eltern sehen – oder als Allegra. Und dann entscheide, was du willst.«

»Wenn du das aufdröselst, klingt es so einfach«, murrte Allegra, aber sie fühlte sich getröstet. »Dann räume ich jetzt erst mal mein Zimmer ein und finde einen schönen Platz für dein Bild.«

Nachdem sie aufgelegt hatte, blieb Allegra noch ein paar Minuten sitzen, lehnte den Kopf an die Hauswand und sah in das Nadeldach über sich. Der würzige Duft, der vom Boden aufstieg, kitzelte sie in der Nase. Über ihr piepste eine Meise, neben ihr raschelte es, als eine kleine Haselmaus einen Pinienkern ergatterte, der noch vom Herbst hier liegen geblieben war, und damit blitzschnell unter der Wurzel des Baumes verschwand. Mit einem Seufzer stand Allegra auf, klopfte sich Erde und Nadeln von der Jeans und beschloss, die Stunde, die ihr noch bis zum Treffen blieb, einigermaßen vernünftig zu nutzen. Als sie um die Ecke bog, stieß sie fast mit einem Jungen zusammen, der Kopfhörer in den Ohren hatte, leise eine Melodie mitsummte und sie keines weiteren Blickes würdigte. Auch ihre gemurmelte Entschuldigung ignorierte er. Allegra sah ihm hinterher, wie er mit wiegenden Schritten am nächsten Haus vorbeiging. Von hinten sah sie nur, dass er gut einen Kopf größer war als sie, wilde, schulterlange Dreadlocks hatte und nackte Füße in Espadrilles. »Seltsamer Typ«, sagte sie halblaut und hielt dann ihre Hand vor den Scanner, um die Haustür zu entriegeln.

Diesmal räumte sie ihre Sachen ordentlich in die Schränke und Regale und fand in einer Schublade in der Küche sogar eine Sammlung Nägel sowie einen kleinen Hammer. Eifrig hängte sie Elenas Bild so auf, dass sie es als Erstes beim Aufwachen sah, und setzte Lumi aufs Kopfkissen. Florentine war zwischendurch nach Hause gekommen und gleich in ihrem Zimmer verschwunden, Allegra hatte die Tür gehört.

Sie streifte sich die Hände an der Hose ab, entschied sich dann doch fürs Händewaschen und stieg letztendlich erneut unter die Dusche. Das lauwarme Wasser wusch ihr den Schweiß von der Haut, und als sie ein paar Minuten später, die Haare mit einem Handtuch rubbelnd, wieder in ihr Zimmer kam, fühlte sie sich erfrischt und bereit, die zweite Hälfte des Tages in Angriff zu nehmen.

Auf dem Weg nach draußen klopfte sie kurz bei Florentine und streckte vorsichtig den Kopf ins Zimmer. »Du, Florentine? Wo trifft sich der Rat?«, fragte sie ihre Mitbewohnerin, die bäuchlings auf dem Bett lag und heftig auf die Tasten ihres Laptops einhackte.

»Im Zimmer von Adair, gleicher Gang wie Madame Berger, nur weiter hinten«, gab Florentine zur Antwort, ohne den Blick vom Bildschirm zu nehmen.

»Und wer gehört dazu?«

»Der Direktor, die Berger, zwei Lehrer, zwei Mentoren. Die Mentoren wechseln übers Jahr immer wieder durch, sodass mehrere die Gelegenheit erhalten. Lorenzo und Sofia sind derzeit die jüngsten Mentoren, die die Akademie seit Langem hatte.« Florentine machte eine kurze Pause. »Solveig gehörte zum Rat. Jetzt wird ihre Stelle nachbesetzt, und ich bin gespannt, wen sie nominieren. Jedenfalls nicht Sofia. Die darf als Tochter des Direktors zwar Mentorin sein, aber keine Stelle im Rat einnehmen. Zumindest steht das so in den Statuten. Ich habe das mal nachgesehen, als ich mich fürchterlich über sie geärgert habe. Weil ...« Florentine sah hoch. »Hey, es ist fünf vor drei. Beeil dich besser.«

Allegra rannte los. Obwohl sie es eilig hatte, nahm sie wahr, dass mehr Leben auf dem Campus herrschte als gestern. Hier und da sah sie Studenten auf den Wegen, von irgendwo her drang Musik. Sie stoppte mitten im Lauf. War sie erst gestern hier angekommen? Sie konnte es kaum fassen. In diesen vierundzwanzig Stunden hatte sich mehr ereignet als in manchen kompletten Sommerferien!

Kurz darauf trat sie durch die große Eingangstür und wandte sich nach links, in den Verwaltungstrakt, vorbei an Madame Bergers Büro. Beim ersten Mal war es ihr nicht aufgefallen, aber im Gang hingen großformatige Bilder von Wüstenlandschaften.

Sand – wie passend, dachte Allegra. Die nächste Tür war geschlossen, doch sie hörte laute Stimmen, die bis auf den Gang drangen. Eine heftige Diskussion schien im Gange, doch Allegra konnte nicht richtig verstehen, worum es ging. Was auch daran lag, dass der Streit in schnellem Französisch geführt wurde.

Sie klopfte leise, doch niemand reagierte. Allegra zögerte. Was nun? Aber der Direktor hatte sie ausdrücklich eingeladen, also drückte sie vorsichtig die Klinke herunter und trat ein. Zwei Männer waren in den heftigen Wortwechsel verwickelt, sie erkannte Lorenzo und den Direktor. Von Lorenzos Tirade bekam sie noch die letzten Sätze mit: »... wir müssen noch einmal los und mehr Leute mitnehmen!«

»Genug!«, sagte Direktor Adair leise, aber bestimmt. »Ich habe Sie schon verstanden, Lorenzo. Und wir werden darüber sprechen. Allerdings bestehe ich darauf, dass wir das in der Runde und in angemessenem Ton tun. Was soll sonst Mademoiselle Heller von uns denken?«

Lorenzo, der mit dem Rücken zur Tür stand, fuhr herum um und entdeckte Allegra, die zwei Schritte in den Raum hinein getan hatte, dann aber stehen geblieben war. Er nickte ihr steif zu, und Allegra war froh, dass er ihr nicht erneut die Hand hinstreckte. Sie wollte ihn auf keinen Fall mehr berühren.

»Kommen Sie näher, Allegra«, forderte Adair sie nun auf. »Die anderen werden gleich da sein. Lorenzo kennen Sie ja schon.«

Allegra nickte. Im Gegensatz zu Madame Bergers einfachem Büro glich Direktor Adairs Büro eher einer antiken Bibliothek. Die Wände waren von Bücherregalen gesäumt, und das Büro erstreckte sich über zwei Etagen. An der einen Seite führte eine Treppe hinauf zu einer Empore, die oben um den Raum herumlief und ebenfalls Tausende Bücher beherbergte. Die meisten alt, mit Lederrücken und Goldprägung, aber auch neuere Bücher waren darunter. Zwei bodentiefe Glasflügeltüren, die den Blick auf den Park freigaben, sorgten dafür, dass genügend Licht hereinkam. Eine Klimaanlage spendete angenehm kühle Luft. Jetzt betraten zwei weitere Ratsmitglieder den Raum. Allegra erkannte ihre Gesichter vom Mittagessen wieder: Eine betagte, kleine Dame mit weißem, hochgestecktem Haar und ein rothaariger Mann, etwa Mitte vierzig, mit einem Gesicht, das durch das längliche Kinn an eine Mondsichel erinnerte. Waren die nicht gestern auch im Traumsaal gewesen? Allegra war sich nicht sicher, so viele Gesichter waren in kürzester Zeit an ihr vorbeigezogen. Madame Berger kam als Letzte und warf die Tür mit Schwung hinter sich zu.

»Allegra, meine Liebe«, sagte sie herzlich und legte ihr

kurz den Arm um die Schulter. »Du warst unglaublich. So eine Ohnmacht ist selten, aber gelegentlich kommt das vor, wenn man sich das erste Mal bewusst in die Traumzeit begibt. Hast du dich ein bisschen erholt?«

»Geht so«, murmelte Allegra und wusste nicht, was sie tun sollte, als sich alle auf ihre Plätze an dem großen, fünfeckigen Tisch begaben. Auch Sofia saß dort. Sie hatte ihre Sonnenbrille hoch ins dunkle Haar geschoben und tippte mit gerunzelter Stirn auf einem Tablet.

»Komm, setz dich neben mich«, forderte Madame Berger sie auf, »ich stelle dir den Rest des Rats vor.« Auf der tiefschwarzen, glänzenden Tischplatte stand ein Tablett mit Wasserflaschen und Gläsern, und sie schenkte allen ein, während sie sprach. »José Adair kennst du schon, ebenso Lorenzo Cruz, er ist einer unserer Mentoren. Sofia muss ich dir nicht mehr vorstellen. Sie sitzt auf dem Platz von Solveig, die wir leider vermissen. Madame Pinot und Sir Hammond, sie unterrichten beide hier und haben gestern ebenfalls mitgeholfen, Lorenzo und die anderen zurückzubringen.«

»Sofia als meine Tochter ist nicht Teil des Rats, aber heute müssen wir alle Fakten zusammentragen«, nahm nun Direktor Adair den Faden auf. »Doch bevor wir fortfahren – Allegra, ist Ihr Französisch gut genug, um uns zu folgen? Sonst können wir uns auch auf Englisch unterhalten. Sie werden sehen, dass der Unterricht in beiden Sprachen stattfindet, da unsere Studenten aus verschiedenen Ländern kommen.«

Allegra nickte. »Ich verstehe nicht jedes Wort, aber ich komm schon klar.«

»Gut. Dann lassen Sie uns anfangen. Lorenzo – bitte noch mal in Kurzform, was Sie mir berichtet haben.«

Lorenzo hatte die Hände auf die Tischplatte gepresst, Allegra erkannte den Trick, den wendete sie auch gelegentlich an, wenn sie im Unterricht drankam und vermeiden wollte, dass jemand sah, wie ihre Hände zitterten.

»Wir haben seit Wochen nach Träumen gesucht, die irgendwie verdächtig oder ungewöhnlich waren«, begann Lorenzo. »Denn wenn unsere Kollegen und auch Träumer verschwinden – dann müssen sie ja irgendwo sein. Wir gingen davon aus, dass sie in einem Traum festsitzen, und haben versucht, Spuren von ihnen zu finden. Irgendetwas, das uns zu ihnen leiten konnte.«

Alle nickten, auch Allegra, die sich daran erinnerte, was Madame Berger ihr gestern erzählt hatte. Sie ließ den Blick durch das Büro schweifen und stellte fest, dass noch jemand mit ihnen im Raum war. Oben, auf der Empore. Auf der Armlehne eines hohen Sessels, der mit dem Rücken zur Galerie stand, lag eine Hand, die ein Buch hielt. Mehr konnte sie nicht erkennen, nur einen breiten silbernen Ring am Mittelfinger. Allegra runzelte die Stirn. Direktor Adair fing ihren Blick auf, er machte mit dem Kopf eine fast unmerkliche Bewegung nach oben und deutete dann ein Nicken an. Aha. Adair wusste, dass da im ersten Stock jemand saß. Beruhigend.

Indessen fuhr Lorenzo fort. »Und da war dieser Traum, der so überhaupt keine Merkmale besaß. Wir standen davor, haben noch diskutiert, was das zu bedeuten hat, und im nächsten Augenblick waren wir drin, ohne dass wir es gewollt hatten. Wie soll ich es beschreiben – unsere Aura wurde plötzlich so diffus.« Lorenzo sah die Anwesenden der Reihe nach an und verzog das Gesicht. »Ich erinnere mich kaum an das, was dann geschah. Ich weiß auch nicht, wann die anderen verschwanden oder warum nur wir vier gerettet werden konnten.«

»Aber warum brachen Sie nicht früher ab?«, fragte Hammond mit einem deutlich britischen Akzent. Seine Stimme klang hart, wie geschliffenes Glas. »Wir haben Ihnen die Erlaubnis zu dieser Mission gegeben, als Sie von einer Spur sprachen, aber eine solche Situation erfordert einen sofortigen Rückzug. Warum haben Sie das Kommando nicht gegeben?«

»Ich ...« Lorenzo presste die Lippen zusammen und schloss für einen Moment die Augen. »Ich habe die Kontrolle verloren. Ich bin schuld.« Seine Stimme klang flach.

»Wir sind nicht hier, um die Schuldfrage zu diskutieren«, unterbrach ihn Adair sanft. »Wir wollen herausfinden, was dort geschieht. Elisabeth, würdest du bitte berichten, was ihr getan habt, du und Allegra?«

»Allegra war großartig! Sie konnte den Traum anhand der Fotos, die wir ihr gezeigt haben, aufspüren. Allegra hat tatsächlich die gleiche Gabe wie Stefan, sie ist ein Scout. Noch untrainiert, natürlich, aber sie konnte mir beschreiben, was sie sieht. Das war allerdings nicht alles. Denn Allegra ist hineingegangen, ohne die Membran zu schädigen, und mit den vieren wieder herausgekommen. Dafür habe ich keine Erklärung. Dennoch dürfen wir froh sein. Wenn Allegra nicht gewesen wäre, hätte wir sie nie gefunden, die Zeit wäre abgelaufen, und der Weg nach draußen wäre auch ihnen versperrt gewesen ...« Sie schauderte.

Während Madame Berger berichtete, beobachtete Allegra Lorenzo durch ihre gesenkten Wimpern. Er wirkte niedergeschlagen. Sofia hatte tröstend ihre Hand auf seine gelegt. Jetzt sah er Allegra direkt an, er hatte wohl ihren Blick auf sich gespürt, und da, für einen kleinen Moment, tauchte in seinen Augen ein Schatten auf, der das Weiße seiner Augen verdunkelte. Allegra zuckte zusammen, doch da war es bereits wieder verschwunden. Lorenzo bemerkte ihre Reaktion, aber sein Gesichtsausdruck veränderte sich nicht. Hatte sie sich das nur eingebildet?

»Es gibt Schlimmeres als den Tod«, warf Madame Pinot ein, als Madame Berger eine Pause machte. Sie war sicher weit in den Achtzigern, aber sie hielt sich kerzengrade auf dem Stuhl. Ihr Gesicht war von Fältchen durchzogen, ihre tiefblauen Augen blickten wach durch die Brillengläser. Sie bedachte Allegra mit einem prüfenden Blick, dem etwas Wohlwollen beigemischt war. Allegra mochte sie auf Anhieb, starke Persönlichkeiten machten ihr in der Regel keine Angst.

»Es stellt sich die Frage: Was macht den Traum so besonders? Und wie haben Sie ihn überhaupt gefunden?«

Lorenzo blinzelte. »Es war eine Ahnung. Ich habe Unregelmäßigkeiten auf der Karte entdeckt und wollte das überprüfen. So ungefähr wie ein schwarzes Loch, das man nicht sehen kann, aber es gibt Hinweise darauf, dass es da ist.«

»Was für eine Karte?«, fragte Allegra dazwischen, die das unangenehme Gefühl hatte, nur die Hälfte mitzubekommen.

»Wir haben die Möglichkeit, Träume zu orten und zu klassifizieren, je nach Traumart und Membranstärke. Fürs

Erste kannst du dir das vorstellen wie eine interaktive Karte des Weltraums.«

Allegra nickte, nicht wirklich schlauer.

»Ich konnte keine Zugehörigkeit spüren«, erklärte Madame Berger. »Der Traum ist wie eine Wohnung, die niemandem gehört. Und dennoch ist er voller Emotionen, vielleicht durch die entführten Träumer?« Und zu Adair gewandt fügte sie hinzu: »Es könnte sich um einen *kalten* Traum handeln.«

Sir Hammonds Kopf ruckte hoch. Er tauschte einen Blick mit Sofia, die Lorenzo mitfühlend über die Finger strich, und sah dann Madame Berger mit einem fast zornigen Gesichtsausdruck an. »Impossible«, widersprach er energisch. »Kalte Träume gibt es nicht. Sie sind lediglich ein theoretisches Konstrukt.«

Lorenzo starrte immer noch auf seine Hände. »Der Traum hatte wirklich keine Signatur, nichts, was man jemandem zuordnen konnte. Wie nennen Sie denn so was?«

Hammond hob die Schultern.

»Dann zum nächsten Thema. Was bitte haben Sie sich dabei gedacht, den Traum einfach zu betreten, Allegra?«, fragte Adair und blickte sie streng an.

Allegra zog den Kopf zwischen die Schultern. »Ich habe gesehen, dass sie da drin sind, und wollte schon gerne helfen, aber es war eigentlich eher Zufall. Ich bin irgendwie … reingezogen worden«, fügte sie hinzu. »Ich wollte keine Regeln brechen, tut mir leid.«

»Agenten können zwar in Träume hineingehen«, erklärte Adair, »aber es ist streng verboten, weil es den Traum oder die Seele des Träumers schädigen kann. Das ist einer der Grundsätze der Dream Intelligence.«

»Viktor Mortensen hat das damals auch nicht verstanden«, sagte Madame Pinot und machte sich Notizen auf einem linierten Block, der vor ihr auf dem Tisch lag.

»Mortensen war eine andere Geschichte«, sagte Adair scharf. »Für ihn galten überhaupt keine Regeln, und wir haben ja gesehen, was damals passiert ist. Vor vier Jahren«, präzisierte er mit einem Seitenblick auf Allegra, die in diesem Moment zwar verstand, dass das wohl mit dem Tod ihrer Eltern zusammenhing, aber sonst …

»Es stellt sich die weitere Frage: Wie genau sind Sie denn hinein- und wieder herausgekommen? Die Membran wurde tatsächlich nicht beschädigt, wie kam die Öffnung zustande?«

»Keine Ahnung. Wir sind losgegangen, und da tauchte diese Öffnung von allein auf«, murmelte Allegra und sah Lorenzo an, der ebenfalls verwirrt mit dem Kopf nickte.

»Haben Sie die Öffnung irgendwie selbst verursacht, Allegra?«, fragte Madame Pinot.

Hammond schnaubte, auch Sofia sah ungläubig drein.

»Madame, ich bitte Sie! Sie wissen, das ist unmöglich«, sprach Adair aus, was anscheinend alle dachten. »Nein, es muss mit dem Traum selbst beziehungsweise der Beschaffenheit seiner Membran zusammenhängen. Finden wir den Urheber, dann finden wir auch die Antwort darauf.«

Allegra zuckte mit den Schultern.

»Vielleicht ist der Traum in sich instabil, und es öffnen sich immer wieder Risse?«, spekulierte Sofia, die sich damit zum ersten Mal zu Wort meldete.

»Das wäre eine Möglichkeit, wenngleich höchst ungewöhnlich. Und für die Träumer, die sich noch darin befinden, eher schädlich, weil sie sonst immer wieder mit dem Nebel in Berührung kämen. Weitere Ideen?«

Schweigen.

»Was ist mit denen, die da noch drin sind?«, fragte Allegra, als ihr die Stille zu bedrückend wurde. »Sind sie wirklich verloren? Vielleicht gibt es noch Hoffnung!«

Adair seufzte. »Wir können uns nicht darauf verlassen, dass der Traum sich immer wieder von selbst öffnet. Den Träumern, die Sie gerade ansprechen, hilft das ja auch nicht, weil dann der Nebel von Ebene eins in den Traum eindringt – und noch etwas: Wir wissen nicht, wie viel Zeit den Träumern in diesem Traum zur Verfügung steht. Es gibt zu wenig Erkenntnisse darüber, ob sie unbegrenzt darin bleiben können. Was unsere Kollegen betrifft: Es ist nur noch eine Frage von Stunden, bis sie einen Herzstillstand erleiden.« Er machte eine Pause und blickte einen Moment lang nach oben zur Empore. »Aber die Träumer, die müssen wir versuchen zu retten. Deren Seele ist, wenn ich es Ihnen auf einfache Weise beschreiben soll, zwangsweise umgezogen. Solange sie sich innerhalb einer Membran befinden, nehmen sie hoffentlich keinen oder wenig Schaden, aber sicher ist das nicht. Wir werden jetzt mit Hochdruck daran arbeiten, eine Lösung zu finden, ich möchte Sie allerdings gerne raushalten, bis wir mehr über den Traum und die Gefahren, die er birgt, wissen. Haben Sie das verstanden, Allegra?« Er sah sie mit strengem Blick an, als befürchtete er, dass sie sofort wieder auf eigene Faust losziehen würde. »Ich weiß, dass Sie eigentlich erst in einem Jahr zu uns gekommen wären. Es ist Ihnen also freigestellt, ob Sie bleiben wollen – wobei ich Sie herzlich darum bitten möchte, ich denke, dass wir Ihre Fähigkeit noch öfter brauchen werden.«

Allegra hatte ihm mit großen Augen zugehört und musste keine Sekunde nachdenken. »Ich bleibe«, sagte sie entschlossen.

Adair lächelte plötzlich. Es veränderte sein schmales, müdes Gesicht auf verblüffende Weise, es war, als fiele die strenge Maske des Direktors ab, und ein weicherer José Adair kam zum Vorschein. »Dann werden Sie am Unterricht teilnehmen und so schnell wie möglich die Grundlagen lernen.« Er trank einen Schluck Wasser und setzte das Glas schwungvoll auf dem Tisch ab. Seine Stimme klang jetzt entschlossen. »Wir sind die Dream Intelligence. Wir haben eine Verantwortung gegenüber den Menschen, deren Träume wir schützen. Und den Agenten. Und unseren Studenten.« Das Lächeln verschwand so schnell, wie es gekommen war. »Ich danke Ihnen, Mademoiselle Heller. Wie gesagt, alles Weitere übernehmen vorerst wir. Wenn Sie Fragen haben, können Sie sich jederzeit an mich oder Madame Berger wenden. Viel Erfolg ab morgen mit dem Unterricht.«

Allegra erhob sich halb, dann setzte sie sich wieder. »Darf ich noch eine Frage stellen?«

»Ja, natürlich.« Adair nickte.

»Ich verstehe das mit den Sanduhren nicht. Warum gibt es nicht einfach größere Sanduhren, damit man mehr Zeit hat?«

»So einfach ist das nicht. Es gibt ein maximales Zeitfenster von zweiundsiebzig Stunden, das werden Sie im Unterricht noch ausführlich behandeln. Die großen Uhren im Traumsaal sind dafür da, Gruppen in die Traumzeit zu schicken. Wenn Sie hier Ihren Abschluss machen und die Akademie verlassen, erhalten Sie als Agentin Ihre eigene Sanduhr.«

»Dann hatten meine Eltern auch welche?«

»Ja, natürlich«, antwortete Madame Berger.

Allegra versuchte sich zu erinnern, doch sie war sicher, dass sie bei sich zu Hause nie Sanduhren gesehen hatte. »Wo sind die denn? Gibt's die noch?«

»Die Sanduhren Ihrer Eltern sind an einem sicheren Ort, glauben Sie mir.« Adair räusperte sich.

Allegra schob jetzt wortlos ihren Stuhl zurück, nickte den Ratsmitgliedern kurz zu und durchquerte den Raum, ohne noch einmal zurückzublicken. Doch als sie draußen war, lehnte sie die Tür nur an und lauschte.

»Ich möchte Mademoiselle Heller trotz ihrer Gabe so lange wie möglich heraushalten, zu ihrem eigenen Schutz«, erklärte Adair.

»José, wo sind die Sanduhren von Stefan und Maria?« Das war Madame Berger.

»Ich sagte doch, sie sind an einem sicheren Ort«, wich Adair aus und wechselte das Thema. »Lorenzo, Sie kümmern sich um Allegra. Nicht allzu auffällig, bitte. Und überhaupt bleibt alles so normal wie möglich. Noch fällt kein Unterricht aus, und wir werden unsere Studenten auch nicht nach Hause schicken. Wir werden eventuell ein weiteres Team aussenden. Aber das müssen wir vorbereiten.«

»Das können Sir Hammond und ich übernehmen«, schlug Sofia vor.

»In Ordnung. Danke, Sofia. Und noch etwas: Ich möchte

nicht, dass Mademoiselle Heller auf ihre Eltern angesprochen wird. Das war damals schon sehr traumatisch für sie, und ihr erster Ausflug in die Traumzeit war ebenfalls sehr belastend. Denkt nur an ihre Ohnmacht. Sie soll die Chance erhalten, hier trotz der gefährlichen Situation, in der wir uns befinden, anzukommen und zu lernen.«

Die anderen stimmten zu, dann sagte niemand mehr etwas.

Allegra lehnte sich neben der Tür an die Wand, ihr Herz klopfte heftig, seit Adair ihre Eltern erwähnt hatte. Was genau war eigentlich mit ihnen geschehen? War die Sanduhr abgelaufen, und sie waren einfach nicht mehr zurückgekehrt? Sie waren offensichtlich nie von daheim aus in die Traumzeit gegangen. Um ihre Mädchen zu schützen? Plötzlich sah sie wieder die junge Frau von gestern vor sich, auf der Liege, den Mund zu einem stummen Schrei verzerrt. Allegra legte die Hände an ihre Wangen und spürte überrascht, dass sie nass von Tränen waren. Sie schlich den Gang entlang bis zur großen Halle, dort hielt sie ihre Hände in einen der Wasserfälle und klatschte sich kaltes Wasser ins Gesicht. Ohne es abzuwischen, trat sie nach draußen und ließ die Sonne den Rest erledigen. Am Wegrand entdeckte sie wilden Salbei, der dem Gärtner anscheinend entgangen war. Sie pflückte ein paar Blättchen und kaute darauf herum – das pelzige Gefühl auf der Zunge und der würzige Geschmack halfen ihr, sich wieder zu fassen. Was würde Elena jetzt wohl sagen? »Du willst Agentin werden? Na, dann benimm dich wie eine. Finde raus, was geschehen ist. Lass dich nicht abspeisen mit fadenscheinigen Erklärungen.« Oder so ähnlich.

Ihr Handy vibrierte in der Hosentasche und zeigte zwei entgangene Anrufe von Johanna an. Oje, die hatte sie ganz vergessen in all dem Trubel! Sie erinnerte sich dunkel, dass sie ihr eine Nachricht geschickt hatte, als sie gestern gelandet war. Schuldbewusst wählte sie ihre Nummer, doch nur die Mailbox meldete sich. Allegra sprach hastig: »Jo, hier ist Alli. Mir geht's gut. Irgendwann in den nächsten Tagen gehe ich online, dann können wir ja mal skypen, okay?« Damit legte sie auf. Was sollte sie auch sonst erzählen? Für Johanna war München real. Die Schule. Matheaufgaben. Was Allegra hier tat, war was völlig anderes.

5.

Was konnte, was durfte sie Florentine erzählen? Allegra entschied sich für Offenheit. Sie kannte Florentine zwar noch keine zwei Tage, aber sie vertraute ihr. Außerdem hatte Direktor Adair kein Wort darüber gesagt, dass es sich bei dem Treffen um ein geheimes Meeting gehandelt hätte. Florentine hatte die Kekspackung fast geleert und wartete schon auf Allegra.

»Und? Wie war's?«, fragte sie sofort, als Allegra die Haustür öffnete.

Allegra berichtete alles, woran sie sich erinnerte. Sie beendete ihren Bericht mit: »... dann haben sie mich rausgeschmissen und mir deutlich gesagt, dass jetzt wieder die Erwachsenen übernehmen und ich erst einmal in den Unterricht soll.« Sie lief zum Kühlschrank, schob Florentines Coladosen zur Seite und angelte sich eine Orangina. Florentine hatte ihr erklärt, dass die Einkäufe von den Akademieangestellten übernommen wurden, wenn man einmal in der Woche eine Liste mit seinen Wünschen im Hauptgebäude abgab. Für Allegra, die sich in den letzten Jahren mit Elena darum gestritten hatte, wer den wöchentlichen Einkauf übernehmen musste, klang das paradiesisch.

»Hm. Also im Klartext bedeutet das, Adair und der Rat wissen auch nicht, wer oder was dahintersteckt.« Florentine hatte sich auf die Küchentheke geschwungen und baumelte mit den Beinen.

Allegra zuckte mit den Schultern. »So sieht es aus. Und dann sagte er noch, niemand soll mich auf meine Eltern ansprechen. Na, das hätte er vielleicht vorher verkünden sollen.«

»Das mit deinen Eltern, das war doch was ganz anderes. Das war ein bewusster und geplanter Einsatz. Aber niemand wurde in die Traumzeit entführt. Jetzt schon. Es gibt diese Träumer, die du gesehen hast, die sind bestimmt nicht freiwillig da drin – und die Agenten, die nicht mehr zurückkommen.«

Allegra seufzte. Sie spürte auf ihrem Gesicht noch die getrockneten Tränen. »Eigentlich ging es mir eher um ihre Sanduhren. Adair sagte, sie seien sicher, aber den Ort wollte er mir nicht verraten. Was das wohl bedeutet?«

Florentine zuckte mit den Schultern. Dann sagte sie nachdenklich: »Vielleicht bekommst du sie, wenn du deinen Abschluss gemacht hast?« Ihre Stimme wurde leiser. »Ich hab mittlerweile richtig Angst. Wir Studenten gehen noch nicht auf echte Einsätze und schon gar nicht, wenn es um Träume geht, die gefährlich sind, aber wenn das stimmt, was Lorenzo erzählt, dann kann es jeden von uns treffen, auch bei den Übungseinsätzen. Wenn nicht mal Lorenzo weiß, warum er in den Traum reinmarschiert ist ... spooky!« Florentine sprang plötzlich mit entschlossenem Gesichtsausdruck von der Theke. »Weißt du was? Wir leihen uns nach dem Abendessen Fahrräder und fahren in die Altstadt. Wir brauchen Ablenkung. Ich geb dir einen aus, und du kannst mir alles von deinem Leben in München erzählen«, schlug sie vor.

Allegra nickte und war froh über den Themenwechsel. »Super Idee. Ich wollte mir ja auch noch was gegen die Mücken besorgen. Wo gibt's denn Räder?«

»Vorne beim Pförtner«, erklärte Florentine. »So, und

jetzt muss ich mich noch eine halbe Stunde durch diesen Aufsatz quälen. Du hast erst ab morgen Hausaufgaben, du Glückliche.«

»Gut, dann ergänze ich noch meinen Kram auf der Einkaufsliste für nächste Woche.«

Florentine, die sich um ihre Figur anscheinend keine Sorgen machen musste, hatte bisher Kekse, Cola und zwei der typischen französischen Sirups notiert. Allegra beschloss, noch ein paar Vitamine zu ergänzen, und schrieb Obst und Nüsse auf die Liste, die am Küchenschrank hing.

Kaum war Florentine in ihrem Zimmer verschwunden, klang ein Song von Ed Sheeran durch ihre Zimmertür. Allegra summte mit.

Das Abendessen verlief zu Allegras Erleichterung ganz entspannt. In der Mensa waren nur drei Tische besetzt.

»Wo sind denn alle?«, wunderte sie sich.

»Ich hab vorhin gehört, dass zwei Geburtstage in der Stadt gefeiert werden«, erklärte Jean ihr an der Essensausgabe. Er hatte sich bereits durch den Salat gefuttert und lud sich nun eine große Portion Pasta auf den Teller.

Allegra zog die Augenbrauen hoch. »Klingt so normal. Das gibt's also hier auch? Das echte Leben?«

Jean versuchte sich an einem Lächeln, aber es erreichte seine Augen nicht. »Heute liegen Freude und Trauer sehr nah beieinander. Edith Vance wäre heute zweiundzwanzig geworden. Es wird also keine normale Geburtstagsfeier. Trotzdem, das Leben geht weiter.«

Sie aßen schweigend. Allegra brachte außer etwas Salat nichts herunter.

Der rauschebärtige Pförtner betrachtete sie mit wachen Augen.

Wenn man ihn von Nahem sieht, hat er gar keine Ähnlichkeit mehr mit dem Weihnachtsmann, dachte Allegra. Er war alt, aber das weiße Camargue-Hemd spannte sich über muskulösen Armen. »Suchen Sie sich zwei Räder raus«, sagte er und zog sich dann in sein Häuschen zurück.

Die beiden Mädchen radelten durch die Abendstimmung ins mittelalterliche Zentrum von Avignon. Allegra besorgte sich in einer Apotheke ein Mückenspray und sicherheitshalber auch gleich ein Kühlgel, für den Fall, dass die Mücken sich davon nicht beeindrucken ließen. Auf dem Place de l'Horloge tummelten sich viele Einheimische und Touristen. Mit etwas Glück fanden sie draußen vor einem der Restaurants einen kleinen freien Tisch, und Florentine bestellte eine kleine Karaffe kühlen Weißwein für sich und ein großes Wasser und einen Diabolo Menthe für Allegra.

»Bäh, ist der süß!« Allegra verzog das Gesicht. Dann wechselte sie das Thema. »Du weißt ja schon eine ganze Menge von mir. Erzähl doch mal von dir«, forderte sie Florentine auf und lehnte sich zurück. Sie spürte, wie die Anspannung des Tages langsam nachließ.

»Da gibt's nicht viel zu erzählen«, erwiderte Florentine schulterzuckend. »In meiner Familie bin ich die Erste seit zwei Generationen, die traumwandern kann. Meine Eltern können es nicht, meine Großeltern auch nicht, aber meine Uroma Isadora, die ist jetzt achtundneunzig und immer noch ziemlich fit, die konnte es. Sie hat mir früher davon erzählt, Kindergeschichten, was sonst, ich hab ihr natürlich kein Wort geglaubt. Die meisten Familien sind der

Dream Intelligence bekannt, also hat die Akademie Mitte letzten Jahres bei uns angerufen und gefragt, ob ich Anzeichen von Begabung zeige. Da befand ich mich schon in einer handfesten Depression, weil ich nachts nicht mehr schlafen konnte.«

Allegra starrte sie mit großen Augen an. »Du konntest nicht mehr schlafen?«

»Schlimmer – sobald ich einschlief, landete ich in irgendeinem Traum, der so bedrohlich und fremd war, dass ich panisch wieder aufwachte. Ich war viel auf Partys und dachte, es liegt an den Drinks, ehrlich gesagt. Ich lief tagsüber schon wie ein Zombie durch die Gegend. Aber seit September bin ich hier, und seitdem geht es mir wieder gut. Ich habe gelernt, nachts in meinem eigenen Kopf zu bleiben und nur traumzuwandern, wenn ich es wirklich will.« Sie leerte ihr Weinglas in langen Zügen und schob ein paar Erdnüsse hinterher. »Und du?«, fragte sie mit vollem Mund.

»Meine Schwester meint, dass unser Vater mir ganz früh, da war ich so drei oder vier, gezeigt hat, wie man aus den Träumen von anderen wieder rauskommt. Eigentlich hab ich nicht weiter drüber nachgedacht, bis meine Eltern starben und meine Schwester mir von der Dream Intelligence« – die letzten zwei Worte flüsterte Allegra, es kam ihr immer noch komisch vor, sie laut auszusprechen –, »von der DI erzählt hat und was ihr macht. Da war ich dreizehn. Und seitdem will ich hierher.« Sie fuhr mit den Fingern außen an ihrem Glas entlang, verwischte die Tropfen, die am Glas kondensiert waren. »Kindisch, hm?«

Florentine hatte ihr aufmerksam zugehört. »Nein, gar

nicht, du hast ein Ziel, und das finde ich gut.« Sie griff erneut nach den Erdnüssen, doch ihre Hand hielt über der Schale inne, und sie sah Allegra eindringlich an: »Du solltest nur sicher sein, dass es *dein* Ziel ist. Nicht das deiner Eltern.«

»Hast du Psychologie im Nebenfach?« Allegra klang auf einmal spitz.

»Das ist bei uns ein Hauptfach«, konterte Florentine gelassen. »Ich wollte dir nicht zu nahetreten, aber ehrlich, das ist das Erste, was einem in den Sinn kommt, wenn man die Geschichte deiner Eltern kennt und dich jetzt hört.«

Allegra füllte ihr Sirupglas mit Wasser auf. Ihr Lieblingsgetränk war eigentlich Maracujaschorle. Der Kellner im »da Ugo« stellte ihr immer schon eine hin, ohne dass sie darum bitten musste. Sie würde den Saft gleich nachher noch auf die Liste schreiben. »Wie viele Familien, die traumwandern können, gibt es eigentlich? Oder anders, wie viele Agenten gibt es? Habt ihr eine Liste? Gibt es so was wie DI-Wiki?«, lenkte sie jetzt von sich ab, in der Hoffnung, Florentine würde nicht weiter nachhaken.

»Weiß ich nicht, weiß ich nicht, nein und nein.« Florentine zählte die Antworten an den Fingern ab. »Die DI ist weltweit organisiert, dazu gibt es auch einmal im Jahr eine Vorlesung. Die Akademie Adair, egal, wo sie sich befindet, ist der Hauptsitz der DI. José Adair ist also auch der Vorsitzende der gesamten DI. Wir Agenten bewegen uns auf Ebene eins, checken von außen die Membranen der Träume, schauen, ob sich irgendwas aus den Träumen selbstständig macht und versucht rauszukommen. Das ist oft bei Träumen von Kindern der Fall. Du weißt schon, die träumen von all dem grusligen Zeugs, Monster aus Filmen, böse Zauberer, alles, was sie aus dem Alltag verarbeiten müssen, oder die Geschichten, die sie hören ... Oder wenn sich mal die Seele eines Träumers außerhalb seines Traums verirrt, dann müssen wir ihn wieder zurückführen. Das ist aber alles Routine, Probleme gibt es selten, und schon gar nicht verlieren wir dabei Leute. Die Situation jetzt ist sehr ungewöhnlich, selbst die Agenten, die schon lange dabei sind, haben so was Dramatisches nur einmal erlebt. Eben vor vier Jahren.«

»Was war damals? Weißt du was Genaueres?«

Florentine verzog das Gesicht. »Leider nein. Ich kenne auch nur Gerüchte und das, was sie uns hier an der Akademie erzählt haben.«

Allegra machte eine auffordernde Handbewegung, und Florentine trank einen Schluck Wein, bevor sie weitersprach.

»Weißt du etwas über die Geschichte der Dream Intelligence? Nein? Dann muss ich ein bisschen ausholen: Es gab schon immer Menschen, die sich in der Traumzeit bewegen konnten und darauf geachtet haben, dass die Träume das bleiben, was sie sind. Früher hat man sie den Hexen oder Zauberern zugerechnet. Aber es gab schon immer vereinzelte Traumwanderer, die keinen Respekt vor den Träumern hatten. Die in Träume anderer einstiegen und damit die Menschen manipulierten. Das war so was wie Gedankenkontrolle, wie Hypnose, verstehst du? Das ist ganz schädlich und hinterlässt, zumindest hat das Madame Pinot mal so beschrieben, schwarze Flecken auf der Seele. Und überhaupt ist das moralisch ja völlig daneben, du kannst ja tagsüber versuchen, jemanden umzustimmen oder auf deine Seite zu ziehen oder so, aber heimlich, im Schlaf, wenn man sich nicht wehren kann … Geht gar nicht.«

Allegra nickte. Schon allein die Vorstellung führte dazu, dass sie Gänsehaut bekam.

»Also hat man die DI gegründet, um die Traumwanderer zu organisieren und allgemeingültige Regeln aufzustellen. Alles lief gut, bis vor einigen Jahren ein gewisser Viktor Mortensen die wichtigste Regel der DI gebrochen und Träume absichtlich manipuliert hat. Jeder Traum hat eine Hülle. Das ist die Membran, die du schon kennst. Er hat die Hülle durchstoßen, er ist in Träume eingedrungen, sogar vor den Träumen von Kindern hat er nicht haltgemacht. Er hat den Menschen Dinge eingeflüstert, die dann ihr Leben in echt beeinflusst haben.«

Allegra hörte gespannt zu. »Und weiter?« Sie nahm gedankenverloren einen Schluck von ihrem Sirup und verzog das Gesicht. Sie würde heute Abend sehr sorgfältig die Zähne putzen.

»Viele Träumer sind verrückt geworden, manche haben sich nie wieder davon erholt. Wenn die Traumhülle zerstört wird, kann das furchtbare Folgen haben.«

»Wieso? Was passiert denn da genau?«

Florentine verknotete ihre Finger, ohne es zu merken. »Dein Traum ist deine ganz persönliche Energie und untrennbar mit dir verbunden. Wenn diese Einheit verletzt oder sogar zerstört wird – in den Berichten darüber heißt es, die Traumhülle sei buchstäblich zerfetzt worden –, dann wacht der Träumer zwar meist wieder auf, aber er war dem Nebel auf Ebene eins schutzlos ausgesetzt. Der Nebel besteht aus Traumresten. Auch aus Resten von Albträumen. Hast du bestimmt gestern auch gesehen, das weiße Zeug um dich herum. Natürlich ist das bloß geistige Energie, aber in dem Moment ist es für den Träumenden echt. Und diese Begegnungen kann eine Seele nur sehr schwer verarbeiten. Deswegen muss man innerhalb seines Traums bleiben.«

Allegra schluckte hörbar. »Und wieso schadet uns das dann nicht? Wir sind doch auch auf Ebene eins unterwegs.«

Florentine lächelte. »Ganz einfach: Wir nutzen unsere besondere Aura. Sie schützt uns, hüllt uns in einen Kokon.«

»Hm ...«, machte Allegra, die sich an Lorenzos Beschreibung erinnerte. Hatte er nicht gesagt, die Aura sei diffus und schwach geworden? Außerdem klang bei dem Namen Viktor etwas bei ihr an. »Viktor Mortensen?«, wiederholte sie nachdenklich. Den hatte Adair doch vorhin erwähnt. »Und was ist dann passiert?«

»Was Mortensen da trieb, konnte die DI natürlich nicht ignorieren. Das verstieß gegen alles, wofür wir stehen. Also stellte ihm ein Spezialteam unter der Leitung von José Adair eine Falle und nahm ihn gefangen. Mortensen hat sich natürlich nicht kampflos ergeben. Bevor sie ihn überwältigt haben, hat er die Aura mehrerer Agenten förmlich zerrissen ...« Florentine sah Allegra entschuldigend an, und sie begriff. Das war *der* Abend gewesen. »Dabei sind meine Eltern umgekommen?«

»Ja ... so hat Madame Pinot es erzählt. Verstehst du jetzt, warum du hier so eine Art Berühmtheit bist? Jeder in der Akademie weiß, wer die Hellers waren, dass sie mit dafür gesorgt haben, dass Mortensen gefasst wurde. Und jeder weiß, dass die Hellers zwei Töchter haben, die aber nie hier aufgetaucht sind.«

Allegra schluckte. Zum ersten Mal bekam sie Antworten auf die Fragen, die sie seit vier Jahren quälten. Die niemand hatte beantworten können, auch Elena nicht. Ihre Aura wurde zerrissen ... Hatten ihre Eltern im letzten Moment verstanden, was mit ihnen geschah? Hatten sie Schmerzen gehabt? Allegra riss sich mühsam aus ihren Gedanken. Sie musste im Hier und Jetzt bleiben, sonst würde sie wieder in dieses tiefe Loch fallen, aus dem sie damals nur so mühsam herausgekommen war. »Und was wurde aus diesem Mortensen?«

»Der sitzt hinter Schloss und Riegel. Ich denke, dass nur Adair und ein paar wenige wissen, wo er eingesperrt ist. Man sagt, er sei damals verrückt geworden, weil er dem Tod in der Traumzeit so nahe war. Seine Aura war stark beschädigt, hieß es. Aber sicher weiß ich das nicht.« Florentine stützte das Kinn auf die Hände und sah an Allegra vorbei auf den prachtvollen Papstpalast, dessen Mauern verschiedenfarbig angestrahlt wurden. »Einige sagen, die DI sei nur die Hälfte von dem, was sie sein könnte. Dass wir früher viel mehr in der Traumwelt gemacht und damit den Menschen geholfen haben. Heute dürfen wir das nicht mehr. Aber weißt du was? Ich glaub, das ist gut so. Ich würde nicht wollen, dass jemand einfach so weiß, was ich träume, oder mir vielleicht im Traum auch noch Dinge ins Ohr flüstert. Ich weiß, wie es ist, schutzlos in der Traumzeit herumzuirren. Dass niemand so etwas erleiden muss – dafür zu sorgen ist jetzt unsere Aufgabe.« Florentine holte tief Luft. »Sorry, manchmal geht's mit mir durch.«

Allegra lächelte. »Schon okay. Und dieser Lorenzo?«, machte sie einen höchst durchsichtigen Versuch, Florentine von ihren düsteren Gedanken abzulenken. »Was ist das für ein Typ?«

Bevor Florentine antworten konnte, begann der Kellner, der gerade am Tisch neben ihnen kassierte, übel zu fluchen, weil sein Kartenlesegerät eine kleine Rauchwolke ausstieß und anfing zu fiepen. Allegra zuckte zusammen. War das ihre Schuld? Sie hatte eigentlich noch nie Geräten, denen sie nur kurz begegnete, den Garaus gemacht ...

Florentine trank einen großen Schluck Wasser und lauschte ebenfalls der Tirade des Kellners.

»*Pimbeche*? Den Ausdruck kannte ich noch nicht«, sagte Allegra leise.

»Gott sei Dank sind die Gäste neben uns Amerikaner. Es heißt ›dämliche Pute‹, und mir ist nicht klar, ob er die Frau oder das Gerät meint«, erwiderte Florentine.

Allegra begann zu kichern, Florentine fiel ein, und es dauerte ein paar Minuten, bis die beiden sich wieder so weit gefasst hatten, dass eine normale Unterhaltung möglich war. Es tat gut, mit jemandem so offen über ihre Berufung und ihre Eltern zu sprechen, bisher hatte Allegra das nur mit Elena tun können, und die war dem Thema immer wieder ausgewichen.

Die Gäste am Nebentisch verließen entnervt das Lokal, es war nur noch Barzahlung möglich.

»Also ... Lorenzo Cruz«, begann Florentine gedehnt, als sie wieder reden konnte, »er kommt aus einem Dorf in den Pyrenäen. Seine halbe Familie ist bei der DI, es gibt wohl keine Generation, in der das Traumwandern nicht vorkam.

Er ist dreiundzwanzig, unterrichtet Meditation und Aktives Träumen und wird sicher mal Karriere machen als neuer Träume-007. Und wenn nicht bei uns, dann wird er Filmstar. Gut genug sieht er ja aus …« Bei den letzten Worten bekam ihr Gesicht einen verträumten Ausdruck.

»He«, mahnte Allegra. »Ich dachte, er ist mit der Zicke zusammen.«

Florentine hatte das Kinn in die Hand gestützt und sah hinauf zu den weißen Zinnen des Papstpalastes. »Ach, ein Mädchen darf ja wohl noch mal träumen«, sagte sie theatralisch und grinste. »Ich bin aber nicht die Einzige«, fügte sie hinzu.

»Kann ich mir vorstellen.« Und wenn ich beim ersten Mal, als er mich berührt hat, nicht ohnmächtig geworden wäre, könnte ich das vielleicht nachvollziehen, dachte Allegra. Sie beschloss, Lorenzo ein paar Tage zu beobachten, bevor sie mit irgendjemandem über ihn sprach.

Es war inzwischen dunkel geworden, vereinzelt blinkten Sterne über ihnen. Die Laternen auf dem großen Platz leuchteten auf, und die Kellner zündeten Kerzen an. Zitronenduft verbreitete sich über den Tischen. Ganz in ihrer Nähe stimmte ein Musiker seine Gitarre, dann klang ein sanftes Lied durch die Luft, schwebte über den plaudernden Menschen und verlor sich im Blauschwarz des Himmels. Allegra legte den Kopf schräg und lauschte. Der Refrain »Avec le temps« hörte sich nach Liebe an und nach Sehnsucht, Traurigkeit und Glück. Elena hörte manchmal solche Musik, wenn sie malte. Sie schaffte es immer wieder, die Töne auf die Leinwand zu bannen, eine Gabe, die Allegra bewunderte.

»Wir müssen los«, unterbrach Florentine ihre Gedanken und legte Geld auf den Tisch. Ein leichter Wind kam auf, und Allegra fröstelte.

»Ich bin auch total müde.« Sie gähnte und zog ihren Schal enger. »Ich glaub, ich muss morgen um sieben aufstehen. Oje. Hast du eine Ahnung, wo mein Stundenplan liegt?«

»In der Küche«, erklärte Florentine und schwang sich auf ihr Rad.

Kurz darauf stellten sie die beiden Räder wieder am Pförtnerhäuschen ab und liefen durch den Park, dessen Wege durch altertümlich wirkende schmiedeeiserne Laternen erhellt wurden.

Der Plan lag tatsächlich auf der Küchenzeile. Allegra überflog ihn. Für morgen stand da:

8–10 Uhr Träume Level I
10–13 Uhr Improvisation
17–18 Uhr Meditation

»Halt, warte mal.« Allegra hielt Florentine, die gerade an ihr vorbei und ins Bad wollte, am Ärmel fest. »Was heißt das eigentlich konkret? Träume? Improvisation? Klingt nach Theater ...«

Florentine blickte ihr über die Schulter. »Nicht ganz. Bei Träumen gibt es Level I bis IV, du fängst bei I an, da geht es um die Klassifizierung der Träume und wie man die Aura sichtbar macht, du weißt schon, die Energie, die uns umgibt, wenn wir in der Traumzeit unterwegs sind. Da flackert es um uns herum, das hast du doch auch gesehen.«

Allegra nickte. »So ein bläuliches Licht.«

»Ja, genau. Also, normalerweise sind die ersten Wochen ganz stressfrei. Nun, vielleicht mit Ausnahme von Improvisation – da muss man schon seinen Grips anstrengen, Madame Pinot ist unerbittlich.«

»Also, das beruhigt mich überhaupt nicht.« Allegra krampfte die Hand um den Stundenplan und sah ihre neue Freundin zweifelnd an. Sie erinnerte sich an Florentines Worte – wollte sie diese Ausbildung wirklich? Konnte sie das? Sie schlug nach einer Stechmücke, die sich frecherweise ins Haus gewagt und auf ihrem Arm niedergelassen hatte.

»Du wirst sehen, du packst das schon.« Florentine nahm ihr vorsichtig den Stundenplan ab, strich ihn glatt und legte ihn wieder auf die Küchenzeile. »Los, ab ins Bett. Träume hast du morgen früh eh noch nicht, ich hab dir doch gesagt, die müssen dich erst mal einstufen. Du gehst um acht zu Madame Berger, die kümmert sich darum. Die Bücher, die hier rumstehen, sind noch von meiner früheren Mitbewohnerin. Bedien dich ruhig. Emma hat mit mir hier gewohnt bis Weihnachten, dann ist sie an die Akademie in Peking gewechselt, wo ihre Eltern hingezogen sind. Sie hat einiges hiergelassen.«

Allegra lächelte, aber das strudelige Gefühl in ihrem Magen blieb.

Eine halbe Stunde später, den minzigen Geschmack der Zahnpasta im Mund, ließ sie sich in ihr neues Bett sinken. Seufzend zog sie die Bettdecke über sich. Sie war jetzt so müde, dass sie nicht einmal mehr Herzklopfen hatte. Der nächste Tag würde kommen, so oder so. Besser, sie begegnete ihm einigermaßen ausgeruht. Mit der Hoffnung, dass Elenas Bild über ihrem Bett schlechte Energien fernhielt, ließ sie sich in den Schlaf sinken, Lumi fest an sich gedrückt.

In dieser Nacht blieb in Haus 23 alles ruhig. Allegra schlief tief und fest, nichts zog sie nach draußen. Doch weit, weit hinter der Grenze, dort, wo der einfache Schlaf endet und die Traumzeit beginnt, flüsterte es, lockend, unwiderstehlich, und legte so manchem Träumenden eine Spur zu einem Ort, der kein Entrinnen zuließ.

6.

Der nächste Tag war ein Freitag, und Allegra wachte zu ihrer Überraschung schon lange vor ihrem Wecker auf. Die Morgensonne schien durch die pfirsichfarbenen Vorhänge und tauchte das Zimmer in ein warmes gelbliches Licht. Direkt vor ihrem Fenster vernahm Allegra lautes Piepsen und Flügelflattern, zwei Vögel stritten sich. Sie setzte sich auf, strich sich die Haare aus dem Gesicht, streckte die Arme über den Kopf und dehnte sich bis in die Schultern. So langsam sickerte ihr ins Bewusstsein, dass heute der Tag war, auf den sie schon seit vier Jahren wartete. Von dem sie gedacht hatte, er sei noch mindestens ein Jahr entfernt. Der erste echte Tag an der Akademie Adair. Die erwartete Euphorie blieb allerdings aus, angesichts der dramatischen Ereignisse der letzten zwei Tage und ihrer Panik vor dem ungewöhnlichen Stundenplan. »Aber trotzdem«, murmelte sie, »es geht wirklich los. Wahnsinn.« Von Florentine war noch nichts zu hören, also tappte Allegra auf bloßen Füßen leise ins Bad und stellte sich unter die Dusche. Das Wasser roch anders als in München, leicht nach Chlor, irgendwie fremd, doch als sie ihr Holunder-Duschgel über sich verteilt hatte – ein weiteres Geschenk von Elena –, verflüchtigte sich dieses Gefühl wieder. Mit noch feuchten Haaren – die würden bei dieser herrlichen Wärme am besten draußen trocknen – trank sie ein Glas Milch. Es war erst Viertel vor sieben, sollte sie zum Frühstücken in die Cafeteria gehen? Würden die anderen sie wieder anstarren? Sie war die einzige Neue auf dem Campus, sie war fast zwei Jahre jünger als alle anderen, die Tochter berühmter Eltern, aber sie wusste sehr wenig über das, was sie erwartete. Andererseits hatte sie vorgestern ein paar Leute gerettet. Nicht so schlecht für eine Anfängerin.

»Auf in den Kampf«, sagte sie leise zu ihrem Spiegelbild, ließ einen Zettel für Florentine zurück – *Bin schon beim Frühstück* – und machte sich auf den Weg. Der Wind pustete sanft durch ihre Haare, und auch aus den anderen Häusern tauchten jetzt Studenten auf.

Das Standardfrühstück bestand aus Croissants, Café au Lait und frischem Orangensaft, doch auch wer Müsli wollte, konnte zwischen diversen Sorten wählen. Allegra kam sich vor wie in einem Hotel. Sie setzte sich an einen freien Tisch und tunkte ihr Croissant mit einem seligen Lächeln in den Milchkaffee. Elena konnte es nicht ausstehen, wenn sie das machte. »Da schwimmen immer eklige Krümel in deinem Kaffee«, hatte sie sich regelmäßig beschwert. Heute tadelte Allegra niemand dafür, und sie grinste, als sie ihren Kaffee umrührte, die Krümel in einem Strudel untergingen und dann langsam wieder an die Oberfläche trudelten. Immer mehr Leute strömten in den Raum, bald war fast jeder Platz besetzt, und auch an ihren Tisch hatten sich drei ältere Studenten gesetzt, die ihr kurz zugenickt hatten, sie aber ansonsten in Ruhe ließen und sich auf Spanisch unterhielten.

Nicht gerade höflich, dachte Allegra im ersten Moment, aber im Grunde war es ihr ganz recht. Weiter hinten entdeckte sie Jean und Amélie. Die beiden winkten ihr zu, und jetzt kam auch Florentine mit schnellen Schritten durch die Cafeteria geeilt. Sie hatte bereits einen Espresso in der

Hand, die roten Haare standen in alle Richtungen ab. »Hab verschlafen«, verkündete sie heiser, schnappte sich die Zuckerdose von Allegras Tisch, gab vier Würfel hinein, sodass die Tasse fast überlief, und trank das Gebräu in einem Zug aus, ohne zu schaudern.

»Hätte ich dich wecken sollen?«, fragte Allegra schuldbewusst.

»Nein, ich hab ja einen Wecker, aber ich war heute Morgen so müde, dass ich ihn einfach wieder ausgeschaltet hab. Und plötzlich wache ich auf, und es ist zwanzig nach sieben.«

Allegra schaute auf die Uhr, die an der Wand der Mensa hing. Sie zeigte 7:26 an. »Nicht schlecht, dein Tempo. Wo müssen wir denn jetzt hin?« Allegra brachte ihr Tablett weg und folgte Florentine in die große Haupthalle.

»Bitte alle in den Traumsaal!«, rief Madame Berger in diesem Moment den versammelten Studenten zu. Allegra verdrehte sich den Hals, zum ersten Mal bekam sie ein Gefühl dafür, wie viele Menschen in der Akademie lebten und arbeiteten.

Als sie nach und nach durch die breite Tür in den Traumsaal traten, wartete José Adair dort bereits. Er wirkte gefasst, aber eine Falte hatte sich zwischen seinen Augenbrauen auf der blassen Stirn eingegraben, und seine Augen sahen müde aus. Er stand auf einem Podest nahe dem Projektor. Allegra und Florentine befanden sich jetzt irgendwo mittendrin. Allegra war froh über ihre Größe, die ihr gestattete, über einen Teil der Menge hinwegzusehen.

Ohne Vorwarnung erlosch das Licht, und ein Sternenhimmel erstrahlte über ihnen.

»Wir gedenken heute unseren Studenten, Kollegen und Freunden Paul Maier, Edith Vance, Solveig Zeguet, Jeffrey Thompson, Hiromi Sakamura, Paula Alvar, George Batton und Alexander Sahini«, begann Adair mit leiser Stimme, die dennoch jeden Winkel des Raums erreichte. »Wir wissen nicht genau, was mit ihnen geschehen ist, doch wir werden es herausfinden. Mögen ihre Seelen nur guten Träumen begegnen.« Allegra sah sich um. Wo waren die Körper hingebracht worden? Waren sie alle bereits gestorben? Jemand schluchzte auf, und sie sah auf der anderen Seite des Raums mehrere Studenten, die sich aneinander festhielten. Auch die Lehrer wirkten erschüttert. Madame Berger hatte Tränen in den Augen, und Sir Hammond bewegte die Lippen, als spräche er ein lautloses Gebet.

Plötzlich bemerkte sie ein bläuliches Licht, das von José Adairs Händen auszugehen schien. Er streckte die Hände nach oben, alle folgten seinem Beispiel. Wie ein Gespinst aus blasser Farbe verbreitete es sich, umschlang die Hände von allen, die sich im Saal befanden. Das Licht war kühl und kribbelte auf ihrer Haut, fühlte sich aber keinesfalls unangenehm an, sondern ähnlich dem, was Allegra beim Eintreten in die Traumzeit verspürt hatte. War dieses Licht die Aura?

Kurz darauf konnte sie über sich ein Netz aus Licht erkennen, gesponnen von all den Händen, die sich in die Höhe gereckt hatten. Mehrere Atemzüge lang herrschte absolute Stille, bis der Direktor seine Hände senkte, den Bann brach und das Licht allmählich verblasste, sodass die Sterne wieder sichtbar waren.

»Ich danke Ihnen allen«, sagte er rau. »Der Unterricht

geht vorerst weiter wie gehabt. Wir haben die Fächer neu verteilt, alle Informationen dazu finden Sie auf der großen Tafel im Verwaltungstrakt. Und noch etwas: Wenden Sie die Traumkontrolle an und schützen Sie Ihren Schlaf, wenn Sie diese Fertigkeit beherrschen. Für alle gilt: Wenn Sie schlafen, tun Sie das bitte in Ihren eigenen Häusern, innerhalb der Traumzäune.« Er sah kurz zur Seite, sein Blick streifte Lorenzo und Sofia, die in der ersten Reihe standen. »Auch die, die gelegentlich woanders übernachten.« Er lächelte mühsam. »Wir haben um das Akademiegelände herum besondere Vorkehrungen für Ihre Sicherheit getroffen. Denn noch wissen wir zu wenig über das, was uns bedroht. Bleiben Sie wachsam.« Damit legte er die Hände kurz vor der Brust zusammen und verbeugte sich. Immer noch sprach niemand. Schweigend gingen Lehrer und Studenten hinaus.

Madame Berger wartete an der Tür und begrüßte Allegra, indem sie ihr kurz die Hand auf die Schulter legte. »Du kommst erst noch mit mir. Florentine, hast du ihr schon erklärt, wie der Tag heute für sie ablaufen wird?«

»Ja, habe ich. Wir sehen uns später, Allegra.« Florentine eilte hinaus.

»Wirklich schlauer bin ich dadurch aber auch nicht geworden«, gab Allegra zu.

»Keine Sorge, das geht ganz schnell. Ich muss von dir nur noch ein paar Dinge wissen, dann darfst du in deine erste Unterrichtsstunde.«

Nebeneinander gingen sie in Madame Bergers Büro.

Florentine hatte recht gehabt: Es ging darum, welche Fähigkeiten Allegra mitbrachte. Sprachen, Naturwissenschaften – sie war leider eine Niete in Chemie, immer gewesen – und was ihr Vater ihr noch beigebracht hatte, ohne dass sie es gemerkt hatte.

»Wahrscheinlich hat er mich immer wieder in Ebene eins erwischt, zumindest denke ich mir das so, nach dem, was ich jetzt weiß. Aber sicher bin ich nicht.«

»Angesichts dessen, was ich vorgestern gesehen habe, wirst du mit dem Übergang in die Traumzeit keine Probleme haben. Was dir fehlt, sind die theoretischen Grundlagen. Aber das kannst du nachholen«, kommentierte Madame Berger und klackerte mit der Tastatur. In diesem Moment erwachte der große Flatscreen zum Leben, und Allegra sah dem Sand in den großen Sanduhren zu, wie er vermeintlich schwerelos in den Gläsern auf und ab schwebte. »Ist grade jemand in der Traumzeit?«, fragte sie interessiert.

»Nein, so verhält sich der Sand, wenn er nicht gebraucht wird.«

»Das ist kein normaler Sand, oder?« Allegra verfolgte fasziniert den Weg eines Körnchens, der jedem physikalischen Gesetz zu trotzen schien.

»Nicht ganz«, erklärte Madame Berger. »Sieht nach Magie aus, nicht wahr? Doch das ist es nicht. Sanduhrenherstellung ist eine ganz besondere Kunst. Aber zu dir – du warst Streitschlichterin in der Schule?«

»Mhm.«

»Sehr gut. Das wird dir bei den Übungen zur Verhandlungsführung nutzen, denke ich.« Sie klackerte erneut mit der Tastatur.

»Um Sie herum hat es in der Traumzeit so komisch geleuchtet. Grade eben im Traumsaal wieder. Das blaue Licht meine ich, war das die Aura?«, fragte Allegra neugierig.

»Ja, was du da gesehen hast, ist die Aura. Eine Hülle aus Energie, um es mal einfach zu sagen.«

Allegra nickte. Also hatte sie das richtig erkannt.

»Die hat jeder Mensch«, fuhr Madame Berger fort, »als Agentin lernst du unter anderem, die Aura zu verbinden und auch außerhalb der Traumzeit sichtbar zu machen ...«

»Aha«, machte Allegra. »Und warum haben das Lorenzo und sein Team nicht gemacht? Dann wären sie vielleicht zusammengeblieben und alle zurückgekommen?«

»Das ist eine gute Frage. Aber ich denke, dass der Tod unserer Agenten weniger mit der Aura als mit der Konstruktion dieses Traums zu tun hat. Lorenzo hat berichtet, dass der Traum immer wieder sein Inneres verändert und die Orientierung damit extrem erschwert. Du hast diese Arktislandschaft erlebt, aber kurz davor, sagte er, sei alles überschwemmt gewesen, und sie wären fast ertrunken. Auch gibt es dort keinen Tag-und-Nacht-Zyklus, der Traum ändert sich vollkommen willkürlich und lässt weder den Träumern noch den Agenten eine Chance.«

Allegra verzog das Gesicht. Sie wollte sich gar nicht im Detail vorstellen, wie man in einem solchen Traum ertrank. Das klang alles nicht nur unheimlich, sondern irgendwie bösartig, als habe der Traum eine grausame Persönlichkeit. Von wem kam er?

»Und der Sand? Was hat es damit auf sich? Florentine sagte, dass der Sand mit der Zeit zu tun hat – aber ich verstehe es nicht.«

»Der Sand fließt in der Realität und hält so eine Verbindung zur Dimension *Zeit* – ohne die Zeit lebt nichts, bleibt alles starr, entwickelt sich nichts –, ohne Sanduhr bleibt der Agent im schlimmsten Fall im Traum hängen. Und wenn der Traum endet, weil der Träumer erwacht, gibt es nur noch den Körper des Agenten als seelenlose Hülle. Agenten mit Sanduhr, die sich in einem Traum befinden – und wie gesagt, es ist grundsätzlich streng verboten, die Träume zu betreten! –, haben noch einen Zeitpuffer, um zurückzukehren, wenn der Träumer erwacht. Sollten sie aber länger benötigen, als die Sanduhr läuft, passiert Folgendes: Die Körpertemperatur sinkt, und irgendwann gibt der Körper auf. So wie bei unserem Team, nur dass es hier wohl keinen Träumer gibt, der erwacht, sondern der Traum aus unerfindlichen Gründen bestehen bleibt.«

Allegra schwirrte der Kopf. Das wurde ja immer komplizierter. Doch Madame Berger war noch nicht fertig: »Im Laufe deiner Ausbildung wirst du lernen, auch ohne Traumsaal und Projektor in die Traumdimension zu wechseln. Agenten, die woanders stationiert sind, wie es zum Beispiel deine Eltern waren, müssen das können. Aber wir arbeiten immer mit Sanduhren. Zu unserer eigenen Sicherheit.«

Mit einer fließenden Bewegung griff Madame Berger jetzt hinter sich, zog ein Papier aus dem Drucker und schob es Allegra mit einem Lächeln zu. »Dein neuer Stundenplan. Wir mussten die Fächer umorganisieren, du hast José Adair gehört. Geh jetzt rüber in den Unterrichtstrakt. Dort findest du die Klasse Traum I, sie wird von Madame Reloy geleitet. Danach Improvisation bei Madame Pinot, die hast du schon gestern im Rat kennengelernt.«

Die alte Dame, die sie gestern so durchdringend angestarrt hatte, erinnerte sich Allegra. Aber sie nahm mit einem kribbeligen Gefühl der Vorfreude, das die Angst vor dem Unbekannten übertönte, den Stundenplan entgegen und erhob sich. »Muss ich zum Unterricht etwas mitbringen?«

»Ach ja, ich vergaß. Vorne, neben der Haupthalle, befinden sich Schließfächer. Sie sind mit einem Zahlenschloss gesichert, den Code solltest du gleich ändern. Dein Schließfach hat die Nummer 232, der Code ist 0000, ändere ihn am besten gleich ab. Im Fach findest du alle Materialien, die du brauchst.« Madame Berger erhob sich ebenfalls und streckte ihr die Hand entgegen. »Noch einmal offiziell, Allegra: Willkommen an der Akademie Adair. Wir sind froh, dass du hier bist. Du wirst sehen, die Dream Intelligence wird dein Leben von Grund auf verändern. Wenn auch früher, als du dachtest.«

Allegra ergriff die ihr entgegengestreckte Hand und murmelte: »Das hat sie schon.«

Mit mehreren Büchern, einem großen Notizblock und Stiften bewaffnet, klopfte sie kurz darauf an die Tür eines Klassenzimmers im ersten Stock. Das »Herein« klang gedämpft, und Allegra schob zögernd die Tür auf. Es waren nur drei Studenten und eine Lehrerin anwesend, sie saßen auf Stühlen im Kreis und waren augenscheinlich froh über die Unterbrechung.

»Da sind Sie ja endlich«, rief die Lehrerin. Sie war etwa Mitte fünfzig, hatte orientalische Gesichtszüge, dunkles, lockiges Haar und schwarze, mandelförmige Augen. Ihr dunkelblauer Seidenmantel war mit einem filigranen Blütenmuster versehen.

»Ich bin Madame Reloy. Vielleicht können Sie dieser müden Truppe auf die Beine helfen?« Ihr Französisch klang akzentfrei, sie betonte jede Silbe. Die müde Truppe, wie sie es nannte, bestand aus zwei Mädchen, die Allegra bisher nicht bewusst wahrgenommen hatte, und einem Jungen. Alle drei waren nicht viel älter als sie, die Mädchen waren eindeutig Schwestern, beide mit dem gleichen hüftlangen silbrigen Haar, das sie mit türkisen Bändern zusammengebunden hatten. Der Junge hingegen hatte einen dunklen Teint, er trug zerrissene Jeans, und sein muskulöser Oberkörper steckte in einem hellgrünen Tanktop. Er hatte seine Espadrilles unter dem Stuhl liegen und die nackten Füße entspannt an den Knöcheln überkreuzt. Aha, der Typ von gestern ... Allegra sah zum ersten Mal sein Gesicht. Schmale, hohe Wangenknochen, braune Augen, die sie prüfend ansahen.

Allegra deutete, da sie die Hände immer noch voll hatte, eine Art Verbeugung an und zog sich mit dem Fuß einen der freien Stühle heran. Mit einem Seufzer setzte sie sich und ließ das komplette Material auf die an der Armlehne befestigte Schreibunterlage rutschen.

»Jenny Harper, Laurie Harper, Arthur Sorento.« Madame Reloy zeigte mit ihrem Stift auf die Studenten und fuhr ohne Übergang fort: »Mademoiselle Heller, wir befassen uns momentan mit den Gesetzmäßigkeiten unseres Berufes. Sie werden dafür ein paar Seiten in meinem Skript nacharbeiten müssen. Nun, wie lautet das wichtigste Gesetz zum Zeitablauf in der Traumzeit?«

Allegra starrte sie verdutzt an, dann sah sie in die ahnungslosen Gesichter der beiden Studentinnen und ergriff die Flucht nach vorn, daran denkend, was ihr direkt nach ihrer Rückkehr in den Traumsaal durch den Kopf geschossen war. »Ich denke mal, die Zeit dort verläuft nicht parallel zu unserer Zeit«, sagte sie kühn.

Zu ihrem Erstaunen nickte Madame Reloy zwei bis drei Mal langsam und gab ihr recht. »Ganz genau. Sie verläuft nämlich wie?« Mit dem Stift in der Hand wies sie auf den Jungen. »Monsieur Sorento? Irgendeine Idee? Etwas, das Sie gelesen haben? Mit ein bisschen Glück etwas von dem, was ich Ihnen letzte Woche aufgab? Nun?« Ihre Augen blitzten, und ihre Stimme war schneidend scharf geworden.

Allegra machte sich unwillkürlich etwas kleiner.

Der Junge lümmelte weiter auf seinem Sitz, klopfte sich mit einem Kugelschreiber auf die Lippen, dann sagte er in gelangweiltem Ton: »Laut Meyer verläuft sie wellenartig nach der Formel Theta mal Amplitude. Wobei Theta die Traumebene des Schlafenden bezeichnet und die Amplitude sich errechnet aus Wellenlänge und Startzeit. Das erste Gesetz besagt, dass die Rückkehr aus der Traumzeit nur mit einem Toleranzfenster von fünf Prozent möglich ist. Also auf die Sanduhr bezogen, natürlich.« Jetzt schob er sich den Stift zwischen die Lippen und kaute darauf herum.

Madame Reloy sah ihn mit einem versteckten Lächeln an, das ganz klar besagte, dass sie genau das von ihm erwartet hatte. »So ist es«, bestätigte sie. »Und wie lauten die daraus folgenden Untergesetze zwei und drei? Mademoiselle Harper und Mademoiselle Harper?« Der Stift wies jetzt auf die beiden Schwestern.

Elfen, dachte Allegra. Die beiden schauten sich hilflos an, dann genauso hilflos in Richtung Allegra. Sie zuckte bedauernd mit den Schultern. Ihre erste Antwort war ein Glückstreffer gewesen.

Madame Reloy sah die Schwestern finster an, drehte sich um und begann, an die Tafel zu schreiben.

1. *Die Zeit verläuft wellenartig.*
2. *Sand bedingt das Toleranzfenster für die Rückkehr.*
3. *Personen, Gegenstände und physikalische Zustände haben in der Traumzeit eine begrenzt stoffliche Form, die der Träumende selbst herstellt.*

»Nun«, sagte sie dann und stellte sich vor ihrer kleinen Schülertruppe auf, die Hände in die Hüften gestemmt. »Ich hatte Ihnen aufgegeben, nachzulesen, was Adrian Adair in seinem Standardwerk *Dreams in Motion* zu diesen drei Gesetzen sagt. Es scheint, als habe nur Monsieur Sorento das Buch überhaupt geöffnet. Das ist sehr ... schade.« Ihre Stimme wurde leise und erhielt einen drohenden Unterton. »Denn wenn Sie diese Gesetze nicht kennen und auch nicht wissen, wie sie in der Fachwelt diskutiert werden, sind Sie in der Traumzeit für sich und Ihre Mit-Agenten eine Gefahr. Das ist inakzeptabel! Mademoiselle Heller, Sie arbeiten bitte Kapitel eins bis vier bei Meyer durch, anschließend die Kommentare von Adair. Wenn Sie dazu Fragen haben, wenden Sie sich an Ihren Kollegen hier. Er macht zwar nicht den Eindruck, ist aber meinem Unterricht bislang recht aufmerksam gefolgt.«

»Wir reden seit Wochen nur über das, was irgendwelche Leute über die Träume schreiben. Und Mr Hammond lässt uns auch nur noch für ein paar Minuten in die Traumzeit. Wir waren doch schon viel weiter! So erreichen wir doch überhaupt nichts.« Der besagte Kollege schien fest entschlossen, jegliches Wohlwollen seitens seiner Lehrerin in Grund und Boden zu reden.

Doch anstatt ihn in die Schranken zu weisen, kreuzte Madame Reloy die Arme vor der Brust, lehnte sich an eine Tischkante und sah ihre vier Studenten der Reihe nach an. »Ich verstehe Ihre Ungeduld«, begann sie, »aber angesichts der aktuellen bedrohlichen Lage müssen Sie die Theorie voll und ganz verinnerlichen, bevor Sie weitermarschieren. Es mag Ihnen unwichtig vorkommen und ohne Bedeutung für Ihre eigentliche Aufgabe, aber ich versichere Ihnen, das ist es keineswegs. Wir reden hier nicht über Magie oder Taschenspielertricks. Was wir tun, ist durchaus wissenschaftlich belegt, auch wenn dieser Forschungszweig der Geheimhaltung unterliegt. Sehen Sie her«, sie formte mit den Händen einen imaginären Knoten, »würden Sie einen Steilhang erklimmen, ohne zuvor wenigstens den Hauch einer Technik erlernt zu haben? Wenn Ihnen jemand vorher ein paar Knoten zeigt, seien Sie froh! Ich erkläre Ihnen, wenn Sie so wollen, die Geschichte der Knoten und wozu man sie benötigt.«

Arthur gab nicht nach. »Aber nicht nur bei Hammond geht es nicht weiter, alle hier halten sich zurück. Schon seit Wochen.«

Jetzt lächelte Madame Reloy zum ersten Mal mit dünnen Lippen. »Nun, sobald Mademoiselle Harper und Mademoiselle Harper die fraglichen Kapitel gelesen haben und mir ein paar Fragen dazu beantworten können, lasse ich die Zügel etwas lockerer, Monsieur Sorento. Soweit ich weiß, haben Sie im Unterricht meines Kollegen Hammond ja schon Ausflüge in die Traumzeit unternommen. Ganz ohne praktische Erfahrung sind Sie also nicht. Und Mademoiselle Heller hier war ebenfalls in der Traumzeit unterwegs, sie wird uns also sicher einiges zu berichten haben.«

»Äh … ich hatte Hilfe«, wehrte Allegra ab.

»Das macht es nicht weniger interessant. Also, wenn wir in dieser Stunde nicht über die Gesetzmäßigkeiten sprechen können, weil Sie bedauerlicherweise Ihre Hausaufgaben nicht erledigt haben, müssen wir uns einem anderen Thema zuwenden. Was können Sie mir über die Klassifikation von Träumen erzählen? Wie definieren wir die verschiedenen Membrantypen?« Doch in diesem Moment hallte ein Gong durch das Gebäude, Madame Reloy seufzte und schüttelte ihre dunklen Locken. »Und wieder geht eine Chance dahin, etwas in Ihre Köpfe hineinzubekommen. Denken Sie an die Hausaufgaben. Ich möchte, dass Sie Ihr persönliches Traumtagebuch weiterführen. Wir werden es übernächste Woche besprechen. Und jetzt marsch, marsch. Madame Pinot wartet bereits auf Sie, mit einer ungewöhnlichen Aufgabe – die Sie sicher besser lösen könnten, hätten Sie die Grundlagen verinnerlicht. Nun ja.«

Arthurs Handy klingelte. Er warf einen Blick auf das Display, runzelte die Stirn, sprang auf und ging mit langen Schritten zur Tür. Allegra sah ihm nach. Sie wusste nicht so recht, was sie von ihm halten sollte. Er sah gut aus mit seinem dunklen Teint und den wilden Haaren, ganz anders als die Jungs in München. Dennoch machte er einen eher abweisenden Eindruck. Schulterzuckend räumte sie ihre Sachen zusammen, folgte den zwei Elfen und fand sich wenig später in einem großen, gemütlich wirkenden Raum mit bequemen Sesseln wieder.

»Setzen Sie sich, setzen Sie sich, wir haben nicht den ganzen Tag Zeit«, rief Madame Pinot und zählte halblaut durch, ob die Gruppe vollzählig war. Dann zeigte sie nacheinander auf sechs Studenten, darunter Arthur, der sein Telefonat offensichtlich bereits wieder beendet hatte, und sagte mit einem entschuldigenden Lächeln: »Für Sie habe ich erst nachher Verwendung. Warten Sie bitte vor der Tür.«

Sechs Augenpaare sahen sie verdutzt an, doch sie verzog keine Miene, machte nur eine ungeduldige Handbewegung. »Los, los ... machen Sie schon.« Madame Pinot wartete, bis die Tür hinter Arthur zugefallen war, dann schenkte sie Allegra, die zu denen gehörte, die bleiben durften, ein kurzes Lächeln und schrieb mit schwungvollen Buchstaben an die Tafel:

Überredung – Manipulation – Flexibilität – Erfolg

»Was bedeutet das?« Jetzt wies sie mit ihren schmalen, mit Altersflecken übersäten Händen auf ein Körbchen mit Rasierklingen, das auf ihrem Pult stand. »Ich möchte, dass Sie Ihren Partner dazu überreden, sich damit zu schneiden.«

Erschrockenes Einatmen.

»Wer nicht dran ist, stellt sich bitte hier hinten in den Raum. Sie dürfen zusehen, aber es muss ruhig bleiben. Es wird alles mit einer Kamera aufgenommen, wir besprechen dann die Ergebnisse, wenn alle es versucht haben.«

Hektisches Flüstern erhob sich.

Madame Pinot übertönte es mühelos. »Es geht darum, dass Sie bei Ihrem Gesprächspartner eine Grenze überwinden. Sie greifen in seine Komfortzone ein und verlangen etwas, das gegen seine Natur ist. Natürlich soll Ihr Partner das nicht wirklich tun, es geht darum, ob er es tun *würde.*«

»Was hat das denn für einen Sinn?«, fragte eine Studentin. »Es weiß ja jeder, dass es nicht echt ist.«

Madame Pinot stemmte die Hände in die Seiten und funkelte die Sprecherin an. »Es geht letztlich nicht um das reelle Ergebnis, sondern um den Weg, den Sie einschlagen. Glauben Sie mir, ich kann beurteilen, ob Sie etwas erreichen würden oder nicht.« Sie sah die Gruppe durchdringend an, dann wies sie auf eine der Elfen. »Jenny Harper, Sie fangen an.« Dann öffnete sie die Tür. »Sabine, kommen Sie herein. Miss Harper wird versuchen, Sie zu etwas zu überreden. Sie entscheiden, ob Sie ihrer Bitte Folge leisten.«

Allegra erkannte die Belgierin, ihre Mittagstisch-Nachbarin vom ersten Tag. Jenny ging auf Sabine zu, nahm sie an der Hand und zog sie zu einem Stuhl. Sie setzte sich ihr gegenüber und sah sie bittend an. »Jenny, ich brauche dringend ein paar Tropfen Blut von dir. Für ein Experiment. Tut gar nicht weh.« Sie griff nach Sabines Hand und tat so, als würde sie mit der Klinge ansetzen, doch Sabine entriss ihr die Hand. »Spinnst du? Nimm dir doch dein eigenes Blut. Ich kann kein Blut sehen, und schon gar nicht meines. Madame Pinot, was soll denn das?«

Die Lehrerin schwieg.

»Aber ich brauche einen Vergleich! Und du bist meine

letzte Hoffnung. Bitte!« Jennys Lippen zitterten, und ihre Augen füllten sich mit Tränen.

Allegra war beeindruckt. Auf Knopfdruck loszuweinen hatte sie noch nie geschafft, egal, wie sehr sie im Unterricht in Bedrängnis geraten war. Sie wagte einen Blick Richtung Pult. Madame Pinots Augen funkelten, sie sah aus wie ein Raubvogel kurz vor dem Sturzflug, doch sie hielt sich zurück, beobachtete lediglich die Szene.

Sabine reagierte allerdings nicht wie gewünscht. »Kommt nicht infrage!« Sie verschränkte die Arme vor der Brust. »Was auch immer das für ein krankes Experiment ist, da bist du bei mir an der falschen Adresse!«

»Bitte«, wiederholte Jenny, legte Verzweiflung in ihre Stimme, doch Sabines Gesichtsausdruck blieb störrisch.

»Stopp!«, befahl Madame Pinot. »Die Nächsten.«

Sabine sprang auf und ging zur Tür.

»Bitte holen Sie Arthur herein«, forderte Madame Pinot sie auf. »Mademoiselle Heller, Sie sind dran.«

Allegra ging zum Pult. Dabei kam ihr ein Gedanke. »Hat er Geschwister?«, fragte sie im Flüsterton.

Madame Pinot nickte. »Eine kleine Schwester.«

Allegra überlegte kurz, dann holte sie sich eine der Klingen, steckte sie vorsichtig in die Hosentasche und wartete, bis Arthur hereinkam. Mit einer Geste wies sie ihn zu einem Stuhl. Langsam trat sie hinter ihn und legte ihm sacht die Hand auf die Schulter. Seine Muskeln unter der Haut spannten sich an, als würde er sich fluchtbereit machen.

»Es tut mir sehr leid«, sagte sie leise, und in ihrer Stimme schwang Mitleid mit. »Aber stell dir vor, es gab einen Unfall. Deine Schwester ist …«

Arthur drehte sich ruckartig zu ihr um, sodass ihre Hand von seiner Schulter rutschte. »Gabriella? Was ist mit ihr?«

In der Klasse war es mucksmäuschenstill. Alle warteten gespannt.

»Sie wurde verletzt und hat viel Blut verloren. Was hast du für eine Blutgruppe?«

Arthur wurde kreidebleich. Seine Hand zuckte zu seiner Hosentasche, als wolle er nach seinem Handy greifen. »Ich weiß es nicht.«

Allegra machte eine Pause. Er wusste doch, dass das ein Spiel war? Arthur sah aus, als sei er kurz vor dem Kollaps. Sollte sie ihn direkt fragen? Sie wandte sich halb um, als wollte sie gehen, als Arthur zu Madame Pinot hinüberrief: »Das ist nicht Ihr Ernst, oder?«

Die Lehrerin antwortete nicht. Sie hatte die Hände hinter dem Rücken verschränkt und sah gespannt von einem zum anderen.

Arthurs Blick wanderte hektisch zwischen ihr und Allegra hin und her, dann seufzte er. »Was willst du von mir?«

Allegra lächelte und zog die Klinge aus der Hosentasche. »Gib mir eine Blutprobe, und dann sage ich dir, ob du deine Schwester retten kannst.«

Arthur griff wie in Trance nach der Klinge.

»Stopp!«, rief Madame Pinot erneut, und Arthur schoss aus dem Stuhl hoch. »Die Nächsten.«

Allegra stellte sich in die hintere Reihe. Arthur lehnte jetzt an der Wand und sah leicht grün im Gesicht aus, als sei ihm schlecht. Sie versuchte, seinen Blick aufzufangen, aber er starrte konsequent auf den Boden.

Die nächsten vier wandten ganz unterschiedliche Taktiken an. Bitten, Drohen, sogar ein Erpressungsversuch war dabei. Und die letzte Studentin versuchte es mit der Wahrheit.

»Sehr schön«, beendete Madame Pinot die Runde. »Jetzt schauen wir uns das Ganze einmal im Film an, und Sie werden mir sagen, welche Taktik warum erfolgreich sein könnte. Oder warum nicht.« Sie verdunkelte den Raum, wartete, bis alle wieder saßen, und auf der weißen Tafel, die als Leinwand diente, sah Allegra sich schließlich erneut hinter Arthur stehen. Da kaum ein Paar länger als zwei Minuten gebraucht hatte, war der Film schnell zu Ende.

Jetzt wandte sich Madame Pinot an die Klasse. »Haben Sie gesehen, welche Taktik Mademoiselle Harper angewandt hat und warum sie gescheitert ist?«

»Die Taktik war eigentlich ganz gut – nur die Zielperson die falsche«, kommentierte Arthur, dessen Gesicht wieder einen normalen Farbton aufwies.

»Ganz genau«, bestätigte Madame Pinot. »Die Mitleidstour ist nicht schlecht, nur hätte Mademoiselle Harper sie nicht bei Mademoiselle Mueller anwenden dürfen. Denken Sie daran, wer Ihr Gegenüber ist. Wovor er Angst hat. Mademoiselle Heller hingegen wäre wohl erfolgreich gewesen.«

»Sie hat Arthur ganz schön manipuliert.« Das kam von Sabine, die Allegra anerkennend ansah.

»Sehr richtig. Sie hat Monsieur Sorento auf der emotionalen Ebene angesprochen und ihm das Gefühl vermittelt, dass er eine Entscheidung treffen muss. Sehr gut. Wir sehen weiter, dass Erpressung nur dann funktioniert, wenn man wirklich etwas in der Hand hat. Dazu muss man den anderen sehr gut kennen – und das werden Sie in den seltensten Fällen tun, wenn Sie in der Traumebene unterwegs sind. Die Wahrheit ist ebenfalls oft eine gute Möglichkeit, und in diesem Fall hat es funktioniert. Doch auch hier gilt: So wenig wie möglich und so viel wie nötig. Wir Menschen sind voller Ideen, voller Geschichten – hier im Unterricht lernen Sie, diesen Fundus in Sekundenbruchteilen zu sichten und zu nutzen. Sie müssen schnell reagieren, wenn sie einer verirrten Seele begegnen. Glauben Sie mir, nicht jede geht fröhlich und freiwillig in ihren eigenen Traum zurück. Als Hausaufgabe verfassen Sie bis übermorgen bitte einen Versuchsbericht von unserem heutigen Experiment. Ich möchte wissen, welche Motivation hinter Ihren Worten und Handlungen standen. Aber machen Sie es kurz, schreiben Sie höchstens eine Seite. Wenn ich Ihnen einen Tipp geben darf: Tun Sie es heute, dann sind die Eindrücke noch frisch. Und nun genießen Sie Ihr Mittagessen.« Mit diesen Worten nahm Madame Pinot das Körbchen mit den Rasierklingen wieder an sich, nickte ihren Studenten zu und verschwand mit kurzen Schritten und wehendem Schal aus dem Raum. Nur ein Hauch ihres blumigen Parfüms, das so gar nicht zu ihrer forschen Art passte, blieb zurück.

Allegra blieb verdattert sitzen. Was auch immer sie erwartet hatte, das war es nicht gewesen. Sie spürte, wie das Adrenalin immer noch durch ihren Körper pulsierte und die Anspannung nur langsam nachließ. Und sie wusste immer noch nicht, was Arthur so zu schaffen gemacht hatte. Gab es vielleicht wirklich ein Problem mit seiner Schwester? War Allegra ihm sonst irgendwie zu nahegetreten? In dem Moment eilte er an ihr vorbei in Richtung Ausgang, sie sprang auf und lief neben ihm her. »Tut mir leid, wenn ich dir vorhin Angst gemacht habe. Das war keine Absicht, also irgendwie schon, aber …« Sie bemerkte, dass sie sich in ihren eigenen Worten verhedderte, und entschied sich für ein Angebot: »Wollen wir zusammen Mittag essen?«

»Nein, danke. Ich hab noch zu tun«, antwortete Arthur kühl. »Und übrigens, du hast mir keine Angst gemacht«, setzte er hinzu, doch Allegra konnte erkennen, dass er unter seinem dunklen Teint immer noch blass war. Ohne ein weiteres Wort bog er in ein Treppenhaus ab und ließ sie stehen.

Allegra sah ihm nach. Arthur log, das sah ja ein Blinder. »Puh, sind Madame Pinots Stunden immer so?«, fragte sie halblaut.

»Nein. Wir lernen auch viel Theorie«, sagte eine Stimme hinter ihr. Sabine. »Aber das heute fand ich klasse. So etwas könnten wir ruhig öfter machen.«

»Ich fühl mich immer noch, als hätte mich ein Zug überfahren«, murmelte Allegra. Jetzt erst fiel ihr auf, dass sie riesigen Hunger hatte.

In der Mensa hörten Jean und Florentine amüsiert zu, wie Sabine und Allegra die Improvisationsstunde analysierten.

»Das klingt, als hättet ihr Spaß gehabt.«

»Spaß würde ich es nicht nennen«, gab Allegra mit vollem Mund zurück und schob sich gleich noch mehrere Pommes frites hinterher, »aber interessant war es auf jeden Fall. Ich bin gespannt auf ihre nächste Stunde. Jetzt bin ich aber ziemlich platt, ich leg mich gleich erst mal 'ne Stunde hin.«

»Ja, ruh dich aus«, sagte Jean. »Was hast du heute noch?«

»Meditation, aber erst um fünf.«

»Da bin ich auch«, sagte Florentine. »Wer hält denn die Stunde, wisst ihr das schon?«

»Lorenzo«, erklärten Jean und Sabine wie aus einem Mund.

»Aha«, sagte Florentine betont gelassen, und Allegra beugte sich tief über ihren Teller, um nicht loszukichern. Der Gedanke an Lorenzo allerdings ließ es in ihrem Nacken kribbeln.

»Treffen wir uns vorher noch am See?«, fragte Jean.

»Ja, das ist eine gute Idee.« Florentine strahlte plötzlich und stieß Allegra in die Seite. »Ich hoffe, du hast einen Bikini dabei?«

Allegra nickte und schluckte den letzten Bissen runter. »Wo ist denn hier ein See?«

»Am westlichen Ende des Geländes«, erklärte Jean. »Gut, dann treffen wir uns am Steg um halb vier.« Er grinste Allegra an: »Bist du schon mal Wakeboard gefahren?«

Sie schüttelte den Kopf. Ihre Erfahrungen beschränkten sich auf das Zusehen bei den Eisbach-Surfern im Englischen Garten. Aber sie war eine gute und ausdauernde Schwimmerin.

»Dann wart mal ab. Wir haben eine tolle Anlage. Und nach dem, was in den letzten Tagen passiert ist, haben wir uns eine kleine Auszeit verdient. Die Realität holt uns noch schnell genug wieder ein.« Den letzten Satz sagte er mit Blick auf Florentine, die nach ihrem Jubel richtig schuldbewusst aussah, und setzte hinzu: »Wir fühlen uns alle schuldig, Florentine. Das ist die Bürde der Überlebenden.

Aber du darfst aus Trauer um Solveig dein Leben nicht aufgeben, verstehst du? Da gehören Freizeit und Spaß mit dazu, auch wenn's schwerfällt.«

Allegra zuckte zusammen. Das klang verdächtig nach dem, was sie in den ersten Wochen nach dem Verschwinden ihrer Eltern zu hören bekommen hatte. Sie nickte ihrer Freundin zu. »Jean hat recht.«

Florentine wischte sich eine Träne aus dem Augenwinkel, lächelte aber dankbar.

7.

Um halb drei bimmelte ihr Handy die Töne von Big Ben, und Allegra rekelte sich noch ein paar Minuten auf ihrer Bettdecke, bevor sie sich aufsetzte und feststellte, dass ihre Müdigkeit verschwunden war. Sie rannte ins Bad, wusch sich das Gesicht und setzte sich dann an ihren Schreibtisch, um schnell die Hausaufgabe zu erledigen. Ihre Gedanken zu Papier zu bringen, half ihr, das Erlebte zu ordnen und zu analysieren, und sie kam zu dem Schluss, dass sie ihre Sache ganz gut gemacht hatte. Kein schlechtes Ergebnis für den ersten Tag. Sie zog das Buch von Adrian Adair aus der Tasche und überflog die Einleitung und die ersten Kapitel.

Wow. Wenn sie das jemandem außerhalb der Akademie erzählte, würde man sie für vollkommen verrückt halten. Was Adair und auch dieser Meyer, den er mehrfach zitierte, über die Ordnung von Träumen und die verschiedenen Ebenen erklärte, sprengte alles, was Allegra je zu wissen geglaubt hatte. Und sie war noch nicht mal bei Seite 50! Das konnte ja heiter werden. Die psychologische Deutung der Entwicklung von Träumen im Vergleich zu Traum-Clustern? Die energetische Zusammensetzung der Traummembran? Zeitverlauf in der Traumdimension und Studien zum Phänomen des Zeitverlusts in der Realität? Sie schauderte bei dem Gedanken, so etwas jemandem aus ihrer alten Klasse erklären zu müssen. Nein, diese zwei Bereiche ihres Lebens musste sie auseinanderhalten.

Als es an ihrer Tür klopfte, schrak sie hoch.

»Kommst du? Es ist Viertel nach drei«, drang Florentines Stimme durch die Tür.

»Ja klar, Moment noch«, rief sie, sprühte sich großzügig mit Sonnenspray ein und hängte sich ein Badetuch über die Schultern. Ein dunkelgrüner Pareo ersetzte den Rock, die Sonnenbrille schob sie in die offenen Haare. »Gut so?«, fragte sie Florentine, als sie aus ihrem Zimmer trat.

Florentine musterte sie kurz. »Super. Und keine Sorge, da gibt es auch ein bisschen Schatten. Du siehst aus, als wärst du dieses Jahr noch nicht an der Sonne gewesen.«

»Ja, wie denn auch? Bei uns in München herrscht noch Eiszeit«, gab Allegra zurück und sah irritiert an sich herunter. Der Pareo reichte ihr bis zu den Knien, und darunter war alles noch frühsommerlich blass.

»Ich werde auch nie richtig braun«, beruhigte Florentine sie, »aber ein bisschen Farbe kriegen sogar Rothaarige wie ich ab.«

Am See, der eher ein ruhiger Nebenarm der Rhone war, war schon einiges los. Unter einem Baum lag ein Haufen Handtücher und Klamotten – Allegra warf ihr Handtuch und den Pareo daneben, legte die Sonnenbrille obendrauf und sah Florentine erwartungsvoll an. »Okay. Und jetzt?«

»Jetzt zeigen wir dir, was wir hier im Sommer machen. Sei gewarnt, wir halten richtige Turniere ab.« Florentine zog sie ans Ufer, wo eine Gruppe Studenten an einer kleinen Anlage stand, die aussah wie eine Schleppliftstation. Auf der anderen Flussseite konnte Allegra die gleiche Konstruktion erkennen. Dazwischen verlief ein dickes Stahlkabel, an dem ein kürzeres Seil mit einem Bügel hing.

»Hallo, Mädels«, rief Jean, auf dessen kahlem Schädel

Wassertropfen glitzerten. Die anderen Studenten winkten ihnen zu.

»Und los, Stéphane!«, gellte eine Stimme, ein kurzes Hupsignal ertönte, das Seil zog mit einem Ruck an, und Stéphane, der auf einem Wakeboard stand, juchzte. Mit Schwung raste er über das Wasser, ließ das Seil kurz vor dem Ufer los und schwebte elegant auf den Steg zu, wo ihn schon jemand erwartete. »Und zurück!«, schrie jemand auf der anderen Seite, erneut ertönte ein kurzes Signal, und diesmal kam ein Mädchen zurückgeschossen. Es sprang während der Fahrt einmal aus dem Wasser, drehte sich in der Luft und landete sicher. Beifall erklang. Für Allegra sah es so aus, als würde sie direkt in den Steg krachen, doch dann erkannte sie, wie es funktionierte. Unter Wasser gab es eine Art Rampe, man fuhr quasi hinauf und beendete die Fahrt – wenn man nicht vorher runterfiel – tatsächlich im Stehen. Das Mädchen kam zu Allegra, und sie erkannte Laurie, eine der Elfen.

»Willst du es probieren?«, fragte sie.

Allegra schaute zweifelnd aufs Wasser, dann wieder zurück zu den Studenten, die sie alle erwartungsvoll ansahen. Florentine nickte ihr aufmunternd zu.

»Äh, was passiert, wenn ich den Steg nicht treffe?«

»Den kannst du gar nicht verpassen. Das Problem ist eher das Aufstehen auf dem Board, wenn das Seil anzieht«, grinste Jean. »Ich hab bestimmt zehn Mal gebraucht, bis ich wenigstens ein paar Meter gefahren bin.«

»Unser Jean ist aber die Ausnahme«, warf Florentine, die Allegras Gesichtsausdruck richtig deutete, hastig ein. »Komm schon, probier's mal.«

»Hast du einen Tipp für mich?«, fragte Allegra.

Jean nickte. »Das Prinzip ist eigentlich einfach: in den Knien schön locker bleiben und trotzdem die Körperspannung halten.«

Allegra nickte, zog sich die Neoprenschuhe an, die Laurie ihr hinhielt, hockte sich auf den Steg und stieg in die Schlaufen auf dem Board. »Wie soll man da bitte das Gleichgewicht halten? Ich fühl mich wie ein Nichtschwimmer!«, sagte sie, als sie sich ins Wasser gleiten ließ und unbeholfen versuchte, mit dem Kopf über der Oberfläche zu bleiben. Dass sie es überhaupt nicht mochte, wenn der Boden unter ihr schwankte, behielt sie für sich. Florentine, die auf dem Steg saß und die Füße ins Wasser baumeln ließ, lachte. »Das geht jedem so.«

Die Sonne stand direkt über Allegra, aber der See war kühl, eine ganz leichte Strömung glitt an ihrem Körper entlang. Mit zusammengekniffenen Augen ergriff sie den Bügel, schon ertönte das Signal, Florentine schrie: »Los geht's!«, und Allegra spürte den ersten Ruck. Krampfhaft klammerte sie sich an den Bügel, wurde nach oben gezogen, versuchte, wie Jean ihr geraten hatte, in den Knien locker zu bleiben, und lehnte sich nach hinten. Und es klappte! Zwanzig, dreißig Meter ließ sie sich mitziehen, genoss schon den Rausch, bis Florentine begeistert rief: »Geht doch!«

Geschmeichelt warf Allegra einen Blick nach hinten und verlor prompt die Balance. Sie ließ los, der Bügel fuhr ohne sie weiter, und sie kippte höchst ungraziös zur Seite ins Wasser. Prustend und spuckend kam sie wieder hoch und zog die Füße aus den Schlaufen. Vom Ufer her ertönte Gelächter, aber auch Applaus.

Mit dem Board in der Hand schwamm sie zurück bis zum Steg und ließ sich von Florentine aus dem Wasser ziehen.

»Sag nichts!«, warnte Allegra, stemmte sich hoch auf die Holzplanken und schlang das Handtuch um sich, das Florentine ihr reichte. »Kann ich noch mal?«

»Du sahst aus wie ein Pinguin, der in Zeitlupe von der Klippe fällt«, kicherte Florentine.

»Klar kannst du noch mal«, sagte Jean und boxte Florentine auf den Arm. »Jetzt hör schon auf. Sonst erzähle ich Allegra, wie du angefangen hast.«

Florentine bemühte sich um einen ernsthaften Gesichtsausdruck, aber ihre Mundwinkel zuckten. »Das erzählt ihr sowieso jemand, damit kannst du mir nicht kommen, Jean.«

Jean grinste und wandte sich an Allegra. »Warte, bis ich drüben bin. Dann nehme ich dich in Empfang.« Er sprang mit dem Board an den Füßen ins Wasser, drehte sich um sich selbst und griff nach dem Bügel, der inzwischen wieder auf ihrer Seite angekommen war.

Allegra sah ihm zu, wie er elegant über den See sauste, und sah zu Florentine hoch, die neben ihr stehen geblieben war. »Komm, erzähl schon. Wie war's bei dir?«

»Als ich hierherkam, konnte ich nicht mal schwimmen.«

Allegra sah sie ungläubig. »Was? Das gibt's doch gar nicht. Jeder kann schwimmen.«

»Ich nicht.« Florentine hob verlegen die Schultern. »Die mussten es mir erst mal beibringen. Zusätzlich zu allem anderen, was man hier lernt. Es war echt peinlich ...«

»Na, aber jetzt kannst du's ja. Und wenn du noch Probleme hast, gibt es in Avignon sicher irgendwo Schwimmflügel.« Grinsend wich Allegra einem spielerischen Hieb von Florentine aus, ließ sich wieder ins Wasser gleiten, griff nach dem Bügel und fuhr tatsächlich ohne Probleme an. Diesmal schaffte sie es immerhin bis kurz vor das andere Ufer. Doch dann blickte sie für eine Sekunde nach unten auf ihre Füße, das dunkelgrüne Wasser zog sie plötzlich magisch an, und sie verlor erneut das Gleichgewicht. Diesmal klatschte Allegra mit dem Gesicht auf und tauchte Kopf voran unter. Sie strampelte heftig, um das Brett loszuwerden, und ließ sich in dem grünlich schimmernden Dämmerlicht ein paar Herzschläge lang treiben. Die Sicht betrug höchstens zwei bis drei Meter, der Grund ließ sich nur erahnen. Um sie herum war es still, das Wasser dämpfte alle Geräusche. Ein paar Bläschen blubberten neben ihr hoch, ein kleiner silbriger Fisch suchte hastig das Weite, und sie hatte plötzlich ein beklemmendes Gefühl. Jetzt wurde ihr die Luft knapp, sie schwamm wieder nach oben und war wenige Züge später am anderen Ufer, wo Jean schon auf dem Steg kniete und besorgt nach ihr Ausschau hielt.

»Alles in Ordnung bei dir?«, fragte er.

»Ja, geht schon.« Allegra setzte sich neben Jean auf den Steg und drehte sich die Haare zusammen, um das Wasser auszuwringen. Die seltsame Empfindung ließ nach.

»Ich hab es fast geschafft, hast du das gesehen? Na ja, bis ich umgefallen bin …«

»Du darfst nicht nach unten sehen!«, riet ihr Jean.

»Das hättest du mir ja vorher sagen können, oder?«

Jean grinste. »Dann wäre mir aber der lustige Anblick entgangen.«

»Haha«, machte Allegra und boxte ihn gegen die Schulter. »Es ist echt schön hier«, wechselte sie dann das Thema.

»Ich hab das vorhin ernst gemeint: Wir brauchen was zum Lachen und zum Abschalten«, erklärte Jean. »Die DI ist nichts, was man ein paar Monate ausprobiert, und dann wendet man sich dem nächsten Job zu. Wer hier ist, hat eine Entscheidung fürs Leben getroffen.« Er stand auf. »So langsam müssen wir Schluss machen, leider, der Unterricht –«

»Meditation fällt aus«, schrie Laurie plötzlich übers Wasser.

»Was ist denn los?«, rief Jean, die Hände wie einen Trichter vor seinen Mund haltend.

»Keine Ahnung. Aber Lorenzo verspätet sich, hat mir meine Schwester grade gesimst«, rief sie zurück. »Die Stunde wird am Montag nachgeholt.«

Die Freistunde wurde von allen ausgenutzt, und zwei Stunden später war Allegra durchgefroren und erschöpft, hatte aber mehrere Überquerungen ohne Unfälle hinter sich gebracht. Nach dem letzten Versuch ging sie mit vor Anstrengung zitternden Knien zum Baum und schlang sich den Pareo um die Hüften. »Ich spüre jetzt schon den Muskelkater kommen. Eine heiße Dusche wär nicht schlecht«, sagte sie zähneklappernd zu Florentine.

»Gute Idee. Ich komm gleich nach.«

»Aber macht nicht zu lange«, sagte Jean, der hinter Allegra aus dem Wasser gestiegen war. »Stéphane und ich haben beschlossen, ein Lagerfeuer zu machen. Könnt ihr bei der Mensa vorbeigehen und Grillzeug mitbringen, wenn ihr mit Duschen fertig seid? Ich hab der Küche schon eine Nachricht geschickt.«

Allegra machte große Augen. »Das geht einfach so?«

»Na ja, du musst dich mit Madame Marius gut stellen«, sagte Jean und blinzelte unschuldig. Wassertropfen glitzerten auf seinem kahlen Schädel. »Sie liebt mich«, fügte er hinzu.

Mit wohligem Seufzen wusch sich Allegra Seewasser und Sonnencreme von der Haut und blieb so lange unter dem heißen Wasserstrahl stehen, bis das kleine Badezimmer vollkommen vernebelt war. Dann entschied sie sich für eine Jeans, ein grünes Langarm-Shirt, Sneakers und ihren Schwalben-Schal. Das Mückenspray steckte sie in die Hosentasche, und zusammen mit Florentine machte sie sich auf den Weg in die Küche.

Madame Marius war groß, blond, für eine Küchenchefin erstaunlich schlank und höchstens Anfang dreißig. Sie hatte tatsächlich eine riesige Platte für sie vorbereitet. Unter einer Klarsichtfolie konnte man Hühnchenschlegel, marinierte Zucchinischeiben, mit Käse bestreute Tomaten und Spieße mit Garnelen erkennen. Florentine bekam von einer Küchenhilfe einen Stapel Baguettes in die Arme gedrückt und eine Schüssel mit Teig obendrauf.

»Für Stockbrot«, erklärte die Küchenchefin, und in ihrem französischen Singsang klang es wie »Stockebrote«.

»Deutsche Erfindung, oder? Wenn ihr mehr braucht, gebt mir Bescheid«, sagte sie augenzwinkernd. »Die Küche ist noch bis neun Uhr offen. Guten Appetit!«

»Cool«, sagte Allegra, als sie schwer beladen über die Wiese zum Flussufer gingen, »das ist ja ein toller Service. Geht das immer so?«

»Wenn Jean sie fragt, schon«, grinste Florentine. »Wenn

Madame Marius da ist, wird geschlemmt. Die andere Köchin ist allerdings nicht so nett. Bei der muss man froh sein, wenn sie einem Baguettes gibt, die übrig sind.« Jetzt wies sie mit dem Kinn nach vorne. »Schau, da vorne brennt schon das Feuer.« Tatsächlich. Ein paar Studenten hatten in der Zwischenzeit Treibholz gesammelt und auf dem kiesigen Strand aufgeschichtet. Jemand hatte einen langen Klapptisch organisiert, der jetzt als Büfett fungierte. Allegra stellte die Platte ab und erntete ein anerkennendes Nicken von Jean. »Super, dann kann es losgehen.« Er musterte Allegra. »Muskelkater?«

»Noch nicht. Frag mich morgen.«

Jean zog sie zum Steg und wies auf einen Plastikkorb, der voll mit Getränken im Wasser hing. »Wir haben gekühltes Bier, Orangina und Cola«, erklärte er. »Bedien dich. Die leeren Flaschen sammeln wir hinter dem Tisch. In einer halben Stunde gibt's Essen.«

»Cool«, sagte Allegra beeindruckt, nahm sich eine tropfende Orangina-Flasche und sah sich um. Am Lagerfeuer sammelten sich bereits einige Studenten und hielten Stöcke mit Teig über die Glut. Picknickdecken wurden ausgebreitet, und Allegra sah für einen Moment den anderen zu. Die Stimmung war nicht ausgelassen, eher ernst, die Leute redeten in gedämpftem Ton miteinander, als hätten die zwei fröhlichen Stunden am See alles Lachen aufgesaugt und die Realität hätte sie wieder eingeholt. Allegra fiel auf, dass Arthur fehlte. Schon am Nachmittag war er nicht mit dabei gewesen.

»Habt ihr Arthur gesehen?«, fragte sie die anderen.

»Wieso, was ist mit ihm?«, fragte Sabine.

»Ich weiß nicht. Heute bei diesem Experiment war er wirklich seltsam. Ich hab irgendwie das Gefühl, dass er es ernst genommen hat. Vielleicht ist wirklich mal was mit seiner Schwester passiert. Wisst ihr etwas darüber?«

Beide Mädchen schüttelten den Kopf. »Mir hat er nichts erzählt. Aber seine Schwester hat ihn mal hier besucht, sie ist die Miniausgabe von Arthur, hat genauso wilde Haare und ist vielleicht zwölf oder so«, erzählte Sabine.

Florentine zuckte mit den Schultern. »Er gehört zu den Guten hier. Du weißt schon, die Typen, die scheinbar nie was tun und dann eine Eins nach der anderen schreiben. Aber er ist ein Einzelgänger.«

Allegra nickte. Das passte zu ihrem ersten Eindruck von Arthur.

Sie stand ein paar Minuten herum und blickte auf das Wasser, erinnerte sich mit einem leichten Schauder an das beklemmende Gefühl, als sie plötzlich einen Schlag auf den Rücken erhielt und fast ihr Getränk fallen ließ.

»Hey!«, sagte sie empört und drehte sich um.

»Moustique«, sagte Arthur und hielt ihr zum Beweis seine Handfläche hin, auf der ein Blutfleck prangte. Und der Rest der Stechmücke.

»Ach so. Dann ... danke.«

Arthurs Augen glitzerten amüsiert. Wenn er gehört hatte, dass sie über ihn gesprochen hatten, ließ er es sich nicht anmerken. Er nahm sich ein Bier und setzte sich am Ende des Stegs auf die Planken. Nach einem kurzen Zögern folgte ihm Allegra, schlang die Arme um die Knie und sah, wie das letzte Licht des Tages hinter den Bäumen zu verblassen begann. Ein leichter Windhauch kräuselte das Wasser in Gegenrichtung zur Strömung, und Allegra wehten die Haare ins Gesicht. Die Stimmen der anderen waren hinter ihnen zu hören, ein Scheit knackte laut im Feuer. Mückenschwärme tanzten unter den langen Zweigen einer Weide.

Es dauerte ein paar Minuten, bis Arthur zu sprechen begann. »Sorry wegen heute Mittag. Aber dass du da meine Schwester mit reingezogen hast ...«

»Das war doch Zufall. Ich hatte fünf Sekunden Zeit, mir was zu überlegen.«

»Deswegen heißt es ja Improvisation«, sagte Arthur trocken. »Du kannst nichts dafür. Es ist nur so ... meiner Schwester geht's nicht gut. Sie ist krank.« Er trank einen langen Schluck.

»Ist es schlimm?«, fragte Allegra leise.

»Kommt drauf an. Wenn du in einer Familie von Traumwanderern aufwächst, schon.«

Allegra sah ihn verwirrt an. Arthur atmete tief durch. »Sie hat Narkolepsie«, sagte er dann fast unhörbar.

Allegra nickte langsam. »Ach so ... darüber hab ich mal was gelesen. Da musst du zu bestimmten Zeiten schlafen, oder so?«

»Wer Narkolepsie hat, ist unfähig, sich gegen den Schlaf zu wehren. Gabriella leidet darunter, dass sie plötzlich einschläft und auch regelrechte Schlafattacken am Tag hat. Sie kann es nicht steuern, fällt quasi ungebremst ins Koma – das ist das Schlimme daran«, erklärte Arthur. »Wir reden nicht viel darüber. In der DI kontrollieren wir den Schlaf – nicht umgekehrt, weißt du? Die DI hat eher wenig Verständnis für die, die solche Probleme mit dem Schlaf haben. Ich mach mir Sorgen um Gabriella, seit ich denken kann, vor allem, wenn ich so weit weg bin von zu Hause, und dann kommst du mit dieser Story – «

»Es tut mir wirklich leid. Wenn ich das gewusst hätte …«

»Ich weiß. Und Gabriella packt das alles auch gut, sie wird ihr Leben schon meistern. Du warst nur so … verdammt real …«

»Nimmst du meine Entschuldigung an?« Sie suchte verlegen seinen Blick, für einen kurzen Moment sahen sie sich in die Augen, und Allegra spürte, dass er nicht mehr sauer war.

»Okay.« Er hielt ihr seine Flasche hin, sie stießen an und tranken. Wieder setzte Schweigen ein, aber es war nicht mehr voller Spannung, eher eine gemeinsame, friedliche Stille. Was nicht heißen sollte, dass Allegras Neugier gestillt war. Nach einer Weile sagte sie: »Ich hab mir die Anfangskapitel von Adairs *Dreams in Motion* durchgelesen.«

Im letzten Dämmerlicht konnte sie erkennen, dass Arthur zu grinsen begann. »Und?«

»Ich weiß beim besten Willen nicht, wie ich das alles so schnell nachholen soll.«

»Das musst du ja auch nicht.«

»Wieso? Was meinst du?«

»Du bist noch so jung – und ohnehin außer der Reihe hier. Dein erstes Jahr beginnt eigentlich erst im September. Also kannst du ganz entspannt noch den Unterricht bis Ende Juni mitmachen, dann sind Ferien, und danach fängst du richtig an. Vorausgesetzt, wir finden heraus, was hier vor sich geht. Sonst haben wir hier noch die nächsten Jahre Ausnahmezustand …«

»Ich hoffe auch, dass bald wieder alles normal ist. Ich hab übrigens versucht, das mit der energetischen Differenzierung der Traummembran zu verstehen, und bin kläglich gescheitert.«

»Tja, der alte Adair war zwar genial, aber schreiben konnte er nicht. Lies das Ganze bei Meyer nach, da wird es sehr viel klarer, glaub mir.« Arthur nahm einen weiteren Schluck aus seiner Flasche, wischte sich mit dem Handrücken den Schaum von der Oberlippe und fuhr fort: »Wenn du willst, leihe ich dir meine Aufzeichnungen vom letzten Herbst.«

»Das würdest du tun?«

Er zuckte mit den Schultern. »Klar. Warum nicht?«

»Danke. Das ist echt nett von dir. Was passiert eigentlich genau mit denen, die nicht zurückkommen?« Allegra hatte nicht vorgehabt, diese Frage zu stellen, sie war einfach aus ihr herausgeplatzt.

Arthur seufzte, stellte die Flasche neben sich und lehnte sich auf seine Ellbogen zurück. »Man muss sie aufgeben. Der Körper reagiert nach einer Weile, allerdings mit Verzögerung. Aber wenn die Seele eines Traumagenten zu lange in der Traumzeit bleibt, erleidet er einen Herzstillstand. Und bei Träumern, die in fremden Träumen festsitzen, ist das nicht besser. Wenn der Besitzer des Traums erwacht, verweht der Traum, und alle, die noch da drin sind, werden der ersten Ebene ausgesetzt. Der Ausgang ist der gleiche.«

»Aber wenn du von anderen Leuten träumst, sind die doch gar nicht in deinem Traum?«

»Nein, natürlich nicht. Wenn du dich im Traum mit, sagen wir, Madame Pinot unterhalten würdest, ist sie nicht wirklich da. Die Madame Pinot in deinem Traum ist deine eigene Kreation.«

»Lorenzo hat bei der Ratssitzung gesagt, der Traum hatte keine Persönlichkeit. Wie kann das denn sein? Jeder Traum muss doch von jemandem geträumt werden.«

Arthur sah sie von der Seite mit einem überraschten Blick an. »Gute Frage. Wenn wir das wüssten, wären wir bestimmt einen großen Schritt weiter.« Jetzt tauchte Jean hinter ihnen auf. »Hey, es gibt Essen. Kommt ihr? Und bringt noch ein paar Flaschen Bier mit, ja?«

»Warte noch«, sagte Arthur, als Allegra sich erheben wollte. Vorsichtig griff er in ihre Haare und schüttelte etwas Asche heraus, die vom Feuer herübergeweht war. In diesem Moment vibrierte Allegras Handy in ihrer Hosentasche und zeigte eine Nachricht an.

Ruf mich mal an, wenn's dir passt. xx E.

Allegra zog ihre Locken hastig durch ein Haargummi. »Ich muss mal telefonieren«, sagte sie verlegen.

Arthur lächelte und ließ sich wieder auf den Steg sinken. Er verschränkte die Hände hinter dem Kopf und sah in den Abendhimmel hinauf. Er schien kein Interesse daran zu haben, mit den anderen zu essen.

Allegra holte drei Flaschen Bier aus dem kühlen Wasser und drückte sie Jean in die Hand. »Ich telefonier noch kurz«, verkündete sie, ging ein paar Schritte am Ufer entlang, setzte sich auf einen großen Felsen und rief ihre Schwester zurück.

»Das ging schnell. Wie geht's dir, Kleine?«, fragte Elena.

Allegra berichtete von ihrem Tag. Nur das Gefühl, das

sie unter Wasser beschlichen hatte, ließ sie aus. »Und bei dir? Was gibt es?«

»Erinnerst du dich daran, von wo Mama und Papa in die Traumzeit gegangen sind?«

»Ja, aber nur ganz dunkel«, antwortete Allegra.

»Es gab ein Studio in München, in der Ungererstraße, aber ich glaub, da warst du nie, oder höchstens mal als ganz kleines Kind. Ich hab Papa manchmal dort abgeholt, bin jedoch selten rein, sondern hab immer auf der Straße auf ihn gewartet.«

»Jetzt erinnere ich mich«, unterbrach Allegra sie. »Ein Eckhaus? Mit einem Glasdach im obersten Stock? Wie ein Wintergarten?«

»Ja, genau. Nachts konnte man dort die Sterne zählen. Und jetzt kommt's: Gestern ist das Gebäude ausgebrannt.«

»Waaas? Das gibt's doch nicht.«

»Wenn ich es dir sage. Hat dein Verein nichts erwähnt? Die sind schließlich die Mieter vom Studio.«

Allegra stützte beide Ellbogen auf die Knie. »Nein, das hat mir niemand gesagt. Gab es Verletzte? Ist das ganze Gebäude zerstört?«

»Nein, aber da es ein altes Gebäude war, werden sie es wohl abreißen.« Elena zögerte, dann sagte sie langsam: »Ich bin heute Nachmittag dran vorbeigelaufen. Und jetzt habe ich ein ganz schlechtes Gefühl. Ich habe einen Polizisten dort gesehen, und der sagte, es sieht nach Brandstiftung aus.«

Allegra überlegte. »Brandstiftung?«, wiederholte sie nachdenklich.

In diesem Moment spazierte Jenny, eine der Elfen, vorbei. Sie hatte Kopfhörer in den Ohren, ging immer wieder in die Knie und hob einen Stein auf. Jetzt steckte sie einen grünen, flachen Stein in ihre Jackentasche. Sie winkte Allegra zu, die ihr mit der freien Hand zurückwinkte.

»Vielleicht hat das gar nichts mit eurem Notfall zu tun«, fuhr Elena jetzt fort. »Vielleicht aber doch. Und wenn, dann gehen hier Dinge vor sich, die eine Nummer zu groß sind für uns beide. Pass auf dich auf, Kleine!«

»Ja, klar. Bis bald!« Allegra trennte die Verbindung und starrte noch einen Moment nachdenklich auf ihr Handy. Zwei Pieptöne zeigten ihr an, dass in dem Moment noch eine Nachricht eintraf. Allegra öffnete den Anhang und verzog das Gesicht. Elena hatte ihr zwei Bilder von der Brandruine geschickt. Vor allem im Erdgeschoss sah es wüst aus – es schien wie ein Wunder, dass das Haus noch stand.

Erst als sie hörte, wie jemand ihren Namen rief, kam sie mit ihren Gedanken nach Avignon zurück.

Sie mischte sich unter ihre Kommilitonen. Es bildeten sich immer wieder neue Gesprächsgrüppchen, aber wo auch immer sie sich dazugesellte, sie wurde mit offenem Lächeln aufgenommen. Langsam begann sie, sich Gesichter und Namen zu merken. Elena hätte gesagt: »Na, jetzt kommst du an. Du weißt schon, die Seele braucht einfach ein bisschen länger als der Körper, wenn du irgendwohin reist.«

Allegra erfuhr, dass Sabine aus Brügge stammte und Schlagzeug spielte, Jean der einzige Traumwanderer in seiner weit verzweigten Weinbauernfamilie im Burgund war, dass die Elfen aus Oxford stammten und ihre Eltern berühmte Physiker waren.

Dass Lorenzo und Sofia Adair heute Abend nicht dabei waren, wunderte niemanden. »Die Mentoren unternehmen selten etwas mit uns«, erklärte Sabine. »Sofia wirkt immer so, als ob sie uns permanent was beweisen muss. Dabei hätte sie das gar nicht nötig. Sie ist wirklich gut in dem, was sie tut.«

Allegra leerte ihre Orangina und nahm sich eine neue – dabei fiel ihr auf, dass Arthur nicht mehr am Steg war. Vielleicht war er schon in seinen Bungalow gegangen? – Schade. Sie kehrte zurück zu den anderen. Die Studenten aus den beiden Jahrgängen gingen allesamt freundlich miteinander um. Nur bei Sofia gingen die Meinungen auseinander. »Sie ist eine großartige Agentin, obwohl sie so jung ist«, warf ein großes, kräftiges Mädchen namens Louise ein. »Ich war ein paarmal mit ihr unterwegs, sie hat den Dreh raus, einen Traum einzuordnen, mögliche Gefahrenquellen zu erkennen – und wie sie die Membran verstärkt, ohne dass der Träumende es merkt! So weit bin ich noch lange nicht!«

»Stimmt schon«, gab Sabine zu, »nur kann sie wahnsinnig zickig sein.«

Florentine lächelte gezwungen. »Also ich war froh, dass ich sie nicht als Mentorin hatte. Auch als Anker nicht. Ich brauchte, als ich hierherkam, jemanden mit mehr Sensibilität. Und Mitgefühl. Jemanden wie Solveig.« Sie hielt inne, dann erhob sie ihre Flasche: »Auf alle, die nicht zurückgekommen sind.«

»Mögen ihre Seelen nur guten Träumen begegnen«, fielen die anderen ein, und für ein paar Minuten herrschte Stille. Nur das Knacken der Scheite im Feuer und der Ruf eines Käuzchens in der Ferne waren zu hören.

Bald darauf räumten sie zusammen, nach und nach gingen die meisten zu ihren Häusern zurück. Allegra hatte einen Stapel Geschirr im Arm, als sie Stéphanes Stimme hörte. »Komm runter, Mike, du brichst dir noch den Hals!«

Auf einer großen Weide, deren Äste sich über die schwarz glitzernde Wasserfläche bogen, kletterte ein Student herum. Allegra runzelte die Stirn. Er war schon ganz schön weit oben! Jetzt knackte es unter seinen Schuhen, doch der Junge kletterte weiter. »Schaut mal«, rief er, »geht au' ohne Hände!« Für ein paar Sekunden ließ er los und stand schwankend in einer Astgabel.

»Jetzt gleich auch ohne Zähne!«, schrie Stéphane.

Allegra stellte das Geschirr ab und lief zum Baum. Aus der Dunkelheit tauchte plötzlich Arthur neben ihr auf. »Das ist nicht witzig«, rief er nach oben und klopfte mit der flachen Hand gegen den Stamm. »Du bist nicht grade dem Tod von der Schippe gesprungen, um dir jetzt den Hals zu brechen!«

Jetzt erst erkannte Allegra, dass der leichtsinnige Baumkletterer einer der Agenten war, die sie aus dem Traum geholt hatte.

»Im Traum war's aba viel schöner. So wie jess«, entgegnete Mike. Er sprach undeutlich und lachte immer wieder hell auf.

»Hatte er zu viel Bier?«, fragte Allegra und stellte das Geschirr wieder ab.

»Vermutlich«, sagte Arthur düster. »Mike war den ganzen Tag schon neben der Spur. Aber sich derartig die Kante zu geben ist unverantwortlich. Bleibt hier. Ich mach das.« Er nickte Stéphane zu, ging um den Stamm herum und zog sich ohne ein weiteres Wort an den unteren Ästen nach oben.

»Au ja«, jubelte Mike. »Baumparty ssu sweit!«

Arthur stieg etwa drei Meter hoch und setzte sich dann in eine Astgabel. »Warum fandest du es denn im Traum so schön?«, fragte er Mike.

Der rülpste leise. »Träume von andern, das is lustig.« Plötzlich rutschte er von dem Ast ab, auf dem er stand, Allegra schrie auf, aber Mike fing sich mit beiden Händen ab und schlitterte ein Stück am Stamm hinunter, sodass er jetzt direkt über Arthur saß.

Allegra hielt die Luft an, und auch Stéphane stand ganz still.

»Ich hab noch ein paar Träume, die du mit mir besichtigen kannst«, bot Arthur an.

»Echt?«, fragte Mike, der jetzt aufstand und auf einem Ast in Richtung Wasser balancierte.

»Komm mit mir runter, okay? Dann sprechen wir über die Träume, die ich für dich habe«, sagte Arthur.

»Was erzählt er da?«, flüsterte Allegra.

Stéphanes Augen glitzerten in der Dunkelheit. »Arthur quatscht einem Brillenverkäufer noch eine neue Sonnenbrille auf«, gab er leise zurück. »Wenn jemand Mike hier wieder runterbekommt, dann er.«

»Schöne oder böse Träume?«, fragte Mike jetzt und klang wie ein kleines Kind.

»Was du möchtest«, erklärte Arthur und streckte die Hand aus. »Komm, wir klettern zusammen runter.«

Mike schien zu überlegen, dann siegte die Neugier. Er kletterte unsicher Richtung Stamm zurück, und Arthur atmete erleichtert aus. Er half Mike, die Füße richtig zu setzen, und gab Allegra und Stéphane einen Wink, ihm zu helfen. Mike umklammerte den Stamm und ließ sich einfach hinabrutschen. Als seine Füße den Boden berührten, taumelte er ein paar Schritte nach hinten und stieß direkt gegen Allegra. Sie hielt ihn an den Schultern fest, da durchfuhr es sie wie ein Stromschlag, und für einen Moment wurde ihr schwarz vor den Augen. In der Ferne grollte ein leiser Donner, der von Sekunde zu Sekunde lauter wurde.

Arthur sprang geschmeidig von einem der unteren Äste und legte Mike den Arm um die Schulter. »Stéphane und ich bringen ihn ins Bett«, sagte er. »Bei dir alles okay?« Er sah ihr besorgt ins Gesicht.

Allegra schluckte. Das merkwürdige Gefühl war fast verschwunden, aber sie hatte einen üblen Geschmack im Mund. »Ja, geht schon. Das hast du echt gut gemacht. Wir sehen uns morgen, ja?« Ein bisschen wackelig, nahm sie den Geschirrstapel wieder vom Boden auf und lief zur Küche. Dort wartete Florentine schon auf sie. »Hey, wo warst du so lange? Komm, wir gehen schnell heim, es regnet gleich!«

Kurz bevor sie da waren, kam Wind auf, und die ersten Tropfen fielen.

»Glück gehabt«, sagte Allegra und ließ in dem Moment die Tür hinter ihnen ins Schloss fallen, als die wenigen Tropfen zur Wasserwand wurden.

»Und daran siehst du übrigens, dass du die Finger von Alkohol und harten Sachen lassen solltest. Verträgt sich einfach nicht mit dem Traumwandern«, murmelte Florentine, als Allegra ihr von Mikes gefährlicher Aktion berichtet hatte.

»Sieht so aus.« Allegra sagte nichts von dem Gefühl, das sie kurz befallen hatte. Wahrscheinlich war es nur das aufziehende Gewitter gewesen. Sie sah Florentine an. »Ich find's schön, dass wir zusammenwohnen.«

Florentine lächelte. »Geht mir auch so.«

Müde und gesättigt von all den Eindrücken des Tages ließ Allegra sich kurz darauf in ihr Bett sinken, in ihrem Haar hing noch der rauchige Duft nach Lagerfeuer.

Das Gewitter zog mit Blitz und Donner in Richtung Küste, der Regen rauschte eine halbe Stunde lang, dann ließ er schlagartig nach.

Mit dem Duft nach feuchter Erde in der Nase schlief Allegra ein.

8.

Florentine hatte Allegra im Laufe des Wochenendes zwar zum Shoppen auf der Rue de la République überredet, aber über allem, was sie taten, lag weiterhin ein Mantel aus Ungewissheit und Angst.

Am Montag nach dem Frühstück sollte die ausgefallene Meditationsstunde nachgeholt werden. Also hatten Allegra und Florentine gleich ihre Sportklamotten angezogen. Allegra trug eine dünne graue Yogahose und ein Sportshirt, Florentine hatte sich für neongelbe Hotpants und ein passendes Top entschieden, was mit ihren roten Haaren eine abenteuerliche Kombination abgab. Allegra hatte die Augenbrauen hochgezogen, aber nichts gesagt. Florentine war ihr Blick trotzdem nicht entgangen, und eine leichte Röte hatte ihr Gesicht überzogen.

Ungewöhnlich schweigsam lief sie jetzt neben Allegra her bis zur Rückseite des Hauptgebäudes. Der Sportraum war groß und hell, bodentiefe Fenster gingen auf den Park hinaus, und an der Schmalseite waren Spiegel angebracht. Allegra sah sich um – nach dem Wochenende erkannte sie die meisten Gesichter der Studenten im Raum wieder: Jenny und Laurie, Sabine, Jean, Louise, Picknick-Organisator Stéphane und drei weitere aus der Improvisationsstunde, deren Namen sie sich noch nicht gemerkt hatte. Sie folgte den anderen, als sie sich Matten holten und auf dem Boden ausbreiteten, und ließ sich im Schneidersitz auf ihrer nieder. Ein leichter Duft nach Ylang-Ylang lag in der Luft. Allegra schnupperte und lächelte in sich hinein. Elena verwendete manchmal Räucherstäbchen, um den Terpentingeruch zu verdrängen, meist mit der Folge, dass es hinterher noch schlimmer roch, egal, wie lange sie das Fenster aufriss.

Die Tür ging auf, und Allegra, die sich noch hastig die Haare am Hinterkopf zusammenband, erkannte Lorenzo, der draußen im Flur noch kurz einige Worte mit Sofia wechselte. Dann betrat er den Raum und nickte ihnen zu. »Entschuldigt bitte wegen Freitag, ich wurde aufgehalten.«

Das Gemurmel verstummte. Allegra wartete darauf, dass jemand fragte, wer oder was ihn aufgehalten hatte, doch sie wurde enttäuscht. Die anderen schauten Lorenzo nur erwartungsvoll an, sodass sich Allegra mit ihren Fragen und Gedanken fast schlecht vorkam. Als wäre nur sie allein unnötig misstrauisch.

»Wir arbeiten heute an einer Bewegungsmeditation.« Lorenzo rollte seine Matte so vor dem Spiegel aus, dass jeder ihn sehen konnte, und führte eine Bewegungsabfolge im Knien vor, bei der der Oberkörper langsam vor- und zurückschwang. Er sah nicht aus, als würde er regelmäßig schwere Gewichte stemmen, aber seine Arme waren sehnig und muskulös.

»Folgt mir, achtet auf euren Atem. Ausatmen beim Runtergehen, einatmen beim Hochgehen. Langsam und fließend. Die Augen offen halten, aber keinen bestimmten Punkt im Raum fixieren, alle sieben Positionen nacheinander einnehmen«, ordnete er an und drückte eine Taste an der Stereoanlage, die neben ihm an der Wand stand. Leise, meditative Musik erfüllte den Raum.

»Ihr könnt euch am Rhythmus orientieren, aber ihr müsst nicht.«

Allegra fand die Übung nicht sonderlich anstrengend. Seit sie mit sieben Jahren begonnen hatte, Karate zu trainieren, hatte sie Übung darin, sich Bewegungsabläufe zu merken. Ihr Körper folgte automatisch, und sie konnte ihre Gedanken schweifen lassen. Ihre Matte lag so, dass sie Lorenzos Gesicht im Blick hatte. Er sah müde aus. Lila Ringe zeichneten sich unter seinen Augen ab, ein dunkler Bartschatten zog sich über seine Wangen, und die Lippen hatte er fest zusammengepresst. Er wirkte ganz und gar nicht entspannt – obwohl er genau das von ihnen forderte. Als er die Arme über den Kopf hob, zuckte er zusammen, als habe er Schmerzen, und Allegra bemerkte, dass er die Ellbogen nicht ganz durchstreckte. Hatte er sich eine Verletzung zugezogen?

»Haben alle den Ablauf verinnerlicht?« Lorenzo schaute jeden Einzelnen an, wartete ab, bis er von allen Zustimmung bekam, und nickte Allegra kurz zu.

»Dann gehen wir jetzt einen Schritt weiter und nehmen den Geist dazu. Haltet eure Gedanken im Zaum, am besten, ihr konzentriert euch auf das Atmen. Und wenn ihr merkt, dass ihr mit den Gedanken abschweift: nicht ärgern, einfach wieder zum Atem zurückkommen. Das machen wir jetzt eine Viertelstunde lang. Wenn ihr die Augen schließen wollt, könnt ihr das tun – aber fallt nicht um.« Mit einem leichten Lächeln fügte er hinzu: »Nicht jeder hat mit geschlossenen Augen das nötige Gleichgewicht.«

Er wählte ein neues Flötenstück, das Allegra an die Hintergrundmusik in einem chinesischen Restaurant erinnerte, und das Ganze begann von vorn. Immer wieder hörte Allegra ein genervtes Seufzen, was wohl bedeutete, dass jemand sich beim Denken von unnötigen Gedanken erwischte, und ihr ging es genauso. Zehn, zwanzig Atemzüge lang war sie ganz bei sich, dann schob sich Lorenzos müdes Gesicht vor ihr inneres Auge, und sie erinnerte sich an den Moment, als er sie berührt hatte. Sie wiegte sich vor und zurück, streckte ihren Oberkörper nach oben und unten, und ihre Gedanken kreisten um all das, was sie seit ihrer Ankunft an der Akademie gesehen und erlebt hatte. In ihrem Kopf wirbelten Bilder aus ihrer Rettungsmission, gelesene Passagen über die Traumgesetze und der Gedanke an einen Agenten, der all diese Gesetze brach, durcheinander wie Blätter im Wind. Und immer wieder sah sie auch Arthurs Gesicht vor sich.

Sie hatte nicht bemerkt, dass sie die Augen geschlossen hatte, und als Lorenzos leise Stimme direkt neben ihrem Ohr erklang, fuhr sie derartig zusammen, dass sie schwankte und sich mit den Händen am Boden abstützen musste.

»Du bist mit deinen Gedanken ganz woanders«, flüsterte er.

Allegra wurde rot. Sie ließ sich mit dem Oberkörper nach vorne sinken, mit der Stirn auf der Matte. Langsam atmete sie ein und aus, dann drehte sie den Kopf und sah ihn schräg von unten an. »Ich habe es gemerkt. Und du hast mich erschreckt«, beschwerte sie sich leise.

»Ich weiß. Tut mir leid.« Aber seine Augen blitzten spöttisch. »Noch mal zusammen?«, schlug er vor, kniete sich hinter sie und wollte ihr die Hände auf die Schultern legen.

Allegra rutschte unwillkürlich ein paar Zentimeter vor. »Nein, ich kann es auch so«, wehrte sie ab.

Lorenzo hielt mitten in der Bewegung inne, aber er sagte nur: »In Ordnung.« Eine Sequenz lang zählte er mit ihr die Atemzüge, dann ging er weiter. Ein erleichterter Seufzer entfuhr Allegra, und sie drehte sich schuldbewusst zu ihm um, um zu sehen, ob er es bemerkt hatte. Doch er kümmerte sich schon um Jenny Harper. Allegra bemerkte, dass beide nicht bei der Sache waren. Er flüsterte Jenny etwas ins Ohr, und sie nickte fast unmerklich. Für einen Augenblick sah er hoch, und ihre Blicke trafen sich. Erneut huschte ein Schatten durch seine Augen, so schnell, dass Allegra nicht sicher war, ob sie es wirklich gesehen hatte. Sie schaute sich um. Hatte noch jemand etwas bemerkt? Unauffällig drehte sie ihre Matte so, dass sie ihm den Rücken zuwandte, und versuchte, sich zu konzentrieren. Ohne Erfolg. Jetzt bekam sie Lorenzos Gesicht überhaupt nicht mehr aus dem Sinn.

»Ach, du hast mehr Glück als ich«, jammerte Florentine nach der Stunde, als sie bereits wieder auf dem Heimweg waren, und verdrehte die Augen. »Mit Lorenzo auf Tuchfühlung, wieso darf ich das nicht?«

»Ich hab nicht drum gebeten«, sagte Allegra stirnrunzelnd. »Und so toll war es auch nicht.« Ganz im Gegenteil. Es schauderte sie immer noch, wenn sie daran dachte, wie er ihr nur die Hand geschüttelt hatte. Aber Lorenzo genoss in der Akademie einen untadeligen Ruf, sie hingegen war neu hier. Niemand würde ihr glauben, wenn sie behauptete, Lorenzo würde von dunklen Mächten geleitet. Oder was auch immer es war, das sie gesehen hatte.

In den nächsten Stunden kam Allegra nicht zum Nachdenken. Es folgte eine weitere Einheit bei Madame Reloy, die sich erfreut zeigte, dass Allegra die Grundlagen durchgearbeitet hatte und nun ein bisschen mehr verstand als letzte Woche, und eine Geschichtsstunde mit einem alten Lehrer namens Monsieur Lambert, der, auf einen Stock gestützt, erstaunlich farbig und unterhaltsam von Traumwanderern vergangener Jahrhunderte erzählte. Anschließend ging sie gemeinsam mit Florentine zu Madame Pinots Unterricht. »Der Raum für Simulationen ist im ersten Stock«, erklärte Florentine. Nebeneinander stiegen sie die Treppe hoch, und Florentine öffnete die Tür zu einem großen Raum, der mit Jalousien verdunkelt war. Fünf oder sechs ovale, große Tische waren darin verteilt. Die Stühle standen in einer Reihe an der Wand. Florentine ließ sich auf einen davon fallen.

Madame Pinot erschien, die weißen Haare wie üblich zum Dutt hochgesteckt. Als sie die Tür schloss, zog Florentine eine kleine Wasserflasche hervor und trank sie in wenigen Zügen leer.

Die alte Lehrerin funkelte Florentine an: »Tun Sie das gefälligst in der Pause, Mademoiselle! Ich dulde kein Essen und kein Trinken in meinem Unterricht!«

»Ja, Madame«, murmelte Florentine und schob die Wasserflasche in ihren Rucksack.

Jetzt wurden sie angewiesen, sich immer zu viert um einen Tisch herumzustellen. Allegra fand sich zu ihrer Erleichterung mit Florentine und den Elfen in einer Gruppe. Jenny wischte mit der Hand über den Tisch, und dieser erwachte zum Leben, leuchtete dunkelblau. »Das ist kein Tisch, das ist ein riesiger Bildschirm«, sagte Allegra beeindruckt.

Jenny nickte und zeigte ihr, dass man auf der leuchtenden Tischplatte die dort aufscheinenden Elemente nach Belieben hin und her schieben konnte.

»Wow«, machte Allegra.

»Ruhe bitte«, rief Madame Pinot und ging mit ihrem Körbchen durch den Raum, das heute keine Klingen, sondern kleine gefaltete Zettel enthielt. »Jede Gruppe hat einen Anführer.« Sie gab jedem einen Zettel, während sie sprach. »Wer das ist, entscheidet das Los. Auf dem Bildschirm werden wir einen Einsatz simulieren. Es kommt darauf an, dass das Team effektiv zusammenarbeitet und so viele Träume wie möglich begutachtet, nach Dringlichkeit sortiert und gegebenenfalls Membranen repariert. Sie erinnern sich an die Klassifikation der Träume? Laurie Harper?«

»Es gibt die Traumklassen A bis G sowie Unterklassen, die die Membranen in ihrer Stärke definieren«, ratterte Laurie herunter und sah erleichtert aus, als Madame Pinot beifällig nickte.

»Sehr richtig. Sie werden sehen, dass es sich bei der heutigen Übung um eher schwache Membranen handeln wird, Stärke eins und zwei maximal. Berücksichtigen Sie das bitte bei der Priorisierung.«

Rund fünfzig Kreise erschienen auf dem dunkelblauen Hintergrund, alle mit einer Zahl versehen. Manche leuchteten, andere blinkten wie wild. Wieder andere hatten einen Riss in der Mitte, oder es bröckelten die Ränder. Allegra entfaltete ihren Zettel und sah eine große Eins.

»Die Einser sind die Teamleader«, rief Madame Pinot. »Also los, Sie haben zwanzig Minuten. Teamleader: Geben Sie jedem die passende Aufgabe, arbeiten Sie, wenn nötig, an den Träumen – Sie können sie mithilfe der Pinsel- und Scherensymbole verändern –, und schieben Sie jeden Traum, den Sie für stabil befinden, auf die grüne Fläche am Ende des Tisches.«

Allegra sah die anderen an. »Ich hab die Eins«, sagte sie mit klopfendem Herzen. »Und jetzt? Was muss ich jetzt tun?«

»Am besten teilen wir uns ein«, schlug Laurie vor. »Florentine sortiert die Träume nach Wichtigkeit, Jenny und ich reparieren, und du nimmst die fertigen Träume in Empfang und machst den Rest.«

»Klingt gut«, sagte Allegra und sah möglichst unauffällig zu den anderen Tischen hinüber, wo sich die Studenten ans Werk machten. Fasziniert sah sie ihren drei Mitstreiterinnen bei der Arbeit zu und verschob die Träume nach deren Anweisung.

»Der hier sieht aber nicht gut aus«, sagte sie, als Laurie auf ein Symbol wies, das kaum mehr Ähnlichkeit mit einem Kreis, eher mit einem Ei aufwies.

»Na ja, mehr kann man damit nicht machen«, sagte diese entschuldigend. »Ich habe schon versucht, die Form zu stabilisieren. Wenn wir so was in echt finden, können wir nur hoffen, dass der Träumer bald aufwacht. Es kann aber auch sein, dass er grade gestorben ist und der Traum sich langsam auflöst.«

»Okay.« Allegra war ein bisschen schummerig – Gott sei Dank war das nur eine Übung! Sie versuchte sich alles zu merken und verschob das Symbol auf die grüne Fläche.

Florentine, Jenny und Laurie arbeiteten konzentriert,

die Ruhe wurde nur von Jenny gestört, die ihre Schwester zweimal anfuhr, weil sie ihrer Ansicht nach zu langsam reagierte.

Währenddessen starrte Madame Pinot auf ihren eigenen Tisch, auf dem offensichtlich alles, was sie taten, angezeigt wurde. Viel zu schnell rief sie: »Die zwanzig Minuten sind um. Bitte treten Sie von den Tischen zurück.«

»Wir haben noch zehn Träume«, protestierte Florentine, handelte sich aber nur einen eisigen Blick der Lehrerin ein. Madame Pinot wanderte nun durch den Raum, verweilte an jedem Tisch für ein paar Sekunden und wandte sich dann an die Studenten, die sich wieder auf der Stuhlreihe an der Wand niedergelassen hatten. »Zum Teil war das gut, zum Teil aber noch nicht effizient genug. Wenn Sie die Leitung der Gruppe haben, müssen Sie auch so agieren. Sie verteilen die Aufgaben, klar? Natürlich dürfen Sie Vorschläge annehmen, aber die Führung haben Sie, vergessen Sie das nicht.« Jetzt blickte sie Allegra direkt in die Augen, als wäre die Kritik einzig und allein für sie bestimmt. »Vor allem für die Teamleader gilt: Bleiben Sie nicht passiv. Haben Sie keine Angst, Fehler zu machen. Sie tragen die Verantwortung, und die dürfen Sie nicht abgeben. Weder hier bei mir noch in der Traumzeit.«

Die Studenten packten ihre Sachen zusammen, als es auf einmal klopfte und Sofia eintrat. »Wir wollten noch zwei Abschlussarbeiten besprechen«, sagte sie zu Madame Pinot.

»Aber ja, natürlich. Einen Moment noch«, gab die alte Lehrerin zurück.

Sofia nahm den ersten Tisch in Augenschein. »Was habt

ihr gemacht?«, fragte sie Jenny, die gerade an ihr vorbeiwollte. »Priorisierung? Wer war euer Teamleader?«

»Allegra«, sagte Jenny.

Sofia zog die Brauen hoch. »Hm«, machte sie und deutete mit dem Finger auf die rechte Seite des Bildschirms. »Da fehlen noch welche, aber nicht so schlecht, wie ich erwartet hätte.«

»War das ein Kompliment oder eine Kritik?«, fragte Allegra und blieb neben Sofia stehen.

»Ich glaube, für Komplimente ist es noch zu früh«, gab Sofia zurück und bestätigte damit den Eindruck, den Allegra mittlerweile von ihr hatte. Begabt, aber zickig. Niemand, den man zur Freundin haben wollte.

Sie war sehr nachdenklich, als sie den Unterrichtsraum verließen. »Ich habe es total vermasselt«, sagte sie zu Florentine. »Aber wie hätte ich als Anfängerin Kommandos geben sollen?«

Florentine zuckte mit den Schultern. »Ach, mach dir keinen Kopf. Nimm dir einfach das aus dem Unterricht mit, was Pinot gesagt hat.«

»Lieber Fehler als gar keine Entscheidung?«, zitierte Allegra.

»Ja, genau.«

In der Mensa aßen Allegra und Florentine nur einen Tomatensalat und ließen sich dann in ihrem Bungalow auf das Sofa fallen. Florentine schaltete den Fernseher ein, doch Allegra war zu sehr mit ihren Gedanken beschäftigt, um wirklich mitzubekommen, was auf dem Bildschirm ablief.

Florentine ging zum Kühlschrank und öffnete mit lautem Zischen eine Colaflasche. Sie ließ sich wieder aufs Sofa sinken, nahm einen großen Schluck, dann fiel ihr Blick auf die Uhr am Herd, und sie sprang so schnell wieder hoch, dass ihr die Cola über die Shorts und den Oberschenkel schwappte. »Mist, verdammter!«

»Was ist denn?«

»Es ist gleich zwei! Sport bei Madame Berger!«

In Windeseile zogen sie sich um, und in den nächsten eineinhalb Stunden scheuchte Madame Berger sie trotz Hitze drinnen und draußen herum. Allegra schaltete ihr Gehirn ab und ließ ihren Körper nur noch auf Anweisungen reagieren. Sie hatte eigentlich vorgehabt, Madame Berger nach dem Unterricht auf den Brand in München anzusprechen, doch die verschwand sofort nach dem Ende der Stunde und rief nur noch ein kurzes »Bis morgen!« über die Schulter.

Allegra sah ihr nach. Ging Madame Berger ihr aus dem Weg?

»... Hunger?«, fragte Florentine gerade.

»Was? Entschuldige, ich hab deine Frage nicht mitbekommen.«

»Hast du Hunger?«, wiederholte Florentine.

Allegra schüttelte den Kopf. »Nein, ich brauch erst mal zwei Liter Wasser. Und eine Dusche.«

»Ich muss was essen, bis zum Abendessen halt ich nach der Rennerei nicht durch«, erklärte Florentine. »Vor der Mensa gibt's einen Automaten, der hat einigermaßen brauchbare Sandwiches. Dann treffen wir uns nachher im Haus?«

»Geht klar.« Allegra schlenderte langsam zurück, hielt

schon wie selbstverständlich die Hand vor den Scanner und trat tief aufseufzend in die dunkle Kühle des Bungalows. Durch die Jalousien warf die Sonne dunkle und helle Streifen an die Wände, wie Gitter aus Licht.

Hunger hatte sie nach ihrer Dusche immer noch nicht, also lümmelte sie sich aufs Bett und chattete mit Johanna, die ihr das Neueste aus der Klasse berichtete. Inklusive der Tatsache, dass Leon, Allegras erster Freund, jetzt eine Freundin hatte, die bereits studierte. *OMG*, simste sie zurück und loggte sich nach einer halben Stunde aus, dankbar für den mentalen Kurztrip nach Hause, den ihr das Chatten ermöglicht hatte.

9.

Florentine, die inzwischen heimgekommen war, hatte sich murrend an die Hausaufgaben gesetzt und fluchte immer wieder laut über Madame Pinots hohe Ansprüche. Allegra musste grinsen. Florentine erinnerte sie an Johanna, ebenso spontan, ein bisschen schräg, und wenn ihr Redefluss mal in Gang war, kaum mehr zu bremsen. Gemeinsam gingen sie zum Abendessen, wo Florentine trotz Sandwich zu einem großen Stück Pizza griff und Allegra ein komplettes Menü in sich hineinschaufelte. Inklusive einem ganzen Töpfchen Rouille, das sie alleine leer aß.

»Niemand wird sich morgen neben dich setzen«, warnte Florentine grinsend, aber Allegra zuckte nur mit den Schultern und tunkte eine letzte Scheibe Brot in die Knoblauchmayonnaise. »Ich liebe Rouille. Und ich muss hier ja niemanden küssen, oder? Dann kann ich auch Knoblauch essen. Viel Knoblauch«, sagte sie ungerührt. Florentine lehnte sich zurück und schloss die Augen. »Vielleicht noch ein kleines Stück Wassermelone?« Allegra lachte leise. »Ich krieg keinen Bissen mehr runter.« Sie lehnte sich ebenfalls zurück. Einen Moment lang schwiegen sie, nur noch das Klappern von Besteck und Geschirr an den Nebentischen war zu hören. Gesprächsfetzen drangen an ihr Ohr, und plötzlich hörte Allegra am Nebentisch den Namen Viktor Mortensen. »... immer noch unverändert, hat sie erzählt.«

Allegra drehte sich halb auf ihrem Stuhl um. Wer hatte das gesagt? Es war einer der älteren Studenten, der sich mit Lorenzo unterhielt. Frode, aus Norwegen.

»Ich hoffe, dass ich nie dahin muss«, fuhr er jetzt fort.

»Wieso?« Lorenzo zuckte mit den Schultern. »Man schaut, ob der Verrückte noch verrückt ist, dann geht man wieder. Was ist daran schwierig?«

»Ich krieg schon Gänsehaut, wenn ich nur dran denke, was Mortensen damals – «

Florentine rollte mit den Augen und schüttelte den Kopf, aber es war schon zu spät. Erst jetzt fiel den beiden auf, dass Allegra ihnen lauschte, und sie brachen schuldbewusst ab.

Allegra zog ihren Stuhl zum Nebentisch, setzte sich so, dass sie die Ellbogen auf die Lehne stützen konnte, und sah Frode und Lorenzo neugierig an.

»Wo ist denn Viktor Mortensen?«, fragte sie und bemühte sich um eine gelassene Stimme.

»Äh …«

»Er ist im Gefängnis, oder?«

»Ja, natürlich. Zweimal im Monat besucht ihn ein Team von uns und stellt sicher, dass sein Zustand unverändert ist und er weiterhin keine Gefahr darstellt.« Lorenzo klang gelassen.

»Wie ist denn sein Zustand?«, fragte Allegra unschuldig.

»Dement. Er hat keine Ahnung, was um ihn herum vorgeht. Gaga.«

Allegra warf Florentine einen erstaunten Blick zu. Diese Information war ihr neu. Florentine sagte nichts.

Lorenzo blieb gelassen: »Der Direktor hat angeordnet, alles, was Mortensen betrifft, vorläufig von dir fernzuhalten. Ist ja auch verständlich, angesichts deiner Vergangenheit.«

»Aber ihr besucht ihn regelmäßig? Dann ist er hier in der Nähe?«

»Nicht direkt«, gab Lorenzo zurück. »Aber wie gesagt, er wird von uns überwacht.«

Allegra klopfte ungeduldig mit der flachen Hand auf die Stuhllehne. Mittlerweile waren überall die Gespräche verstummt, alle lauschten ihrem Wortwechsel mit Lorenzo. Sie beugte sich vor und blickte Frode in die Augen. »Komm schon, sag's mir. Wo ist er?«

»Lass es gut sein«, sagte Lorenzo streng. »Das ist kein allgemein zugängliches Wissen. Auch Frode weiß es nicht.«

Allegra stand auf. »Ich kriege es ohnehin raus. Auch ohne euch«, sagte sie und fühlte ihr Herz heftig klopfen. Der Mörder ihrer Eltern war so nah, dass immer wieder Leute von der Akademie ihn besuchten? Schauer rieselten über ihren Rücken, und plötzlich schmeckte es in ihrem Mund nicht mehr angenehm nach Knoblauch, sondern faulig. Und egal, wie heftig sie sich an diesem Abend die Zähne putzte, der Geschmack stieg immer wieder in ihrer Kehle hoch.

Am nächsten Morgen hatte sie erst um neun Uhr Unterricht bei Madame Reloy, und so marschierte Allegra direkt nach dem Frühstück in den Verwaltungstrakt. Sie wollte mit dem Direktor reden. Immer wieder hatte sie in der letzten Nacht von ihren Eltern geträumt, war hochgeschreckt, vor einem gesichtslosen Geist geflohen, der sie verfolgte. Allegra wusste, dass sie das nagende Gefühl erst wieder loswurde, wenn sie alles wusste. Beim Aufwachen hatte sie Elenas Bild mit den Rot- und Lilatönen betrachtet, die sie beruhigten und gleichzeitig ihre Entschlossenheit stärkten.

Wie immer in Jeans und T-Shirt gekleidet, hatte sie

heute zusätzlich einen dunkelroten Lippenstift aufgetragen. Sie wollte erwachsen aussehen.

Allegra klopfte und drückte gleichzeitig die Klinke herunter. Das Büro war leer. Die schwarze Tischplatte wirkte in der Morgensonne wie ein dunkler Spiegel. Staubkörnchen tanzten in der Luft, es roch nach Büchern und dem typischen Orangenduft eines Parkettpflegemittels. Sie entschloss sich, auf José Adair zu warten, und wanderte langsam durch den Raum. Unter der großen Treppe hatte Adair seinen Arbeitsplatz eingerichtet. Da stand ein riesiger Sekretär, der aussah, als berge er Unmengen von Geheimfächern. Die Hände hinter dem Rücken verschränkt, überflog sie flüchtig die Unterlagen, die sich auf der Tischplatte häuften. Rechnungen, einige Mappen mit Examensarbeiten, E-Mail-Ausdrucke. Ganz normaler Bürokram, nichts, was auf eine Geheimorganisation hindeutete.

Sie hörte Schritte im Gang und trat hastig zurück. Die Tür öffnete sich, Adair, der einen Stapel Akten trug und darauf eine Espressotasse balancierte, trat ein und warf ihr einen überraschten Blick zu. »Allegra! Guten Morgen!«

»Guten Morgen. Haben Sie kurz Zeit für mich?«

Adair setzte alles auf dem Sekretär ab, zog ihr einen Stuhl an dem großen Konferenztisch zurück und wies mit der Hand darauf. »Nehmen Sie Platz. Ich bin gleich für Sie da.«

In diesem Moment öffnete sich die Tür erneut, und das längliche Gesicht von Professor Hammond erschien. »Sir? Der Bericht.«

»Ah, ich danke Ihnen.« Adair ging ihm entgegen. Hammond war größer als Adair, doch er ging leicht gebeugt, gestikulierte fahrig und wirkte sehr viel unscheinbarer als der Direktor.

»Keine besonderen Vorkommnisse?«

Hammond schüttelte den Kopf. »Wie immer. Er schaut einen nicht an, er murmelt vor sich hin, und die Schwestern sagen, dass er jede Nacht rund sieben Stunden schläft. Er isst nicht viel, aber es genügt.« Er reichte dem Direktor eine Mappe. »Alles andere steht hier.« Jetzt erst registrierte er Allegra, und er fuhr leicht zusammen. »Bonjour, Allegra«, sagte er mit seinem englischen Akzent. »Morgen haben Sie Ihre erste Stunde bei mir. Ich bin schon sehr gespannt auf Sie.«

Was sagte man da am besten? Allegra entschied sich für: »Danke, ich auch.«

Hammond nickte ihr zu und verschwand nach einem kurzen Gruß wieder im Gang.

Adair legte die Mappe ab. Allegra konnte einen Datumsstempel darauf erkennen und die Worte *For your eyes only*. Ein Geheimdokument? Sie beugte sich neugierig vor, aber Adair klopfte mit den Knöcheln darauf und zog die Mappe zu sich heran. »Also, was kann ich für Sie tun, Allegra? Möchten Sie einen Kaffee oder einen Saft?«

»Nein, danke. Ich habe grade gefrühstückt.« Allegra rutschte auf dem Stuhl hin und her.

Adair setzte sich ihr gegenüber und musterte sie. »Ich höre, dass Sie gut mitarbeiten und sich schnell in den Stoff einlesen«, begann er.

»Bei der Theorie werde ich noch eine Weile brauchen«, erwiderte Allegra.

»Das ist ganz normal.« In der Stimme des Direktors

klangen Milde und Verständnis durch. »In der Regel haben die Studenten ja auch viel mehr Zeit. Sie werden das nächstes Jahr merken. Aber je nachdem, wie es Ihnen in den letzten verbleibenden Wochen dieses Studienjahres ergeht, werden wir Sie sicher bereits in die Kurse für das zweite Jahr einteilen. Das besprechen wir dann im September. Ist sonst alles in Ordnung? Unterricht, Unterkunft? Mademoiselle Hansen?«

»Ja, das passt alles.« Allegra holte tief Luft. »Ich wollte Sie aber etwas fragen.«

»Nur zu«, ermunterte sie der Direktor.

»Es geht um ... Viktor Mortensen.«

Adairs Miene verdüsterte sich, aber er wartete ab, unterbrach sie nicht.

»Ich weiß so gut wie gar nichts über ihn. Oder über die Nacht, in der meine Eltern ... Sie wissen schon. Sie waren dabei, oder?«

»Ich verstehe, dass Sie mehr darüber wissen wollen.« Adair seufzte, trank einen Schluck, und Allegra konnte förmlich sehen, wie seine Gedanken zu diesem Tag vor vier Jahren zurückwanderten. »Ich muss Sie allerdings warnen, es ist keine schöne Geschichte. Niemand von uns hat sich damals richtig verhalten, niemand hat sich mit Ruhm bekleckert, wie es so schön heißt, und am Ende haben wir mehr verloren, als wir je gedacht hatten.«

»Trotzdem. Bitte ...«

»Vielleicht muss ich Ihnen zuerst etwas über Mortensen erzählen. Er war ein brillanter Agent. Zielstrebig und sehr begabt, was die Arbeit an den Membranen angeht. Aber ihm war das Korsett der Dream Intelligence zu eng, er sprach immer davon, wie viel mehr man tun könnte, wenn es erlaubt wäre, die Träume zu betreten.« Adair sah sie scharf an. »Doch das ist verboten, und aus gutem Grund. Es war auch schon vor vier Jahren nicht erlaubt, doch Mortensen scherte sich nicht um Regeln. Stalking würde man das heute nennen, was er mit dem damaligen Direktor, Eric LeMayne, gemacht hat. Er drang sogar in seine Träume ein, um ihn davon zu überzeugen, die Richtlinien zu ändern.«

Allegra sah Adair entsetzt an. »Mortensen ist in seine Träume eingestiegen und hat versucht, ihn zu ... manipulieren? Er sollte seine Meinung in echt ändern?« Das klang bedrohlich.

»Ganz genau. Und er war nicht allein. Seine Ideen fanden Anklang, obwohl sie moralisch so umstritten waren. Eine Spaltung der DI drohte. Ihre Eltern und ich sind ihm in dieser Nacht zu LeMaynes Traum gefolgt, wir haben ihn gestellt, und es kam in der Traumzeit zum Kampf. Ich erspare Ihnen die Details. Nur so viel: Ich war der Anker Ihrer Eltern. Mortensen wehrte sich, dabei zerriss unsere Verbindung, und die Folge war, dass der Traum von LeMayne zerbrach und die Seelen von ihm und Ihren Eltern hinaus in die Ebene eins geschleudert wurden. Die Sanduhren liefen ab, ohne dass sie zurückkamen. Wir haben ... sie verloren.« Adair legte den Kopf in den Nacken und sah hinauf zur Decke. »Mortensen hat dabei alles riskiert und alles verloren. Seine Position, sein Talent, seinen Verstand. Seit vier Jahren ist er nun eingesperrt, und seine kaputte Seele wird sich wohl nie wieder erholen. Der Weg in die Traumzeit ist ihm verwehrt, und er wird bis zum Ende seiner Tage in einer Anstalt leben. Wenn man das Leben nennen kann.

Er weiß nicht einmal mehr seinen Namen.« Jetzt richtete Adair seinen Blick wieder auf Allegra. »Seit dieser Nacht bin ich der Direktor der Akademie. Ich habe mir geschworen, dass so etwas nie wieder passieren wird. Die Gesetze der DI sind unumstößlich.«

Allegra hörte seine letzten Worte wie durch einen Vorhang. Mit erschreckender Klarheit stiegen die Erinnerungen an diese Nacht und den darauffolgenden Tag in ihr hoch. Wie Elena sie am frühen Morgen geweckt hatte, das Gesicht tränenüberströmt. Wie kurz darauf mehrere dunkel gekleidete Menschen zu ihnen ins Haus gekommen waren und mit Elena über die Zukunft von Allegra diskutiert hatten. Wie Allegra sich geweigert hatte zu akzeptieren, dass ihre Eltern nie wiederkommen würden. Dass mit einem Schlag alles vorbei war. Und alles war die Schuld von einem einzigen Mann!

In diese Erinnerungen mischte sich etwas anderes, Stärkeres, und Allegra erkannte plötzlich, dass sie Hass empfand. Auf den, der alles in ihrem Leben zerstört hatte. Seit ihrer Ankunft an der Akademie, seitdem sie wusste, dass sie ihre Gabe von ihrem Vater geerbt hatte, dass sie den Weg ihrer Eltern weiterging – seitdem hatte sie sich ihnen verbunden gefühlt wie schon lange nicht mehr.

Jetzt erfuhr sie, dass ihr Mörder lebte, ganz in ihrer Nähe …

»Ich will ihn sehen«, sagte sie entschlossen.

Adair blickte sie überrascht an, dann winkte er ab. »Auch wenn Viktor wohl nie wieder jemandem schaden kann – das kommt nicht infrage, ich will nicht, dass Sie ihn sehen. Er ist auch nicht mehr derjenige, der er einmal war.«

»Aber …«

»Glauben Sie mir, Allegra, wenn ich Ihnen sage, es wird Ihnen nichts bringen. Nur Schmerz. Wenn Sie etwas über Ihre Eltern erfahren wollen, fragen Sie lieber die Leute hier an der Akademie. Madame Pinot kannte sie gut. Elisabeth Berger ebenfalls, das wissen Sie ja bereits. Lassen Sie Ihre persönlichen Erinnerungen an Ihre Eltern unbeschmutzt.«

»Aber vielleicht kann ich ihn etwas fragen …«

»Allegra! Mortensen ist nur noch eine Hülle. Halten Sie sich fern von ihm. Wie ich schon sagte, damit tun Sie dem Andenken an Ihre Eltern nichts Gutes.«

Allegra sah ihn wütend an. »Sie können es mir nicht verbieten!«

»Doch, ich kann. Ich verbiete es Ihnen«, sagte Adair energisch. Er zog seine Krawatte gerade und richtete sich in seinem Sessel auf. »Zu Ihrem eigenen Schutz.«

In Allegra tobten Gefühle und Gedanken durcheinander. Sie schob ihren Stuhl heftig zurück, presste ein »Wiedersehen« heraus und verließ Adairs Büro. Gerade noch konnte sie sich davon abhalten, die Tür heftig hinter sich zuzuschlagen. Warum verstand Adair nicht, dass sie Mortensen sehen *musste*? Dass sie ihm gegenüberstehen wollte – demjenigen in die Augen sehen, der ihre Eltern zum Tod verdammt hatte? Was war daran schwierig? Sie war so wütend, dass sie kaum merkte, dass sie durch die Haupthalle rannte.

Doch als sich die Glastüren mit dem schon vertrauten Zischen öffneten, war ihr Sprint abrupt zu Ende. Sie prallte gegen etwas Weiches, hörte ein »Ouf!«, verlor fast das Gleichgewicht und stolperte ein paar Schritte zurück, um nicht auf dem Hintern zu landen. Sie starrte ins Gesicht eines Mannes. Er war groß und breitschultrig, mit weißen Locken und einem Bart. Seine Füße steckten in Trekkingstiefeln, und über seinen massigen Oberkörper spannte sich ein dünner, fransiger Poncho. Sehnige, gebräunte Arme schauten daraus hervor. Der Pförtner.

»Pardon«, murmelte Allegra und wollte an ihm vorbei, doch er hielt sie mit einer Handbewegung auf. »Du kommst mit mir«, sagte er mit einer dunklen, aber erstaunlich sanften Stimme, und ohne abzuwarten, ob Allegra dieser Aufforderung Folge leistete, wandte er sich um und ging mit langen Schritten voran.

Allegra wollte erst protestieren, doch dann überwog die Neugier. Sie folgte ihm. Erst am Pförtnerhaus machte er halt, zog die Tür auf und gebot ihr mit einer Handbewegung, einzutreten. Das Häuschen war gar nicht so klein, wie es von außen aussah. Kleiner als die Studentenbungalows, eindeutig nur für eine Person gedacht, aber ebenfalls aus dem schwarzen Stein, mit einem großen Fenster, dessen dunkel getönte Scheibe über die komplette Breite ging. Davor stand ein alter, dunkel gebeizter Holztisch mit vier Stühlen, an der Wand gegenüber war eine kleine Küchenzeile angebracht. Ein kleiner Flur führte in den hinteren Teil des Hauses.

Florentine saß bereits am Tisch und warf Allegra einen verdutzten Blick zu, der sich in akute Sorge verwandelte, als sie Allegra genauer ins Gesicht sah.

»Setz dich«, sagte der Mann und sah sie durchdringend mit seinen blauen Augen an. »Ich bin Ruben Corlaeus, der derzeitige Wächter der Akademie. Ich glaube, wir sollten uns unterhalten.«

»Ich bin – «, begann Allegra, doch er unterbrach sie.

»Allegra Heller und Florentine Hansen, ich weiß. Ich sagte doch, ich bin der Wächter. Ich habe dich ankommen sehen. Und neulich hast du mich bei Direktor Adair bemerkt.«

»Sie waren das? Oben, auf der Empore?« Sie warf einen Blick auf seine Hände. Sie waren groß und breit, eher Handwerkerhände, sie wirkten gar nicht so, als ob er sich häufig in einer Bibliothek aufhielt. Aber Allegra erkannte den breiten, silbernen Ring an seinem Mittelfinger.

»Wächter?«, fragte Florentine zweifelnd. »Sie sind doch der Pförtner!«

Corlaeus schnaufte, und die Lachfältchen um seine Augen vertieften sich. »Ja, das ist kein Thema, das ihr im Unterricht behandelt. Für euch Studenten bin ich der Pförtner. Aber jede Akademie hat einen Wächter. Die Wächter sind dem Direktor fast gleichgestellt. Wir sind eine Art geheime Kontrollinstanz. Und in Zeiten wie diesen kann ich manchmal Fragen stellen, die niemand sonst stellen kann.« Er lächelte leicht. »Ich habe den Eindruck, dass unsere neue Studentin hier dringend ein paar Dinge loswerden möchte, die ihr auf der Seele liegen.«

»Aha«, sagte Allegra gedehnt – sie hatte sich wieder etwas gefasst. Seltsamer, als dieser Morgen begonnen hatte, konnte er ja nicht enden. Sie versuchte, etwas Zeit zu gewinnen. »Haben Sie vielleicht etwas zu trinken für uns? Also, Wasser oder so, meine ich.«

»Selbstverständlich.« Corlaeus' Bewegungen, als er den Teekessel füllte und aus einem Schrank weit oben eine Packung Tee angelte, waren fließend und weich.

Sollen wir wirklich bleiben?, bedeutete Florentines fragender Blick. Allegra zuckte andeutungsweise mit den Schultern, lächelte gezwungen und versuchte, ihr ein wortloses »Wir bleiben mal und schauen, was er will« zu übermitteln.

Kurz darauf standen drei dampfende Tassen auf dem Tisch. Allegra schnupperte interessiert.

»Minze aus den Bergen«, erklärte Corlaeus, der es bemerkt hatte. »Ihr könnt ihn beruhigt trinken. Aber es ist gut, dass ihr misstrauisch seid. Bleibt wachsam.«

»Genau das ist das Problem«, seufzte Allegra. Sie legte beide Hände um die Tasse und rang kurz mit sich, wie viel sie den beiden erzählen sollte. Irgendjemandem musste sie trauen, bei Florentine hatte sie ein gutes Gefühl, aber bei diesem fremden Mann …? Corlaeus schien zu wissen, was in ihr vorging, mit welchen Zweifeln sie kämpfte. Er kramte kurz in einer Schublade und reichte ihr ein altes Foto, das schon einen leichten Rotstich angenommen hatte. Allegra nahm es vorsichtig in beide Hände und musste unwillkürlich lächeln. Da saß Ruben Corlaeus in ihrem Wohnzimmer in München auf dem Boden und spielte mit einem kleinen Mädchen. Elena!

Und dann sprudelte es einfach aus ihr heraus. Ihre überstürzte Anreise, die unglaubliche Erfahrung am Rande der Traumwelt mit Sofia und Madame Berger, der Brand in München, ihre Ohnmacht nach Lorenzos Berührung und zu guter Letzt das, was Adair ihr vorhin über Mortensen erzählt hatte.

»Ich werde das Gefühl nicht los, dass Lorenzo etwas verbirgt. Aber was soll ich tun? Er hat hier einen guten

Stand, und ich kann nichts beweisen.« Allegra hielt erschöpft inne. Sie trank ihren Tee aus, schenkte sich noch einmal aus der Kanne nach und fühlte, wie die Last von ihren Schultern glitt, einfach dadurch, dass sie endlich ihre Ängste teilte.

Florentine schüttelte den Kopf, als könne sie nicht glauben, was sie da hörte. »Aber Lorenzo ist doch –«, begann sie, doch Corlaeus stoppte ihren Einwand mit einer Handbewegung. Er hatte Allegra schweigend zugehört, aber immer wieder kurz die Lippen zusammengekniffen, als wollte er sich daran hindern, ihr ins Wort zu fallen.

»Auch wenn ich in dieser Nacht vor vier Jahren nicht dabei war«, begann er schließlich, »ich kannte deine Eltern gut.«

Allegra fiel auf, dass er sie, im Gegensatz zu allen anderen Lehrern hier, wie selbstverständlich duzte. Aber es machte ihr nichts aus.

»Sie waren vertrauenswürdige und durch und durch loyale Agenten. Wir konnten uns hundertprozentig auf sie verlassen. Ihr Verlust hat uns – mich – sehr getroffen.« Er beugte sich vor. »Wir waren zwei Jahre lang gemeinsam in Edinburgh. Da war deine Schwester noch ganz klein, und du warst noch nicht geboren.«

»Meine Mutter hat ab und zu von Edinburgh erzählt. Ich kenne Fotos aus dieser Zeit«, warf Allegra ein.

Corlaeus lächelte. »Deine Eltern bereiteten für mich immer wieder Teufelshähnchen zu. Pollo al diablo. Mit Chili und Zitrone, so, wie ich es aus meiner Heimat kannte. Es waren wunderbare Abende, und auch, als sie mit dir schwanger war und ihr nach München zogt, haben wir den

Kontakt nie verloren.« Er nahm seine Tasse hoch, setzte sie jedoch wieder ab, ohne zu trinken. »Warum ich dir das erzähle? Weil wir wissen müssen, ob wir einander vertrauen können. Ob du mir vertraust.«

Allegras Blick wanderte von seinen Händen hinauf über die breiten Schultern bis zu seinen durchdringenden blauen Augen, und sie traf eine Entscheidung. »Ich vertraue Ihnen«, sagte sie. »Aber Sie haben uns doch nicht hergeholt, um Tee zu trinken. Was wollen Sie von mir?« Sie legte eine Hand auf die von Florentine. »Oder von uns?«

»Soll ich lieber gehen?«, fragte Florentine unsicher.

Corlaeus schüttelte den Kopf. »Ich kenne deine Urgroßmutter«, sagte er, als wäre das eine Erklärung dafür, dass er sie bleiben ließ.

»Oh«, sagte Florentine und lächelte zaghaft.

»Also weiter. Du hast völlig recht, Allegra, ich möchte etwas von dir. Es sind höchst beunruhigende Anzeichen, die sich hier häufen. Der Direktor war dagegen, dich einzuweihen, aber ich denke, du fährst mit dem Wissen um die Gefahr besser als ohne.« Nach einer kurzen Pause fuhr er fort: »Wir haben uns nicht zufällig heute Morgen getroffen. Ich habe einen Auftrag für dich, Allegra. Und dieser könnte sehr viel gefährlicher sein als die Mission mit Madame Berger und Sofia. Wenn du Erfolg hast, rettest du viele Menschen vor einem grausamen Schicksal. Wenn du versagst, kann es sehr böse für dich ausgehen, und es wird wenig geben, was wir dagegen tun können.« Seine Stimme, obwohl vorhin sanft, rollte jetzt wie ein ferner Donner durch das kleine Häuschen und verhallte langsam.

Allegra schluckte. Sie dachte an den entsetzten Ausdruck im Gesicht der erstarrten Agenten. An Johanna in München. An Florentine, für die die Akademie die letzte Rettung gewesen war. An Arthur, den die Sorge um seine Schwester quälte. Dann schob sich Elenas Gesicht vor ihr inneres Auge, und sie hörte wieder das helle Lachen ihrer Mutter am Abendbrottisch. Und schon griff die Angst nach ihr und machte ihr die Entscheidung schwer.

»Ich … ich dachte, der Direktor will nicht, dass ich irgendwas tue. Er wollte auch nicht, dass ich Mortensen sehe«, sagte sie leise.

»Bei Mortensen gebe ich ihm recht. Das musst du nicht tun. Aber der Auftrag – das ist meine Entscheidung. Der Direktor wird sie akzeptieren.«

Sie erinnerte sich an den kleinen Jungen aus ihrem Traum. Das Gefühl der Hilflosigkeit war immer noch gegenwärtig, greifbar. Die Hoffnung zu verlieren, war ein schreckliches Gefühl. Schlimmer als alles andere. Sie hatte es erlebt – und sie wollte auf keinen Fall, dass jemand dieses Gefühl durchleiden musste, nur weil sie Angst hatte zu versagen.

Corlaeus schien zu spüren, was in ihr vorging. »Ich kann dir Folgendes sagen: Außer dir hat bisher kein Agent, der einmal in diesem Traum drin war, wieder herausgefunden. Der Traum scheint auf besondere Weise getarnt und mit ungewöhnlichen Eigenschaften versehen zu sein. Das deutet auf einen höchst erfahrenen Traumwanderer hin. Und solche Profis …«

»… findet man nur in der DI«, ergänzte Florentine und sah Corlaeus von der Seite an. »Ich verstehe schon: Sie brauchen jemanden, der sich offen in der Akademie bewegt, der unauffällig zuhören kann – Sie glauben, dass Allegra und ich undercover mehr mitbekommen könnten als jeder Lehrer, habe ich recht?«

Corlaeus nickte. »Ganz genau.«

»Aber Lorenzo?«, wiederholte Florentine jetzt ihren Einwand. »Der ist doch loyal und ein super Trainer, und …« Sie unterbrach sich. »Aber wenn du sicher bist, dann glaube ich dir, Allegra.«

Allegra schluckte erneut, sah Florentine, die jetzt die Lippen zusammengepresst hatte, dankbar an und sagte mit rauer Stimme: »Was muss ich tun?«

Corlaeus lächelte anerkennend. »Hör dich um. Sieh dich um. Geh mit jedem mit, der dich einlädt. Spiele die interessierte, aber unwissende Studentin. Und gib mir rechtzeitig Bescheid, wenn du etwas Verdächtiges bemerkst.«

Das klang machbar. Doch es war nicht ungefährlich.

»Sie haben jemanden in Verdacht«, stellte sie jetzt fest. »Wen?«

Abwehrend schüttelte Corlaeus den Kopf. »Das kann ich euch nicht sagen. Wenn ihr das wüsstet, wärt ihr angreifbar. Mir geht es zuerst einmal darum, herauszufinden, was diese Entführungen für einen Sinn haben. Wo ist der gemeinsame Nenner zwischen den Träumern, die darin landen, und den Agenten, die ebenfalls hineingelockt werden und nicht mehr herausfinden?«

»Wäre es da nicht sinnvoll, wenn so etwas ausgebildete Agenten übernehmen?« Florentine sah Allegra und Corlaeus nacheinander eindringlich an. »Ich bin kein Angsthase, aber ich würde es trotzdem gerne wissen.«

»Ich weiß, dass du das nicht aus Feigheit fragst«, gab Corlaeus zurück. »Ich kenne wie gesagt Isadora, deine Urgroßmutter. Du hast deine Begabung und deinen Sinn für Gerechtigkeit von ihr.«

»Sie wissen doch gar nichts über mich.«

Corlaeus lächelte. »Ich bin der Wächter. Niemand wird hier unterrichtet, den ich nicht kenne, glaub mir.« Er räusperte sich. »Ich gebe dir recht – das ist keine Aufgabe für Anfänger. Doch wenn ich mit meinem Verdacht richtigliege, können wir in der DI niemandem mehr vertrauen. Ich brauche euch.«

»Und Sie glauben wirklich, einer von der DI ist der Täter? Wir stehen doch alle für dieselbe Sache ein, wir verlassen uns aufeinander, wir tragen doch Verantwortung für die Träumer. Alle Akademien stehen dafür, sie alle haben sich den Zielen der DI verpflichtet! Wie kann einer von uns so etwas tun? Und warum hier in Avignon?«

»Wenn wir das Motiv finden, wissen wir es«, sagte Corlaeus. »Und Avignon deshalb, weil wir innerhalb der DI die Führungsrolle einnehmen. Die Akademie Adair gibt die Richtung vor.« Er schrieb etwas auf einen Zettel und schob ihn über den Tisch. »Das ist meine Handynummer, wenn ihr mich erreichen müsst.«

Allegra löste ihre verkrampften Hände und war froh, dass Florentine so ruhig blieb, die richtigen Fragen stellte. Ihr Magen zog sich schmerzhaft zusammen, ihr Herz klopfte wild, denn etwas lag ihr noch auf der Seele. »Ich habe noch eine Frage«, sagte sie zögernd. »Sie haben gesagt, vor vier Jahren waren Sie nicht hier. Wo waren Sie?«

»Ich war in Australien. Und wähnte die Akademie Adair

in guten Händen beim damaligen Wächter. Er hat uns alle getäuscht.« Er stieß einen Seufzer aus.

Florentines Kopf ruckte hoch. »Mortensen? Der verrückte Mortensen war der *Wächter*? Wie kann das sein?« Sie fegte fast ihre Tasse vom Tisch, als sie sich an Allegra wandte. »Wusstest du das?«

»Dass er der Wächter war? Natürlich nicht. Ich habe eben erst erfahren, dass es einen Wächter gibt!«

Corlaeus klang traurig, als er murmelte: »Teil der Akademie zu sein, macht dich nicht automatisch zu einem besseren Menschen.«

Allegra presste die Hände flach auf den Tisch. »Adair will nicht, dass ich Mortensen treffe. Sie auch nicht. Warum eigentlich?«

»Mortensen war wie deine Eltern – ebenso begabt, clever und charismatisch. Er stammt aus einer Familie, in der es schon seit Langem Traumwanderer gibt. Aber er war hochmütig. Arrogant. Ohne Respekt vor anderen. Er ermunterte seine Studenten dazu, außerhalb des Erlaubten zu agieren. Er wollte erkunden, ob es Träumer gibt, die ohne Schaden aufwachen, wenn man ihre Traumhülle zerstört, und hat das auch getestet. Die Folgen waren grauenvoll. Für seine Forschungen nahm er alles in Kauf. Das Leben der Träumer hatte für ihn keinen Wert, und niemand konnte ihn zur Vernunft bringen. Als Adair und deine Eltern ihm schließlich eine Falle stellten, konnte ich ihnen nicht helfen. Das verfolgt mich bis heute.«

»Dann müssen grade Sie doch verstehen, dass ich ihn sehen will.«

»Natürlich tue ich das. Aber es ist zu früh. Warte, bis wir

diesen Fall aufgeklärt haben, dann bringe ich dich persönlich zu ihm.«

Der eiserne Ring, der sich seit gestern Abend um Allegras Brust gelegt hatte, lockerte sich etwas. Sie atmete tief durch. Es ging ihr immer besser, wenn sie etwas zu tun hatte. Adair hatte sie ausgebremst, aber mit Corlaeus' Auftrag fühlte sie, wie der Tatendrang zu ihr zurückkehrte. Sie wusste, sie stand erst am Anfang ihrer Ausbildung, aber dennoch wollte sie das, was sie von den anderen Studenten unterschied, auch einbringen – dabei sein und nicht nur zusehen.

10.

Die Sonne stand bereits hoch am Himmel, als sie aus der Kühle des Bungalows wieder nach draußen traten. »Ich hoffe, Corlaeus hat uns bei Madame Reloy entschuldigt«, sagte Florentine. »Wenn die sauer wird, kannst du dich die nächsten drei Tage in der Bibliothek einschließen und für einen Aufsatz recherchieren.«

»Mmh.« Allegra war mit ihren Gedanken noch bei dem Gespräch mit Corlaeus. »Was glaubst du? Dass jemand von hier für diese Sache verantwortlich ist? Ein Student?«

»Ein Student alleine kann das nicht. Nein, eher mehrere. Oder ein Lehrer. Oder jemand, der früher mal an der Akademie war. Das Motiv ist das Entscheidende. Deswegen will Corlaeus, dass wir uns umhören. Wir sollen herausfinden, wer etwas davon haben könnte.«

»Cui bono«, ergänzte Allegra. Das hatte sie letztens in einem Krimi gelesen. »Wem nützt es? Finde das Motiv, und du findest den Täter.«

»Ganz genau.« Florentine blickte auf ihre Armbanduhr. »Heute um zwei ist noch mal Sport bei Madame Anglot, die kennst du, glaube ich, noch nicht. Ist ziemlich streng. Willst du vorher was essen?«

Doch bevor Allegra die Frage beantworten konnte, drangen ein gedämpfter Schrei und lautes Klirren an ihre Ohren.

»Was war das denn?« Allegra sah sich um. »Es kommt von dem Haus da vorne. Nummer 15. Komm, wir schauen, was da los ist!«

Sie liefen neugierig über den Rasen zu dem Bungalow und

schauten durchs Fenster in das Wohnzimmer. Es bot sich ihnen eine bizarre Szenerie: Louise, die mollige Studentin, die Allegra am Lagerfeuer kennengelernt hatte, warf mit großem Schwung Gläser und Tassen an die Wand. Ihr Gesicht war verzerrt, als hätte sie Schmerzen. Jetzt traten Lorenzo und Sofia ins Blickfeld. Lorenzo hielt Louise an den Armen fest und sagte etwas, doch Louise schüttelte den Kopf und versuchte sich zu befreien, stampfte ihm auf den Fuß, sodass er sie kurz wieder losließ. Jetzt trommelte sie mit ihren Fäusten an die Wand, ließ die Stirn schließlich dagegensinken.

Sofia legte ihr vorsichtig die Hände auf die Schultern, und auf einmal war es vorbei. Sie wandte sich mit tränenüberströmtem Gesicht um, Sofia nahm sie in die Arme und schien tröstend auf sie einzusprechen.

Florentine und Allegra tauschten einen Blick und gingen langsam zurück, bis sie wieder auf dem Weg standen. »Schon wieder eine, die durchdreht«, sagte Allegra nachdenklich, und ihr kam die Szene mit Mike in den Sinn.

»Vielleicht kommen manche mit dem Druck, der hier grade herrscht, nicht klar – in zwei Wochen sind ja auch noch die Prüfungen«, vermutete Florentine.

»Ich werde bis zur nächsten Stunde noch mal versuchen, mein Traumtagebuch weiterzuschreiben«, verkündete Allegra.

Doch in ihrem Zimmer setzte sie sich nicht an den Schreibtisch, sondern streckte sich auf ihrem Bett aus und griff nach ihrem Handy. Zuallererst wollte sie mit Elena sprechen. Corlaeus hatte sie um Stillschweigen gebeten, aber das galt sicher nicht für ihre Schwester. Die wusste schließlich alles, was Allegra betraf. Nun ja, fast alles.

»Wie geht's dir, Kleine?«, fragte Elena liebevoll. »Sind alle nett zu dir?«

Allegra hörte, dass sie den Pinsel zwischen die Zähne geklemmt hatte, und musste schmunzeln. »Die meisten«, antwortete sie und berichtete, was in den letzten Tagen, und vor allem heute Morgen, geschehen war.

»Ruben Corlaeus? An den kann ich mich erinnern. Unsere Eltern hielten große Stücke auf ihn, das weiß ich noch. Er war bei der Beerdigung, aber du warst wie weggetreten, du erinnerst dich wahrscheinlich nicht an ihn.«

»Nein. Obwohl, der hätte mir doch auffallen müssen, bei der Größe und dem Bart.«

»Ach, ich glaube, es ist gut, wenn du dich an diesen Tag nicht im Detail erinnerst.«

»Kanntest du Mortensen?«

Es entstand eine Pause. »Ich glaube schon«, sagte Elena zögernd. »Die meisten Agenten waren in Edinburgh ab und zu bei uns zu Besuch. Mortensen sicher auch. Der Name Viktor fiel immer mal, und irgendwie habe ich auch ein Gesicht vor mir, wenn ich ihn höre. Was du über den Kampf erzählt hast, das deckt sich mit dem, was Adair mir später berichtet hat. Aber er hat mir die Einzelheiten damals erspart, sagte nur, es sei wohl sehr schnell gegangen und Mama und Papa hätten nicht gelitten ... Mehr wollte ich damals auch gar nicht wissen. Und du auch nicht.«

»Stimmt«, sagte Allegra nachdenklich. Die Tatsache, dass ihre Eltern nicht mehr zurückkamen, war genug gewesen. »Ich weiß, dass das blöd ist. Aber ich würde diesen Mortensen gerne sehen, und Adair verbietet es mir, er verschweigt mir, wo dieser Irre sich aufhält.«

»Willst du meine ehrliche Meinung? Ich glaube, Adair hat recht. Allein schon der Gedanke, dass er dich sieht, macht mir Angst. Der Typ war schon in geistig gesundem Zustand offenbar vollkommen unberechenbar. Mach das nicht jetzt und nicht alleine, lieber gehe ich irgendwann mit dir. Vielleicht im Sommer? Ich glaube, ich sollte ihm auch einmal gegenüberstehen. Zusammen mit dir.«

»Das ist eine gute Idee«, gab Allegra nach. »Ach so, was ist denn jetzt mit dem Studio?«

»Hm ... das ganze Stockwerk wurde von der DI verwaltet, soweit ich weiß. Das Studio stand die letzten Jahre leer. Wenn es DI-Agenten in München gegeben hätte, dann hätte ich das gewusst, glaube ich. Was mir hier fehlt, ist die Verbindung.«

»Das Motiv«, seufzte Allegra.

»Ganz genau. Aber da bist du ja dran. Nur tu mir den Gefallen und sei vorsichtig, ja?«

»Du bittest mich nicht, nach Hause zu kommen?«

»Hätte ja doch keinen Zweck, Kleine, ich kenn dich. Du bist genau da, wo du sein solltest. Und selbst wenn du dich noch nicht auskennst, du bist gut darin, zu spüren, wenn was nicht stimmt. Ich kann mir vorstellen, dass du genau die Richtige für diesen Undercover-Job bist. Echt, ich bin sehr stolz auf dich.«

Die Worte legten sich um Allegra wie ein schützender Mantel. Sie zankte sich manchmal mit Elena, aber ihre Schwester war unbestreitbar das Wichtigste in ihrem Leben. Danach kam erst mal lange Zeit nichts, dann ihre Freundinnen, zu denen jetzt auch Florentine zählte.

»Du hast gar nichts mehr von diesem Arthur erzählt«,

sagte Elena jetzt mit dem Unterton, den Allegra gut von ihrer Schwester kannte. Der bedeutete so viel wie: »Los, spuck's aus, und ich will bitte ein paar Details.«

Allegra drehte sich auf ihrem Bett auf den Bauch, legte das Handy neben sich, aktivierte den Lautsprecher und stützte das Kinn in beide Hände. »Arthur? Also ...« Wo sollte sie anfangen? »Er ist achtzehn, Italiener, hat braune Augen, ist superclever, aber kein Streber. Und echt gut, wenn es darum geht, Leute zu überzeugen. Er ist ziemlich sensibel, glaub ich.« Allegra erzählte von der abendlichen Kletteraktion von Mike, die dank Arthur ohne Absturz geendet hatte.

»Das sind alles schöne Details, Kleine, mich interessiert allerdings viel mehr, ob du ihn magst«, erwiderte Elena, und Allegra konnte das Grinsen förmlich hören.

Allegra rollte mit den Augen. »Ich mag ihn. Aber ich kenn ihn ja nicht gut. Und er sagte noch was von wegen, ich sei ja so jung und außer der Reihe hier, also glaube ich nicht, dass er mich wirklich als Frau wahrnimmt. Aber ich hab auch grade echt andere Sorgen.«

»Ich auch, Kleine, nicht so große wie du, aber ich muss weitermachen, sonst ist die Farbe völlig trocken«, sagte Elena lachend.

»Ist klar. Hab dich lieb, Elli«, antwortete Allegra und legte auf.

Jetzt war das Traumtagebuch an der Reihe. Noch im Liegen angelte sie nach ihrem Notizbuch, das auf dem Schreibtisch lag, und blätterte die ersten Seiten auf. Letzte Nacht hatte sie geträumt, aber die Details waren bereits beim Aufwachen wieder verschwunden gewesen. Kurz erwog sie, etwas zu erfinden, aber das kam ihr dann doch zu kindisch vor. Seufzend schloss sie die Augen und versuchte sich an etwas zu erinnern. Irgendein Detail … Da klopfte es an der Tür.

Florentine war noch nicht da, also klappte Allegra ihren Collegeblock wieder zu. »J'arrive«, rief sie und ging zur Tür.

Auf der mittleren Treppenstufe stand Arthur. Kam er immer, wenn sie über ihn sprach?

Er war noch ein ganzes Stück größer als sie, sodass ihre Gesichter jetzt auf der gleichen Höhe waren.

»Hallo«, sagte er. »Ich soll dir von Madame Reloy ausrichten, dass du es nicht wagen sollst, noch mal zu fehlen. Sie ist sehr sauer …«

Allegra trat unwillkürlich einen Schritt zurück. »Äh …«, begann sie, »es war nicht meine Idee …« Ihre gute Laune zerplatzte wie eine Seifenblase.

Arthur lachte leise, als er ihren Gesichtsausdruck bemerkte. »Keine Sorge, sie hat gar nichts gesagt. Ich konnte nur nicht widerstehen, dich zu ärgern. Kleine Rache für die Improvisationsstunde. Florentine hat gesagt, dass du das Mittagessen auch noch ausfallen lässt. Hier, mein Heft vom Anfang.« Er streckte ihr einen Ordner entgegen.

Ihn anfunkelnd, nahm sie den Ordner entgegen und setzte sich auf die oberste Stufe. »Danke. Ich habe grade am Traumtagebuch gearbeitet«, erklärte sie.

Arthur setzte sich neben Allegra und streckte die langen Beine aus. Heute steckten seine Füße in rot-schwarz gestreiften Espadrilles, passend zum rot-schwarz karierten Tanktop. Schweigend saßen sie nebeneinander. Allegra wusste mit einem Mal nicht, was sie sagen sollte, suchte nach einem unverfänglichen Thema. Arthur hingegen schien das Schweigen nichts auszumachen. Er lehnte sich zurück auf die Handflächen und sah einem kleinen Vogel mit grün gesprenkelten Flügeln zu, der ein paar Meter weiter, im Schatten unter den Pinien, nach Essbarem suchte.

Allegra fiel auf, dass seine Dreadlocks ziemlich frisch aussahen. Noch nicht so verfilzt wie bei anderen Leuten mit dieser Frisur. »Musst du die abschneiden, wenn du sie nicht mehr haben willst?«, fragte sie und nahm kühn eine Strähne, die ihm über die Schulter hing, zwischen die Finger. Sie duftete nach einem herben Shampoo, und Allegra wurde noch verlegener, als sie es bereits gewesen war. Schnell ließ sie die Strähne wieder aus ihren Fingern gleiten.

Arthur sah sie amüsiert an und nickte. Bemerkte er, dass ihr Herz plötzlich schneller klopfte? Er ließ sich jedenfalls nichts anmerken. »Ja, vielleicht nach den Sommerferien. Ich hab die Dreads seit Weihnachten, weil ich eine Wette mit meiner kleinen Schwester verloren habe – und bevor du fragst: Nein, ich erzähl dir nicht, worum es ging.«

»Musst du ja nicht. Steht dir auf jeden Fall gut.«

Wo waren die unverfänglichen Themen, wenn man sie brauchte? Auf keinen Fall wollte Allegra mit Arthur über ihre Träume sprechen, also schnitt sie das Thema an, das sie seit der letzten Stunde bei Madame Pinot beschäftigte. »Wie ist das noch mal mit den Traumklassen?«, fragte sie. »Es gibt sechs verschiedene?«

»Ganz genau. Wir gruppieren die Träume folgendermaßen ein«, begann Arthur, richtete sich auf und zählte an den Fingern ab: »A – ein ganz normaler Traum, B – ein wiederkehrender Traum, C – ein ganz kurzer Traum, zum Beispiel, wenn jemand nur kurz einnickt, und dann gibt es noch Spezialfälle wie D und E, die sind komplizierter, und manchmal F – den leeren Traum.«

»Hä? Ein Traum ohne Träumer, meinst du? Wann ist denn ein Traum bitte leer? Das geht doch gar nicht.«

»Doch, wenn jemand im Schlaf stirbt. Diese leeren Träume sind sehr instabil und nach zwölf Stunden nicht mehr vorhanden. In solchen Fällen registrieren wir den Traum und prüfen später nach, ob er sich ordnungsgemäß aufgelöst hat. Dazu gibt es Membranwachen.« Er machte eine kurze Pause. »Oder, und den Fall haben wir wohl jetzt – wenn jemand aus seinem Traum entführt wird ...«

Membranwache, das klang geheimnisvoll. Und jetzt erschien ihr das mit dem leeren Traum gar nicht mehr so seltsam, sie hatte die Seelen der Träumer in dem Traum gesehen – die mussten ja aus anderen Träumen kommen ... »Und für die Membranen gibt es Ziffern?«, wiederholte sie das, was sie sich gemerkt hatte.

Arthur griff nach Allegras Block, der auf ihren Knien lag, und zog einen Stift aus der Hosentasche. »Warte, ich male es dir auf.«

Er zeichnete kugelförmige und eiförmige Gebilde sowie etwas, das aussah wie ein Luftballon, dem die Luft ausging. Arthur hatte schmale Hände, an den Fingerkuppen zeigte sich ein bisschen Hornhaut – spielte er Gitarre? Am rechten Ringfinger trug er einen flachen blauen Ring mit einem eingravierten S. Allegra fragte sich, ob er wohl eine Freundin hatte, dann fiel ihr ein, dass sein Nachname Sorento war – sicher stand das S dafür. Mit dem Stift zeigte Arthur jetzt auf die Kreise, die er gemalt hatte. Manche hatten dickere, glatte Außenlinien, manche hatte er gestrichelt. »Die Ziffern bezeichnen die Membranstärke. Von eins bis zehn, wobei eins die schwächste ist. So weit klar, oder?«

Allegra nickte.

»Je nachdem, was es für ein Traum ist, verändert er eventuell auch seine äußere Farbe. Es gibt also Festigkeit, Farbe, Form, Größe.« Er zeichnete Symbole daneben, die aussahen wie griechische Buchstaben. »All diese Parameter berücksichtigen wir bei unserer Membrananalyse und legen dann fest, welcher Traum unserer Hilfe bedarf. Du hast natürlich einen Vorteil – du siehst ja ohnehin, was sich darin verbirgt.« In seiner Stimme klang nicht der Neid mit, den sie von manchen anderen gehört hatte, sondern eher Bewunderung.

»Da hast du recht, aber ich erkenne ja vielleicht trotzdem nicht auf Anhieb, worum es in einem Traum geht. Und ob es dem Träumer gut geht. Also lerne ich besser diese ganzen … äh … Parameter«, gab Allegra zurück.

»Natürlich. Womit wir wieder bei meinem Ordner sind, da findest du noch ein paar mehr Details. Wo warst du eigentlich heute Morgen?« Arthur erhob sich und sah sie von oben an.

Allegra wurde rot und strich sich verlegen durch die Haare. Sie wollte ihm nichts verheimlichen, aber ein Geheimauftrag war nun mal geheim. »Ich musste was für Adair erledigen«, wich sie aus, und zu ihrer Erleichterung ließ es Arthur dabei bewenden. »Wir sehen uns morgen, oder? Bei Hammond? Und vielen Dank für deine Unterlagen.«

»Klaro.«

Er bedachte sie noch mit einem freundlichen, aber durchdringenden Blick, den Allegra geradezu auf ihrer Haut spürte, dann wandte er sich mit einem halben Lächeln um und ging mit langen Schritten davon.

Madame Anglot scheuchte die ganze Klasse erneut quer über den Sportplatz, danach kam Madame Berger auf den Platz geeilt und nahm Florentine beiseite, während die anderen sich duschten oder umzogen. Allegra wartete auf einer Bank auf sie, sie wollte sich zu Hause umziehen. Sie sah, wie Florentine zwei- oder dreimal langsam nickte, dann abwehrend die Hände hob, Madame Berger auf sie einredete und Florentine schließlich nachgab. Sie wies mit einer kurzen Geste auf Allegra, Madame Berger zögerte, dann nickte sie.

Mit schleppenden Schritten, aus denen der ganze vorherige Schwung verschwunden war, ging Florentine auf Allegra zu.

»Was ist los?«, fragte Allegra sofort. »Ihr habt ausgesehen, als würdet ihr den Weltuntergang besprechen.«

Florentine ging nicht auf den Scherz ein. »Vor einer Stunde ist Solveig gestorben. Also ihr Körper, ihre Seele war ja schon tot ...« Sie presste die Lippen zusammen, und Allegra erkannte, dass sie kurz davor war, in Tränen auszubrechen. Vorsichtig legte sie ihr den Arm um die Schultern. »Kann ich was für dich tun?«

»Ja, vielleicht.« Florentines Stimme klang erstickt. »Ich

würde sie gerne noch mal sehen. Sie ist mit den anderen in der Krankenstation. Kommst du mit mir?« Sie entwand sich Allegras Arm und trat einen Schritt zurück. »Aber du musst nicht. Ich schaff es auch alleine. Ich kann mir vorstellen, dass du … als deine Eltern …« Sie verstummte.

»Ich habe sie nicht mehr gesehen, damals«, sagte Allegra leise. Und wenn sie ehrlich war, brach ihr der Schweiß aus, wenn sie nur daran dachte, jemanden zu sehen, der im Traum gestorben war. Aber sie war nicht mehr das kleine Mädchen von damals. Sie war Studentin an der Akademie Adair, und das bedeutete, dass sie sich Dingen stellen musste, die sie am liebsten beiseiteschieben würde. Der Tod war ein Teil ihrer beruflichen Zukunft, und je eher sie sich davon ein Bild machte, desto besser. Außerdem war Florentine ihre Freundin, und sie wollte sie in einer solchen Situation nicht im Stich lassen.

Florentine hatte sich schon halb abgewandt, als Allegra nickte. »Ich komme mit dir«, verkündete sie und nahm Florentines Hand fest in ihre.

»Folgt mir.« Madame Berger überquerte den Sportplatz und lief zu einem der Hintereingänge des Hauptgebäudes. Neben der Eingangstür stand ein großer Rosenbusch voller dunkelroter Blüten. Sie verströmten einen betörenden Duft, der sich mit dem würzigen Kräuterduft, der über dem Akademiegelände hing, vermischte. Allegra brach zwei Blüten ab, reichte eine Florentine, dann traten sie in einen kühlen Gang. Allegra erkannte den Weg, den sie von der Krankenstation zurückgegangen waren, doch diesmal liefen sie weiter, bis der Flur an einer stählernen Tür endete. Madame Berger tippte einen Code in den Scanner, der neben der Tür hing, und sie öffnete sich mit einem Zischen. Ein großer heller Raum wurde sichtbar, durch Paravents in einzelne Segmente unterteilt. Es war still, nur das leise Surren der Klimaanlage war zu hören. Der Duft nach Lavendel war hier sehr viel stärker als auf dem Gang, und Allegra begriff auf einmal, weshalb. Um den Geruch des Todes zu überdecken.

Madame Berger warf einen forschenden Blick auf die zwei Mädchen, dann zog sie einen Vorhang auf der linken Seite des Zimmers beiseite und wies auf das Bett, das sich dahinter befand. »Hier ist sie. Ich warte vor der Tür.« Sie legte Florentine kurz eine Hand auf den Arm. »Nimm dir so viel Zeit, wie du brauchst.«

Florentine krampfte ihre Finger um Allegras, und Schulter an Schulter, als würden sie sich gegenseitig stützen, traten sie näher, blickten auf das blasse Gesicht, das dort in den Kissen lag. Solveig hatte ebenmäßige Züge mit langen, dunklen Wimpern. Die Sommersprossen auf der Nase und die kurz geschnittenen Haare verliehen ihr etwas Lausbubenhaftes. Florentine ließ sich vorsichtig auf die Bettkante sinken und legte eine Hand an Solveigs Wange. »Sie ist so kalt«, flüsterte sie, und Tränen schimmerten in ihren Augen.

Allegra erkannte plötzlich, dass es Solveig gewesen war, die ihr im Traumsaal aufgefallen war. Sie hatte das Gesicht so schmerzlich verzerrt gehabt. Davon war nichts mehr zu sehen. Doch sie sah auch nicht so aus, als ob sie friedlich schliefe – hier lag eine Hülle. Das, was die junge Frau ausgemacht, was sie einzigartig gemacht hatte, war verschwunden. Solveig war nicht mehr hier.

Schweigend legte Allegra die Rose auf die Bettdecke.

Am Fußende des Bettes war eine durchsichtige Mappe eingehängt. Auf dem obersten Blatt befand sich eine Art Fieberkurve. Die Aufzeichnung begann am Tag, bevor Allegra eingetroffen war, und war bis heute fortgeführt worden. Allegra verfolgte, wie die Körpertemperatur am Tag der Rettungsmission nach oben geschossen war, über die 40-Grad-Marke hinaus, um dann stetig abzufallen, bis sie am heutigen Datum nur noch 34 Grad anzeigte. Jemand hatte ein E daneben geschrieben. Allegra hatte nie Latein gelernt, doch sie hatte genügend Krimis gesehen und gelesen, um zu wissen, was das bedeutete. E wie Exitus. Tod.

»Möge deine Seele nur guten Träumen begegnen«, flüsterte Florentine und sah sich mit tränenüberströmtem Gesicht zu Allegra um. Sie erhob sich ebenfalls und stellte sich neben Allegra ans Fußende, umklammerte die metallene Schiene. »Gute Träume, was für ein grausamer Scherz. Sie ist in einem Albtraum gestorben, daran ist nichts gut!«

Allegra zuckte zusammen. Sie wusste, dass sie nichts dafür konnte, dennoch fragte sie sich immer wieder, ob sie Solveig und die anderen doch irgendwie hätte retten können. Und jetzt, wo sie Solveig so da liegen sah, stiegen erneut Schuldgefühle in ihr hoch.

Florentine legte die Rose zu der von Allegra auf die Bettdecke und strich Solveig noch einmal über die Wange. Dann drehte sie sich entschlossen um. »Danke, dass du mit mir hier warst.«

»Willst du gehen?«

Als Antwort zog Florentine den Vorhang auf.

An diesem Abend gingen sie in gedrückter Stimmung zum Abendessen, begnügten sich beide mit einer Suppe, danach wanderten sie durch den Park nach Hause und versuchten, die Mückenschwärme, die sich vor allem jetzt, in der Dämmerung, über ihren Köpfen sammelten, mit wildem Armwedeln zu vertreiben. Allegra war hundemüde, aber sie würde nicht schlafen können, das wusste sie. Zu viel ging ihr im Kopf herum. »Ich geh noch ein bisschen spazieren«, verkündete sie, und Florentine nickte.

Allegra ließ sich einfach von der warmen Luft leiten. Die meisten der Studenten waren noch beim Abendessen. Manche, denen sie begegnete, nickten ihr zu, doch niemand sprach sie an. Es war, als umgebe sie eine Blase, die andere Menschen davon abhielt, ihr näherzukommen. Zu Hause in München hätte sie das irritiert, jetzt war es ihr ganz recht. Obwohl ... seltsam war es schon. Sie hatte ja keinen Vergleich, aber sie hätte ihren dritten Milchschäumer verwettet, dass es hier sonst deutlich lebhafter zuging. Diese Angriffe nahmen jeden Einzelnen mehr mit, als sie alle zugaben. Die Akademie schien irgendwie ... gelähmt.

Der Abschied von Solveig hatte sie mehr erschüttert, als sie wahrhaben wollte. War es mit ihren Eltern auch so gewesen? Hatten sie im Fieber geglüht und waren dann erloschen? Es waren diese Momente, in denen sie unsicher wurde, ob sie das Richtige tat. Ob sie den Weg gehen sollte, den sie eingeschlagen hatte. Sie lief und lief, und irgendwann spürte sie, wie ihr Körper sich entspannte. Und als die Sonne langsam unterging, fühlte sie endlich, wie die Angst, die sich schon den ganzen Tag in ihrem Magen breitmachte, nachließ. Am hinteren Ende des Parks murmelte ein kleiner Bach, der sich seinen Weg durch die Wiese in Richtung Fluss bahnte. Allegra hockte sich ans Ufer, zupfte Grashalme aus und hielt sie den Enten hin, die schnatternd auf sie zuschwammen, doch erhobenen Hauptes wieder abdrehten, als sie sahen, dass Allegra kein Brot oder ähnliche Leckereien für sie in der Hand hielt.

Sie warf die Grashalme ins Wasser und sah zu, wie sie davontrieben. Ein leichter Wind zerzauste ihre Haare. Aus dem Gras stieg der Duft der Abenddämmerung. Allegra breitete ihren Schal aus und legte sich auf den Rücken, blickte hinauf in den Himmel. Ein Flugzeug zog hoch über ihr seine Bahn und verschwand in einer Schleierwolke. Eine Grille begann neben ihr zu zirpen, vollkommen unbeeindruckt von dem, was um sie herum geschah, und auf einmal fühlte Allegra, dass sie in dieser Nacht Schlaf finden würde.

11.

»Ah, Miss Heller«, rief Sir Hammond, als Allegra am nächsten Morgen mit einer Gruppe Studenten den Traumsaal betrat. »Very nice. Dann wollen wir mal, nicht wahr?« Er musterte die Studenten, die sich um den Projektor gruppiert hatten. »Sie wissen, was wir heute vorhaben? Membrananalyse steht auf dem Programm. Wir bilden vier Gruppen. Miss Heller und Miss Laurie Harper, sie werden von Miss Hansen verankert. Mr Sorento, Sie verankern Miss Jenny Harper und Mr Sonnier.«

Ah, so hieß Jean mit Nachnamen, erinnerte sich Allegra. Sie wartete gespannt, bis Hammond die anderen sechs sortiert hatte. Er wies sie an, sich auf die Liegen zu legen – »die jeweiligen Gruppen bitte nahe beieinander« –, und stellte den Projektor ein, während er ihnen erklärte, was sie erwartete. Über ihnen, an der Decke der Kuppel, erschien eine Projektion, nicht unähnlich der, die Allegra auf den Bildschirmen in Madame Pinots Unterricht bereits gesehen hatte. Große und kleine Kreise, Ovale, manche gefüllt, manche leer, blinkend oder auch einfach leuchtend, die meisten weiß, aber auch rote, grüne und blaue waren vereinzelt darunter.

»Sie sehen hier einen Ausschnitt der Traumwelt von heute Morgen, 4:00 Uhr«, erklärte Hammond. Er strich sich über sein längliches Kinn und zerzauste seine rötlichen Haare, während er redete. »Konzentrieren Sie sich auf die vollen Kreise, die im Sekundentakt aufleuchten.« Allegra zählte einige Sekunden lautlos, bis sie verstand, welche Symbole er meinte. »Dies sind was für Träume? Mr Sorento?«

»Klasse B – wiederkehrende Träume«, erwiderte Arthur prompt.

Allegra lag so, dass sie ihn sehen konnte, wenn sie den Kopf wandte, und im gleichen Augenblick sah Arthur sie an. Sie tauschten ein Lächeln, und in Allegras Bauch flatterte es plötzlich.

»Indeed, indeed«, sagte Hammond. »Sie werden heute deren Membranen analysieren und klassifizieren. Merken Sie sich den Rhythmus, dann finden Sie in der Traumzeit die richtigen Träume *hands down*, wie sagt man, mit links. Ganz einfach.«

Ein empörtes Schnaufen verriet ihr, dass Florentine das überhaupt nicht so *hands down* fand, aber sie gab keinen Kommentar ab.

»Dann los«, rief Hammond und rieb die Handflächen aneinander. »Pro Gruppe drei bis vier Träume, dann kehren Sie zurück und erstatten Bericht. Sie müssen nichts tun, es sei denn, Sie treffen auf einen Notfall. Für die Anker: Ich habe die Sanduhren auf eine halbe Stunde gestellt.« Mit Blick auf Allegra fragte er: »Sie wissen, dass die Anker in einem bestimmten Rhythmus zwischen Traumzeit und Traumsaal hin- und herwechseln und damit die Sanduhren im Blick behalten?«

»Ähm … nein, über das Verankern weiß ich noch nichts. Wie funktioniert das?«

»Das lernen Sie noch. Das Wechseln zwischen den Dimensionen ist nicht so schwer, hauptsächlich eine Frage der Konzentration und Fokussierung. *Off you go!*«

Florentine und Laurie stimmten neben ihr den Summton an, Allegra versuchte, in der richtigen Tonlage mitzusummen, und kurz darauf standen sie zu dritt in der ersten Ebene und warteten gespannt darauf, dass die Lichtkugeln vor ihnen auftauchten.

Auch wenn es bereits das zweite Mal war, konnte Allegra es immer noch nicht fassen, dass sie mit ihrer Seele den Körper verlassen hatte und in einer anderen Dimension stand. Würde sie je Johanna davon erzählen können? *Die Seele nimmt in der Traumzeit die Gestalt des Körpers an*, hatte sie gelesen, und soweit sie sehen konnte, stimmte das. Der Nebel reichte ihnen bis an die Knie, aber Florentine und Laurie sahen aus wie immer. Florentine hatte einen leicht entrückten Blick, als Anker behielt sie, obwohl sie mit ihnen in der Traumzeit war, die Sanduhren im Auge – eine Technik, die Allegra noch völlig unverständlich war. Sie hatte wahrlich genug damit zu tun, alles um sich herum zu erfassen – wie die Studenten, die jetzt auftauchten und sich in der nebligen Ebene verteilten. »Was jetzt?«, fragte Allegra.

»Erinnere dich an den Rhythmus«, erklärte Laurie. »Dann schau dich um, und du wirst merken, dass die Träume um uns herum ebenfalls leicht pulsieren. Such die, die unseren Kriterien entsprechen.«

Tatsächlich. In der Zwischenzeit hatten sich die Lichtkugeln aus dem Nebel geschält, und Allegra bemerkte, dass die Sache mit dem Rhythmus stimmte. »Das ist mir letztes Mal überhaupt nicht aufgefallen«, sagte sie staunend.

»Da warst du ja auch mit was anderem beschäftigt«, beruhigte Florentine sie. »Konzentrier dich heute nicht auf bestimmte Träume oder Seelen, sondern nur auf den Pulsschlag.« Sie schnippte ein paarmal mit den Fingern, sodass Allegra den Rhythmus aufnehmen konnte. »Und jetzt warte, was passiert. Du wirst merken, dass du automatisch die richtigen Träume zu sehen bekommst.«

Genauso war es. Träume zoomten heran, und bald waren die drei von Kugeln umgeben, die im Sekundentakt blinkten.

»Jetzt schauen wir uns einen davon näher an und klassifizieren die Membran.« Laurie wies auf den Traum direkt vor Allegra. »Versuch es mal. Auf der Skala von eins bis zehn.«

Doch Allegra hörte ihr nicht zu. Sie starrte fasziniert auf das, was sich in der Kugel abspielte. Ein altes Paar, beide bestimmt weit über achtzig, hielt sich an den Händen und tanzte auf einer Sommerwiese. Die beiden strahlten ein solches Glück aus, dass Allegra unwillkürlich lächeln musste. Ob das wohl sein Traum war? Oder der seiner Frau?

»Hey, nicht reinschauen! Heute ist Membranentag!«, hörte sie Laurie lachend schimpfen. »Oder sag uns wenigstens, was du siehst!«

»Sorry, ich … ich wollte gar nicht spionieren«, erwiderte Allegra verlegen und richtete ihren Blick auf die Hülle, die den Traum umgab. »Äh … sieht stabil aus, würde ich sagen. Eine Zehn?«

»Nicht ganz«, korrigierte Laurie. »Siehst du, wie es am Rand immer wieder flackert?«

Allegra nickte.

»Das könnte bedeuten, dass es den Traum schon sehr oft gegeben hat und er nach und nach brüchig wird. Ich würde ihm eine Acht geben mit dem Hinweis, ihn in zwei Tagen noch einmal zu analysieren. Meistens kriegen Träumer das alleine hin, indem sie sich einen neuen Traum schaffen, mit ganz ähnlichen Eigenschaften.«

»Aha«, sagte Allegra. »Und wie finden wir ihn wieder?«

»Wenn wir zurück sind, markieren wir ihn auf der Karte. Ich zeige dir dann, wie das geht. Jetzt suchen wir uns den nächsten.«

Allegra zeigte auf einen Traum, der ein wenig kleiner war als die anderen. Sie rief sich kurz in Erinnerung, dass die Träume eigentlich gar keine Größe hatten und nur ihr Gehirn ihr das so zeigte. Faszinierend! Allegra spürte etwas in sich widerhallen, wie wenn man weit entfernt den wummernden Bass eines Rockkonzerts hörte. Sie hörte genauer hin.

»Ist das der Rhythmus, den wir vorhin gesehen haben? Auf dem Bildschirm?«, fragte sie.

»Ja, genau. Den hat jeder Traum. Die Membran schwingt, mal mehr, mal weniger«, erklärte Laurie.

Jetzt, wo sie es wusste, spürte Allegra es. Schnelle und langsame Rhythmen wechselten sich ab, jede Membran hatte ihre eigene Schwingung.

»Versuch das einfach auszublenden, das hat jetzt für uns keine Bedeutung«, drängte Laurie. Der Traum, den sie jetzt betrachteten, leuchtete nicht hellweiß, er strahlte ein eher oranges Licht aus. »Seht ihr, dass er eine andere Farbe hat?«, fragte Allegra.

Florentine und Laurie nickten. »Die Membran ist stabil«, sagte Laurie, »aber das Leuchten kann ich mir nicht erklären. Siehst du was darin, Allegra?«

»Ich dachte, ich soll nicht gucken?«, gab sie zurück und bekam dafür einen Rippenstoß.

»Natürlich sollst du schauen. Wenn du so eine Gabe hast, wäre es ja geradezu fahrlässig, sie nicht zu nutzen. Aber du solltest dich nicht zu sehr davon ablenken lassen. Außerdem gilt auch bei dir die Regel der Privatsphäre.«

Allegra trat einen Schritt näher, richtete ihren Blick auf das Innere des Traums – und schrie auf. Ein fetter schwarzer Wurm mit einem Maul voller scharfer Zähne glitt langsam und vollkommen lautlos auf ein Mädchen zu, das selbstvergessen auf dem Boden eines Kinderzimmers saß und ein Bild malte. Mit einem Mal schnappte das Maul zu, und dem Mädchen fehlte die rechte Hand. Es schrie auf und betrachtete fassungslos seinen Arm, aus dem das Blut nur so herausschoss, und rutschte so schnell es konnte von dem Monster weg. Doch es gab kein Entrinnen. Der Wurm schien immer noch hungrig. Er öffnete das riesige Maul und glitt wieder Millimeter für Millimeter näher.

»O Gott«, keuchte Allegra. Sie konnte ihren Blick nicht abwenden und erinnerte sich an die Nacht vor ihrem Abflug, als sie dem Schmerz des kleinen Jungen vollkommen hilflos gegenübergestanden hatte. Doch dieses Mal war sie nicht starr, nicht hilflos. Dieses Mal konnte sie etwas tun!

»Können wir irgendwas tun?«, fragte sie drängend. »Das ist ein Albtraum, der ist so furchtbar. Das arme Mädchen …«

Laurie schüttelte den Kopf.

»Wir können nicht, und wir dürften nicht«, präzisierte Florentine. »Und das grundlegende Wesen eines Traums kann sowieso nicht geändert werden.«

»Das muss doch irgendwie gehen …« Allegra warf einen

prüfenden Blick um sich herum. Alle waren mit den Träumen beschäftigt, keiner schaute in ihre Richtung. »Ich geh rein«, verkündete sie leise.

»Allegra, lass es«, warnte Florentine.

Doch Allegra sah, dass der Wurm erneut das wehrlose Mädchen biss, und sie wusste, sie konnte nicht weiter zusehen. Sie streckte die Hand aus, berührte die Membran – da riss sie jemand an der Schulter zurück. Sir Hammond stand hinter ihr. Er sah wütend aus. »Sie drei kommen mit mir zurück«, forderte er leise, aber mit Nachdruck.

»Aber ich ...«

»Sofort!« Er stemmte die Hände in die Hüften und beobachtete, wie die drei sich an den Händen nahmen, die Augen schlossen und die Traumzeit verließen.

Kaum war Allegra in den Traumsaal zurückgekehrt und hatte die Augen aufgeschlagen, da brach das Gewitter schon über sie herein.

»Ich erwarte, dass Sie meinen Anweisungen Folge leisten und die elementaren Regeln der DI einhalten«, schimpfte Hammond los, sein englischer Akzent war deutlicher zu hören als sonst. »Miss Heller, es gibt Gründe für diese Regelungen. Und nur, weil Sie eine besondere Begabung besitzen, gibt Ihnen das noch lange nicht das Recht, sich darüber hinwegzusetzen.«

Allegra sprang auf. »Ich wollte helfen!«, protestierte sie.

Hammond schüttelte den Kopf. »Das ist irrelevant.« Doch sein Blick wurde etwas weicher, als er Allegra so vor sich stehen sah, mit geröteten Wangen und zornigem Blick.

»Es gibt gute Gründe dafür, dass wir die Träume nicht betreten«, sagte er jetzt. »Das Risiko, dass man Schaden beim Träumenden anrichtet, ist groß. Wenn Sie von einem Träumenden bemerkt werden und dieser sich dadurch bewusst wird, dass er träumt, kann das zur Folge haben, dass der Traum zerstört wird.«

»Aber –«

Hammond ließ sich nicht unterbrechen. »Dann wird die Seele irreparabel geschädigt. Mit Glück wacht derjenige einfach auf und vergisst alles, aber wenn nicht – dafür ist das menschliche Gehirn einfach nicht geschaffen!«

Jetzt bemerkte Allegra, dass sich alle auf ihren Liegen aufgerichtet hatten und sie ansahen. Sie wurde rot. Lag sie mit ihrem Wunsch zu helfen so sehr daneben? Doch jetzt war wohl nicht der richtige Zeitpunkt für diese Diskussion. Sie entschloss sich für einen »geordneten Rückzug«, wie Elena es nannte. »Ich verstehe es, und es tut mir leid«, sagte sie.

Hammonds graue Augen blickten sie forschend an. »Well. Dann besprechen wir jetzt Ihre Ergebnisse.«

Allegras Konzentration war dahin. Sie wusste nicht, was sie denken sollte, und konnte den entsetzten Blick des Mädchens nicht vergessen. Hoffentlich war sie bald wieder aufgewacht und von ihren Eltern in die Arme genommen worden.

Die Stunde endete, ohne dass sie noch viel davon mitbekommen hatte, schon gar nicht, wie man die fraglichen Träume auf der Karte markierte. Sie würde es später lernen. Obwohl Ärger und Streit ihr normalerweise den Appetit verdarben, ging sie mit Florentine in die Mensa, holte sich schweigend eine Portion Pasta und schaufelte sie in sich hinein, ohne sie wirklich zu schmecken.

»Hat dir Hammond so Angst gemacht, dass du jetzt gar nichts mehr sagst?«, spöttelte Jean, der sich gemeinsam mit Arthur zu ihnen an den Tisch gesellt hatte.

Allegra sah überrascht auf, bisher hatte sie Arthur immer alleine an einem Tisch sitzen sehen. Sie schluckte und schüttelte den Kopf. »Ich hab keine Angst vor ihm. Aber ich weiß nicht, ob diese Regel wirklich richtig ist.«

Arthur legte sein Besteck zur Seite, stützte das Kinn auf die verschränkten Hände, und seine Augen begannen zu funkeln. »Diese Regel gilt erstens, weil wir – im Gegensatz zu dir – nicht wissen, was sich hinter der Membran verbirgt. Und zweitens, weil das Betreten eines Traums die Membran schädigen kann. Das ist auch für dich ein Problem. Und deshalb solltest du genau das tun, was wir auch tun: dich an die Regeln halten.«

»Warum fragt mich eigentlich keiner, was ich gesehen habe und warum ich unbedingt helfen wollte?« Allegra reckte das Kinn vor.

»Weil es nicht darauf ankommt«, sagte Arthur. »Jeder Traum hat seinen Sinn, und nur weil wir den vielleicht nicht erkennen, dürfen wir nicht auf eigene Faust eingreifen.«

Allegra wurde es heiß. »Jetzt fall du mir nicht auch noch in den Rücken! Ich sag dir jetzt mal was: Es war ein kleines Kind, das in seinem Traum von einem Monster zerstückelt wird.« Sie wies mit der Gabel auf Arthur. »Was soll das denn für einen Sinn haben? Und es waren doch wiederkehrende Träume, oder nicht? Also träumt die Kleine das öfter!« Jetzt warf sie die Gabel heftig auf den Tisch. »Also du kannst mir nicht erzählen, dass das gut für die Entwicklung ist oder so. Solche Träume sind einfach nur furchtbar!«

Jean verschränkte die Arme. »Hast du Psychologie studiert und weißt, was Träume bedeuten und wofür sie gut sind? Findest du es nicht ein bisschen anmaßend, die DI zu kritisieren?«

Allegra atmete tief durch. »Ich kritisiere doch gar nicht die DI. Ich stelle nur die Frage, ob wir uns, wie heißt das auf Französisch ... wenn man nicht hilft ...«

»... der unterlassenen Hilfeleistung schuldig machen«, sprang Florentine ein.

»Ja, genau.« Allegra sah Arthur eindringlich an. »Ihr habt nicht gesehen, was ich sehe«, sagte sie dann etwas ruhiger, denn es war ihr aufgefallen, dass die Gespräche an den Nebentischen verstummt waren und alle gespannt lauschten.

»Diese Diskussion hat die DI schon vor Jahrzehnten geführt. Ja, auch wenn es furchtbare Träume sind, haben sie einen Sinn. Sie gehören zu jemandem. Wir können die Träume nicht ändern. Die DI sorgt dafür, dass die Membranen stabil bleiben und dass die Seelen der Träumer nicht auf der Ebene eins herumirren und dann erlöschen.« Das kam von Jean.

»Wenn aber –«, wollte Allegra einwerfen, doch Arthur legte einen Moment lang seine Hand auf ihre. »Ich bin noch nicht fertig. Wie willst du entscheiden, wem du hilfst? Welcher Traum rechtfertigt dein Eingreifen? Wie groß muss das Monster sein? Hast du eine Vorstellung davon, wie viele Albträume gleichzeitig auf der Welt geträumt werden?« Das Band, mit dem er seine Dreadlocks am Hinterkopf zusammenhielt, hatte sich gelöst, und die Strähnen fielen ihm ins Gesicht.

Allegra zog ihre Finger unter seinen hervor. Die Berührung verwirrte sie. »Vielleicht brauchen wir mehr Agenten, oder was weiß ich«, sagte sie trotzig. »Ich verstehe deine Argumente, und das ist alles auch logisch. Aber ich kann nicht vergessen, was ich gesehen habe …«

»Dann bist du vielleicht doch zu jung für die Akademie.«

Das saß. Allegra schnappte nach Luft. Doch bevor ihr eine passende Antwort einfiel, schob Arthur seinen Stuhl zurück, bedachte sie noch einmal mit seinem speziellen Blick und beendete die Diskussion, indem er die Mensa verließ.

Allegra war der Appetit vergangen. Sie stand ebenfalls auf, brachte wortlos ihr Tablett zurück und ging aus dem Raum.

Ohne auf Florentine zu warten, lief sie zum Haus und warf sich aufs Bett. Was war schiefgelaufen? Hatte Arthur recht? Sie wusste nur, dass sie sich verunsichert und traurig und wütend zugleich fühlte. Elena hatte gefragt, ob sie Arthur mochte … Ja, das tat sie – und umso mehr schmerzten sie seine Worte.

Mit einer Hand langte sie hinüber zu ihrem Nachttisch und suchte blind nach der Tafel Schokolade, die sie von zu Hause mitgebracht hatte. Sie brauchte jetzt dringend etwas Süßes. Sie riss das Papier auf und brach den ersten Riegel ab, da klopfte es an der Tür. Sie seufzte laut und blieb erst einmal liegen, doch die Neugier siegte. Vielleicht war es ja Arthur, der sich entschuldigen wollte? Sie öffnete die Tür. Zu ihrer Überraschung stand Jenny Harper davor, mit zwei Eiswaffeln in der Hand.

»Hey«, sagte sie. »Störe ich?«

»Nee, passt schon.« Allegra hob ihren angebissenen

Schokoriegel hoch. »Ich bin immer noch sauer und muss mich ablenken. Komm rein. Was ist denn los?«

Jenny folgte der Aufforderung und setzte sich in Allegras Zimmer auf den kleinen Sessel neben dem Bett. »*Nothing*«, meinte sie leichthin und leckte an ihrem Schokoeis. »Du hast vorhin eine ganz schöne Breitseite abgekriegt, das hat mir leidgetan. Und ich dachte einfach, ich könnte dich ein bisschen aufmuntern. Oder magst du kein Eis?« Sie klang plötzlich unsicher.

Allegra nahm von Jenny eine Eiswaffel entgegen und setzte sich im Schneidersitz auf ihr Bett.

»Das schmeckt himmlisch«, sagte sie nach ein paar Sekunden, schloss genießerisch die Augen und vergaß für einen Moment ihre schlechte Laune. »Ich liebe Pistazieneis – aber das in Deutschland ist nicht halb so gut.«

Jenny lächelte. »Dann musst du mal in die Eisdiele *La Princière* gehen. Dort gibt es Unmengen von Eissorten. Und ich meine nicht so komisches blaues Schlumpfeis, sondern wirkliche Sorten.«

»Können wir gerne mal machen«, gab Allegra zurück und leckte an der Waffel entlang, um zu verhindern, dass Eis auf ihre Bettdecke tropfte.

»Deine Schwester ist keine Traumwanderin?«, fragte Jenny jetzt und wies auf das Foto im silbernen Rahmen, das Allegra auf ihren Schreibtisch gestellt hatte. Es war eine Aufnahme vom letzten Winter. Elena und sie lachten mit roten Wangen und glänzenden Augen in die Kamera.

»Nein, Elena ist Malerin und hat überhaupt nichts mit Träumen zu tun. Also nicht in unserem Sinne«, erklärte Allegra.

»Dann ist das da drüben ein Bild von ihr? Cool! Und sie hat dich einfach an die Akademie gehen lassen? Du bist doch erst … sechzehn, oder? Darfst du das überhaupt?«

»Im Juni werde ich siebzehn. Und ja, hat sie. Elena ist mein Vormund, aber sie ist auch meine beste Freundin. Seit unsere Eltern … du weißt schon … war sie immer für mich da.« Allegra warf einen liebevollen Blick hinüber zu dem Foto. »Und du und deine Schwester?«, wechselte sie jetzt das Thema.

»Unsere Eltern sind in der Forschung. Denen ist egal, was wir machen, Hauptsache, wir sind irgendwo aufgehoben«, sagte Jenny und klang auf einmal bitter.

»Wenigstens habt ihr euch beide. Das ist doch auch schon was.« Allegra wusste nicht so recht, wie sie mit Jennys Aussage umgehen sollte. »Ich hab gehört, deine Eltern sind berühmt.«

»Ja, aber warum sie uns bekommen haben, ist mir ehrlich gesagt schleierhaft. Eigentlich sollten Laurie und ich nach Eaton und dort studieren, aber dann hat der Bruder meines Vaters – der ist DI-Agent und in Schottland im Einsatz – gemerkt, dass wir Traumwanderinnen sind – und schwups!, hat man uns hierher verfrachtet. In diese grässliche Hitze.« Sie leckte sich einen Rest Schokoeis von den Fingern. »Ich vermisse den Regen.«

»Also willst du gar nicht hier sein?«, fragte Allegra verblüfft. Der Gedanke war ihr vorher noch nie gekommen.

Jenny zuckte mit den Schultern. »Wir haben uns dran gewöhnt. Meinen Eltern ist eh nichts gut genug, was wir machen.«

»Du sagst immer wir. Was ist mit dir?«

Jenny sah sie vollkommen verblüfft an. »Wie – ich?«

»Na, du wirst doch nicht dein ganzes Leben mit Laurie verbringen. Ich liebe meine Schwester, aber deswegen muss ich sie ja nicht heiraten.« Allegra bemühte sich um einen leichten Ton.

»Ob ich mein Leben als Agentin verbringen will? Ich wurde nie gefragt.«

»Das tut mir leid. Ich kann mir vorstellen, dass das nicht einfach für euch – dich – ist. Aber kannst du nicht einfach hier die Ausbildung machen und dann doch noch das studieren, was dir Spaß macht?«

»Mal sehen«, wich Jenny aus. »Hat dir Florentine übrigens schon mal von der Impro-Stunde erzählt, als uns Madame Pinot gebeten hat, wichtige Informationen über die Akademie zu sammeln?«

Allegra schüttelte den Kopf. »Nein. Wieso? Was war da?«

»Ach, nichts eigentlich. Nur dass ich fast einen Verweis kassiert hätte.« Jenny knabberte an der Waffel.

»Jetzt mach es nicht so spannend. Was hast du gemacht?«

»Laurie und ich haben eine Liste aufgestellt mit allen Nächten, die Sofia bei Lorenzo verbracht hat. Und umgekehrt.«

»Was?« Allegra musste lachen. »Ihr spinnt ja! Habt ihr die beiden gestalkt, oder was?«

Jenny zuckte mit den Schultern, aber der Schalk blitzte ihr aus den Augen. »Nein, es war nicht so aufwendig. Du ahnst ja gar nicht, wie einfach man an Handynachrichten kommen kann ... Madame Pinot hat uns nur mit ihrem Vogelblick angefunkelt und nichts gesagt. Aber das war es wert. Ich hatte mich schon lange nicht mehr so amüsiert!«

Allegra sah sie bewundernd an und schüttelte den Kopf. »Du kannst fremde Handynachrichten lesen? Muss ich mir Sorgen machen, wenn du in der Nähe bist?«

»Quatsch …« Jenny winkte grinsend ab. »Freunde sind vor mir sicher.«

»Gut zu wissen.«

»Ich fand das übrigens gut, was du vorhin gesagt hast.«

Allegra schaute sie fragend an. »Was meinst du?«

»Dass wir uns überlegen müssen, ob die DI-Regeln immer und überall richtig sind.«

»Na ja. Ich bin so hin- und hergerissen, weißt du? Ich will der Kleinen im Traum so gerne helfen, aber Arthur und Jean haben auch recht – wie entscheidet man, wem man hilft? Dazu müssten alle wieder in die Träume reingehen dürfen, und das geht ja nicht …« Allegra ließ sich aufs Bett zurücksinken und drehte die Waffel über ihrem Gesicht so, dass ihr der letzte Rest Eis in den offenen Mund tropfte.

»Vielleicht sollten für Scouts wie dich einfach andere Regeln gelten?«, schlug Jenny vor.

»Also, ob ich diese Verantwortung allein tragen will, weiß ich auch nicht.« Allegra setzte sich wieder auf und knabberte an der Waffel. »Ich hab von allem noch zu wenig Ahnung.«

»Ich find das ja irre spannend, dass du in die Träume reinsehen kannst. Wie ist das denn so?« Jenny zupfte Krümel von ihrem T-Shirt.

»Wie ein Film ohne Ton, der in den Träumen abläuft«, erklärte Allegra. »Und ich sag dir, die Bilder reichen mir schon. Ich muss es nicht auch noch hören …«

»Das glaub ich dir. Ich würde trotzdem gerne mal in einen Traum reingehen. Wir haben so Übungsträume, aber da weiß man ja, es ist nicht echt.«

»Übungsträume?«

»So eine Art Traumsimulation. Wirst du auch noch sehen, bestimmt. Also, solltest du die DI dazu bringen, die Regeln zu ändern, kriegst du von mir einen Orden.«

Allegra zögerte. »Das Problem ist ja eher, dass ich die Regeln im Prinzip sinnvoll finde. Nur im Einzelfall eben nicht. Aber für uns gibt es anscheinend keine Einzelfälle oder Ausnahmen.«

»Na, wer weiß …« Jenny schlüpfte jetzt in die Sandalen, die sie vor dem Sessel hatte fallen lassen. »War schön, mit dir zu reden. Wir sehen uns morgen.« Damit wandte sie sich zum Gehen und zog noch im Haus ihr Handy hervor.

»Danke für das Eis«, rief Allegra ihr hinterher.

Jenny war eine sympathische Mischung aus Freak und Rebell, beschloss sie. Und die Liste mit Lorenzos und Sofias gemeinsamen Nächten entlockte ihr immer noch ein Kichern.

Die Schokolade, das Eis und das Gespräch mit Jenny hatten Allegra beruhigt, jetzt musste sie noch ihren Kopf klar bekommen. Sie würde sich noch mal an den Bach setzen, das hatte ihr gestern Abend gutgetan. Sie packte ein paar alte Kekse ein und lief im Schatten der Bäume übers Gelände. Der Wind von heute Morgen hatte sich gelegt, und die Hitze ließ die Luft flimmern. Wenn es Anfang Mai schon so heiß war, wie würde es dann im Juli sein?

Sie setzte sich diesmal näher ans Bachufer, ließ die Füße

ins Wasser baumeln und winkte den Enten mit den Keksen. Sie näherten sich eher misstrauisch, doch als Allegra ihnen ein paar Stückchen entgegenwarf, wurden sie zutraulicher und forderten mit lautem Quaken Nachschub. Die Tüte war schnell leer, und sie sah zu, wie die Enten sich wieder davontreiben ließen. Auf die Ellbogen gestützt, genoss sie die Kühle, die der Bach verströmte. Allegra schloss für einen Moment die Augen.

Schritte näherten sich, dann ließ sich jemand neben ihr im Gras nieder. Allegra musste den Kopf nicht drehen, um zu wissen, wer es war. Das Aftershave verriet ihn.

»Was machst du hier?«, fragte sie schließlich, die Augen immer noch geschlossen.

»Ich hab dich gesucht.«

»Ah, ich weiß schon. Der Direktor hat dir gesagt, dass du auf mich aufpassen sollst?«

»So ungefähr«, gab Lorenzo zu, und in seiner Stimme schwang ein Lächeln mit.

Jetzt setzte Allegra sich auf, schlang die Arme um die Knie und sah ihn von der Seite an. Die Sonnenstrahlen glänzten in seinem Haar, das ihm, obwohl sonst sehr kurz geschnitten, mit einer Locke in die Stirn fiel. Er trug eine dünne Leinenhose und ein dunkelblaues Poloshirt, die Haut an seinen Armen hatte die tiefe Bräune von jemandem, der auch im Winter nie wirklich blass wird. »Wie geht's dir?«

»Mir geht's gut«, sagte sie leise. »Es ist nur ein bisschen viel für den Anfang.«

»Das kann ich mir vorstellen. Du musst dir vorkommen wie auf einem anderen Stern. Als ich an der Akademie ankam«, er verzog das Gesicht, »vor ungefähr fünf Jahren, da habe ich meine Mutter angefleht, mich hier wieder rauszuholen. Weil ich zu Hause privat unterrichtet worden war, war ich ein Jahr jünger als alle anderen, so wie du jetzt. Ich fühlte mich scheußlich.«

»So schlimm finde ich es nicht«, murmelte sie und wartete darauf, dass er fortfuhr.

»Ich hab gehört, dass du dich schon beim Wakeboarden versucht hast.«

»Ich war mehr im Wasser als auf dem Wasser, aber es hat Spaß gemacht ... Bist du denn damals nach Hause geflüchtet?«, wechselte sie das Thema.

»Nein, ich hab mich von einem Baum fallen lassen und mir den Arm gebrochen. Dann trug ich drei Wochen lang einen Gips und heulte stundenlang ins Telefon. Meine Eltern ließen sich jedoch nicht umstimmen, und schlussendlich bin ich hiergeblieben und habe es nicht bereut.« Er hob seinen Arm. »Ich kann ihn nicht mehr ganz strecken, siehst du?« Jetzt räusperte er sich. »Soll ich dir was sagen? Ohne dich wäre ich jetzt nicht hier. Sofia, Madame Berger und du – ihr habt uns aus diesem Albtraum herausgeholt.« Lorenzo wickelte einen Grashalm um seinen Zeigefinger. »Ich kann dir ansehen, dass du Zweifel hast, vielleicht sogar Angst.« Er drehte sich zu ihr und sah sie zum ersten Mal offen an. »Aber wir dürfen nicht vergessen, wer wir sind und wozu wir hier sind.« Er legte ihr ganz kurz die Hand auf die Schulter und zupfte an ihrem Schwalbenschal, und diesmal spürte Allegra nichts Dunkles, nur eine freundschaftliche Berührung. »Stimmt schon, Direktor Adair hat mich gebeten, auf dich aufzupassen. Du warst heute nahe dran, eine Grenze zu überschreiten, nicht wahr?«

»Hat sich das schon zu dir rumgesprochen?«

»Natürlich. Und, was denkst du jetzt?«

»Keine Ahnung«, gab Allegra zu. »Ich war vielleicht zu emotional. Trotzdem tut es weh, wenn ich dran denke, dass vor allem Kinder in ihren Träumen leiden. Ich werde nächstes Semester Traumforschung belegen, dann weiß ich hoffentlich mehr.«

»Du bist nicht die Einzige, die so denkt«, sagte Lorenzo. »Nicht alle hier sind mit den Regeln einverstanden.«

Aus der Ferne waren plötzlich Rufe zu hören, und er erhob sich. »Wenn du jemanden zum Reden brauchst, komm gerne zu mir. Ich reiße dir sicher nicht den Kopf ab, wenn du eigenständige Gedanken hast. Wenn du Fragen hast, die dir wichtig sind. Okay?« Einen Atemzug später war er verschwunden.

»Allegra!« Ein scharfer Schmerz stach ihr in den Oberarm, dann spürte sie ein Brennen an der Wange. Reflexartig schlug sie um sich.

»Verdammt, wach auf!« Diese Stimme kannte sie irgendwoher. Dann sah sie zwei grüne Augen, die sie anblitzten, und verstand, woher der Schmerz kam.

»Wir sollen hier draußen nicht schlafen! Bist du verrückt geworden?«, fuhr Florentine sie an.

»Ich hab doch gar nicht geschlafen«, wehrte Allegra ab. »Ich hab mich mit – « Sie brach ab und sah ihre Zimmergenossin entsetzt an. »Scheiße!«

Florentine zog sie auf die Füße und schleifte sie geradezu hinter sich her. »Ich hab sie gefunden«, rief sie der Gestalt zu, die ihnen von Haus 23 entgegenlief. Arthur? Was machte der denn hier? »Kommt rein, schnell«, sagte er. Erst als die Haustür hinter ihnen zufiel, ließ Florentine Allegras Hand los, gab ihr einen Schubs, sodass sie auf dem Sofa landete, und funkelte sie an. »Was hast du dir nur dabei gedacht, da draußen einzuschlafen? Wir haben uns solche Sorgen um dich gemacht! Du weißt doch, dass das gefährlich ist!«

»Ich …«, begann Allegra, brach dann aber wieder ab, weil sie nicht wusste, was sie sagen sollte. Sie hatte geschlafen, also musste Lorenzo in ihrem Traum gewesen sein. Und das verstieß gegen die elementaren Regeln der Akademie! Oder hatte sie einfach nur einen ganz normalen Traum gehabt? Hatte sie am Bach geträumt, am Bach zu sitzen? »Was machst *du* eigentlich hier?«, fuhr sie Arthur heftig an.

»Florentine hat sich Sorgen gemacht, weil du nicht zurückgekommen bist. Ich hab ihr geholfen, dich zu suchen. Mann, Allegra, du beherrschst noch nicht mal die elementaren Techniken, um dich und deine Träume zu schützen – und du schläfst draußen ein?«

Allegra sah von einem zum anderen. »Also, jetzt reg dich doch nicht schon wieder so auf, es ist ja nichts passiert.«

»Es ist nichts passiert? Was genau soll das denn heißen?« Arthur fasste sie an den Schultern und sah sie eindringlich an.

»Lass mich los«, fuhr Allegra ihn an, und Arthur zog sofort seine Hände zurück. »Entschuldigung. Ich – wir haben uns wirklich Sorgen gemacht!«

»Sagt mir lieber, wo Lorenzo wohnt«, forderte Allegra die beiden auf.

»Was hat Lorenzo damit zu tun?«

Allegra verdrehte die Augen. »Ehrlich, ich weiß es nicht.

Ich hab von ihm geträumt, aber das kann ja auch ganz normal sein, oder? Er gehört doch hier zu den Guten, als Mentor und so. Also, was ist daran so schlimm?«

Florentine und Arthur sahen sich betreten an. »Gar nichts«, gab Arthur dann schulterzuckend zu und hob beide Hände, als würde er sich ergeben. »Was finden nur alle an dem Typen? Wisst ihr was? Macht, was ihr wollt.« Damit wandte er sich auf dem Absatz um und ging zur Tür. Als sie mit einem lauten Knall zufiel, zuckten beide Mädchen zusammen.

»Was hast du mit Arthur gemacht? Klingt fast so, als wäre er eifersüchtig ...«, stellte Florentine verblüfft fest.

»Was? Nein! Keine Ahnung, was er hat. Ich muss mit Lorenzo reden. Kommst du mit?«

»Klar. Ich war noch nie bei ihm. Er wohnt in der 12, das ist die Reihe hinter dem Hauptgebäude. Sein Mitbewohner ist Jeffrey. War Jeffrey.« Florentine griff nach Allegras Arm, als hätte sie Angst, Allegra könne sich in Luft auflösen, und gemeinsam brachen sie auf.

Als sie durch den Park liefen, sah Florentine Allegra von der Seite an. Allegra hatte die Lippen zusammengepresst und die Schultern hochgezogen.

»Allegra. Wir kennen uns noch nicht lange, aber ich mag dich. Was ist denn los? Und was wollte Jenny eigentlich heute Mittag von dir?«

Allegra sah sie überrascht an.

»Ich hab gesehen, wie sie bei uns raus ist«, erklärte Florentine. »Nicht dass du mich falsch verstehst, es geht mich nichts an, aber Jenny ist nicht grade für ihre soziale Ader bekannt. Verstehst du, was ich meine?«

Allegra starrte weiter geradeaus, dann seufzte sie. »Jenny und ich haben nur geredet. Das war völlig harmlos. Danke, dass du mich geweckt hast. Ich war leichtsinnig.«

»Ist schon in Ordnung«, sagte Florentine. »Wir müssen aufeinander aufpassen, auch auf Arthur. Der gefällt sich in seiner Rolle als einsamer Kämpfer, das weiß jeder. Aber, ach, momentan ist das nicht gut.«

Florentine drängte Allegra nicht weiter. Und sie war dankbar dafür. Sie hätte momentan beim besten Willen nicht gewusst, was sie sagen sollte, fühlte sich verwirrter als je zuvor. Aber dass Florentine schon so eine gute Freundin war, tat ihr gut. Kurz drückte sie ihre Hand.

Die Nummer 12 sah aus wie alle anderen Häuser auf dem Campus. Ein dumpfer, hämmernder Beat drang durch die Wände. Allegra lief die Stufen hinauf und klopfte.

Die Musik brach abrupt ab, dann öffnete sich die Tür.

»Allegra? Und du, Florentine? Was macht ihr hier? Gibt's ein Problem? Habt ihr Fragen zur Meditation?« Lorenzo, mit einer Fernbedienung für eine Wii bewaffnet, stand in der Tür und sah sie verwundert an.

»Kann ich kurz mit dir sprechen? Allein?« Allegra hielt sich nicht lange mit Vorreden auf.

Lorenzo trat zur Seite. »Klar, kommt rein. Wollt ihr was trinken?«

»Nein, danke«, antwortete Florentine. »Redet ihr mal. Ich warte hier.«

Lorenzo legte den Kopf schräg, dann wies er durch den Gang. »Hier lang. Mein Zimmer ist das dahinten.«

Allegra folgte ihm. Er trug die Leinenhose und das blaue Poloshirt, wie in ihrem Traum. Ein Fan-T-Shirt, wie sie jetzt erkannte, mit Konzertdaten auf dem Rücken. *The Loner* in Barcelona, Montpellier, Genf … Noch nie gehört, dachte sie. Lorenzos Haar war feucht, und er war barfuß. Die Badezimmertür stand auf. Ein winziges Lächeln stahl sich in Allegras Mundwinkel – zu schade, dass sie nicht zehn Minuten früher gekommen waren, zumindest hätte Florentine dann was zu sehen bekommen …

Sein Zimmer war genauso geschnitten wie ihres, nur konnte man erkennen, dass er schon sehr viel länger darin lebte. Jedes freie Fleckchen Wand hatte er zugekleistert mit Postern, Postkarten, Notizzetteln, Fotos. Allegra drehte sich einmal um sich selbst. »Das sind ja zwanzig Quadratmeter Deko«, sagte sie dann und dachte an ihr Zimmer, in dem lediglich Elenas Bild an der Wand hing.

»Ich hasse es, allein zu sein. Und so habe ich meine Familie immer bei mir«, erklärte Lorenzo in leichtem Ton, als sei dies das Alltäglichste der Welt.

»Deine Familie und Sofia«, ergänzte Allegra, die einen zweiten Blick auf die Fotos über dem Schreibtisch geworfen hatte.

»Und Sofia«, gab er ihr recht. Er setzte sich auf den Schreibtischstuhl und drehte sich zu ihr rum. »Setz dich doch aufs Bett. Und dann erzähl, was los ist.«

Allegra biss sich auf die Unterlippe. Wie fing man eine solche Unterhaltung an? *Hast du mich in meinem Traum besucht?* Das klang wie die schlechteste Anmache aller Zeiten … Allegra lehnte sich gegen die Wand, fixierte eine Postkarte, die eine Palme zeigte, und überkreuzte die Beine. »Also … ich sage es so, wie es ist. Vorhin bin ich draußen am Bach eingeschlafen, und plötzlich habe ich dich gesehen und mit dir gesprochen. Und das war so ... real, dass ich mich frage, ob du es wirklich warst – oder ob ich doch nur geträumt habe.«

Lorenzo kniff die Augen zusammen, und eine leichte Röte breitete sich von seinem Hals aufwärts aus. »Mal abgesehen davon, dass du vorhin eine direkte Order von Adair verletzt hast – fragst du mich grade ernsthaft, ob ich ohne deine Erlaubnis in deinen Traum hineinmarschiert bin?«

»Nein, natürlich nicht.« Allegra breitete die Arme aus und ließ die Hände flach auf die blau-grün karierte Tagesdecke fallen. »Doch«, gab sie dann zu. »Genau darum geht es. Also: bist du?«

Lorenzo rollte mit dem Stuhl so weit vor, bis seine Knie an die Bettkante stießen, dann beugte er sich vor, sodass seine Nase beinahe die ihre berührte. »Ich würde nie absichtlich in deinem Traum auftauchen. Nie. Ich halte mich an die Regeln der DI. Mir etwas anderes vorzuwerfen, ist eine Beleidigung!« Eine Ader an seinem Hals begann zu pulsieren, und Allegra sah, dass er die Hände zusammengekrampft hatte. Sein Blick flackerte, und er starrte jetzt auf eines der Fotos von Sofia, die an die Wand gepinnt waren.

»Dann hab ich mir das alles selbst zusammengereimt? Dass du mir erzählt hast, dass du hier nicht bleiben wolltest? Dir sogar absichtlich den Arm gebrochen hast und ihn nie wieder richtig bewegen konntest? Dass du mir angeboten hast, zu reden, wenn ich Fragen habe?«

Lorenzo sog scharf die Luft ein, lehnte sich aber wieder zurück. »Ich war zu Beginn einsam und hatte Heimweh. Das stimmt. Aber das haben viele hier.« Er verschränkte die Arme. »Ich hab mir den Arm mal gebrochen, aber beim Training.« Er streckte beide Arme nach vorne aus. Der linke ließ sich tatsächlich nicht durchstrecken, doch er zuckte mit den Schultern und legte die Hände wieder in den Schoß. »Nein, das war einfach nur ein Traum.« Allegra spürte, wie ihr Herz klopfte und ihr die Kehle eng wurde. Konnte sie glauben, was er sagte? Konnte sie ihm trauen, nach dem, was sie gerade gesehen hatte? »Du hast neben mir im Gras gesessen. Du hattest sogar das Gleiche an wie jetzt, und ich hatte dich heute noch gar nicht gesehen. Das kann ich mir doch nicht einbilden. Das war kein normaler Traum.« Sie sah ihn herausfordernd an, gleichzeitig hatte sie Angst vor seiner Reaktion.

»Das ist unmöglich«, sagte Lorenzo streng. »Ich war nicht in deinem Traum.« Er zog die Augenbrauen hoch, und der tätowierte Vogel, dessen bläuliche Schwinge bis an seine Schläfe reichte, bewegte sich. »Aber einen Rat hätte ich schon für dich: Denk nach, bevor du handelst, bilde dir deine eigene Meinung über das, was du siehst.«

Allegra starrte ihn mit großen Augen an. Was sollte das jetzt wieder heißen? »Nicht sehr hilfreich«, gab sie zurück und stand auf. Als sie zur Tür ging, streifte sie ihn an der Schulter. Und da war es wieder: die dunkle Welle, die sich vor ihr auftürmte und drohte, sie in die Tiefe zu reißen. Allegra hielt sich kurz an der Wand fest. Die Fernbedienung, die Lorenzo auf den Tisch gelegt hatte, begann wild zu piepen, dann verstummte sie abrupt.

Allegra war es egal. Sie atmete so gut es ging durch die Nase, um zu verhindern, dass sie in Lorenzos Haus zusammenklappte, und war froh, als sie wieder in der heißen Luft stand, die sie in der Wirklichkeit festhielt.

Den restlichen Tag verbrachte Allegra auf ihrem Bett, trank Kräutertee und knabberte später an einem Stück Baguette, das Florentine ihr vom Abendessen mitbrachte. Es war schon gegen zehn, als Allegra die Krümel vom Bett fegte, sich ihren Schal um die Schultern legte und zaghaft bei Florentine klopfte.

»Ich wollte mich noch ein bisschen raussetzen«, sagte sie. »Kommst du mit?«

Florentine klappte ihren Laptop zu. »Klar. Moment noch.« Sie sprühte Anti-Mücken-Spray in einer großen Wolke um sich herum, sodass Allegra anfing zu husten, nahm eine Coladose und eine Oranginaflasche aus dem Kühlschrank und folgte Allegra nach draußen auf die noch warmen Steinstufen.

Schwärme von Mücken umtanzten die Laternen, und zwischen den Bäumen sausten Fledermäuse hin und her. Der Mond schien hinter lose dahintreibenden Wolken hervor, und Allegra trank einen Schluck, bevor sie begann. »Das heute beim Mittagessen tut mir leid«, sagte sie leise.

»Du musst dich nicht entschuldigen«, sagte Florentine kopfschüttelnd. »Ich kann mir gar nicht vorstellen, wie es ist, einen Albtraum zu sehen. Wirklich. Für uns ist das immer noch abstrakt, weißt du? Ich muss das alles nicht so nah an mich heranlassen wie du.«

»In der Nacht, bevor ich hierherkam, habe ich auch einen Albtraum gesehen. Oder vielleicht hab ich das nur geträumt? Egal. Jedenfalls habe ich nichts getan, ich stand einfach nur da und musste zuschauen, und in mir wurde es immer kälter und hoffnungsloser ... irgendwann bin ich wohl aufgewacht. Und auch wenn ich mich nicht mehr an die Details erinnere, ich hab mir gesagt, dass ich diese Hilflosigkeit nie wieder erleben will. Und heute Morgen? Genau das Gleiche, nur dass ich jetzt das Ganze bewusst erlebe, viel mehr darüber weiß und denke: Mann, da müsste ich doch was tun können! Verstehst du mein Problem?«

Florentine hatte ihr schweigend gelauscht. Sie hatte ihre Coladose noch nicht geöffnet, sondern hielt sie sich wie ein Kühlpack an die Wange. »Du hättest heute vielleicht was Gutes tun können«, sagte sie nachdenklich. »Aber du kennst dich viel zu wenig aus. Stell dir mal vor, was du für Schaden anrichten könntest, auch unabsichtlich – du würdest Leben gefährden!«

Allegra sah sie entsetzt an. »Aber ich will ja nur den Traum irgendwie besser machen. Dem Kind sozusagen Kraft einflüstern.«

»Man kann aber das Wesen eines Traums nicht grundlegend ändern, das habe ich dir doch schon gesagt. Und wie gesagt, du weißt nicht, was das in einer Seele anrichtet. Träume haben nicht ohne Grund eine Membran, das ist eine Schutzzone für die Seele. Das ist kein Raum, den jeder einfach so betreten darf. Als Mortensen das damals gemacht hat, sind die Leute wahnsinnig geworden. Willst du das wirklich riskieren, grade bei einem Kind?«

Allegra verbarg das Gesicht in den Händen und schüttelte den Kopf.

»Und deswegen sind die DI-Regeln wichtig«, fuhr Florentine fort. »Es geht nicht, dass jeder individuell entscheidet, an welcher Membran er herumdoktern darf. Regeln sind nur dann sinnvoll und durchsetzbar, wenn sie für alle gelten.«

»Was würdest du tun, wenn jemand hier diese Regeln bricht?«, fragte Allegra nach einer längeren Pause. Ihre Stimme klang dumpf durch ihre Hände. »Corlaeus geht ja auch davon aus, dass jemand von der DI an dieser Entführungsgeschichte beteiligt ist. Was wäre, wenn Lorenzo wirklich damit zu tun hat?«

»Erzählst du mir jetzt, was zwischen euch vorgefallen ist?«

Allegra holte tief Luft, dann berichtete sie, was sie vermutete: dass Lorenzo in ihrem Traum gewesen war, obwohl er es beharrlich abstritt. Und dass ihr bei seiner Berührung – zumindest bei der in der Realität – erneut schwarz vor Augen geworden war. »Ich weiß, dass du ihn gerne magst. Was soll ich tun? Bin ich einfach überempfindlich, und es hat gar nichts mit ihm zu tun, sondern damit, dass ich jedes Mal vorher in der Traumzeit unterwegs war?«

»Frag Corlaeus.« Das war das Einzige, das Florentine dazu sagte. Aber sie sah sehr besorgt aus. Das änderte sich auch nicht, als sie eine schmale Gestalt mit silbrigem Haar bemerkte, die über die Rasenflächen spazierte, die Traumstäbe umrundete und sie immer wieder fast mit der Nasenspitze berührte.

»Jenny?«, rief sie halblaut und spähte in das Dämmerlicht. »Bist du das? Trainierst du für einen Slalom?«

Es war tatsächlich Jenny. Sie lächelte, als sie die beiden Mädchen auf den Stufen bemerkte. »Hi. Könnt ihr nicht schlafen?«

»Es ist zu warm«, erklärte Florentine. »Was machst du denn da?«

»Ich bin eine Nachteule. Und ich muss meine Semester-Abschlussarbeit fertig machen. Mein Thema sind die Traumstäbe.« Jenny stupste den Stab an, der neben den Stufen stand, und er wiegte sich hin und her wie ein Schilfrohr.

»Lass das«, sagte Florentine scharf. »Über Traumstäbe gibt es eine Menge Literatur, musst du da nachts um die Häuser wandern?«

»Was ich nachts mache, geht dich nichts an«, gab Jenny zurück, zwinkerte Allegra aber verschwörerisch zu.

Diese hob die Brauen und wartete ab.

»Solange du unsere Traumstäbe in Ruhe lässt, sicher.« Florentine ließ nicht locker.

»Das ist mit Sofia abgesprochen«, gab Jenny schulterzuckend zurück. »Also reg dich ab. Es ist ja alles in Ordnung, und ich fass ja auch keinen an.«

»Da sah aber grade anders aus.«

Jenny hob die Hände. »Ist ja gut. Was bist du denn heute so zickig? Hast du deine Tage, oder was? Oder hat Lorenzo dich mal wieder übersehen?«

Jetzt stand Florentine auf und funkelte Jenny wütend an. »Sag mal, was glaubst du eigentlich?«

»Mehr, als du denkst«, gab Jenny zurück, machte aber sicherheitshalber ein paar Schritte rückwärts.

Allegra ergriff Florentine am Arm. »Lass es. Das bringt nichts. Gute Nacht, Jenny.« Damit zog sie ihre Freundin ins Haus und schlug die Tür zu.

12.

Corlaeus wirkte überrascht, als Allegra und Florentine ihm am nächsten Morgen von Jennys nächtlicher Aktion berichteten. »Das ist in der Tat eine ungewöhnliche Herangehensweise an das Thema Traumstäbe, aber nicht verboten«, erklärte er und trank seinen Kaffee aus. »Dennoch sollte man in diesen unsicheren Zeiten die Stäbe besser unangetastet lassen.«

»Genau, das meinte ich ja«, ereiferte sich Florentine. »Klar, die Traumstäbe schützen uns auch nicht vor allem, aber man sollte nicht an ihnen rumfummeln!«

»So ist es.« Corlaeus strich sich sinnend über den Bart und wandte sich an Allegra. »Du weißt, dass die Stäbe aus einem besonderen Metall sind und nur in begrenzter Stückzahl hergestellt werden?«

Allegra schüttelte den Kopf. »Mit den Traumstäben habe ich mich noch gar nicht richtig befasst. Sind die wirklich so wichtig?«

»Nun, bis vor vier Jahren hat man sie nur vereinzelt eingesetzt. Es gibt auch Übungsstunden mitten in der Nacht, und da sind früher einige Studenten auf die Idee gekommen, ihre schlafenden Mitbewohner im Traum zu besuchen. Die Versuchung ist groß, das hast du selbst erlebt, Allegra, nicht wahr? Jetzt werden die Stäbe in den Akademien grundsätzlich verwendet, einfach um zu verhindern, dass Studenten dieser Versuchung nachgeben. Und ganz allgemein liegt uns die Sicherheit aller, die sich an der Akademie befinden, am Herzen.«

»Hm«, machte Allegra. »Wer stellt die eigentlich her?«

Corlaeus lachte. »Gute Frage. Die Herstellung ist nicht ganz leicht. Die Stäbe werden auf besondere Weise geformt. Sie werden gedreht, und die Schwingung gleicht sich an den Rhythmus der Membran an. Das erfordert eine besondere Ausbildung, die nur Mitglieder der DI-Familien machen können. So ist es auch bei der Sanduhrenherstellung.«

»Arthurs Eltern stellen Sanduhren her, oder?«, fragte Florentine.

»Die Sorentos sind eine der Familien, die das schon seit Jahrhunderten betreiben«, gab ihr Corlaeus recht.

Das war das Stichwort. »Apropos alte DI-Familien«, fiel Allegra ein. »Als ich Lorenzo gestern zufällig an der Schulter berührt habe, bin ich schon wieder fast ohnmächtig geworden.«

»Das ist wirklich sehr seltsam.« Corlaeus sah sie aufmerksam an. »Was genau ist passiert?«

Allegra rekapitulierte ihren gestrigen Tag, und beim Erzählen kam es ihr noch merkwürdiger vor als gestern. »Es könnte auch mit meinen Ausflügen in die Traumzeit zusammenhängen, aber sicher bin ich mir nicht.«

Corlaeus lief in seiner Küche auf und ab und biss hin und wieder in ein Croissant. »Denk einmal anders darüber nach – ist dir schon öfter schwarz vor Augen geworden, seit du hier bist? Außer den zwei Malen, von denen du erzählt hast?«

Allegra überlegte. Eigentlich war sie nicht sehr empfindlich. Sie hatte sich in der Nacht vor ihrem Abflug übergeben, aber sonst ... »Doch!«, sagte sie plötzlich. »Als wir neulich abends beim Lagerfeuer waren und Mike fast vom

Baum gefallen wäre. Beim Runterkommen ist er gegen mich getorkelt, und als ich ihn am Arm berührt habe, um ihn wegzuschieben, da wurde es mir komisch. Ich habe es aufs Gewitter geschoben, dachte, vielleicht bin ich wetterfühlig oder so.«

Corlaeus hatte die Augenbrauen so fest zusammengezogen, dass man seine Augen kaum mehr erkennen konnte. »Das ist ... interessant«, murmelte er. »Ich danke euch. Bleibt weiter wachsam.«

»Haben Sie denn eine Vermutung, warum mir das passiert?«

»Vielleicht. Aber ich muss das überprüfen. Ich sage dir Bescheid, wenn ich noch mehr Hinweise habe. Und jetzt geht in den Unterricht. Ihr wollt Madame Pinot nicht verärgern, indem ihr zu spät kommt.«

Madame Pinot schaute in der Tat wieder wie ein Raubvogel vor dem Sturzflug, als Florentine und Allegra um Punkt neun Uhr auf ihre Plätze eilten. »Angesichts der aktuellen Entwicklung möchte ich heute zuerst ein anderes Thema aufgreifen, bevor wir zu unserer eigentlichen Aufgabe kommen«, begann sie und ließ ihren scharfen Blick durch die Klasse schweifen. Die Stühle waren im Halbkreis aufgestellt. Allegra saß neben Florentine, Arthur drei Stühle weiter, daneben Jenny und Laurie. Die Schwestern hatten geflochtene Zöpfe, und Allegra entdeckte seitlich an Jennys Nacken ein Tattoo. Es sah neu aus, die Haut darum ein wenig gerötet – zwei gekreuzte Pfeile. Allegra musterte Laurie unauffällig, doch bei ihr war keins zu entdecken.

»Bei Sir Hammond haben Sie gestern darüber gesprochen, was ein DI-Agent darf und was nicht.« Madame Pinot sah Allegra an und lächelte leicht, als wolle sie den Tadel, der in ihren Worten mitschwang, etwas abschwächen. »Es ist selbstverständlich und spricht für Ihre Menschlichkeit, wenn Sie in der Traumzeit einem Träumer gerne helfen möchten. Ich will heute mit Ihnen kurz über das Credo der Dream Intelligence sprechen. Weiß jemand, wie es lautet?«

»Somnio altiore conservetur«, antwortete Florentine. »Der Traum muss in seiner Gesamtheit bewahrt werden.«

Allegra verdrehte innerlich die Augen. Warum nur mussten solche Sprüche immer auf Latein sein? Gleichzeitig fiel ihr auf, dass sie wesentlich mehr verstand als noch vor ein paar Tagen. Ihr Französisch machte Fortschritte, das musste daran liegen, dass sie nur noch mit Florentine und Elena Deutsch sprach.

»Ganz genau, danke, Florentine. Das bedeutet zum einen, dass wir es uns zur Aufgabe gemacht haben, die Träume zu schützen. Das wissen Sie alle. Das eigentlich Interessante daran ist aber altiore – in seiner Gesamtheit. Wer kann dazu etwas sagen?«

Zu Allegras Überraschung war es Jenny, die antwortete. »Dass jede Störung von außen zu Schaden führen kann, weil der Traum mit dem Menschen zusammenhängt, der ihn träumt.«

»So ist es. Ich möchte Sie hiermit alle daran erinnern, dass Sie dieses Credo beherzigen, wenn Sie in der Traumzeit unterwegs sind.«

»Aber dieser Spruch ist doch uralt. Heute wissen wir viel mehr über Träume und die zugrunde liegenden Mechanismen. Warum müssen wir uns an diese ollen Grundsätze halten?« Jenny sah Madame Pinot herausfordernd an.

»Das meinst du doch nicht im Ernst«, fuhr Arthur sie an. »Was glaubst du, was passiert, wenn jeder in der Traumzeit machen kann, was er will?«

»Ich glaube, Jenny meint es so gar nicht. Aber man wird ja wohl noch was infrage stellen dürfen, oder? Vielleicht sind diese Grundsätze einfach nicht mehr zeitgemäß!«, sprach Sabine dazwischen.

»Das hat Mortensen auch gesagt«, fiel jetzt Jean ein. »Und man sieht ja, was dabei rausgekommen ist.« Er warf Allegra einen flüchtigen Blick zu.

Sie nickte. »Ich bin eigentlich die Letzte, die man dazu fragen sollte. Schließlich hab ich gestern fast einen Traum ohne Genehmigung betreten«, sagte sie leise. »Aber Florentine hat mir gestern etwas gesagt, das ich nicht vergessen kann: Wir riskieren, dass unschuldige Menschen den Verstand verlieren. Meine Eltern hätten das nicht gewollt. Und ich will es auch nicht.«

Jenny funkelte sie an. »Und was war mit dem Kind, dem du helfen wolltest? Wir alle hatten schlimme Albträume, als wir klein waren. Jeder. Und ihr könnt mir nicht erzählen, dass es nicht schön gewesen wäre, wenn euch jemand da rausgeholfen hätte.«

»Aber das ist es doch grade«, sagte Arthur, der wieder etwas ruhiger wirkte. »Du kannst niemanden dort *rausholen*. Die Seele des Menschen macht sich den Traum, und deswegen muss der Träumer das auch selbst bewältigen.«

»Und wozu gibt es uns dann? Wenn wir sowieso nichts tun dürfen?«

»Weil es eben nicht *nichts* ist!«, rief Florentine hitzig. »Wir patrouillieren, und wir greifen auch ein, aber eben nicht innen. Was ihr wollt, ist so kurzsichtig! Wisst ihr, warum? Weil wir der Versuchung irgendwann nachgeben, uns den Träumern zu zeigen oder in den Traum einzugreifen. Also, ich glaub nicht, dass ich mich immer so gut im Griff hätte. Ihr vielleicht?«

»Mit anderen Worten, solange du in der DI bist, darfst du nicht selbst entscheiden.« Sabine klang abfällig.

Jenny lehnte sich mit verschränkten Armen zurück.

Florentine rollte genervt mit den Augen. »Für manche ist das wohl tatsächlich der beste Weg.«

»Spinnst du?« Sabine sah Florentine empört an. »Madame Pinot, helfen Sie mir mal?«

Die kleine Lehrerin hatte sich an einen Tisch gelehnt und war der Diskussion mit verschränkten Armen gefolgt. »Ich sehe, dass uns dieses Thema noch eine ganze Weile beschäftigen wird«, sagte sie. »Florentine, Ihre letzte Bemerkung war unangebracht, aber Ihre Ausführungen sind im Kern richtig.«

Jenny öffnete noch einmal den Mund, da beugte sich Laurie zu ihr und flüsterte ihr etwas ins Ohr.

Jenny presste die Lippen zusammen, dann nickte sie zögernd. »Denken Sie darüber nach, was hier gesagt wurde«, forderte Madame Pinot. »Sie alle. Und nun zu Ihrer heutigen Aufgabe, die durchaus zum Thema passt. Ich nenne sie den Vertrauensbeweis. Sie alle müssen sich hundertprozentig aufeinander verlassen können. Laurie, Sie fangen an. Stellen Sie sich mit geschlossenen Augen in die Mitte des Raums.«

Laurie stand auf und tat wortlos, was ihr gesagt wurde.

»Sie kennen die Übung sicher. Stellen Sie sich bitte in einem engen Kreis um Miss Harper herum. Los, los, nicht nachdenken, tun Sie es einfach. Und nun, Laurie, lassen Sie sich nach hinten fallen. Die Arme seitlich ausgebreitet, sodass man Sie auffangen kann.«

Laurie öffnete die Augen. »Wehe, ihr lasst mich hinknallen!«

Madame Pinot zog eine Grimasse. »Genau das ist der Punkt. Vertrauen Sie Ihren Kollegen?«

Laurie drehte sich einmal im Kreis, dann schloss sie die Augen und ließ sich fallen. Jean und Arthur umfassten sie gleichzeitig und bremsten ihren Sturz ab.

Am Nachmittag hatte Allegra keinen Unterricht. Obwohl die Diskussion sie sehr nachdenklich gemacht hatte, war sie auch ein bisschen stolz, sich in dieser Stunde gut geschlagen zu haben. Florentine und die anderen bereiteten sich auf die Klausur vor, die für Anfang nächster Woche angekündigt war, und so setzte Allegra sich einen Strohhut auf, nahm ein Fahrrad, das hinter Corlaeus' Haus an der Hecke lehnte, und radelte die wegen der Mittagshitze verlassenen Straßen entlang nach Avignon. Bei ihrem letzten Besuch hatte sie einen kleinen Laden mit Malutensilien entdeckt, dort wollte sie nach einem Geschenk für Elena suchen.

Am Rande des großen Platzes stellte sie ihr Rad ab und orientierte sich an der Apotheke, die sie sich gemerkt hatte. Zwei Querstraßen weiter war der kleine Laden, eingerahmt von einer Buchhandlung und einem Schuhmacher. *Ouvert*

15–19 heures, stand auf einem Schild an der geschlossenen Ladentür. Mist, es war erst 14.30 Uhr. Allegra sah sich um. Es war kaum jemand unterwegs, aus den Bistros klang Besteckgeklapper und Musik, es duftete nach Knoblauch und Kräutern. Langsam wanderte sie zurück zum Place de l'Horloge und überlegte, ob sie die Gelegenheit nutzen und sich den Papstpalast ansehen sollte. Doch nach dem Vormittag fehlte ihr der Elan, sich eine Führung auf Französisch anzuhören. Sie suchte sich in einem der typischen Andenkenläden ein paar Postkarten heraus und fand sogar ein deutsches Taschenbuch, dessen Rückseite einen spannenden Krimi versprach. »Merci«, sagte sie zu dem freundlichen alten Verkäufer und trat aus der dunklen Kühle wieder hinaus. Sie würde sich in das benachbarte Café in den Schatten setzen und lesen, bis die Läden wieder öffneten. Die gelben Sonnenschirme und die Lounge-Sessel sahen einladend aus, und so ließ sie sich in die Polster sinken und bestellte einen Eistee. Über den Sonnenschirmen hing ein leichter Wasserdunst – fast alle Cafés hatten diese integrierten Sprinkleranlagen, die sicher nicht ökologisch sinnvoll waren, jedoch für willkommene Abkühlung sorgten.

Allegra schlug das Buch auf, aber sie kam nicht über die dritte Seite hinaus. Immer wieder schweiften ihre Gedanken ab. Sie hatte wahrlich nicht damit gerechnet, dass philosophische Erörterungen Teil ihres neuen Lebens werden würden, aber andererseits waren es wohl Fragen, denen man sich stellen musste, wenn man sich den Menschen auf so intime Weise näherte, wie es in der Traumzeit der Fall war.

»Ist bei dir noch ein Platz frei?«, riss eine Stimme sie aus ihren Gedanken.

Vor ihr stand Sofia. Gekleidet in einen leichten weißen Hosenanzug, ein dunkelrotes Bandana um die schwarzen Haare gebunden, die Lippen wie immer passend geschminkt.

Allegra blinzelte überrascht. »Äh … klar.« Sie nahm ihren Strohhut vom Sessel, Sofia setzte sich und schlug die Beine übereinander. »Ausflug?«, fragte sie freundlich.

»Ich suche ein paar Geschenke. Aber ich muss warten, bis die Läden wieder offen sind. Ist es mittags immer so heiß?«

Sofia nickte wissend. »Wobei es noch gar nicht so heiß ist, wie es werden kann. Sei froh, dass die Akademie im Juli und August geschlossen ist.« Sie winkte dem Kellner, bestellte einen Espresso und ein Wasser und beugte sich vor. »Was suchst du denn? Vielleicht kann ich dir helfen?«

Allegra zuckte mit den Schultern. »Eine Kleinigkeit für meine Schwester. Sie ist Malerin. Warum bist du eigentlich hier?«

»Ich war bei der Maniküre«, erklärte Sofia und wedelte demonstrativ mit den Händen. Sie hatte lange, schön gefeilte Nägel im French-Style. »Ich sagte: Wasser mit Limette und Eis«, fuhr sie im nächsten Moment den Kellner an, der den Espresso und ein Wasser vor ihr abstellte.

»Excusez-moi, Madame«, gab dieser freundlich zurück, aber Allegra konnte sehen, dass ihm der Ton nicht gefallen hatte. »Ich nehme dieses Wasser«, sagte sie und lächelte. Und dann erkannte sie plötzlich, dass sie die Gelegenheit nutzen konnte. »Sag mal«, begann sie und trank einen Schluck, »du machst doch immer wieder Besuche bei Mortensen, oder?«

Sofia kniff die Augen zusammen. »Warum fragst du?«

»Wie sieht er aus?«, fragte Allegra. »Ich habe deinen Vater gefragt, ob ich mal mitdarf, aber er hat es verboten. Trotzdem bin ich neugierig, irgendwie.«

Eine Pause entstand. Sofia musterte sie nachdenklich, und Allegra tat es schon leid, sie gefragt zu haben. »Ich kann dich nicht mitnehmen«, erklärte sie. »Aber ich könnte dir ein Foto zeigen, wenn dir das hilft.« Sie kramte in ihrer Handtasche und zog ihr Handy hervor.

»Du machst Fotos von ihm?«, fragte Allegra verblüfft.

»Wir dokumentieren seinen Status. Dazu gehören natürlich Fotos. Normalerweise lösche ich sie sofort, sobald ich sie auf den Akademie-Server geladen habe, aber vom letzten Mal habe ich noch ein oder zwei. Warte ...« Sie legte das Gerät auf den Tisch und scrollte durch ihre Bilddateien. »Bist du sicher?«

Allegra nickte. Ihre Hände zitterten, als sie das Handy zu sich herüberzog. Wie durch Watte hörte sie Sofia sagen: »Das ist er. Viktor Mortensen.«

Und dann sah ihr der Mörder ihrer Eltern in die Augen.

Er hatte ein kantiges, eher alltägliches Gesicht. Ein Bartschatten zog sich über Kinn und Wangen, die dunklen Haare hingen ihm zottelig über die Ohren. Der Blick seiner grauen Augen war leer, nichts verriet, woran er gerade dachte. Allegra atmete tief aus und schob das Handy wieder hinüber zu Sofia. »Ich hab ihn mir anders vorgestellt. Irgendwie ... bedrohlicher.«

»Das war er vielleicht früher einmal. Heute nicht mehr,

er weiß ja gar nicht mehr, wer er ist. Erinnerst du dich denn an ihn? Ich meine, deine Eltern und er kannten sich doch.«

Allegra schüttelte zögernd den Kopf. »Ich weiß es nicht mehr. Vielleicht habe ich ihn als Kind gesehen, aber erinnern kann ich mich nicht daran.« Sie trank ihren Eistee leer, war froh, etwas mit ihren Händen zu tun zu haben, und war sich bewusst, dass Sofia sie die ganze Zeit beobachtete.

»Wir zwei wären ein gutes Team«, sagte Sofia plötzlich und klopfte mit ihren Nägeln gegen ihr Wasserglas. »Ich könnte nächstes Semester deine Mentorin werden. Davon würdest du bestimmt profitieren.«

An Selbstzweifeln leidet sie nicht, dachte Allegra. Aber nach dem, was die anderen über Sofia erzählt hatten, war sie trotz ihrer Launen eine gute Mentorin. »Das wäre ... toll!«, sagte sie und legte so viel Überzeugung in ihre Stimme, wie sie konnte.

»Dann zahle ich und zeige dir noch ein paar Läden hier in Avignon«, schlug Sofia vor und winkte dem Kellner, der mit einem vorsichtigen Lächeln zu ihrem Tisch trat. »Ich lade dich ein.«

Wenig später hatte Allegra mit Sofia fünf Läden durchstreift, für Elena ein besonderes Farbenset gekauft, ein T-Shirt im Marinelook und einen weiteren Strohhut, der nach Sofias Ansicht besser zu ihrem Teint passte als der, den sie bereits besaß.

Florentine quiekte kurz, als Allegra ihr an diesem Abend von Sofias Angebot erzählte. »Krass ... Obwohl ... du kommst bestimmt mit ihr aus. Deine Familie steht auf der

DI-Leiter höher als meine, das wird sie nicht ignorieren können. Dann ist es also sicher? Du bleibst?«

»Was hast du denn gedacht?«, fragte Allegra verblüfft.

»Na ja … ich weiß nicht. Du hättest ja auch erst nach dem Abi wiederkommen können.«

»In mein altes Leben zurück und dann wieder zu euch? Wie soll das gehen? Ich erzähl meinen alten Freundinnen was von Membranforschung? Vergiss es, ich bleibe. Außerdem wohne ich gerne mit dir zusammen.«

Florentine lächelte. »Geht mir genauso.«

Allegra putzte sich die Zähne und stellte dabei erfreut fest, dass sie im Gesicht und an den Armen langsam ihre Blässe verlor. Gestern hatte sie zu ihrem Entsetzen zwei Pickel auf der Nase entdeckt und sich daraufhin in der Apotheke eine reinigende Maske gekauft. Sie trug die weiße Schicht auf, auf der Nase doppelt so dick wie auf der Anleitung angegeben, und sah zum Fenster hinaus, solange das Gel einzog. Es war schon dunkel, und man konnte die Fledermäuse, die zwischen den Bäumen hin und her flitzten, kaum erkennen. Ein paar Studenten, darunter Sabine, wanderten nach Hause, redeten und lachten.

Normales Studentenleben, dachte Allegra, nahm den Rest des Gels in Ermangelung von Kosmetiktüchern mit einer Lage Klopapier ab und ließ sich ins Bett fallen.

Sie schlief traumlos, bis jemand sie an der Schulter rüttelte. »Psst, Allegra, wach auf. Das musst du dir ansehen.« Florentine beugte sich über sie.

»Was?«, murmelte Allegra schlaftrunken.

»Jetzt komm schon. Da draußen ist was.«

Das wirkte. Allegra setzte sich auf, schwang die Beine aus dem Bett und folgte Florentine zur Tür. Lautlos schlichen sie hinaus und ums Haus, bückten sich im Schatten einer Hecke. Florentine wies nach vorne.

Allegra spähte ihr über die Schulter. Zwei Gestalten knieten an der nächsten Hausecke. Eine von ihnen hatte zwar ihre Haare zusammengebunden, sie erkannten dennoch die silbrige Mähne. »Jenny«, flüsterte Florentine. »Oder Laurie?«

Nein, sie hatte recht gehabt. Es war Jenny, die jetzt etwas in ihrer Hand hielt und nach vorne ausstreckte, es sah aus wie ein Parfümfläschchen. Allegra kniff die Augen zusammen, doch sie konnte es nicht genau erkennen – auch nicht, wer die zweite Person war, die sich die Kapuze ihres Hoodies über den Kopf gezogen hatte.

»Was machen die da?«, hauchte sie Florentine ins Ohr, doch die schüttelte den Kopf. Sie hob dafür ihr Handy und machte ein paar Fotos. Dann beobachteten sie, wie die beiden abwechselnd die Ecke des Hauses besprühten, weiterliefen, das seltsame Ritual noch bei zwei weiteren Häusern wiederholten. Allegra verlagerte ihr Gewicht und trat dabei auf einen trockenen Zweig, es knackte, und Jenny blieb kurz stehen.

»Verdammt«, hauchte Allegra und wagte kaum zu atmen. Hatten die beiden Verdacht geschöpft? Doch nach ein paar Sekunden zuckte die unbekannte Person die Schultern und zog Jenny am Ärmel. Eines der Häuser, deren Ecken sie besprühten, war Lorenzos Haus. Es sah aus, als würden sie etwas markieren ... Allegra wies nach vorne. Florentine machte eine abwehrende Geste, doch Allegras Neugier überwog. Sie huschte an eine Hausecke, achtete diesmal darauf, kein Geräusch zu verursachen, und sah sich prüfend um. Der Traumstab neben ihr wiegte sich im Nachtwind, und was auch immer Jenny und die andere Gestalt getan hatten, es hatte keine sichtbaren Spuren hinterlassen. Nur ein vertrauter Duft stieg Allegra in die Nase und erinnerte sie irgendwie an ... Pizza. Sie schüttelte den Kopf. Komisch, was man so alles wahrnahm. Es kam wahrscheinlich von den Kräutern, die auf dem Gelände wuchsen.

»Corlaeus hat gesagt, wir sollen nichts unternehmen, nur schauen«, flüsterte Florentine, die ihr nach kurzem Zögern gefolgt war, und wies auf ihr Handy. »Die zeigen wir ihm gleich morgen früh.«

»Schick sie mir auch«, bat Allegra. »Nur zur Sicherheit. Du weißt schon, Beweise ...«

Kurz drauf schloss Florentine lautlos die Tür des Bungalows. »Dir die Fotos zu schicken, klingt paranoid. Aber ich mach's trotzdem. Glaubst du denn, Jenny arbeitet an ihrer Abschlussarbeit?«

»Ich kenne sie nicht wirklich«, sagte Allegra nachdenklich. »Andererseits hat sie mir erzählt, dass ihre Eltern nie zufrieden sind mit dem, was sie tut, vielleicht versucht sie es extra gut zu machen?«

Florentine nickte. »Das passt zu dem, was Laurie manchmal andeutet.« Sie seufzte. »Versuchen wir zu schlafen. Morgen sehen wir weiter.«

13.

Am nächsten Tag hingen die Wolken tief. Es war nicht so heiß wie in den letzten Tagen, dafür drückend. Allegra duschte kurz und zog sich eine dünne beige Leinenhose mit dunkelrotem Top an. Sie betrachtete sich kritisch im Spiegel. Die Pickel waren zum Glück fast verschwunden, und es hatten sich einzelne Strähnen ihrer Haare durch die Sonne aufgehellt. Florentine schlief noch, es war erst kurz vor sieben. Allegra überprüfte, ob die Fotos angekommen waren, dann verließ sie das Haus. Kein Lüftchen regte sich, als sie sich die Ecke von Bungalow 25 genauer ansah. Keine Farbe. Überhaupt keine Spur. Der Traumstab neben der Ecke wiegte sich fast unmerklich hin und her. Es war Louises Haus, sie erkannte es an der neongelben Jacke, die auf den Stufen lag. Auch hier war nichts zu hören, alle schliefen noch. Schulterzuckend wandte sie sich Richtung Ausgang und war noch gut hundert Meter entfernt, als sie Corlaeus aus seinem Pförtnerhäuschen treten sah. Sie zog beim Laufen das Handy aus der Hosentasche und winkte. Corlaeus winkte zurück, doch er war mit den Gedanken woanders, das konnte sie erkennen, als sie näher kam.

»Wo fahren Sie hin?«, fragte sie. Corlaeus machte Anstalten, in einen dunklen Oldtimer zu steigen, der direkt vor der Schranke geparkt war.

»Ich erzähle es dir später. Gibt es etwas Wichtiges?«

Plötzlich sah Allegra Arthur den Weg entlangkommen. Er war offensichtlich auf dem Weg zum Frühstück, doch als er sie sah, winkte er und kam in ihre Richtung gelaufen.

»Vielleicht. Wir haben Jenny gestern Nacht wieder an den Stäben gesehen, ich hab Fotos! Und sie hat – « Allegra brach ab, weil Arthur in Hörweite kam.

»Wir besprechen das heute Nachmittag, Allegra«, bestimmte Corlaeus und stieg ein. Er wies auf das Handy. »Schick mir die Bilder. Du hast meine Nummer.« Damit schlug er die Tür zu, und die getönte Scheibe verdeckte sein Gesicht.

Allegra packte die Neugier. Sie hatte das Gefühl, dass Corlaeus ihr etwas Wichtiges verschwieg. »Hast du ein Auto?«, flüsterte sie Arthur zu, der jetzt neben ihr stand. Er trug wie immer Tanktop, Jeans und Espadrilles. Seine feuchten Dreadlocks dufteten wieder nach dem herben Shampoo, und er wirkte insgesamt so frisch, als könnte ihm das drückende Wetter überhaupt nichts anhaben.

»Dir auch einen guten Morgen«, gab er zurück. »Und ja, hab ich, warum?«

»Ich muss wissen, wo Corlaeus hinfährt.«

»Der Pförtner? Wieso das denn?«

»Bitte. Es ist wichtig, sonst würde ich dich nicht fragen!«

Arthur sah sie forschend an, dann nickte er. »Von mir aus. Den Vormittag bei Madame Berger kann ich mir auch schenken.«

In diesem Moment fuhr Corlaeus an und bog nach rechts ab, Richtung Rhone.

»Dann aber schnell. Mein Auto steht draußen auf dem kleinen Parkplatz. Du hast Glück, dass ich den Schlüssel immer in meiner Tasche habe.« Sie rannten los und warfen sich in dem grünen Renault auf die Sitze. Arthur fuhr an, als Allegra gerade die Tür zuzog.

»Also, Sherlock«, sagte er, als sie Corlaeus' Wagen eingeholt hatten, »was ist los?«

Allegra überlegte kurz, dann entschied sie sich für die Wahrheit, während sie Florentine kurz eine Nachricht schickte. »Ich glaube, Corlaeus fährt zu Mortensen. Ich will wissen, wo er ist und was die beiden besprechen.«

»Und warum fragst du ihn nicht einfach, ob er dich mitnimmt?«

»Hab ich schon! Adair hat es verboten, Corlaeus will auch nicht, dass ich Mortensen begegne. Aber ich muss ihn sehen, verstehst du? Er ist der unbekannte Geist in meinen Träumen, seit vier Jahren! Ich will …« Allegra brach ab und wurde rot, starrte aus dem Fenster. Vier oder fünf Autos vor ihnen war Corlaeus zu sehen. Jetzt setzte er den Blinker und fuhr Richtung Autobahn.

»Wenn Adair es nicht möchte, wird er seine Gründe dafür haben, oder?«, warf Arthur in ruhigem Ton ein.

»Mag sein. Aber niemand fragt mich, wie es mir dabei geht! Ich ersticke fast bei dem Gedanken, dass der Typ hier irgendwo lebt und es sich gut gehen lässt.«

»Na, das bestimmt nicht. Er ist verrückt geworden, heißt es. Ich glaube nicht, dass das gelogen ist. Hammond hat ihn mehrfach besucht, Sofia und José Adair auch. Übrigens …« Arthur zögerte und warf ihr einen kurzen Blick zu. »Es tut mir leid, dass unser Gespräch gestern so eskaliert ist. Ich mag dich … und wollte dich wirklich nicht in die Ecke treiben …«

»Ich wollte auch nicht …«, begann Allegra und wusste nicht mehr weiter. »Schon okay«, sagte sie dann leise und fühlte, wie ihre Wangen glühten.

Ein paar Minuten fuhren sie schweigend, der Verkehr war ziemlich dicht, viele Pendler waren auf dem Weg zur Arbeit. Aber es war ein friedliches Schweigen.

Sie folgten Corlaeus, der bei Remoulins die Auffahrt zur A9 nach Süden nahm, passierten die Mautstation, und Arthur fuhr in ausreichendem Abstand auf die rechte Spur. »Soweit ich weiß, ist Mortensen irgendwo in Nîmes. Es könnte passen. Wir werden sehen.« Jemand hupte hinter ihnen, und Arthur gab Gas. »Was hat der alte Pförtner überhaupt mit dem Irren zu tun?«, fragte er, während er einen Lastwagen überholte, der gerade mal die Mindestgeschwindigkeit erreichte.

»Der ›alte Pförtner‹ ist der Wächter der Akademie«, erklärte Allegra. »Das weißt du, oder?«

Arthur sah sie überrascht von der Seite an. »Nein. Das wusste ich nicht!«

Jetzt war es an Allegra, verdutzt dreinzuschauen.

»Ich weiß, dass es Wächter gibt«, erläuterte Arthur, »aber das ist kein Thema, das an der Akademie offen besprochen wird, die Wächter sind so etwas wie ein Geheimbund innerhalb der DI. Ehrlich gesagt glaube ich, dass kaum einer bei uns darüber Bescheid weiß. Der alte Rauschebart? Tatsächlich? Hm … passt aber zu ihm. Mist, wo ist er hin?«

Allegra lehnte sich nach rechts und versuchte, zwischen zwei Reisebussen, die beide Fahrspuren blockierten, hindurchzusehen. »Da ist er. Achtung, er fährt runter.«

Arthur wartete ungeduldig, bis der eine Bus den anderen überholt hatte, dann zog er nach rechts und verließ wie Corlaeus die Autobahn. Sie überquerten die Bundesstraße, ließen die Altstadt von Nîmes rechts liegen und wandten sich nach Norden.

»Da vorne«, rief Allegra und zeigte auf ein Schild im Kreisverkehr. »Clinique de Psychologie Médicale. Ha! Ich hatte recht.«

»Scheint so«, gab Arthur zu, hielt weiterhin sicheren Abstand zu Corlaeus und bog nach ein paar Sekunden hinter ihm auf einen großen Parkplatz ein. Dahinter erstreckte sich ein modernes, mehrstöckiges Gebäude, das eher an einen Firmensitz als an eine Klinik erinnerte. Sie beobachteten, wie Corlaeus sein Auto abschloss und sich dann zum Haupteingang wandte.

»Hinterher!« Allegra sprang aus dem Auto, Arthur tat es ihr gleich, und sie versuchten, so schnell und gleichzeitig so unauffällig wie möglich die Klinik zu betreten. Sie erreichten die klimatisierte Eingangshalle und sahen, dass Corlaeus der Empfangsdame eine kurze Bemerkung zurief, diese ihm eine Codekarte in die Hand drückte und er dann einen Gang hinunterlief. Allegra ging lächelnd zur Theke. »Wir gehören zu Monsieur Corlaeus. Wir sind spät dran – am besten gehen wir ihm schnell hinterher …«

Eine Tür am Ende des Flurs schwang auf, Corlaeus ging hindurch, und die Tür schloss sich sofort wieder.

Die Dame schüttelte bedauernd den Kopf. »Tut mir leid, es liegt keine weitere Anmeldung vor. Ich kann Sie nicht hineinlassen.«

»Bitte, Madame, es ist wichtig.«

Doch sie blieb eisern. »Kommen Sie mit einer Befugnis wieder«, sagte sie brüsk und widmete sich ihrem Computerbildschirm.

Mit einem bitterbösen Blick wandte sich Allegra ab. »So ein Mist«, schimpfte sie auf Deutsch. »Die blöde Tussi …«

»… macht ihren Job«, ergänzte Arthur, der sie anscheinend verstanden hatte, auf Französisch. »Aber komm, wir schauen uns hier draußen ein wenig um. Es gibt einen Klinikpark auf der anderen Seite.« Er hielt ihr einen kleinen Flyer unter die Nase und wies mit dem Finger auf den Klinikplan. »Hier sind wir, da ist der Gebäudekomplex und dahinter der Park in Richtung Weinberge. Vielleicht finden wir einen Hintereingang.«

Allegra nickte. »Dann los, Dr. Watson.«

Arthur grinste und bedachte sie mit einem intensiven Seitenblick, bei dem Allegra rot wurde.

Sie folgten einem schmalen geteerten Weg an der Klinik entlang bis zum Ende des Gebäudes. Dahinter folgte eine gut drei Meter hohe Zypressenhecke, mit einem grünen Metallzaun davor. »Ob der elektrisch ist?«, überlegte Allegra und sah sich den Zaun vorsichtig näher an. Sie wischte sich mit der Hand über die Stirn. Sie war nervös, und die drückende Schwüle tat ihr Übriges.

»Bestimmt nicht, das ist ja kein Gefängnis. Und die aus der geschlossenen Abteilung kommen ja auch nicht alleine in den Klinikpark«, widersprach Arthur. Zwei Handwerker marschierten mit einem kurzen »Bonjour« an ihnen vorbei, ansonsten waren sie die Einzigen auf diesem Weg. Es ging um eine Ecke, und danach war die Hecke nicht mehr ganz so dicht. Allegra versuchte, mit den Händen an den Metallstreben vorbei ein paar Zweige beiseitezuschieben, um vielleicht durchspähen zu können. Es war jedoch ziemlich schmerzhaft, überall trafen ihre Finger auf kleine Stacheln, sodass sie die Hände wieder zurückzog. »Aua!«, beschwerte sie sich und drehte sich zu Arthur um, der ein paar Meter weitergegangen war und ihr jetzt ein Zeichen machte, zu folgen. »Hör mal«, sagte er leise.

Allegra stellte sich neben ihn. »Wieso? Was denn?«

»Die Stimme ...« Jetzt vernahm Allegra ein Knirschen, das sie gut kannte, seit sie im letzten Jahr einige Wochen in einem Altenheim gejobbt hatte – das Drehen von Rollstuhlrädern auf Kies. Nun ächzte Holz, und jemand sagte: »Da wären wir.« Corlaeus! Er sprach leise, aber es war laut genug für die beiden, die vor der Hecke standen und lauschten.

Allegra spitzte die Ohren. Sie konnte zwar nicht sehen, was da hinter der Hecke vor sich ging, aber vor ihrem inneren Auge lief ein Film ab: Corlaeus hatte jemanden – Mortensen? – im Rollstuhl bis hierher geschoben und sich dann auf einer Holzbank niedergelassen.

»Ich habe Sie schon lange nicht mehr gesehen, Monsieur«, begann er jetzt. »Ehrlich gesagt habe ich gehofft, Sie nie mehr wiederzusehen, aber an der Akademie gehen Dinge vor sich, die mich zu einem Besuch veranlassen. Das verstehen Sie doch, nicht wahr?« Kleidung raschelte, und Corlaeus' Stimme wurde leiser, als würde er sich vorbeugen und sein Gegenüber mit dem typischen Blick aus seinen stahlblauen Augen fixieren. »Wir sind hier ganz unter uns, in dieser Ecke des Parks gibt es keine Kameras. Sie dürfen also frei reden, wenn Ihnen danach ist.«

Mortensen kicherte. »Vicky. Aus die Maus!«

Allegra erstarrte. Diese Stimme passte nicht zu dem Mann auf dem Foto. Sie war höher als erwartet, kindlich, fast ohne Betonung.

»Sie haben damals alle in die Irre geführt, Monsieur. Viele sind gestorben, auch Ihre Freunde, die Hellers. Wissen Sie noch?«

»Freunde?«, gab Mortensen langsam zurück, als müsse er sich erinnern, wie man Worte formte. »Freunde? Ja … Alle tot.« Er klang plötzlich traurig.

»Damals konnte ich sie nicht schützen. Heute als Wächter könnte ich es.«

»Wächter«, sagte Mortensen gedehnt. Hatte er doch verstanden, was Corlaeus sagte? War etwas davon in sein zerstörtes Gehirn gedrungen? In Allegras Nacken sammelten sich Schweißtropfen.

»Ganz genau. Wissen Sie, was das ist? Wer ich bin?«

»Wache, Sache, Lache …« Mortensen kicherte wie ein Kind.

»Nun, ich glaube, mehr muss ich nicht wissen.« Corlaeus erhob sich und rief nach einer Schwester, die außer Hörweite gewartet hatte. »Wir sind hier fertig. Danke, Madame. Sehr freundlich von Ihnen.«

»Natürlich, Monsieur. Kommen Sie, Viktor, wir fahren Sie zurück ins Haus.«

Allegra hatte ihre Hand um Arthurs geklammert, ohne dass sie es gemerkt hatte. Verlegen löste sie ihre Finger von seinen. »Sorry«, murmelte sie.

»Schon in Ordnung. Willst du Corlaeus sagen, dass du hier bist?«

»Ich glaube schon. Wir können ja vorne auf ihn warten.«

Allegra lehnte sich gegen die Motorhaube des Oldtimers, der fast direkt vor dem Haupteingang geparkt war. Corlaeus trat mit langen Schritten aus dem Eingang, und als er

Allegra mit Arthur dort stehen sah, zog er die buschigen Augenbrauen so zusammen, dass man seine Augen kaum mehr erkennen konnte.

»Warum bin ich nicht überrascht, dich hier zu sehen?« Er seufzte. Dann sah er Arthur anklagend an. »Dich allerdings habe ich nicht erwartet! Du bist ihr neuer Verbündeter? Und hilfst ihr gleich, den Unterricht zu schwänzen?« Er wartete die Antwort nicht ab, sondern sah Allegra an. »Wenn ich dir sage, dass ich es dir heute Nachmittag erzähle, ist das so gemeint. Ich möchte, dass du meinen Anweisungen Folge leistest, zu deiner eigenen Sicherheit. Was hast du dir davon versprochen, mir heimlich zu folgen?«

»Ich ...«, begann Allegra, leicht betreten, dann starrte sie wie gebannt zur Eingangstür. Sie schwang nach innen, und im Foyer war ein Mann im Rollstuhl zu sehen. Sein Gesicht ähnelte dem, das sie auf dem Foto gesehen hatte. Doch es war nicht ohne Leben, ganz und gar nicht.

Viktor Mortensens kalte Augen starrten Allegra an, irgendwie ... erwartungsvoll.

Bis hoch in den Kopf kribbelte es auf Allegras Haut, als würde ein Schwarm Insekten über sie herfallen. Wusste er, wer sie war?

Wie als Antwort verzog er den Mund zur Andeutung eines Lächelns.

Neben ihm stand eine Frau in blauer Klinikkleidung. Allegra erhaschte noch einen Blick auf ihr Gesicht, eingerahmt von einem dunklen Pagenschnitt. Sie hatte diese Frau doch schon einmal gesehen! Wo nur? Dann schnappte sie nach Luft. Das war die Frau, die neben ihr im Flugzeug gesessen hatte!

Ein Zufall? Niemals.

Das Blut wich ihr aus dem Gesicht.

Corlaeus sah ihren Gesichtsausdruck, wirbelte herum, doch wie ein Vorhang, der plötzlich fällt, war der Ausdruck aus dem Gesicht des Mannes verschwunden, und er blickte wieder scheinbar ins Leere.

Allegra wollte zur Eingangstür rennen, da schlossen sich Arthurs Arme fest um ihren Oberkörper. »Bleib hier«, sagte er dicht an ihrem Ohr. »Wenn du jetzt der Wut nachgibst, wird Viktor Mortensen ewig Macht über dich behalten. Gib ihm nichts von dir. Kein bisschen.«

Allegra keuchte wie nach einem Hundertmeterlauf, es schüttelte sie förmlich, doch nach kurzem Zögern lehnte sie sich an Arthurs Körper, spürte seinen gleichmäßigen Atem, der über ihre Schläfe strich. Langsam entspannte sie sich.

»Es geht wieder«, sagte sie leise.

Arthur ließ sie los, blieb aber hinter ihr stehen.

Corlaeus sah wütend und gleichzeitig besorgt aus, aber er beherrschte sich und legte Allegra nur kurz eine Hand auf die Schulter. »Ich gebe jetzt erst einmal José Bescheid, dass er kein Suchkommando losschicken soll. Ihr habt sicher nicht daran gedacht, dass man euch vermissen könnte, oder?«

Beide schüttelten den Kopf.

»Nun ja. Wir machen es so: Ihr folgt mir. Darin habt ihr ja jetzt Übung. Und dann treffen wir uns vorne an der Raststätte Magrittes. Wir müssen uns in Ruhe unterhalten.« Er sah Allegra streng an. »Du hast Arthur mit hineingezogen – gib ihm die nötigsten Informationen. Alles Weitere gleich. Hier bleiben wir auf jeden Fall nicht länger.« Damit öffnete er energisch die Tür, setzte sich in seinen Wagen und machte durchs Fenster eine ungeduldige Geste.

»Ich verstehe, warum er der Wächter ist«, murmelte Arthur und zog Allegra zu seinem Auto. »Der nimmt kein Blatt vor den Mund. Und ich dachte, er sei ein überqualifizierter Pförtner. So kann man sich irren.« Forschend sah er Allegra von der Seite an, die auf der Beifahrerseite eingestiegen war und sich jetzt anschnallte. »Alles in Ordnung mit dir?«

»Mhm«, machte Allegra und streckte den Rücken durch. »Ich zittere nicht mehr. Gut, oder?«

»Sehr gut. Also, was muss ich wissen? Bist du Corlaeus' geheime Taskforce, oder was?«

Allegra zerrupfte den Klinikflyer, den sie zwischendurch in die Hosentasche gesteckt hatte, in kleine Fetzen. »So was in der Richtung. Corlaeus vermutet eine Verschwörung innerhalb der DI. Er hat mich und Florentine angeheuert, ihm alles zu berichten, was uns komisch vorkommt.«

»Florentine auch? Wie viele denn noch?«

»Niemand sonst. Ich kann mir zwar nicht vorstellen, dass jemand aus der Akademie für die Entführungen der Träumer und Agenten verantwortlich ist, aber Corlaeus meint, er kann es nicht ausschließen.« Sie erzählte Arthur, was sie und Florentine zusammengetragen hatten.

»Corlaeus muss Mortensen in Verdacht haben«, sagte Arthur nachdenklich. »Aber nach dem, was wir heute gehört haben, glaub ich das nicht.«

»Ich weiß nicht ...« Allegra wollte gerade von der Frau erzählen, da fuhren sie auch schon auf die Raststätte.

Sie holten sich etwas zu trinken, dann lotste Corlaeus sie nach draußen auf die Terrasse, und sie setzten sich an einen der wackligen Metalltische. Die Sonne hatte sich durch die Wolkendecke gekämpft, und Allegra war froh über die roten Sonnenschirme, die ein bisschen Schatten spendeten.

»Ich wollte dich heute Morgen nicht ängstigen«, begann er. »Als du mir von Mike erzählt hast und den anderen Vorfällen, da begannen sich bei mir die Rädchen zu drehen, wie es so schön heißt. Damals vor vier Jahren war ich nicht dabei, das weißt du. Aber was wir hier beobachten – die Wutausbrüche, diese emotionale Instabilität ... –, so hat Adair es damals auch beschrieben. Ich glaube nicht, dass Mortensen damit zu tun hat, aber es könnte ein Trittbrettfahrer sein. Jemand, der Mortensens Ideen damals schon gut fand und ihn jetzt nachahmt.«

»Wie war er?«, fragte Allegra leise. »Wie konnten meine Eltern und er Freunde sein?«

»Mortensen war ein hervorragender Student. Sehr intelligent, sehr von sich überzeugt, aber auch charmant und mutig. Seine Eltern gehörten ebenfalls zur Dream Intelligence, waren hauptsächlich in Asien unterwegs. Allerdings muss ich sagen, dass Mortensen ihnen haushoch überlegen war. Er liebte die intellektuelle Debatte, und viele bewunderten ihn. Ich glaube nicht, dass deine Eltern wussten, was für eine Flamme in ihm schwelte. Doch sie kamen ihm auf die Spur, und ich weiß, dass sie furchtbar enttäuscht waren. Von ihm – und von sich, dass sie auf ihn hereingefallen waren.«

»Ohne seine charmante Seite wäre er wohl kaum Wächter geworden«, sagte Allegra trocken.

»Ja, im Grunde hatte er von Anfang an zwei Gesichter. Seine Neigung zur Radikalisierung verbarg er perfekt. Bis wir verstanden hatten, dass er nicht nur Fragen stellte, sondern gleichzeitig alles ausprobierte, alles umsetzte, was wir in der Theorie diskutierten und als unmoralisch oder nicht machbar verwarfen, war es bereits viel zu spät.« Corlaeus seufzte und drehte die Tasse in seinen großen Händen.

Arthur beobachtete ein paar Kinder, die am nahe gelegenen Spielplatz auf dem Klettergerüst balancierten. »Ein paar Rebellen haben wir hier auch an der Akademie. Denkt mal an Sabine. Oder Jenny. Sie trägt den Hass auf ihre Eltern in sich, fühlt sich permanent in ein Korsett gezwängt und stellt alles infrage ...«

»Kennst du Jenny näher?«, fragte Allegra. »Ich hatte bisher immer den Eindruck, dass dich die anderen Studenten nicht sehr interessieren.«

Arthur verzog den Mund zu einem schiefen Lächeln. »Jenny und ich reden manchmal miteinander. Ich hab sie mal dabei erwischt, wie sie versucht hat, sich in den Akademie-Server zu hacken, und habe sie nicht verpfiffen. Sie hat mir im Gegenzug ein paar Dinge beigebracht.« Er riskierte einen Seitenblick auf Corlaeus, der diese Information gelassen aufnahm. Vielleicht war sie für ihn nicht neu?

»Die meisten Leute vertrauen mir, vermutlich, weil ich so harmlos wirke. Siehst du?« Er sah sie mit schief gelegtem Kopf an, und Allegra verlor sich für einen Moment in seinem Blick.

»Du bist alles andere als harmlos«, gab sie dann stirnrunzelnd zurück.

»Zurück zum Thema«, mischte Corlaeus sich ein. »Du

wirst weiter die Augen offen halten, Allegra, informiere bitte Florentine über das, was wir heute besprochen haben. Ich muss noch ein paar Dinge recherchieren, und dann werde ich gegebenenfalls mit dem Direktor sprechen. Ihr passt in der Zwischenzeit gut auf euch auf.«

»Mir ist noch was aufgefallen«, unterbrach ihn Allegra. »Die Frau, die den Rollstuhl geschoben hat, sah aus wie die, die mich unbedingt vom Flughafen nach Avignon mitnehmen wollte. Das ist doch komisch. Wer wusste, dass ich diesen Flieger nehmen würde?«

»Nur José, Elisabeth und ich.« Corlaeus runzelte die Stirn.

»Sie hat mir im Flieger erzählt, sie sei Psychologin«, erinnerte sich Allegra. »Aber wir haben nicht darüber gesprochen, wo sie arbeitet. Hm ...«

»Vielleicht doch ein Zufall?«, gab Arthur zu bedenken.

»Aber wenn nicht ...« Allegra war noch nicht bereit, das Ganze als Zufall abzutun. »Ich meine, warum sollten die an mir interessiert sein? Aber die Frau war schon ziemlich hartnäckig, hat mich ausgefragt, und sie wollte mich unbedingt mitnehmen.« Plötzlich wurde es immer klarer. »Sie wusste, wer ich bin! Vielleicht wollte sie verhindern, dass ich an die Akademie komme! Wäre doch möglich. Dann wären jetzt alle ...« Sie schlug die Hand auf den Mund und stoppte ihren Redeschwall. »Oh Gott. Mir wird schlecht«, sagte sie und stöhnte.

»Trink das.« Arthur schob ihr sein Glas hin, und Allegra nahm dankbar einen Schluck, obwohl sie Cola sonst nicht anrührte. Doch der Zucker bewirkte, dass sie wieder klarer denken konnte.

Corlaeus raufte sich den Bart. »Ich befürchte, das geht alles sehr viel tiefer, als wir bisher ahnten«, sagte er undeutlich. »Aber wir werden uns nicht einschüchtern lassen.« Er hob den Kopf. »Und nun fahren wir zurück, dann verpasst ihr zumindest nicht den ganzen Unterricht. Du musst noch so viel lernen, Allegra!«

Allegra verzog das Gesicht, aber sie nickte.

Im Auto sah Arthur Allegra besorgt an. »Geht's dir jetzt eigentlich besser?«, erkundigte er sich. »Nachdem du Mortensen gesehen hast?«

Allegra überlegte. »Ja, irgendwie schon. Er ist greifbarer. Aber sein Blick – der war unheimlich.«

»Trotzdem gut. Es ist immer besser, wenn die Angst ein Gesicht hat, sagt Madame Pinot, und ich glaube, da hat sie recht.«

»Klingt ein bisschen philosophisch, aber im Grunde –«

Was Allegra noch sagen wollte, ging im Klingeln von Arthurs Handy unter. Der kleine Navi-Bildschirm des Autos zeigte *Incoming call Mama* an. Arthur verdrehte die Augen. »Dauert nicht lange«, murmelte er und nahm das Gespräch über den Lautsprecher an. *»Mum, what's up?«*

Arthurs Mutter überfiel ihn mit einem schnellen englischen Wortschwall. Allegra verstand, dass sie sich Sorgen um Gabriella machte, Arthurs kleine Schwester. »Sie wacht nicht auf!«

»Sie schläft immer um diese Zeit, Mama, das weißt du doch.«

»Ja, natürlich. Aber nur zwanzig Minuten, danach ist sie wieder fit. Jetzt ist es schon über eine Stunde, und sie liegt da wie im Koma. Ich habe Doktor Spinelli schon hergebeten, aber er weiß auch nicht, was los ist. Er will sie in die Klinik einweisen. Ich mache mir solche Sorgen!«

»Und was soll ich deiner Meinung nach tun, Mama?«

Es entstand eine Pause, dann sagte die Mutter fast schluchzend: »Bitte, sieh nach ihrem Traum! Finde heraus, ob etwas nicht in Ordnung ist.«

»Du weißt, dass wir das nicht dürfen! Ich könnte höchstens Adair –«

»Lass Adair aus dem Spiel. Der tut mir doch erst dann einen Gefallen, wenn die Hölle zufriert. Du weißt, dass er auf uns Sorentos nicht gut zu sprechen ist.« Sie klang resigniert.

»Okay«, sagte Arthur und seufzte. »Ich kümmere mich darum. Aber wenn es nicht geht, werden wir mit Adair reden müssen, das ist dir klar, oder?«

»Danke, Sweetie. Ruf mich an, wenn du mehr weißt. Und ich melde mich, wenn sich hier etwas ändert.«

Arthur beendete die Verbindung und umklammerte das Lenkrad so heftig, dass seine Knöchel weiß wurden.

»Erzählst du mir, worum es geht?«, fragte Allegra behutsam, die das meiste verstanden hatte, aber trotzdem verwirrt war. »Und ich dachte immer, du bist Italiener ...?«

»Meine Mutter ist Engländerin«, erklärte er kurz und fuhr nach einer Pause fort: »Dass meine Schwester an Narkolepsie leidet, habe ich dir ja gesagt.«

»Ja, aber warum will Adair euch nicht helfen?«

Arthur wurde rot. »Dass ausgerechnet in einer DI-Familie jemand an einer Schlafkrankheit leidet ... das ist wie ... wie soll ich es beschreiben ... ein Makel. Ein Fleck auf der Familienweste.«

»Aber dafür könnt ihr doch nichts!«, protestierte Allegra. »Das kann doch jeden treffen.«

»Erzähl das mal den Adairs dieser Welt.«

»Hm … Und was willst du jetzt machen?«

»Ich überleg mir was.« Und das tat Arthur anscheinend den ganzen Rückweg. Er starrte geradeaus, lenkte und schaltete mechanisch – als hätte er einen inneren Autopiloten eingeschaltet – und sagte kein Wort mehr.

Als sie in den Unterrichtsraum huschten, nahm Madame Reloy sie mit einem Nicken zur Kenntnis. Sie hatte ein kleines Notizbuch in der Hand, mit dem sie immer wieder in die freie Hand klatschte. »Die drei wichtigsten Theorien zum Zeitverlauf in der Traumzeit in chronologischer Reihenfolge!«, forderte sie Florentine auf.

»Äh …«, machte Florentine und rutschte auf ihrem Stuhl herum.

»Meyer? Van Houten? Kommen Sie, Florentine, Sie wissen das doch!«

Florentine schaute verzweifelt hin und her, Allegras Erscheinen hatte sie vollkommen aus dem Konzept gebracht. Sie starrte auf den Tisch, an die Decke, und dann fiel es ihr zum Glück wieder ein. Madame Reloy hakte zweimal nach, erhielt knappe, aber zufriedenstellende Antworten und notierte sich etwas in ihrem blauen Büchlein, bevor sie sich Laurie zuwandte.

Florentine trommelte unablässig mit den Fingern auf ihre Oberschenkeln, sie war blass, und jetzt fiel Allegra auf, dass ihre Augen gerötet waren, als habe sie geweint.

Während nach dem Unterricht alle aufsprangen – es war

die letzte Stunde gewesen –, blieb Florentine erschöpft sitzen und zupfte an den Pailletten ihres T-Shirts herum. Allegra beugte sich zu ihr. »Ich muss dir gleich was erzählen«, begann sie im Flüsterton, »aber hey – du zuerst. Was ist denn los mit dir? Du bist ja völlig von der Rolle!«

Arthur setzte sich halb auf Florentines Tisch und blickte ebenfalls besorgt auf sie herunter.

»Es ist meine Urgroßmutter. Ich weiß, sie ist alt, aber … seit gestern liegt sie im Koma, und meine Mutter sagt, sie wird sterben. Ich werde sie wohl nicht mehr sehen. Sie war die Einzige in meiner Familie, mit der ich wirklich über die DI reden konnte. Über die Traumzeit. Einfach … über alles. Erst Solveig, jetzt sie!« Tränen rannen Florentine aus den Augenwinkeln, und sie wischte sie mit dem Handrücken weg.

Allegra legte ihr einen Arm um die schmalen Schultern. »Das tut mir leid«, sagte sie leise.

Florentine schniefte.

Arthur hingegen blickte sie eher verblüfft an. »Deine Urgroßmutter liegt im Koma, meine Schwester auch … also das ist ein sehr merkwürdiger Zufall, findet ihr nicht?« Er schwang sich vom Tisch und lief ein paar Schritte auf und ab. Dann drehte er sich zu den Mädchen um und rieb die Handflächen aneinander. Allegra konnte förmlich sehen, wie eine Idee in seinem Kopf Gestalt annahm. »Ich hab dir heute einen Gefallen getan, Allegra, jetzt bist du dran.«

»Oha. Was hast du vor?«, fragte sie. »Ich kann dich nirgendwo hinfahren, nur auf dem Radgepäckträger, ich hab ja keinen Führerschein.«

Arthur sah sie eindringlich an. »Für das, was ich will,

hast du einen Führerschein, garantiert. Wir suchen die Seele meiner Schwester – und bei der Gelegenheit auch die von Isadora Hansen.«

»Du willst auf eigene Faust in die Traumzeit?« Allegra sprang auf. »Hast du sie noch alle?« Auch Florentine schaute ihn entsetzt an.

»Pst, nicht so laut!« Arthur wies auf die offenen Fenster. Gesprächsfetzen und Gelächter von vorbeieilenden Studenten drangen herein. »Es muss ja nicht gleich jeder mitbekommen.«

»Sorry!«, flüsterte Allegra. »Aber wie willst du das machen?«

Arthur sah sie wieder mit diesem Blick an. »Mit deiner Hilfe!«

»Einfach so? Wie soll das denn gehen? Ohne Lehrer? Da brauchen wir doch mindestens, ja was weiß ich denn …«

»Wir brauchen eine Sanduhr und einen Anker«, erklärte Arthur sachlich. »Die Sanduhr befindet sich im Saal, und der Anker … Florentine, wie sieht's aus?«

»Ich glaube, mir fehlen ein paar essenzielle Infos. Vielleicht solltest du mir erst erzählen, wo ihr beide vorhin wart, ohne mir was zu sagen? Ich hab mir übrigens Sorgen gemacht, Allegra! Du bist ohne einen Ton verschwunden, geht's noch? Und was genau ist mit deiner Schwester, Arthur?«

Arthur und Allegra berichteten abwechselnd im Flüsterton, was sie heute Morgen erlebt hatten.

»Aber wir sollten wenigstens Corlaeus Bescheid sagen.« Florentine war das Unbehagen anzuhören.

»Das tun wir ja auch. Wenn wir mehr wissen.« Arthur

blieb hart. »Er wird uns nicht gehen lassen, und ich muss wissen, was mit meiner Schwester ist. Gabriella darf einfach nichts passieren, meine Eltern haben schon genug Kummer …«

»Er wird uns den Kopf abreißen«, warnte Allegra.

»Wenn ihr Angst habt, dann gehe ich alleine.« Arthur verschränkte die Arme vor der Brust und schob das Kinn vor.

»Nein – spinnst du? Natürlich komme ich mit.« Allegra zuckte mit den Schultern. »Ich lasse dich doch nicht alleine losziehen.«

Die Erleichterung war Arthur anzusehen. »Laut Plan ist der Traumsaal ab vierzehn Uhr leer. Wir treffen uns dort.« Damit rannte er aus dem Klassenzimmer.

Allegra sah Florentine zweifelnd an. »Wir verstoßen damit gegen ein paar Regeln, oder?«

»Ein paar?« Florentine fuhr sich mit den Fingern durch die Haare, sodass sie in alle Richtungen abstanden. »Ohne Lehrer und ohne Erlaubnis in die Traumzeit zu gehen, ist wahrscheinlich Grund genug dafür, dass sie uns rauswerfen«, seufzte sie. »Aber ich kann euch ja nicht alleine machen lassen. Versprichst du mir, dass du nicht einfach in irgendwelche Träume reingehst, nur weil du es kannst?«

»Versprochen. Ich muss ja auch nicht rein. Arthur nimmt mich nur mit, um zu gucken. Grade er würde mich doch niemals gegen das oberste Gesetz verstoßen lassen!« Allegra nahm ihre Freundin ein zweites Mal in die Arme.

»Danke.«

Zu aufgeregt, um etwas zu essen, holten sich beide nur eine Flasche Wasser und tigerten dann nervös vor dem

Traumsaal auf und ab. Als sie etwa fünf Minuten gewartet hatten, hörten sie Schritte, und Florentine verdrehte die Augen. »Mist«, flüsterte sie.

Es war Lorenzo. »Was macht ihr denn hier?«, fragte er erstaunt.

»Wir warten auf Madame Berger. Ich muss so viel nachholen«, improvisierte Allegra und wies mit dem Daumen auf den Traumsaal hinter ihnen.

Lorenzo lächelte. »Sag Bescheid, wenn du Hilfe brauchst. Kannst gerne auch bei mir vorbeikommen. Ich wohne in der Nummer 12, das ist von hier aus – «

Allegra unterbrach ihn. »Danke für das Angebot. Ich war neulich mal bei dir, schon vergessen?«

»Bei mir? Du? Nein.«

»Doch, als ich dich gefragt habe ...« Allegra wusste nicht, wie sie den Satz beenden sollte, und ließ ihn einfach ausklingen.

Lorenzo runzelte die Stirn. »Du warst noch nie bei mir. Daran würde ich mich ja wohl erinnern.« Er ließ die Mädchen stehen, die sich verblüfft ansahen.

»Hat Lorenzo schon öfter mal Gedächtnisausfälle gehabt?«, fragte Allegra.

Florentine schüttelte den Kopf. »Das ist wirklich seltsam.« Sie schrieb eine Nachricht an Corlaeus, und als sie damit fertig war, stand Arthur vor ihnen. Lorenzo war sofort vergessen.

»Sorry, ich musste erst dafür sorgen, dass wir reinkommen«, schnaufte Arthur und zog eine Karte aus der Tasche, die er vor den Scanner hielt.

»Will ich wissen, von wem die ist?«, fragte Florentine.

Arthur schüttelte den Kopf. Es klickte, und die Türenhälften glitten auseinander. »Los, rein, ich verriegel dann die Tür von innen.« Er hielt die Karte gegen den Scanner im Saal, und die Tür schloss sich. »Ich habe kurzzeitig die Kombination verändert«, erklärte Arthur.

»Was du alles kannst …«, sagte Allegra beeindruckt.

Arthur zuckte lediglich mit den Schultern, aber sie sah ihm an, dass er ein wenig stolz war. »Jedes System hat seinen Schwachpunkt. Heute nutze ich das mal aus«, erwiderte er. Und Allegra hatte plötzlich eine Vorstellung davon, worüber Arthur und Jenny redeten. Er aktivierte einen großen Touchscreen, der neben dem Projektor angebracht war, und klickte sich durch ein Menü, bis er das gefunden hatte, was er suchte. »Quadrant 71 bis 75«, murmelte er, dann hantierte er an der Kamera über den Sanduhren und aktivierte die linke Sanduhr, indem er sie mehrfach um sich selbst drehte und in einer anscheinend vorgegebenen Reihenfolge nach links und rechts kippte.

Florentine legte sich so, dass sie die Sanduhr im Blick behalten konnte. Allegra und Arthur platzierten sich rechts und links von ihr. Allegra starrte an die sternenübersäte Kuppel, und das Herz klopfte ihr bis zum Hals. Florentine begann zu summen, Arthur fiel ein, und sie hörte ein »Los geht's«, bevor die Umgebung vor ihren Augen verschwamm.

14.

Die Traumfäden strichen über ihre bloßen Arme, kitzelten sie im Gesicht, und Allegra pustete, hob die Hand und wedelte, als würde sie Spinnweben beseitigen. Langsam nahm sie immer mehr von ihrer Umgebung wahr. Um sie herum schimmerten Tausende Lichtkugeln, und sie fand es faszinierend, dass das vielleicht gar nicht so war, aber ihr Gehirn ihr diese Welt so zeigte, um es überhaupt fassen zu können. Während sie auf Arthur und Florentine wartete, schaute sie sich die Träume neben sich genauer an. Die meisten Kugeln hatten eine perfekte Form, nur manche waren leicht eingedellt oder eher eiförmig. Nirgendwo entdeckte sie Risse in den Membranen.

Neben ihr tauchten Arthur und Florentine auf. »Macht euch auf die Suche. Ich bin hinter euch«, verkündete Florentine und ging kurz in die Knie, um unter einem Traumfadengebilde hindurchzutauchen.

Arthur streckte die Hand aus, Allegra ergriff sie ganz selbstverständlich, und seine Finger schlossen sich um ihre. Allegra durchfuhr ein Kribbeln, und obwohl es kein unangenehmes Gefühl war, versuchte sie es zu ignorieren und streckte Florentine ihre freie Hand entgegen.

»Ich finde den Traum, du schaust hinein. Und wenn mit Gabriella alles in Ordnung ist, kehren wir sofort zurück.« Allegra und Florentine nickten.

Mit geschlossenen Augen ließ Arthur sich jetzt ziehen, und die beiden folgten ihm, an Hunderten Lichtkugeln vorbei. Allegra bemühte sich, seine Konzentration nicht zu stören, obwohl sie am liebsten immer wieder angehalten hätte. Vor einem Traum, der wie ein etwas schlaffer Luftballon aussah, hielt er an. »Quadrant 74. Das muss er sein.« Er schüttelte besorgt den Kopf. »Das sieht aber nicht gut aus. Gabriella, was machst du nur für Sachen?«

Allegra blieb dicht neben ihm stehen. Der Traum leuchtete fahl, und das Licht wurde merklich schwächer. »Ich kann nicht viel sehen«, sagte sie zweifelnd.

»Wieso? Warum klappt es diesmal nicht?«

»Es liegt daran, dass es in diesem Traum dunkel ist. Also eher …« Allegra suchte nach Worten, um zu beschreiben, was sie sah. »Nicht direkt dunkel, eher … schwarz-weiß. Wie in diesen alten Filmen. Als würde einfach die Farbe rausgezogen, zusammen mit dem Licht. Er wirkt irgendwie leer.«

»Scheiße«, sagte Arthur. »Meine Mutter hatte recht: Hier stimmt was nicht.«

»Bist du sicher, dass es Gabriellas Traum ist?«

»Ja, leider. Ich erkenne das an der Schwingung der Membran. Ich habe die gleiche.«

Allegra erinnerte sich, was Laurie ihr erzählt hatte. Aber dass Familienmitglieder ihre Träume an der Membran erkennen konnten, war ihr neu.

»Und was machen wir jetzt?«, fragte Florentine. Sie hatte den typischen, leicht entrückten Blick der Anker, die, wie es ihrer Aufgabe entsprach, in einem schnellen Rhythmus zwischen der Echtzeit mit der Sanduhr und der Traumzeit hin- und herwechselten.

Arthur überlegte. »Wollt ihr zurückgehen?«, fragte er dann.

»Nein«, antworteten Allegra und Florentine gleichzeitig, und Allegra ergänzte: »Wenn wir schon da sind, dann suchen wir weiter.«

»Vielleicht ...«, begann Arthur, »könnten wir eins noch probieren ...«

Allegra sah ihn gespannt an.

Arthur holte tief Luft: »Wir könnten ... in dem Traum suchen, den du gefunden hattest? Vielleicht ist sie auch dorthin gelockt worden?«

Allegra wollte gerade »Bestimmt nicht« antworten, doch ein Blick in Arthurs Gesicht hielt sie davon ab. Der Traum war seine momentan letzte Hoffnung, und so wandelte sie ihren Satz um in ein zögerliches: »Wenn du meinst. Einen Versuch ist es vielleicht wert.« Sie sah Florentine fragend an, und diese nickte.

»Diesmal haltet ihr euch an mir fest«, ordnete Allegra an und richtete ihre Gedanken auf den grausamen Traum, mit dem ihr Leben an der Akademie begonnen hatte.

Es dauerte nicht lange, bis die große schimmernde Kugel auftauchte. Neugierig spähte Allegra hinein, aber sie konnte kaum etwas erkennen. Die Eislandschaft vom letzten Mal war verschwunden, stattdessen sah sie in eine grüne Hecke, die ihr die Sicht versperrte. »Ich sehe niemanden«, sagte sie stirnrunzelnd, »aber der Traum scheint riesig zu sein. Um zu sehen, ob Gabriella darin ist, müssten wir hinein.«

Florentine trat erschrocken einen Schritt zurück. »Das ist verboten! Und viel zu gefährlich! Was ist, wenn ihr darin hängen bleibt, wie die anderen?«

»Wir haben doch dich als Anker. Wenn du das Gefühl

hast, dass etwas nicht stimmt oder wir zu lange wegbleiben, holst du Hilfe.«

»Bist du sicher, dass es der richtige Traum ist?«, zweifelte Florentine. »Ich sehe nur eine weiße Wand.«

Allegra nickte. »Es ist ähnlich wie bei Arthur vorhin. Ich kann es fühlen.«

»Ach, wenn euch was passiert, reißt Corlaeus mir den Kopf ab. Und Adair auch. Passt bloß auf euch auf. Wenn ihr da drin seid, habe ich möglicherweise keinen Kontakt mehr zu euch. Ihr müsst euch auf jeden Fall beeilen, wer weiß, wie die Zeit da drinnen verläuft …« Liebevoll umarmte Florentine Allegra und nickte Arthur zu. »Viel Glück!«

Allegra sah zu Arthur hoch, dem Schweißperlen auf der Stirn standen. Nervös öffnete und schloss er seine Fäuste. Sie schloss eine Hand um seine Finger, hob die freie Hand und berührte die Membran, fühlte, wie sich der pulsierende Rhythmus auf sie übertrug. Wie eine kribbelnde Welle lief es über ihre Hand, ihren Arm, hinüber zu Arthur, der hörbar die Luft einsog.

»Drei, zwei, eins – jetzt!«, rief sie und trat nach vorne, auf die leuchtende Wand zu. Zusammen mit Arthur glitt sie durch die Membran und stand einen Herzschlag später in einer anderen Welt.

Das Erste, was ihr auffiel, war die Luft. Verschwunden war die eisige Kälte – jetzt lag über allem ein feuchtwarmer Dunst, der irgendwie stechend, wie nach … Verwesung roch. Hinter ihnen und vor ihnen erhoben sich riesige Hecken aus dornigem Gestrüpp, rostrot und grün.

Arthur sah sich um, der Mund stand ihm offen vor Staunen. »Ich habe alles erwartet, nur nicht das«, flüsterte er.

»Letztes Mal sah es anders aus«, erklärte Allegra.

»Nein, ich meine ... Ich war noch nie in einem echten Traum. Nur in der Übungskammer. Das ist ... krass. Ich hab nicht damit gerechnet, dass es sich so real anfühlt.« Er streckte die Hand aus und befühlte die Hecke. »Au! Sogar die Dornen sind echt.« Er drehte sich um sich selbst. Es gab nur einen etwa zwei Meter breiten Grasstreifen, der, eingesäumt von den Hecken, in die Ferne führte. »Was jetzt? Wo bist du damals langgegangen?«

»Kann ich nicht sagen.« Allegra verzog den Mund. »Es hat sich vollkommen verändert. Ich würde vorschlagen, wir folgen einfach dem Weg.«

Sie gingen den Grasstreifen entlang, der sich mal nach links, mal nach rechts wand. Es wurde wärmer, je weiter sie liefen. Dann stießen sie auf eine Gabelung. Nichts unterschied die beiden Wege voneinander. Sie entschieden sich für den linken Weg, standen aber kurz darauf wieder an einer Kreuzung. Und auf einmal war Allegra alles klar. »Es ist ein Labyrinth!«, sagte sie. »Ein verdammtes Labyrinth.«

Arthur sah sie erschrocken an. »Wer auch immer sich das ausgedacht hat, tickt echt nicht richtig!«

»Wir gehen wieder nach links«, schlug Allegra vor und zog Arthur mit. Sie mussten Gabriella finden, und sie hatten nicht ewig Zeit! Hin und wieder waren die Hecken durchbrochen, als würde ihnen jemand eine Abkürzung anbieten, und zwei Mal nutzten sie diese, aber der Weg mäanderte, sodass sie nie sicher sein konnten, in welche Richtung sie liefen. Hin zur Mitte des Labyrinths? Gab es überhaupt eine Mitte? Arthur hatte die Lippen zusammengepresst und sah angespannt nach vorne. Allegra drückte seine Hand.

Sie traten gleichzeitig um eine Biegung. »Hey, da ist jemand!«, rief Arthur plötzlich und beschleunigte seine Schritte.

Tatsächlich: Da lag jemand im Gras! Ein Mann, vielleicht fünfzig Jahre alt. Seine Sonnenbrille lag neben ihm. Er lag auf dem Rücken und rührte sich nicht.

Allegra stürzte zu ihm. »Er atmet«, stellte sie fest. »Sollen wir ihn wecken?«

»Auf jeden Fall. Es ist ja bestimmt nicht sein Traum.« Arthur legte ihm die Hand auf die Schulter und rüttelte ihn leicht. Der Mann schlug die Augen auf und sah sie verwirrt an. Er wandte den Kopf hin und her, sein Blick wurde panisch, dann begann er hektisch zu keuchen.

»Ganz ruhig, wir wollen Ihnen helfen«, sprach Arthur beruhigend auf ihn ein, doch seine Worte bewirkten das Gegenteil.

Dem Mann entfuhr ein Gurgeln, er schnappte nach Luft, und sein Atmen wich einem mühsamen Röcheln. Seine Lippen liefen blau an, und dann lief Blut aus seinen Augenwinkeln.

»Er stirbt«, sagte Allegra verzweifelt.

»Aber doch nicht im Traum!« Arthur klang, als könne er nicht glauben, was sich direkt vor seinen Augen abspielte. Er hob den Oberkörper des Mannes an, versuchte, ihm das Atmen zu erleichtern, doch es war bereits zu spät. Der Mann krallte seine Hand in das Gras unter ihm, bäumte sich auf, dann wurden seine Züge schlaff, und sein Kopf fiel zur Seite.

Sanft legte Arthur ihn ab.

»Was machen wir jetzt?« Allegras Stimme zitterte.

»Wir können nichts mehr tun.« Arthur richtete sich auf. »Ich glaube, er ist wirklich gestorben.«

»In echt, meinst du?« Allegra betrachtete den Mann mit aufgerissenen Augen.

Wie um Arthurs Worte zu bestätigen, schimmerte der Körper plötzlich auf und verschwand.

»Gabriella«, flüsterte Arthur erstickt. »Ich mache mir solche Sorgen ...«

Allegra kam ein fürchterlicher Gedanke. »Vielleicht waren wir schuld? Weil wir ihn aufgeweckt haben?«

Arthur wurde noch blasser, als er schon war.

»Oder Adair hatte recht«, fügte sie hastig hinzu. »Er hat neulich schon gesagt, dass er nicht weiß, ob die Träumer unbegrenzt hier drin bleiben können – «

»Der Traum ist auf jeden Fall tödlich«, unterbrach Arthur sie. »Komm weiter. Wir müssen uns beeilen, bevor auch unsere Zeit abläuft!«

Sie trafen noch eine Frau und ein Kind, beide waren ebenfalls nicht ansprechbar, und sie wagten es nicht, sie aufzuwecken. Arthur wurde immer nervöser, und das übertrug sich auf Allegra. Von seiner Schwester weiterhin keine Spur – aber alle, die sie fanden, waren besinnungslose Träumer, deren Seelen in diesem Traum kein Zuhause hatten.

»Ich habe keine Ahnung, was wir tun sollen. Wie wir sie heil zurückbringen können. Das ist nichts, was man im Unterricht lernt. Es kommt einfach nicht vor«, sagte Arthur und seufzte. »Vielleicht muss die DI mal ihre Lehrpläne grundlegend überdenken.«

Sie irrten hier herum wie Hänsel und Gretel, die Zeit verrann ihnen zwischen den Fingern – Allegra konnte förmlich den Sand rieseln hören. Florentine machte sich bestimmt schon Sorgen!

Doch beim nächsten Träumer hatten sie endlich Glück. Es war eine alte Frau, sie trug einen blauen Pyjama und Filzpantoffeln an den nackten Füßen und lehnte mit dem Rücken an einem großen Stein. Ihr Gesicht hellte sich auf, als sie Allegra und Arthur erblickte.

»Agenten«, sagte sie mit rauer Stimme. »Das wurde aber auch Zeit.«

Allegra und Arthur tauschten einen Blick, und Allegra spürte, wie Erleichterung sie durchströmte. Endlich jemand, der ihnen Informationen geben konnte.

»Wer sind Sie – und warum sind Sie wach? Alle anderen, die wir gefunden haben, waren ohne Bewusstsein.« Arthur kniete sich neben die alte Frau.

Sie zuckte mit den Schultern und klopfte mit den Händen auf das Gras, bedeutete Allegra, sich neben sie zu setzen. »Es mag daran liegen, dass ich mein Leben gelebt habe, mein Junge. Ich bin fertig. Der Tod darf ruhig kommen – aber solange ich hier festsitze, findet er mich anscheinend nicht.«

Irgendetwas an ihrer Stimme kam Allegra bekannt vor. Sie musterte das faltige Gesicht eingehend. »Haben wir uns schon einmal gesehen?«, fragte sie.

»Ach, Kindchen, das glaube ich nicht.«

Da wusste Allegra es. Die Art, wie sie »ach« sagte, das war wie bei ... »Sie sind Frau Hansen!«, sagte sie verblüfft. »Florentines Großmutter.«

»Urgroßmutter«, korrigierte die Alte, aber sie lächelte jetzt. »Du kennst meine Flo?«

»Wir wohnen zusammen. Ich bin Allegra Heller.«

»Natürlich. Flo hat mir erzählt, dass du an die Akademie kommst. Jetzt, wo ich dich sehe ... Du siehst aus wie Maria damals.« Ihr Lächeln überzog nun ihr ganzes Gesicht und ließ es um Jahre jünger erscheinen. Dann runzelte sie die Stirn. »Was zum Teufel tust du hier in diesem Traum? Er ist tödlich, wisst ihr das nicht?«

»Wir haben es schon gesehen«, sagte sie leise. »Da vorne ist gerade jemand ...« Sie brachte es nicht fertig, den Satz zu beenden, doch Isadora Hansen verstand sie auch so und bedachte sie mit einem mitleidigen Blick.

»Wir suchen meine kleine Schwester«, erklärte Arthur jetzt. »Haben Sie sie gesehen? Sie heißt Gabriella.« Sein Blick war so voller Hoffnung, dass Allegras Herz sich schmerzlich zusammenzog. Er liebte seine kleine Schwester so sehr ...

Isadora Hansen schüttelte den Kopf. »Nein, mein Junge. Dieser Traum ist riesig, niemand weiß, wo er endet. Und er verändert sich immer wieder, lässt uns keine Ruhe. Seit ein paar Tagen ist er ein Labyrinth, und wer weiß, was morgen sein wird. Mal wiegt er uns in Sicherheit und gaukelt uns Sommerwiesen vor, im nächsten Moment fällt ätzender Regen vom Himmel. Wir Träumer darin werden immer schwächer – der Tod der Seele weitab vom eigenen Traum ist entsetzlich, wisst ihr das? Niemand kommt hier lebendig heraus!«

Arthurs Schultern sanken herab.

»Doch«, widersprach Allegra trotzig. »Ich war schon drin, und mit mir sind vier Agenten wieder rausgekommen! Aber ... es waren noch andere dort ...«

»Die sind fort«, sagte die Alte und klang auf einmal müde. »Ihre Seelen sind verweht, für immer verloren. Nur manche Träumer sind noch da.«

»Und wissen Sie, wer diesen Traum gemacht hat? Woher kommt er?«, fragte Allegra drängend. Irgendetwas musste Florentines Uroma doch wissen!

»Leider nein, ich habe so einen Traum noch nie erlebt. Und auch den Herrn dieses Traums habe ich nicht gesehen. Oder die Herrin ...« Sie nahm Allegras Hand in ihre knochigen Finger. »Denkt dran, die Zeit vergeht hier anders, und für manche dauert die Gefangenschaft hier drin schon eine Ewigkeit. Und die, die diese Tortur überleben und eines Tages wieder zurückkehren – wer weiß, was das mit ihrer Seele angerichtet hat.« Die letzten Worte murmelte sie, dann schloss sie die Augen.

Allegra sah erneut den Träumer im Todeskampf vor sich. Es war so furchtbar gewesen, nichts tun zu können. Sie ballte hilflos die Fäuste und konnte nicht verhindern, dass ihr Tränen in die Augen traten.

Arthur erhob sich. »Ich bin es nicht gewohnt, keinen Kontakt zum Anker zu haben, aber ich fürchte, viel Zeit bleibt uns nicht mehr.«

»Aber wir können sie doch nicht einfach ...«

»Ihr könnt, Kindchen, und ihr müsst«, murmelte die alte Frau und öffnete noch einmal die Augen. »Ich wünsche euch viel Glück. Ihr seid Agenten, tut das, wofür ihr da seid. Schützt die Träumer! Und grüßt meine liebe Flo von mir!« Sie atmete tief ein und aus, ihr Kopf sank wieder gegen den Stein, und ihre Gesichtszüge entspannten sich. Der Druck um Allegras Finger ließ nach.

»Ich verspreche es«, flüsterte Allegra. Eine einzelne Träne lief ihr jetzt über die Wange, und auch Arthur ließen Isadora Hansens Worte nicht unberührt. Er streichelte ihr kurz über das lange graue Haar, dann nahm er Allegra an der Hand und zog sie weiter. Sie begannen zu rennen, wandten sich an einer Gabelung nach rechts und landeten prompt in einer Sackgasse. Allegra wollte schon umdrehen, da sah sie, von einem Heckenvorsprung fast verdeckt, eine schmale Gestalt mit langen blonden Haaren im Gras knien. »Warte mal!«, rief sie Arthur zu, der sich bereits wieder umgedreht hatte. »Hier ist noch eine Frau.«

»Schau du, ob sie wach ist, ich versuche es hier drüben!«

Allegra rannte zur Hecke, doch als die Frau den Kopf hob und sie ansah, gefror ihr das Blut in den Adern. Einen Moment lang konnte sie sich nicht bewegen, fühlte, wie eine Schockwelle sie überrollte und ihre Füße am Boden festnagelte.

»Elli«, flüsterte sie mit zitternder Stimme. »Was um Gottes willen tust du hier?« Sie sah sich nach Arthur um, doch er war bereits um die Ecke gebogen. Sie hörte ihn nach seiner Schwester rufen, während ihre eigene hier vor ihr saß.

Elena.

Die sie sicher in München gewähnt hatte.

Der Duft nach Verwesung wurde übermächtig, fast betäubend.

Elena strich immer wieder mit den Händen über den Boden, fuhr mit dem Finger Linien nach, die nur sie wahrnahm. Allegra sank neben ihr auf die Knie und nahm sie in die Arme, verbarg ihr Gesicht an ihrer Schulter. »Elli, rede mit mir. Warum bist du hier? Seit wann?«

»Weiß nicht. Schon lange«, murmelte Elena, ohne sie anzusehen. »Mein Bild ist nicht fertig geworden. Und hier sind keine Farben.« Sie klang wie ein kleines Kind.

Allegra versuchte ihr in die Augen zu sehen. War ihr klar, wo sie war? Durfte sie ihr sagen, dass sie träumte, einen fremden Traum träumte? Lieber nicht. »Steh auf, Elena. Komm mit mir. Ich habe Farben für dich«, improvisierte sie und zog ihre Schwester auf die Füße. »Arthur«, schrie sie, während sie die willenlose Elena fest um die Schultern fasste und mehr oder weniger mit sich schleifte. »Arthur!«

»Hier! Ich bin hier!« Arthur kam angerannt. »Dieses Labyrinth ist riesig, wir werden es nie schaffen, alles zu durchsuchen. Aber meine Schwester muss hier sein! Sie muss einfach!« Er klang verzweifelt. »Wer diesen verdammten Traum gestaltet hat, wird dafür büßen, das schwöre ich dir. Und wenn es das Letzte ist, was ich tue!« Plötzlich registrierte er, dass Allegra jemanden umfasst hielt. »Wer ist das denn?«

»*Meine* Schwester.«

Arthur erstarrte. »Was?« Er schaute von Allegra zu Elena und schüttelte langsam den Kopf. »Florentines Großmutter, deine Schwester, meine Schwester. Wieso ausgerechnet unsere Liebsten? Und wer weiß, welche Familienmitglieder von anderen Agenten noch hier sind ...«

»Wir müssen raus und Hilfe holen«, gab Allegra zurück. »Wir schaffen das nicht allein. Los, komm! Und Elena kommt mit uns. So retten wir wenigstens schon mal eine Seele.«

»Das geht nicht«, widersprach Arthur. »Wir können sie im Nebel von Ebene eins nicht beschützen. Aber vielleicht können wir sie zur Membran mitnehmen und finden sie dann schneller wieder.«

»Ich muss sie hierlassen?« Allegra sah fassungslos zwischen Elena und Arthur hin und her.

»Du weißt, was der Nebel mit normalen Träumern macht – das ist viel zu gefährlich!«

Nach ein paar Sekunden nickte Allegra zögernd. Sie nahmen Elena zwischen sich und folgten dem Weg, an dessen Ende es heller wurde. Die Hecken wurden niedriger, und schließlich erstreckte sich eine unendlich scheinende Grasfläche vor ihnen, mit Felsblöcken, die aussahen, als hätte sie jemand aus großer Höhe fallen lassen.

Hinter der Ebene schimmerte es. »Die Membran!«, rief Allegra. »Los, schnell!« Sie begannen zu rennen, doch mit einem Mal begann Elena zu stöhnen. Sie riss sich mit erstaunlicher Kraft los und taumelte zurück.

»Nein, Elli, hier entlang! Siehst du das Licht da vorne? Dort finden wir einen Ausgang, bestimmt!« Allegra nahm ihre Schwester wieder fest an der Hand und zog sie mit sich, doch bereits nach wenigen Schritten stemmte Elena die Füße in den Boden. »Nicht weiter, bitte!« Sie würgte und hielt sich die Hand vor den Mund. »Es tut so weh. Mach, dass es aufhört!« Mühsam drehte sie sich um, lief zitternd in die andere Richtung, ging dann in die Hocke und vergrub den Kopf zwischen den Händen.

Allegra wollte ihr folgen, doch Arthur hielt sie an der Schulter fest. »Warte! Merkst du, was hier geschieht? Sie leidet Schmerzen, je näher wir der Membran kommen. Ich glaube, wenn wir sie zwingen, weiterzugehen, nimmt ihre Seele Schaden.« Er räusperte sich. »Und das Gleiche wird mit Gabriella passieren, wenn wir sie finden. Der Traum ist nicht ihr Traum, aber er hält sie irgendwie fest.«

»Was? Aber wir müssen sie da rausholen!« Allegra spürte, wie die Panik erneut mit eisigen Fingern nach ihr griff.

Ein Grollen fuhr plötzlich durch den Boden, alles um sie herum erbebte. Allegra blickte sich irritiert um, da kippte der Felsblock, der gerade noch neben ihr gestanden hatte, zur Seite. Geistesgegenwärtig zog Arthur Allegra weg. Der Stein donnerte nieder und riss die Erde auf. Die Kluft verbreiterte sich in Sekundenschnelle, und bevor sie verstanden, was hier vor sich ging, lag zwischen Elena und ihnen ein tiefer Abgrund.

Jetzt war es wieder still.

»Elli!«, schrie Allegra ihrer Schwester zu. Elena saß mit einem benommenen Ausdruck im Gesicht da, blickte kurz hoch und begann erneut, mit dem Finger auf dem Boden zu malen.

Nein, nein, nein! Allegra flirrten schwarze Punkte vor den Augen. »Halt durch, Elli!«, schrie sie verzweifelt. »Ich komme zurück!«

Jetzt schrie Allegra all ihre Angst und ihre Wut hinaus und stampfte mit dem Fuß auf. »Du verdammter Albtraum! Lass uns raus!« Sie schrie die unsichtbare Membran an, bis sie heiser wurde. Dann sah sie plötzlich – wie hinter einem milchigen Vorhang – jemanden, der ein rotes T-Shirt trug und von einem Fuß auf den anderen trat.

Florentine!

Allegra tauschte einen Blick mit Arthur, und sie waren sich einig. Hand in Hand rannten sie los.

Die Membran bot ihnen keinen Widerstand, als sie hindurchhasteten. Allegra schaute noch einmal zurück. Elena hatte sich auf dem Boden ausgestreckt. Vielleicht war sie eingeschlafen und träumte von ihren Farben. Allegra hoffte es so sehr.

Florentine fiel ihr um den Hals. »Na endlich! Die Sanduhr ist fast durchgelaufen, ich hab mir solche Sorgen gemacht.« Sie blickte zu Arthur. »Habt ihr sie gefunden?«

»Ja und nein«, antwortete Arthur ausweichend. »Lass uns erst zurückkehren, dann erzählen wir dir alles.«

Florentine nahm sie beide an der Hand, stimmte den Summton an, Allegra und Arthur fielen ein, und Allegra spürte das Ziehen am Bauchnabel. Alles drehte sich um sie, sie schloss die Augen, weil ihr für einen Augenblick schlecht wurde, und als sie sie wieder aufschlug, erstreckte sich über ihr der vertraute Sternenhimmel des Traumsaals. Sie waren unbeschadet zurückgekehrt.

Fröstelnd setzte Allegra sich auf und rieb sich die Arme. Die Tür war nach wie vor verschlossen – ihr Ausflug war also tatsächlich unbemerkt geblieben.

Jetzt richtete Florentine sich ebenfalls auf und zeigte auf die Sanduhren. »Siehst du?«

Die letzten Sandkörner fielen in diesem Moment nach unten.

Allegra wurde blass. »Das war knapp.« Erneut schob sich das starre Gesicht des toten Träumers vor ihr inneres Auge.

»Aber es hat gereicht. Los, erzähl schon«, drängte Florentine. »Was habt ihr entdeckt?«

Allegra warf einen Hilfe suchenden Blick zu Arthur, der gerade die Beine über die Liege schwang. Er nickte ihr zu, und das gab ihr Kraft. »Elena ist da drin! Und viele andere Träumer. Es gibt zwar keine Monster, man wird nicht verfolgt oder so, aber es ist trotzdem der gruseligste Traum, den ich mir vorstellen kann. Die Menschen darin verlieren alle Hoffnung«, begann sie.

Florentines grüne Augen weiteten sich.

»Aber wir werden sie alle retten. Und wir hatten Hilfe – von deiner Uroma!«

»Was?« Vor Erstaunen fiel Florentine zurück auf die blaue Liege. »Im Ernst? Ihr habt mit ihr gesprochen? Sie stirbt nicht, sie schläft nur?«

Allegra setzte sich neben sie. »Sie wird sterben, sie hat es uns selbst gesagt. Es tut mir sehr leid ... aber ich soll dich von ihr grüßen. Es geht ihr besser als den anderen Entführten. Sie ist stark!« Unbeholfen streichelte Allegra Florentine über den Arm. »Jetzt gehen wir zu Corlaeus und Adair. Alleine schaffen wir's nicht. Und wir müssen uns beeilen. Die Träumer da drinnen haben vielleicht nicht mehr lange.«

Florentine fuhr sich mit den Händen übers Gesicht und presste die Handballen auf die Augen. »Ach ... Ich muss zu Hause anrufen. Ich komme dann in Adairs Büro.« Sie zog ihr Handy aus der Tasche, erhob sich und rannte zum Ausgang. Arthur entriegelte die Tür.

Einen Moment lang blieb er stehen, sah Florentine nach, wie sie den Gang hinunterrannte. Dann hob er die Hand vor den Scanner, was dazu führte, dass sich die Tür erneut schloss.

»Was machst du da?«, fragte Allegra hinter ihm. »Wir müssen doch auch raus!«

»Gleich«, antwortete Arthur, drehte sich um und legte ihr sanft die Hände auf die Schultern. »Du bist das mutigste Mädchen, das mir je begegnet ist. Und trotz meiner Sorge um Gabriella, trotz der Gefahr: Wenn ich bei dir bin …«

Allegra wurde rot. Aber es ging ihr ähnlich. Kurz fragte sie sich, wie es wohl gewesen wäre, wenn sie sich unter ganz normalen Umständen getroffen hätten. »Du … Ich …« Sie wusste nicht weiter.

Aber das war auch nicht nötig. Denn Arthur drückte sie an sich, eine Hand in ihrem Rücken, die andere in ihrem Haar. Und Allegra überließ sich dem warmen, weichen Gefühl, das seine Lippen auf ihren auslösten.

15.

Schon viel zu früh zog Arthur sich zurück und flüsterte: »Wir müssen zu Adair.« Sie spürte seinen Atem, und ihr wurde schwindelig.

»Ich weiß«, flüsterte sie zurück. »Aber das war … schön.«

Arthur nickte. »Mehr als das«, flüsterte er, dann öffnete er die Tür.

Vor Adairs Büro zögerte Allegra, obwohl sie die Hand bereits zum Klopfen erhoben hatte. »Die werden ganz schön sauer sein auf uns«, meinte sie.

»Das glaube ich auch«, pflichtete Arthur ihr bei, sah dabei jedoch kein bisschen schuldbewusst aus. »Aber wir bringen ja auch ein paar Erkenntnisse mit. Das sollte in dieser Situation wichtiger sein.«

Also klopfte Allegra mit den Knöcheln gegen die Tür, und als sie ein »Entrez!« hörten, traten sie ein. Um den Tisch herum saßen Sofia, Adair und Corlaeus, ihren Mienen nach zu urteilen in eine unerfreuliche Diskussion verwickelt.

»Was macht ihr denn hier?«, fragte Corlaeus überrascht. »Ich hatte euch doch zum Unterricht geschickt.«

»Da waren wir auch. Aber wir haben etwas entdeckt«, erklärte Allegra.

Adair hob die Hand. »Setzen Sie sich bitte«, forderte er sie auf. »Wir sind gleich fertig mit unserer Besprechung. Und da Sie heute Vormittag schon in Nîmes waren, können Sie das auch hören.« Seine Stimme enthielt einen unverkennbaren Tadel, aber er blickte sie weniger grimmig an, als Allegra erwartet hatte. Nun, das würde sich ändern, sobald sie Bericht erstattet hatten.

Allegra und Arthur ließen sich auf die Stühle sinken, und Corlaeus fuhr fort: »Sein Zustand ist unverändert, aber ich hatte das Gefühl, dass er mich besser verstand als sonst. Er wirkte ... wacher. Vor einem halben Jahr war ich das letzte Mal bei ihm. Er hat sich verändert.«

»Mortensen steht unter konstanter Beobachtung. Er kann nicht dahinterstecken«, widersprach Adair.

Corlaeus nickte. »Ich gebe dir recht, José, aber wer könnte sonst noch dafür verantwortlich sein? All das, was ich dir vorhin aufgezählt habe, die Entführungen, die emotional instabilen Studenten, Lorenzo, der möglicherweise in Allegras Traum eingedrungen ist – diese Vorfälle haben genau betrachtet eines gemeinsam.«

»Und das wäre?«, fragte Adair scharf.

»Sie torpedieren Regeln der Dream Intelligence, José. Und du weißt genau, wer damit angefangen hat: Viktor.«

»Aber Papa, ich war vor ein paar Tagen in Nîmes, das weißt du, und ich habe bereits einen Bericht eingereicht. Ich beobachte ihn seit zwei Jahren. Mortensen mag lichte Momente haben, aber er kann sich nicht einmal allein die Schnürsenkel binden, geschweige denn jemanden aus einem Traum entführen.« Sofia klang empört. »Hammond und ich waren immer wieder dort. Glaubt ihr mir etwa nicht?«

»Natürlich glauben wir dir. Und Corlaeus erzählt ja im Grunde nichts anderes. Wir müssen diejenigen beobachten, die sich damals für seine Meinung interessiert haben.«

»Ja, ich denke auch, es ist jemand, der sich Mortensens

Ideen zu eigen macht«, sagte Corlaeus und drehte an seinem Siegelring. »Und ich verspreche hier und jetzt, ich werde denjenigen oder diejenige finden und zur Rechenschaft ziehen!«

Sofia sah besorgt von einem zum anderen, sagte aber nichts mehr.

»Was also schlägst du vor, Ruben?«, fragte Adair.

»Moment noch. Zuerst möchte ich hören, was Allegra und Arthur zu sagen haben.«

Alle Köpfe wandten sich ihr zu, und Allegra fühlte, wie ihr die Röte ins Gesicht stieg.

»Ähm ...«, begann sie. »Heute Morgen hat Arthurs Mutter ...« Sie brach ab und blickte Arthur fragend an. Wie viel durfte sie über Gabriella sagen?

Arthur verstand ihre wortlose Frage und übernahm den ersten Teil. Er rekapitulierte den Anruf seiner Mutter, Florentines Bemerkung über ihre Urgroßmutter und gestand dann, wie er Allegra um Hilfe gebeten hatte.

An diesem Punkt konnte Adair nicht mehr an sich halten. »Und Sie sind nicht auf die Idee gekommen, zuerst mit uns zu sprechen?«, fuhr er Arthur an und schlug mit den Handflächen auf die Tischplatte. »Bevor Sie sich und Allegra in eine solche Gefahr bringen?«

Corlaeus war das Blut aus dem Gesicht gewichen, und er sah Allegra ungläubig und mit sichtbarer Enttäuschung an.

Allegra erwiderte den Blick trotzig.

»Die DI hat mehrfach deutlich gemacht, was sie vom Zustand meiner Schwester hält«, schoss Arthur zurück. »Nämlich, dass es unser Problem ist.«

»Aber hier geht es nicht nur um Ihre Schwester«, schalt

Corlaeus. »Das wird ein Nachspiel haben! Aber erzählen Sie weiter.«

Jetzt war Allegra an der Reihe. Sie berichtete, was sie getan, wen sie gesehen hatten. Und beim Erzählen löste sich der Trotz auf, und Tränen begannen ihr über das Gesicht zu rinnen. »Die Agenten sind wirklich verloren, hat Frau Hansen gesagt. Und wir haben es nicht geschafft, die Träumer aufzuwecken und rauszuholen. Einer ist vor unseren Augen gestorben. Er hat so furchtbar geschrien, als das Band zwischen seiner Seele und seinem Körper zerrissen ist. Das werde ich nie vergessen. Und dann, und dann ...« Sie verlor immer mehr die Fassung, krampfte die Hände um die Armlehnen und starrte tränenblind vor sich hin. »Wenn ich Elena auch noch verliere ... das überlebe ich nicht. Und bestimmt ist es meine Schuld. Wer könnte ihr denn was Böses wollen? Sie hat doch mit alldem gar nichts zu tun! Will mir jemand schaden? Oder Arthur? Was haben wir denn getan? Ich versteh das alles nicht.« All die Kraft, die sie mutig und beherrscht durch die Traumzeit hatte gehen lassen, zerbrach, und sie wurde von Schluchzern geschüttelt.

Sofia, die ihr gegenübergesessen hatte, stand auf. Sie kniete sich neben Allegras Stuhl, sodass ihre Gesichter auf gleicher Höhe waren, und strich ihr die Haare aus dem Gesicht. »Schscht«, machte sie. »Du wirst deine Schwester nicht verlieren. Komm mit mir, wir gehen kurz raus, dann kannst du dich wieder beruhigen.« Allegra stand mit zitternden Knien auf, und Sofia legte ihr den Arm um die Schultern, als wäre Allegra ihre kleine Schwester. Sie gingen gemeinsam in die Haupthalle und setzten sich auf die

Bank, auf der bereits Florentine auf sie gewartet hatte. Wie lange war das schon her?

»Du kannst dir nicht vorstellen, wie das ist, wenn man jemanden verliert, den man liebt«, sagte Allegra und zog die Nase hoch.

Sofia lächelte traurig. »Das kann ich sehr wohl. Ich habe meine Mutter verloren, als ich sieben war.«

Allegra schaute sie überrascht an und putzte sich die Nase mit einem Taschentuch, das Sofia ihr hinstreckte. »Tut mir leid.«

»Ich habe damals gedacht, die Welt geht unter und ich werde nie wieder lachen können.« Sie sprach leise, behutsam, ganz anders, als Allegra sie bisher kennengelernt hatte. »Ich verstehe sehr gut, wie es dir jetzt geht, und dass du Angst hast um Elena. Das ist auch berechtigt. Aber du darfst nicht aufgeben. Was auch immer passiert, das Leben geht weiter. Und wir werden alles tun, damit du deine Schwester wiederbekommst. Okay?«

Sie legte Allegra zwei Finger unters Kinn, hob ihr Gesicht an und sah ihr in die Augen.

Allegra nickte kläglich.

»Wir werden eine große Truppe zusammenstellen – ich rede mit meinem Vater –, und wir werden einen Weg finden, den Traum zu durchkämmen und alle herauszuholen.« Sofia machte eine Pause und strich Allegra tröstend über den Rücken.

Die Tränen versiegten langsam, und Allegra fühlte sich wieder in der Lage zu denken. »Danke«, flüsterte sie. »Mir geht's schon wieder besser.«

»In der DI wird sich einiges ändern«, sagte Sofia nachdenklich. »Wir werden uns Fragen stellen müssen, denen wir bisher aus dem Weg gegangen sind. Die Zeit ist reif.« Und jetzt klang sie wieder wie die Sofia, die Allegra kannte. »Sag meinem Vater, ich komme gleich. Mir ist noch etwas eingefallen, das ich erledigen muss.«

»Ja, mach ich.« Allegra sah Sofia nach, die noch im Gehen ihr Handy hervorzog, und lief langsam zu Adairs Büro zurück.

Als sie den Raum betrat, nickte Adair ihr zu. »Arthur hat uns berichtet, wie Sie gerade noch rechtzeitig zurückkehren konnten. Auch wenn ich Ihre Entscheidung, ohne Erlaubnis einen hochgefährlichen Traum zu betreten, immer noch missbillige, muss ich zugeben, dass wir einige wertvolle Erkenntnisse gewonnen haben. Wo ist übrigens meine Tochter?«

»Sie kommt gleich wieder«, erklärte Allegra.

»Was mich sehr interessiert«, sagte Corlaeus, »ist, wie du den Traum geöffnet hast.«

»Das ist ja das Komische«, gab Allegra zurück. »Ich habe gar nichts gemacht.«

»Du hast geschrien«, erinnerte sie Arthur.

»Ja, klar, aber davon geht der doch nicht auf. Ich hab ehrlich keine Ahnung, wie das passiert ist. Auch schon beim letzten Mal nicht.«

Adair warf Corlaeus einen vielsagenden Blick zu. »Hm. Shifter?«, murmelte er und klang perplex.

Corlaeus zog die Schultern hoch. »Möglich. Aber unwahrscheinlich.«

»Shifter? Wovon reden Sie?« Allegra verstand überhaupt nichts.

»Nichts Dramatisches«, wiegelte Corlaeus ab, stemmte die Hände in die Hüften und sah Allegra eindringlich an. »Versprecht uns, dass ihr ab sofort nichts mehr unternehmt, ohne uns Bescheid zu geben! José und ich arbeiten jetzt eine Strategie aus, und ich verspreche euch, dass ihr dabei sein könnt, was auch immer wir tun werden.«

Allegra nickte.

Corlaeus funkelte Arthur an, bis dieser ebenfalls sein Einverständnis signalisierte. »Gut, denn ich möchte nicht, dass Sie Allegra in Gefahr bringen. Und das wollen Sie sicher auch nicht, denn wie mir scheint, liegt Ihnen etwas an ihr.« Corlaeus' Blick war immer noch scharf.

»O Mann«, sagte Allegra halblaut, als die Tür zu Adairs Büro hinter ihnen zufiel.

»Du sagst es.« Aber Arthur klang eher erleichtert. »Ich bin froh, dass jetzt alle Bescheid wissen. Das ist eine Nummer zu groß für uns beide. Auch wenn wir ein gutes Team sind.«

»Für uns drei«, korrigierte Allegra und riss die Augen auf. »Wo ist eigentlich Florentine? Sie wollte doch herkommen!«

»Arthur? Kommen Sie bitte noch einmal zu mir ins Büro?«, bat Adair, der seine Tür wieder geöffnet hatte.

»Ja, natürlich.« Arthur wandte sich um. »Ich komm gleich zu euch, ja?«

Allegra nickte und rannte los. Sie verlangsamte ihren Sprint nur, um nicht gegen die Glastür zu knallen.

Florentine öffnete in dem Moment die Tür, als Allegra ihre Hand vor den Scanner hielt. »Sorry, es hat länger gedauert. Ich musste mit meinen Eltern sprechen, und gleichzeitig dachte ich, das ist ja alles geheim, und ich will sie nicht beunruhigen, also hab ich ihnen erzählt, ich hätte Oma Isadora bei einem Traum-Erkundungsausflug zufällig gefunden. Gott sei Dank haben sie keine Ahnung von der Traumwelt. Deine Eltern hätten mir diese Geschichte nie abgenommen. Und ich sehe, du hast deinen Kopf noch. War Adair sehr sauer?«

Allegra ließ sich aufs Sofa fallen. »Es ging. Wir haben bis jetzt keinen Verweis bekommen. Das liegt sicher daran, dass wir nützliche Informationen mitgebracht haben. Arthur ist übrigens noch bei Adair.« Allegra machte eine Pause und blickte Florentine dann mit einem bedeutungsvollen Blick an. »Oh, fast hätte ich es vergessen in all dem Trubel: Arthur hat … Er hat mich geküsst.«

Florentine sprang auf. »Und das sagst du mir so nebenbei? Erzähl! Wie war's? Ich hab schon gemerkt, dass da was ist zwischen euch …«

Allegra lächelte schief. »Es war superschön. Aber ich weiß nicht, was es bedeutet, ehrlich gesagt.«

»Na ja, irgendwie passt das schon. Ihr seid euch ähnlich. Begabt, ehrgeizig und stur.«

Allegra, sonst selten um eine Antwort verlegen, war sprachlos.

»So hat mich noch nie jemand beschrieben«, murmelte sie nach einer Pause. »Vielen Dank auch.«

Florentine riss eine Packung Kekse auf, pfriemelte zwei Scheiben auseinander, um zuerst die Schokoladenschicht essen zu können, und fragte dann mit vollem Mund: »Und wasch habt ihr für nüschlische Informaschionen?«

Allegra lehnte den Kopf an die Sofalehne und fasste zusammen: »Dass der Traum viel größer ist als normale Träume, dass er ständig seine innere Form verändert, dass die Träumer darin gefangen sind und dass die Membran sich öffnet, wenn ich schreie. Wobei Letzteres wohl eher Zufall war.«

»Hm. Und was jetzt? Was machen Adair und Corlaeus mit diesen Infos?«

Allegra setzte sich wieder auf und faltete die Beine zum Schneidersitz. »Sie arbeiten einen Plan aus, denke ich. Corlaeus hat einen konkreten Verdacht, wer hinter all dem steckt, das hat er uns doch auch schon gesagt. Vielleicht wartete er auf Beweise.«

»Was meinst du, wen verdächtigt er?«

»Das ist ja das Merkwürdige. Ich glaube, er denkt an Mortensen. Aber der ist der Einzige, der eigentlich nicht infrage kommt. Andererseits – « Sie dachte an den starren Blick, mit dem Mortensen sie vor der Klinik bedacht hatte. »Was, wenn es doch dieser Irre ist?«

»Selbst wenn der mal lichte Momente hat – das würde er nicht hinbekommen«, widersprach Florentine. »Ich glaube eher an einen Bewunderer. Ein Trittbrettfahrer, du weißt schon, wie bei Serienkillern im Film, wo jemand anders den eigentlichen Täter kopiert.«

»Könnte sein. Und im Übrigen haben sie uns versprochen, dass wir dabei sein können, was auch immer sie tun werden. Sie wollen verhindern, dass wir wieder alleine losziehen.«

»Das war ja auch grenzwertig«, murmelte Florentine. »Ich verstehe Arthur, aber ich bin immer noch sauer auf mich selbst, dass ich mich hab überreden lassen. Wir hätten alle drei dabei draufgehen können! Und dann hätte deine Schwester, wenn sie wieder zurückkommt, erfahren, dass sie dich auch noch verloren hat. Stell dir das mal vor!«

Allegra wurde blass. »So habe ich es noch gar nicht betrachtet«, gab sie zu. »Ich wollte Arthur helfen, und als ich Elena da drin gesehen habe, bin ich fast zusammengebrochen … Dass Elena *mich* verlieren könnte, war mir überhaupt nicht klar.« Sie atmete tief ein und aus. Dann fiel ihr etwas ein. »Sag mal, hast du den Begriff Shifter schon mal gehört?«

»Shifter?«, wiederholte Florentine. »In Bezug auf uns Traumwanderer, meinst du?« Sie überlegte ein paar Sekunden. »Nein, ich glaub nicht. Wie kommst du darauf?«

»Corlaeus hat das erwähnt. Aber vielleicht ist es auch nicht wichtig. Was machen wir jetzt?«

»Auf Arthur warten«, gab Florentine lakonisch zurück. »Komm, ich hab noch ein paar Filme auf meinem Laptop. Wir könnten einen kitschigen Liebesfilm anschauen, das lenkt ab.«

Als Allegras und Florentines Handys wenig später gleichzeitig eine Nachricht ankündigten, schreckten sie hoch. Beide hatten nicht auf den Film geachtet, sondern ihren Gedanken nachgehangen. Florentine las die Nachricht vor: *Haltet euch bereit. 7 Uhr bei mir.* C.

In dieser Nacht schlief Allegra kaum. Sie dachte an Elena, an Arthur, den Kuss. War sie verliebt in ihn? Sie fühlte sich wohl in seiner Gegenwart – aber sie konnte es nie richtig genießen. Wie auch in dieser Ausnahmesituation? Gegen halb sechs gab Allegra auf, sie duschte, nur um etwas zu tun zu haben, Florentine folgte ihrem Beispiel, und um zehn vor sieben marschierten sie aus dem Haus. Auf halbem Wege trafen sie auf Jenny, die übernächtigt aussah und dunkle Ringe unter den Augen hatte. »Gehen wir zusammen zum Frühstück?«, fragte sie, ein wenig undeutlich, weil sie ihre Haarklammer noch zwischen den Zähnen hatte.

»Sorry. Wir müssen vorher noch zum Pförtner«, erklärte Allegra.

»Was wollt ihr denn bei dem?«

»Räder ausleihen«, sagten Florentine und Allegra wie aus einem Mund.

»Bis nachher«, fügte Florentine hinzu, und sie bogen in Richtung Ausgang ab.

»So, da wären wir. Wo ist Corlaeus?« Florentine sah sich suchend um.

»Hier«, ertönte prompt seine dunkle Stimme hinter dem Haus. Corlaeus hatte die Ärmel hochgekrempelt, und seine Finger waren ölverschmiert. »Ich kann am besten denken, wenn ich nebenbei etwas repariere«, gab er mit leichtem Lächeln zu. »Und die Räder hatten es nötig.«

Genau in diesem Moment kam Jenny um die Ecke gebogen. »Ich könnte auch ein Rad brauchen«, sagte sie. Allegra zuckte zusammen. Das hätte auch schiefgehen können!, dachte sie. Zum Glück hatte Corlaeus grade an den Rädern gearbeitet.

Allegra beobachtete, wie Jenny sich ein Fahrrad aussuchte und dann darauf wartete, dass Allegra und Florentine das Gleiche taten. Allegra warf Corlaeus einen flehenden Blick zu. Er ließ sich nicht aus der Ruhe bringen. »Die beiden kommen noch für einen Moment mit mir rein«, sagte er gelassen. »Ich will ihnen noch eine schöne Strecke auf der Karte zeigen. Fahr ruhig schon vor, Jenny.«

Jenny sah die drei neugierig an, stieg aber widerspruchslos auf ihr Rad. »Okay, bis nachher!«

»Puh, das war knapp«, seufzte Allegra.

»Zu unserer vordringlichen Aufgabe!«, begann Corlaeus sofort. »Kommt rein, ich möchte kurz ungestört mit euch sprechen.« Er wartete, bis sie alle in seiner Küche standen, dann wandte er sich an Florentine. »Heute möchte ich, dass du Lorenzo beschattest.«

»Echt? Wieso? Glauben Sie, Lorenzo könnte den Traum konstruiert haben?«

Corlaeus schüttelte den Kopf. »Nein, aber ich hoffe, dass er uns zu jemand anderem führen kann. Ihr habt mir doch die Nachricht geschickt, schon vergessen? Dass er sich an bestimmte Dinge nicht erinnert? Er leidet unter Gedächtnisverlust, und das, was Allegra beschrieben hat, klingt, als hätte jemand an seiner Seele herumgepfuscht ... Gleiches, so vermute ich, ist mit Louise und Mike geschehen. Wer weiß, mit wie vielen noch? Vielleicht entdeckst du noch weitere Manipulierte, das wäre sehr hilfreich.«

Allegra stand da wie vom Donner gerührt. »Daher kam das unangenehme Gefühl? Ich habe gespürt, dass sie manipuliert wurden?«

»Du bist in dieser Hinsicht sehr sensibel – es mag an deiner Aura liegen, oder es ist einfach eine Typfrage, das weiß ich noch nicht. Aber ja, deswegen bist du in Ohnmacht gefallen.«

Allegra stöhnte auf.

»Sensibel zu sein ist nicht schlecht«, sagte Corlaeus, doch seine Augen blickten mitfühlend. »Ich verstehe schon, es ist alles ein wenig viel auf einmal. Florentine, wie sieht es aus? Kannst du das übernehmen?«

»Klar.« Florentine überlegte. »Es ist eh kein Unterricht heute, wir wollten uns alle in der Bibliothek treffen, um zu lernen. Da kann ich Lorenzo bestimmt im Auge behalten. Wie lange? Bis heute Abend?«

»Das weiß ich noch nicht. Erstatte mir alle drei Stunden Bericht, würde ich vorschlagen. Am besten persönlich, aber notfalls mit einer SMS.«

Florentine nickte, nahm sich draußen zur Tarnung eines der Räder und schwang sich auf den Sattel. »Ich hab noch ein bisschen Zeit, Lorenzo taucht nie vor halb acht beim Frühstück auf, das weiß ich.«

»Woher wohl?«, stichelte Allegra, aber sie lächelte.

Florentine warf ihr einen gespielt bösen Blick zu. »Wir sehen uns später«, rief sie und fuhr los.

»Dir steht etwas ganz anderes bevor, Allegra«, erklärte Corlaeus. »Setz dich bitte, ich muss das ein bisschen ausführen.«

Allegra ließ sich gespannt auf einen der Stühle am Esstisch sinken und stützte das Kinn in die Hände. »Sie machen es aber spannend.«

»Das ist es auch. Was ich dir jetzt erzähle, ist etwas ganz Besonderes. Also, du hast gestern berichtet, wie sich der Traum verändert hat und wie die Membran sich dann geöffnet hat und ihr fliehen konntet.« Corlaeus blickte kurz aus dem Fenster. »Ah, Arthur«, rief er, »komm rein. Das solltest du auch noch einmal hören!«

Arthur hatte dunkle Schatten unter den Augen, er sah aus, als habe er überhaupt nicht geschlafen. Sein T-Shirt war zerknittert, seine Jeans hatte Flecken am Knie, und er hielt einen Kaffeebecher in der Hand. Trotzdem machte Allegras Herz einen Hüpfer, als er ihr zunickte.

»Dass ihr aus diesem Traum fliehen konntet, ist physikalisch eigentlich unmöglich. Es ist wirklich nicht einfach, die Membran von innen nach außen zu durchdringen. Das hat die Natur so eingerichtet, damit eben der Träumer nicht aus seinem Traum einfach hinausspaziert. Und wir reden nicht davon, die Membran zu sprengen oder dergleichen.« Er machte eine Pause.

»Du hast gestern gehört, was José gesagt hat, oder? Shifter.«

»Ja, aber ich weiß nicht, was das bedeutet.«

»Viktor Mortensen war ein Shifter. So nennen wir Agenten, die in der Lage sind, die Stimmung und die Gegebenheiten eines Traums bewusst zu verändern.«

»Und wie macht man das? Ist das auch eine erbliche Fähigkeit, wie bei den Scouts, die in die Träume schauen können?«

»Nein, Shifter werden mit dieser Gabe geboren, aber es ist nicht erblich. Es hängt, soweit wir wissen, mit der Aura zusammen. Die Aura ist bei manchen Traumwanderern extrem ausgeprägt, macht sie unempfindlicher gegen die Einflüsse des Nebels und führt dazu, dass sich ein Traum nach ihren Vorstellungen formt, sich ihrer Stimmung anpasst.«

»Aha. Und was hat das mit mir zu tun?«

»Ich denke, du bist ein Shifter.« Corlaeus sah sie erwartungsvoll an.

Allegra blinzelte. »Ähm … gleich zwei Wunderkräfte? Was bin ich? Supergirl? Oder …«, und der Gedanke gefiel ihr gar nicht, »so was wie Mortensen?« Die letzten Worte flüsterte sie.

»Quatsch. Du bist doch nicht wie dieser Irre!«, sagte Arthur mit Überzeugung, und Allegra sah ihn dankbar an.

»Aber ich habe dich in Aktion gesehen, Allegra. Du hast den Traum gestern verändert«, ergänzte er.

»Ich? Wie denn?«, fragte Allegra.

»Shifter verändern die Umgebung zunächst unbewusst, können aber lernen, das zu steuern«, fuhr jetzt Corlaeus fort.

»Aber ich sage doch, ich habe gar nichts gemacht. Ich war von dem Labyrinth genauso überrascht.« Allegra wurde auf einmal panisch. Glaubte Corlaeus wirklich, sie hätte etwas mit der Gestaltung des Traumes zu tun?

Corlaeus lächelte. »Ganz ruhig. Ich werfe dir nichts vor. Ganz im Gegenteil: Es ist ja nicht dein Traum. Der Traum hat seine eigene Dynamik, die wir noch nicht ganz verstehen. Vielleicht erst, wenn wir wissen, wer ihn erschaffen hat. Aber ich glaube, du kannst ihn verändern, wenn du willst. Und wenn du weißt, wie man so etwas macht.«

Das klang verdächtig nach Zauberei. Andererseits – irgendwie hatte sie die Membran dazu gebracht, sich zu öffnen … Allegra kniff die Augen zusammen. »Warten Sie mal, verstehe ich das richtig? Sie wollen, dass ich da hineingehe und … Ja, was denn genau?«

Corlaeus stützte sich mit den Händen auf den Tisch und sah Allegra in die Augen. »Ich möchte, dass du den Traum mit der Kraft deiner Gedanken änderst.«

Arthur atmete scharf ein und öffnete den Mund, als wolle er etwas sagen, doch es kam nichts heraus. Er starrte Corlaeus mit einem Blick an, in dem sich Verzweiflung und Hoffnung abwechselten.

Corlaeus strich sich über den Bart. »Sieh mal, Allegra, wenn du die Kontrolle über den Traum gewinnst, können wir alle herausholen, die noch drin sind. Wir werden die Träumer retten, deine Schwester, eventuell Arthurs Schwester – und damit nicht nur unsere Pflicht gegenüber den Träumern erfüllen, sondern bei dieser Gelegenheit vielleicht auch erfahren, wer nun eigentlich verantwortlich ist.«

»Wahnsinn«, murmelte Arthur fast unhörbar.

»Hast du jetzt Angst vor mir?«, fragte Allegra, die nicht wusste, was sie mit dieser Bemerkung anfangen sollte.

»Was? Nein! Adair und ich haben gestern Nacht noch lange darüber gesprochen. Dass du die Fähigkeit deines Vaters und die von Mortensen in dir vereinst, grenzt, wie du selbst schon sagst, an ein Wunder. Du bist unsere einzige Hoffnung!«

»Wie soll ich das Shiften denn so schnell lernen? Wenn etwas schiefgeht, kann Elena sterben. Und die anderen auch …«, sagte Allegra leise.

»Arthur wird dir helfen«, erklärte Corlaeus. »Er kennt sich aus mit psychologischen Techniken. Ich selbst zeige dir dann, wie du das auf den Traum anwenden kannst.«

Allegra blickte von Corlaeus zu Arthur und nickte dann langsam.

»Sehr gut. Wir gehen in die Traumkammer«, ordnete Corlaeus an.

Die Traumkammer befand sich wie die Turnhalle im rückwärtigen Teil des Hauptgebäudes. Corlaeus drückte auf einen Knopf neben einer Tür, die Allegra überhaupt nicht wahrgenommen hatte, weil sie sich kaum von der schwarzglänzenden Wand unterschied. Es handelte sich um einen Aufzug, der sie fast lautlos zwei Stockwerke nach unten beförderte.

Ein nur durch flackernde Neonröhren erhellter Gang wurde sichtbar. Am Ende befand sich eine Tür, und Corlaeus hielt die Hand vor einen Scanner. Es klickte, und sie öffnete sich mit einem kaum wahrnehmbaren Zischen. Dahinter konnte man einen fensterlosen Raum erkennen. Allegra hatte bisher außer am Traumsaal noch keinen Scanner an den Unterrichtsräumen gesehen – dieser Raum musste wirklich etwas Besonderes sein. Nacheinander traten sie über die Schwelle. Allegra musste sich geradezu überwinden, in den Raum hineinzugehen. Es war, als würde etwas versuchen, sie vom Betreten der Kammer abzuhalten.

»Wieso hat das Zimmer einen Scanner?«, fragte sie und wusste es im nächsten Augenblick.

Um sie herum schwebten Träume!

Große, kleine, perfekt kugelförmige und welche, die eher an eine schwach leuchtende Birne erinnerten.

Corlaeus machte eine ausholende Handbewegung, die den ganzen Raum einschloss. »Das ist ein besonderer Sicherheitsmechanismus. Denn in diesem Raum lagern wir Träume, die niemandem mehr gehören.«

»Wie kann man denn Träume lagern?« Allegra streckte vorsichtig die Hand aus, doch als wären sie von einem Kraftfeld umgeben, hielten die Träume Abstand. »Warum zerfallen die nicht in Traumfetzen? Diese Nebelschwaden?«

»Was wir hier haben, ist etwas ganz Außergewöhnliches, selbst für die DI-Akademien. Diese Träume wurden von uns gerettet, bevor sie zerfallen sind. In diesem Raum werden sie konserviert.«

Allegra trat instinktiv einen Schritt zurück, doch es nützte nichts. Die Träume waren überall um sie herum. »Klingt irgendwie gruselig.« Sie sah genauer hin, auch in einige Träume hinein. »Komisch«, sagte sie dann, »in diesen Träumen ist niemand.«

»Nein, natürlich nicht. Das hier ist nur eine Momentaufnahme des Zeitpunkts, in dem der Träumer wieder erwacht. Und indem er wach wird, verschwinden auch all diejenigen, mit denen er eventuell seinen Traum bevölkert hat. Wenn jemand von anderen Menschen träumt, sind ja deren Seelen nicht wirklich in seinem Traum, das weißt du doch, oder?«

»Ach so.«

Arthur stand neben ihr und sah sich mit offenem Mund um.

»Was muss ich tun?« Einer der Träume schwebte wie eine Seifenblase auf Allegra zu, und sie beugte sich nach vorne, immer darauf bedacht, den Traum nicht – auch nicht mit der Nasenspitze – zu berühren.

»Such dir einen Traum heraus«, forderte Corlaeus sie auf. »Egal welchen.«

Allegra drehte sich langsam im Kreis, sah sich die Träume einen nach dem anderen an. Auf Kniehöhe schwebte einer, der sie an einen Schwarz-Weiß-Film erinnerte. Und innendrin war alles schlierenartig verzerrt, als würde man durch ein Kaleidoskop blicken. »Den hier«, sagte sie und ging in die Hocke.

»Dann bist du jetzt dran, Arthur. Denk daran, was wir gestern besprochen haben.«

Arthur nickte und ging in etwa einem Meter Abstand vor Allegra in die Knie. Seinen Kaffeebecher hielt er weiterhin in der Hand. »Wir versuchen es mit einem ganz einfachen psychologischen Kniff«, begann er.

Allegra riss ihren Blick los von dem düsteren Traum und wandte sich ihm zu. Die Schatten unter Arthurs Augen waren heller geworden.

»Was machst du, wenn du möchtest, dass jemand eine Verhaltensweise ändert?«, begann er.

»Ich bitte ihn freundlich darum?«

»Er sagt Nein. Und dann?«

Allegra verzog den Mund. »Ich versuche, ihm die Vorteile von dem, was ich will, zu erklären?«

»Er ist stur und sagt wieder Nein.«

Das war ja schlimmer als bei Madame Pinot! »Hm ... ich tue so, als würde ich aufgeben, und versuche es in einem geeigneten Moment noch einmal? Sozusagen von hinten links?«

Arthur grinste. »Sehr richtig. Du nutzt ein Überraschungsmoment!«

»Aber bei Mike hast du es anders gemacht«, widersprach Allegra, die sich gut an den Abend erinnerte.

»Bei ihm hätte das auch nicht funktioniert«, erläuterte Arthur. »Mike wäre mir vom Baum gefallen. Ihn habe ich schlichtweg belogen.«

»Und Mike war betrunken.«

»Das glaube ich inzwischen nicht mehr«, warf Corlaeus ein. »Mike ist einer verbotenen Manipulation zum Opfer gefallen, genauso wie Lorenzo.«

Arthur nahm den Faden wieder auf. »Du willst ihn also überraschen. Also, dann mach mal.« Allegra betrachtete Arthurs Lippen, während er sprach, und erinnerte sich auf einmal wieder so deutlich an den Kuss, dass sie für einen Moment vergaß, wo sie war.

»Erde an Allegra«, drang an ihr Ohr, sie fuhr zusammen und errötete.

»Sorry. Äh ... und wie mach ich das?«

Artur blickte auffordernd zu Corlaeus, der jetzt ebenfalls in die Knie ging. Für einen Mann seines Alters und seines Umfangs bewegte er sich auffallend gelenkig, fast grazil.

»Jeder Shifter arbeitet anders«, begann er. »Aber eines haben sie alle gemeinsam: Sie lernen, bewusst zu steuern, was sie unbewusst bereits tun. Was hast du gedacht oder gefühlt, direkt bevor die Membran sich von innen geöffnet hat?«

Allegra überlegte. »Beim ersten Mal war ich aufgeregt. Und beim zweiten Mal war ich wütend, da habe ich den Traum angeschrien, weil ich daran gedacht habe, wie leicht es beim ersten Mal war. Das hat Arthur ja schon erzählt ...« Sie wurde rot. »Sorry, anscheinend geht es manchmal mit mir durch ...« Sie dachte nach. »Beim ersten Mal war ich aber auch wütend, wenn ich es mir recht überlege. Da sagte mir die Agentin, die mit den kurzen Haaren –«

»Anne-Sophie«, fiel Arthur ein.

»Ja, genau, sie hat mir gesagt, dass sie es auch nicht geschafft haben, die Träumer zum Mitkommen zu bewegen, und in dem Moment war ich echt sauer, weil es erst so aussah, als würden wir es hinkriegen, und dann klappte es doch nicht.«

Corlaeus hatte ihr aufmerksam zugehört. »Der gemeinsame Nenner ist also die Emotion, in diesem Fall Wut«, stellte er fest. »Das ist einerseits gut, weil Wut eine sehr starke Emotion ist. Leider ist sie auch am schwierigsten zu kontrollieren. Aber für unsere Zwecke sollte es reichen.« Er wies auf den Traum, der wie eine unschuldige Seifenblase zwischen ihnen schwebte. »Versuch es mit Wut. Geh vorsichtig hinein, überlege, ob dich darin etwas wütend macht, und dann versuch die Stimmung für die Wandlung des Traumes zu nutzen.«

Allegra holte tief Luft. Ihre Hände zitterten. Arthur bemerkte es und griff nach ihrer Hand. In diesem Moment fiepte sein Handy, das er in der Hosentasche trug. Erst schrill, dann brach der Ton ab.

»Oh, Mist. Entschuldigung. Ich hab manchmal so eine merkwürdige Wirkung auf Sachen, die elektrisch funktionieren.« Allegra schaute ihn leicht verzweifelt an. Ausgerechnet jetzt musste das passieren!

»Und das sagst du mir erst jetzt?«, fragte Arthur, der fassungslos sein Handy untersuchte, mehrfach auf den dunklen Bildschirm klopfte und es dann achselzuckend wieder in die Tasche schob. »Ist jetzt auch schon egal. Es gibt Wichtigeres.«

»Okay. Noch mal.« Sie hob die Hand, berührte die Membran und stand einen Lidschlag später in einem Zimmer. Es war karg, fast kahl, und doch war es eindeutig ein Kinderzimmer. Ein kleiner Schlafanzug war achtlos aufs Bett geworfen, ein Teddy, dem ein Bein fehlte, lag neben dem Kissen. Es roch nach schalem Zigarettenrauch. Die Emotionen ließen nicht lange auf sich warten. Und zusammen mit dem Mitleid, das Allegra für das Kind empfand, das hier wohnte, kam auch die Wut. Warum mussten Kinder so etwas aushalten? Einsamkeit, Vernachlässigung – das war so ungerecht! Sie richtete ihre ganze Aufmerksamkeit auf den Traum. Was hatte sie in den letzten Tagen über Träume gelernt, über sich, über die Art, an eine scheinbar unlösbare Aufgabe heranzugehen? Was hatte Arthur ihr gerade geraten?

Sie stellte sich einen bunten Teppich vor und wie sie den Teddy versorgen und ihn mit einem Verband am Fuß dem Kind in die Hand geben würde, mit der Bitte, dass es gut für ihn sorgen solle. Sie dachte an Sonnenstrahlen, die durch das Fenster schienen – und allein bei diesen Gedanken wurde ihr leichter ums Herz. Aber ob sie auch den Traum wandeln konnte?

Sie konnte!

Der Traum reagierte. Es wurde heller.

»Na, geht doch!«, jubelte Allegra.

Das musste sie den beiden Männern erzählen, die draußen warteten! Triumphierend trat Allegra durch die Membran. »Es klappt! Der Traum hat sich verändert!«

In diesem Moment zerplatzte der Traum.

Traumfetzen segelten wie Ascheflöckchen zu Boden und lösten sich auf.

»Oh ... Sch... was war das denn?«

»Du warst etwas voreilig, scheint mir.« Corlaeus sah sie

tadelnd an. »Wenn dir das in der Traumzeit passiert, verlierst du alle Seelen, die sich in dem Traum befinden.«

Allegra nickte zerknirscht. »Kann ich es noch einmal versuchen?«

»Dafür sind wir ja hier«, sagte Corlaeus. »Wie wäre es mit dem?« Er wies auf einen Traum, der in einer der oberen Ecken der Kammer schwebte. Allegra richtete sich auf und spähte hinein. »Noch was Düsteres. Sieht aus wie eine Mondlandschaft.«

»Dann los!«

Allegra trat erneut in den Traum und fühlte sich schnell in die trostlose Stimmung ein, die den Traum durchdrang. Aber Allegra setzte diesmal weniger auf ihre Emotionen, sondern konzentrierte sich auf ihre Vorstellungskraft. Sie fühlte Gras unter ihren Füßen wachsen, hörte Wind in den Bäumen rauschen und spürte den zarten Flügelschlag eines Schmetterlings an der Wange.

Der Himmel färbte sich blau. Der Steinboden unter ihr begann sacht zu schwingen.

»Es klappt!«, sagte sie leise und trat ganz vorsichtig heraus, um Bericht zu erstatten.

Corlaeus' Augen blitzten. »Hervorragend«, flüsterte er. »Und noch einen.«

Nach zwei Stunden war Allegra vollkommen erschöpft, aber es war ihr gelungen, mehrere Träume aufzuhellen und auch deren Inneres zu wandeln.

»Das muss reichen«, sagte Corlaeus und klang zufrieden. Er blickte auf seine Armbanduhr. »Kurz nach zehn. Jetzt erholst du dich eine Weile. Ich werde hören, was Florentine herausbekommen hat, dann rufe ich Adair und das Team zusammen. Wir starten heute noch eine Rettungsmission.« Er wandte sich an Arthur: »Bleib bitte bei Allegra. Ihr werdet nachher beide mit in die Traumzeit kommen. Geht nicht weit weg, am besten, ihr bleibt hier im Hauptgebäude.«

Doch als sie aus dem Aufzug in die Eingangshalle traten und Corlaeus sofort in den Gang zu den Büros abbog, schüttelte Allegra den Kopf. »Ich brauche Luft«, sagte sie. Sie traten hinaus aus dem Gebäude, und Allegra atmete auf. Die Schwüle der letzten Tage war einer klaren Luft gewichen, der Wind vom Meer brachte etwas Abkühlung, und der Himmel war blau, mit weißen Wölkchen betupft. Allegra wurde schwindlig. Alles um sie herum drehte sich, ihr Magen fuhr Achterbahn. Arthur bemerkte, wie sie schwankte, und fasste sie am Arm. »Hey, was ist los?«

»Weiß nicht«, murmelte Allegra. »War vielleicht ein bisschen viel grade.«

»Komm in den Schatten.« Arthur zog sie über die Wiese zu ein paar Bäumen, ließ sie vorsichtig auf den Boden gleiten und achtete darauf, dass sie sich an einen der Stämme lehnen konnte.

Allegra registrierte noch, dass er sich neben sie setzte, und wollte gerade etwas sagen, da kippte sie zur Seite.

Arthur fing sie auf, bettete ihren Kopf auf seinen Oberschenkel und strich ihr über die schweißnasse Stirn.

Allegra ließ die Augen geschlossen und wartete darauf, dass der Schwindel nachließ. Sie hörte sich stoßweise keuchen, hinter ihren Lidern explodierten Farben und drehten sich wie bunte Feuerräder. All ihre anderen Sinne waren seltsam geschärft, sie nahm das Piepsen einer Bachstelze wahr, hörte, wie ein Ast über ihr knackte, spürte den grasigen Boden unter ihrem Rücken. Irgendwann merkte sie, wie sich ihr Körper mit jedem einzelnen von Arthurs Atemzügen leicht hob und senkte. Das half. Sie passte ihren Atemrhythmus seinem an, hielt sich daran förmlich fest, und langsam ließ das Drehen nach. Als sie die Augen öffnete, war sein Gesicht direkt über ihres gebeugt, sie konnte goldene Fleckchen in seiner sonst braunen Iris sehen.

»Hey«, krächzte sie.

»Hey«, antwortete er, und eine seiner Dreadlocks kitzelte sie am Schlüsselbein. Er musterte sie kritisch. »Geht's wieder?«

»Mhm. Danke. Schaust du mal in meine Tasche? Da ist eine Wasserflasche drin, glaube ich.«

Während er suchte, hatte er eine Hand auf ihre Schulter gelegt, die Wärme drang durch ihr T-Shirt und hinterließ ein wohliges Gefühl auf ihrer Haut. Allegra trank gierig die kleine Wasserflasche leer, verschluckte sich und hustete. »Das nächste Mal frühstücke ich vorher. Ich bin total ausgepowert.«

Sie bemerkte, dass Arthur sie eindringlich ansah. »Was ist los?«, fragte sie.

»Ich ... ich hab mir geschworen, dass ich mich in der Akademie auf meinen Abschluss konzentriere, ich habe hier keine engen Freundschaften geschlossen, und eine Freundin war für mich kein Thema. Aber jetzt bist du da. Und ich kriege dich einfach nicht aus meinem Kopf. Der Kuss gestern war das Schönste, was ich seit Langem erlebt habe ...« Arthur sah sie in geradezu komischer Verzweiflung an. »Was mache ich denn jetzt?«

Er wischte ihr mit dem Daumen einen Wassertropfen

vom Kinn, und diese kurze Berührung reichte, dass Allegra sämtliche Bedenken über Bord warf. Sie verschränkte die Hände in seinem Nacken, sah ihm in die Augen. Er bewegte sich nicht, Erstaunen war in seinem Blick zu lesen, und dann sah sie gar nichts mehr, weil sie die Augen schloss, einfach ihrem Herzen folgte und ihn küsste.

Arthur strich mit den Fingern immer wieder über ihre Wangen, ließ seinen Mund folgen. Allegra vergaß alles um sich herum. Als sie sich endlich voneinander lösten, waren Allegras Lippen gerötet, und überall auf ihrer Haut, wo Arthurs Mund sie gestreift hatte, spürte sie kleine feurige Spuren, die nur langsam erloschen. Unter halb geschlossenen Lidern sah sie Arthur an. Sein Gesicht wirkte ganz anders, wenn er die Beherrschung, die er sonst wie einen Mantel um sich trug, verlor. Weich und gelöst wirkten seine Züge, seine Augen glänzten, und Allegra fragte sich einen Moment lang, ob man auch ihr so deutlich ansah, was sie gerade getan und empfunden hatte.

Florentine jedenfalls wusste sofort Bescheid. »Sorry, wenn ich eure Zweisamkeit störe«, rief sie und kam mit langen Schritten über die Wiese geeilt. »Ich muss euch was erzählen.«

»Wir haben nur ...«, begann Allegra verlegen, und Arthur sagte gleichzeitig: »Wir sind gar nicht ...«

»Mir egal!« Florentine wedelte ungeduldig mit der Hand und entblößte dabei einen handtellergroßen Fleck am Unterarm, der von Sekunde zu Sekunde dunkler wurde.

»Was ist dir denn passiert?«, fragte Allegra erschrocken.

»Lorenzo ist passiert.«

»Wie bitte? Ist der verrückt geworden?« Arthur klang

empört. Er stand auf, zog Allegra ebenfalls auf die Füße und zog ihr vorsichtig Blätter und Gras aus den Locken, während Florentine berichtete.

»Ich bin Lorenzo gefolgt, wie Corlaeus es gesagt hat. Zuerst bin ich ihm in die Bibliothek nachgegangen, da hat er mit Louise rumgeflüstert, ich konnte aber nicht hören, worum es ging. Dann war er bei Madame Pinot im Zimmer, die war aber nicht da. Er hat telefoniert, vermutlich mit Sofia, so wie er gesäuselt hat. Dann hat er mich gesehen, ist erschrocken und hat seine Tasche fallen lassen. Und was kullert raus? Eine Sanduhr! Ich bitte euch, eine Sanduhr! Also hab ich ihn gefragt, was er bitte damit macht, denn niemand hier hat eine eigene Sanduhr. Die kriegt man doch erst, wenn man die Akademie verlässt! Er hat gesagt, dass er die grade Madame Pinot zurückgeben wollte, und ich hab ihn wohl zweifelnd angesehen. Er hat mich am Unterarm gepackt, wollte mich mit sich ziehen. Also raus aus dem Zimmer. Er war ein bisschen wie in Trance, hatte ich das Gefühl.« Sie massierte geistesabwesend ihre Hand. »Und dann, äh ... dann hab ich ihm so richtig eine verpasst, dass es ihn kurz umgehauen hat – weißt du noch, Arthur, wie wir es mal im Sportunterricht gelernt haben, von unten ans Kinn, ich bin ja viel kleiner als er –, aber ich habe die Faust nicht richtig geschlossen und mir, glaub ich, einen Finger gebrochen. Tut jedenfalls ziemlich weh.« Sie holte Luft und sah die beiden erwartungsvoll an.

Allegra und Arthur tauschten einen fassungslosen Blick.

»Und? Wo ist Lorenzo jetzt?«, fragte Allegra.

Florentine lächelte ein bisschen verlegen. »Das ... also ... immer noch im Klassenzimmer von Madame Pinot.«

Arthur kniff die Augen zusammen. »Wie jetzt?«

»Er war ganz kurz weggetreten, da hab ich ihn mit den Hand- und Fußgelenken an der Heizung festgebunden.«

»Was?« Allegra wusste nicht, ob sie entsetzt oder begeistert sein sollte.

»In der Schublade im Lehrerpult waren nicht nur Rasierklingen, sondern auch Kabelbinder«, erklärte Florentine. »Keine Ahnung, für welche Stunde Madame Pinot die braucht. Aber sie waren sehr nützlich.«

»Ich glaub's nicht«, sagte Allegra. »Ich dachte schon, bei uns wär was los gewesen.«

»Da lief ja auch ganz schön was, das habe ich gesehen.« Florentine grinste.

»Nicht das!«, wehrte Allegra ab und berichtete Florentine, was sich in der Traumkammer zugetragen hatte. »Um zwölf geht es los«, flüsterte sie.

Florentine nickte. »Ich hol mir jetzt ein Kühlpack aus der Krankenstation, und dann geh ich zurück ins Klassenzimmer und rede mit Lorenzo. Ich versuche, mehr aus ihm herauszukriegen, okay? Sagt Corlaeus Bescheid.«

16.

Im Traumsaal war eine kleine eingeschworene Truppe versammelt. Corlaeus und Adair hatten Sir Hammond, Madame Berger, Madame Pinot und Madame Reloy eingeweiht. Sie schauten alle sehr ernst. Als Allegra und Arthur den Saal betraten, nickte Corlaeus Madame Reloy zu, die daraufhin den Saal von innen verriegelte. Sie gab einen langen Code in den Scanner ein und drehte sich dann zufrieden um. »Hier kommt niemand mehr rein.«

»Sehr gut.« Adair wies mit dem Finger auf Hammond. »Sie und Madame Reloy werden dennoch hierbleiben und Wache halten. Ich möchte keine bösen Überraschungen erleben.«

»Natürlich, Sir«, gab Hammond zurück. Seine roten Haare klebten an seinen Schläfen. Er schwitzte.

»Wo ist Florentine?«, fragte Corlaeus. »Sie hat sich noch nicht bei mir gemeldet.«

»Wir haben sie grade gesehen. Sie wird nachkommen.« Sie konnte nicht sagen, warum, aber Allegra behielt die Erkenntnisse über Lorenzo lieber erst einmal für sich. Er konnte ja momentan ohnehin keinen Schaden anrichten, und wenn Florentine etwas aus ihm rauskriegen würde, konnte sie den beiden Saalwächtern Bescheid geben. Arthur sah Allegra fragend an, aber sie schüttelte leicht den Kopf.

»Wo ist denn Sofia? Will sie nicht mitkommen?« Allegra sah sich verwundert um. Sie konnte sich nicht vorstellen, dass sich Sofia eine solche Aktion entgehen lassen würde.

»Meine Tochter und ich hatten gestern Abend leider eine Auseinandersetzung«, erklärte Adair. »Sie wird heute nicht dabei sein.« Es klang gequält, aber sein Gesichtsausdruck sagte deutlich, dass er nicht darüber reden wollte. »Elisabeth und Martine, ihr seid unsere Anker«, begann Corlaeus. »Allegra, Arthur, José und ich werden den Traum betreten und ihm hoffentlich ein Ende machen.« Allegra überlegte kurz, wer wohl Martine war, bis ihr aufging, dass er Madame Pinot gemeint haben musste.

»Ich hoffe, mithilfe unserer verbundenen Aura können wir die Träumer wecken. Dennoch werden sie ziemlich orientierungslos sein. Und nach dem, was Allegra erzählt hat, tickt da drinnen für sie alle eine tödliche Uhr. Wir werden einen schnellen Weg für sie nach Hause in ihre Träume finden müssen«, ergänzte Adair und wies daraufhin jedem seine Liege zu.

Allegra legte sich neben Arthur und schloss die Augen.

Bald, Elena, rief sie ihrer Schwester im Geist zu, halte nur noch eine kurze Weile durch, wir kommen! Jetzt stimmten die Männer einen tiefen Summton an, und Madame Reloy drehte die beiden großen Sanduhren um. Ganz langsam, Körnchen für Körnchen, begann der violette Sand zu fallen.

Der Countdown hatte begonnen.

Jeder Übergang in die Traumzeit erschien Allegra ein wenig leichter. Das Ziehen um den Bauchnabel war immer noch da, aber die Phase der Orientierungslosigkeit wurde deutlich kürzer. Im einen Moment spürte sie noch die Liege unter ihrem Rücken, im nächsten stand sie auf der ersten Ebene und sah die Lichtkugeln um sich herum sichtbar werden. Die anderen tauchten fast gleichzeitig mit ihr auf.

»Alle da? Gut. Bring uns zu dem Traum«, forderte Corlaeus Allegra auf.

Den Traum zu finden, fiel ihr von Mal zu Mal leichter, und Allegra stellte fest, dass er sich nicht verändert hatte, seit sie ihn gestern verlassen hatten.

»Das ist er«, bestätigte Arthur, und auch Madame Berger nickte.

»Also los«, sagte Corlaeus.

Allegra streckte prüfend die Hand aus. Die Membran ließ sie anstandslos passieren. »Mir nach«, rief sie und nahm Arthur an der Hand. Eine Kette bildend, passierten alle vier nacheinander die Traumhülle.

Der stechende Geruch nach Verwesung war verschwunden, das registrierte Allegra als Erstes. Sie standen auf der kargen Ebene, ein paar Meter weiter begann die Schlucht, die beim letzten Mal entstanden war. Es war dunkler geworden, Elena war nicht zu sehen, auch keine anderen Träumer. Allegra sank das Herz. Der Traum war so riesig! Wie sollten sie nur alle finden?

»Wir bleiben erst einmal zusammen, bis Allegra die Kontrolle erlangt hat«, befahl Adair. »Stellt euch im Dreieck auf, Blick nach außen. Allegra in die Mitte.« Allegra begriff mit einem Mal, warum man Adair zum Direktor der Akademie gemacht hatte. In ihm brannte ein Streben nach Gerechtigkeit, eine Flamme, die Mortensen nie hatte auslöschen können.

Arthur drückte ihr kurz die Hand, dann nahm er seine Position an einer Spitze des Dreiecks ein, spähte aufmerksam in die Ferne.

Unter ihren Turnschuhen drückten Kiesel in ihre Sohlen.

Allegra veränderte ihren Stand ein paarmal, bis sie sicher sein konnte, dass nichts sie ablenkte.

Die Grundstimmung eines Traums erfassen, hatte Corlaeus gesagt. Der Himmel war bleigrau, lastete wie eine schwere Decke auf ihr, sie fühlte die Bedrohung in sämtlichen Zellen widerhallen. Und jetzt fiel ihr auf, warum: Es war eine Welt ohne Ton! Es fehlten das Rauschen des Windes, das Zirpen der Grillen, das Zwitschern der Vögel – Geräusche, die so natürlich waren, dass sie einem erst dann auffielen, wenn sie fehlten. War das gestern auch schon so gewesen? Sie war sich nicht sicher. Sie horchte in sich hinein, dachte an Elena und spürte Sorge und Wut in sich aufsteigen. Die armen Seelen, die hier gefangen waren, die nicht wussten, was mit ihnen geschah, die Schmerzen, die ihnen zugefügt wurden, wenn sie fliehen wollten … Allegra ließ die Gefühle hochkochen, fokussierte sich ganz darauf. Dann stellte sie sich Licht vor, dachte an Elena und ihre Farben.

Im ersten Moment geschah nichts.

Dann lichtete sich das Bleigrau des Himmels, und es wurde heller. Nur ein klein wenig, aber immerhin. Allegra lächelte. Sie dachte intensiv an das, was sie sich wünschte: Mitleid mit den Träumern.

Nach ein paar Sekunden wurde es noch heller, der Himmel klarte auf, blaue Stellen waren zu sehen.

Die anderen drei standen nahezu bewegungslos, schützten Allegra, ohne sie abzulenken. Da begann es plötzlich zu knirschen und zu grollen – was gerade noch eine karge Steinlandschaft gewesen war, wurde zu einem dunklen Wald mit dichtem und dornigem Unterholz.

»Wahnsinn«, sagte Arthur und blickte Allegra über die Schulter an. »Wie hast du das denn gemacht? Und warum?«

Allegra verzog das Gesicht. »Ich war das nicht, von mir kam nur das mit dem Licht.« Schlagartig schlug die Stimmung jetzt wieder um, schwarze Wolken zogen auf.

»Das ist nicht gut«, murmelte Adair. »So finden wir sie nie!«

Allegra nickte. »Wir brauchen freie Sicht ... oder ...« Sie wiegte nachdenklich den Kopf, reckte sich auf die Zehenspitzen und versuchte, durch das dichte Gehölz zu spähen. »Ich könnte versuchen, den Traum erst mal nicht innen zu ändern, sondern kleiner zu machen, sodass alle näher beieinander sind und wir sie schneller finden«, schlug sie vor. »Meinen Sie, das geht?«

»Gute Idee!«, lobte Corlaeus. »Das hast du vorhin nicht geübt, aber versuch es!«

Allegra atmete tief durch. Sie stellte sich vor, dass der Traum wie ein Ballon langsam an Luft verlor, es darin enger und enger wurde, alles zusammenrutschte, bis die Träumer ganz in ihrer Nähe waren. Wie eine Brise, die über eine Wasseroberfläche streift, kräuselte sich die Luft über ihr, und etwas in dem Traum veränderte sich. Erkennen konnte sie es nicht, aber es war deutlich spürbar. Folgte der Traum wirklich ihren Gedanken? Plötzlich spürte sie Panik in sich aufsteigen: Was, wenn es ihr gelang – sie aber den Prozess nicht mehr stoppen konnte? Wenn der Traum immer kleiner und kleiner wurde ... was würde mit ihnen geschehen? Doch der Traum ließ ihr keine Zeit zum Nachdenken.

Zuerst hörten sie ein Knirschen und Kreischen, dann

bröselte der Boden unter ihren Füßen, wurde zu braunem Sand. Ringsum erhoben sich Dünen, so weit das Auge reichte. Unter und neben ihnen rumpelte es, der Boden schwankte, Allegra streckte die Arme aus und hielt sich an Arthurs Schulter fest, um nicht von den Füßen gerissen zu werden. In etwa zwanzig Metern Entfernung schob sich jetzt ein Felsplateau nach oben, wie von einer unsichtbaren Kraft gehoben. Die Luft wurde mit einem Mal drückend und heiß, es stank schwefelig. Allegra bemühte sich, so flach wie möglich zu atmen – der Geruch setzte sich trotzdem in ihrer Nase und ihrer Kehle fest und ließ sie würgen.

Als hätten sie sich verabredet, lösten sie die Dreiecksformation auf und formierten sich neu. Corlaeus vorne in der Mitte, Allegra und Arthur rechts und links hinter ihm. Adair ging ein paar Schritte zurück und blickte sich aufmerksam nach allen Seiten um.

»Warst du das, Allegra?«, fragte Corlaeus leise.

»Nein, das war sie nicht!«, erscholl eine laute Stimme. Ein Mann war plötzlich auf dem Plateau erschienen. Er war groß und schlank, fast mager, trug Jeans und ein schwarzes geknöpftes Hemd. Die dunklen Haare hingen ihm über die Ohren, und ein Dreitagebart umschattete Kinn und Wangen.

»Viktor …«, keuchte Adair. Seine Stimme klang brüchig, als könne er kaum fassen, was er da sah.

»Hallo, José«, erwiderte Viktor Mortensen. Er verbeugte sich mit einem spöttischen Grinsen. »Und Monsieur Corlaeus. Wer hätte geahnt, dass wir uns so schnell wiedersehen?« Jetzt sah er zu Allegra. »Lass bitte die Finger von meinem Traum. Es ist sehr unhöflich, anderer Leute

Träume zu verändern, bringen sie euch das in der Akademie heutzutage nicht mehr bei?«

Allegras Gedanken rasten. Corlaeus hatte recht gehabt. Es war eine Verschwörung – und der angeblich verrückte Mortensen, so unglaublich das auch sein mochte, befand sich mittendrin, war vermutlich sogar verantwortlich für diesen tödlichen Traum! Das seltsame Gefühl, das sie gestern bei seinem Blick beschlichen hatte, hatte sie also nicht getrogen.

Sie räusperte sich. »Wo sind die Träumer?«, fragte sie.

Mortensen sah sich um, mimte Überraschung. »Träumer? Ach, richtig … Nun ja, die sind derzeit unter dem Sand. Da dürfte ihnen die Luft langsam ein bisschen knapp werden. Oder auch nicht. Wer weiß?«

»Geben Sie die Träumer frei«, sagte Corlaeus scheinbar gelassen, doch er hatte die Hände hinter dem Rücken so fest umklammert, dass die Knöchel weiß wurden.

Mortensen schüttelte den Kopf. »Wieso sollte ich? Ihr seid alle so schön in meine Falle getappt, das möchte ich noch ein bisschen genießen. Das habe ich mir verdient, findet ihr nicht?«

»Du hast die Träumer hierher entführt, um uns Agenten herzulocken. Jetzt hast du uns, da kannst du sie gehen lassen!«, sagte Adair heiser.

Mortensen wirkte erheitert. »Tut mir leid, aber ich brauche sie noch. Und es macht dich wahnsinnig, dass du nicht weißt, wozu!« Jetzt lachte er böse.

Allegra fühlte, wie sich die Wut wieder in ihrem Bauch sammelte, sie wurde immer heißer, bis die Empörung bis in ihre Fingerspitzen ausstrahlte.

Sie sah Elena und die anderen Träumer vor ihrem inneren Auge, begraben unter Tonnen von Sand, im Schlaf langsam erstickend, und wünschte sich brennend, sie von dieser Last befreien zu können.

»Apropos wahnsinnig«, fuhr Mortensen fort, »was glaubt ihr, was ich – «

Mortensen brach ab, es schien als würde er lauschen, dann sah er sich verärgert um. Lautlos verschwand der Sand, und auf der steinigen Ebene unter ihnen wurden rund zwei Dutzend reglose Gestalten sichtbar. Sie lagen auf der Seite, manche mit dem Gesicht nach unten, einige hatten die Hände vor Mund und Nase gepresst.

Waren sie noch am Leben? Und waren Elena und Gabriella darunter? Allegra ballte die Fäuste. Sie wollte zu ihrer Schwester, und sie würde nicht aufgeben! Wie eine Welle erfasste Hass ihren Körper, sie sah Mortensen mit einem eisigen Blick an und stellte sich vor, wie der Boden ihn verschlucken würde.

»Lass das!«, fuhr Mortensen sie an. »Such dir einen anderen Sandkasten zum Üben!« Er schnippte lässig mit den Fingern, und der Sand türmte sich erneut über den Schlafenden auf. Allegra hätte vor Enttäuschung fast mit dem Fuß aufgestampft. Was konnte sie tun? Mortensen kontrollierte den Traum mit so einer Leichtigkeit – sie hatte keine Chance gegen ihn! Sie war eben doch eine Anfängerin ...

Aber Corlaeus vertraut dir, flüsterte ihre innere Stimme. Arthur vertraut dir. Alle vertrauen dir!

Nein, sie würde so schnell nicht aufgeben! Der Traum hatte doch bereits begonnen, auf sie zu reagieren, er würde es wieder tun.

Ich bin ein Shifter!, sagte sie sich. »Also los: Let's shift!« Sie zog einen imaginären Stopfen aus dem Boden, und schlagartig flachten die Dünen sich ab. Der Sand floss davon und gab die Träumer erneut frei.

Mortensen stemmte die Hände in die Hüften. »Manche Studenten sind unbelehrbar«, tadelte er, »also raus, vor die Tür, meine Liebe. Bis später!«

Im nächsten Augenblick erschien das grüne Labyrinth, und um Allegra herum wuchsen die Hecken hoch und höher, schnitten sie von ihren Kollegen ab.

Panisch drehte sie sich um sich selbst.

»Allegra!«, hörte sie Arthur rufen, und seine Stimme brachte sie wieder zu sich. Sie stützte die Hände auf die Oberschenkel, dachte an die Atemübungen bei Lorenzo und ließ erst den Atem fließen, bis tief in die Lungenspitzen, richtete sich dann wieder auf, die Arme ausgestreckt, und ließ den Atem hoch bis hinter die Stirn steigen, bis sie wieder klar denken konnte und die Panik aus ihr herausfloss.

Erst einmal brauche ich freie Sicht!, dachte sie dann.

Prompt rieselte das Laub von den Wänden des Labyrinths – der Blick auf Mortensen war wieder frei.

Er zog die Augenbrauen hoch, sodass sie fast unter seinem dunklen Haaransatz verschwanden, und lächelte höhnisch. »Kind, spar dir deine Kraft.«

Allegra beachtete ihn nicht. Sie rannte, ohne Rücksicht darauf, dass ihr die Dornen Hose und Haut aufrissen, zu Adair hinüber, tauschte im Rennen einen Blick mit Corlaeus, und die Botschaft, die der Wächter ihr übermittelte, war unmissverständlich: *Mach weiter. Mach weiter!*

»Ich beschäftige ihn«, zischte sie, als sie die anderen erreicht hatte. »Holt ihr die Träumer!« Noch während sie sprach, stellte sie sich eine riesige Hecke vor und zog ihrerseits zwischen ihnen und Mortensen eine grüne Wand hoch, schützte ihre Gruppe kurzzeitig vor seinen Blicken. Corlaeus und Adair rannten in die Richtung, wo die Träumer lagen, Arthur stellte sich neben Allegra.

Mortensen lachte hinter der Wand. »Anfängerglück!«, rief er verächtlich und brannte die Hecke in Sekundenschnelle nieder. Als er erkannte, dass Corlaeus und Adair versuchten, sich durch den knöcheltiefen Sand vorzuarbeiten und sich den Träumern zu nähern, ließ er um sie herum meterhohe Feuerringe aufflackern. Die Agenten zuckten zurück. Die Flammen versperrten ihnen den Weg, der Rauch vernebelte die Sicht. Das war ja wie in einem der Adventure-Games, die Johannas Bruder Allegra manchmal auf seinem Handy gezeigt hatte! Nur, dass Allegra diesmal mittendrin war und viel weniger Kontrolle hatte, als ihr lieb war.

Jetzt schlug ihr die Hitze ins Gesicht. Doch sie fühlte es ganz deutlich – etwas hatte sich geändert. Die Zugehörigkeit des Traums schwankte. Er war Mortensens Kreation, aber Allegra war entschlossen wie nie zuvor, ihm die Kontrolle zu entreißen. Sie ließ einen Regenschauer auf die Flammen herabprasseln, und mit lautem Zischen erloschen die Feuerringe.

»Warum stehst du auf der Seite der Lügner, Allegra?«

Sie fuhr zusammen. Das war das erste Mal, dass er ihren Namen nannte.

»Wenn hier jemand lügt, sind Sie es«, gab sie zurück.

»Falsch. Die Dream Intelligence ist ein gigantisches Lügenkonstrukt, und ich werde es zum Einstürzen bringen.

Ich werde die DI erneuern und in ungeahnte Höhen führen. Die Menschheit wird mir eines Tages danken!«

War er wirklich so verrückt, das zu glauben? »Sie sind ein Mörder. Sie haben meine Eltern getötet!« Allegras Stimme zitterte vor Empörung.

Doch Mortensen blieb unbeeindruckt. »Sie waren mir im Weg, konnten das Ziel nicht erkennen. Sie blieben in ihrem Kleinglauben verhaftet – für so jemanden ist kein Platz in der neuen Welt!« Er machte eine Pause.

Allegra konnte kaum glauben, dass er in diesem verächtlichen Ton von ihren Eltern sprach. Es schnürte ihr die Kehle zu.

»Aber du«, begann er erneut. »Du gefällst mir. Dich könnte ich gebrauchen.«

»Was?« Allegra schaute ihn hasserfüllt an. »Niemals!«

Mortensen sah mit einem bösen Lächeln zu, wie Corlaeus und Adair die Träumer erreichten. Sie knieten neben ihnen nieder, Adair legte einem Jungen die Hände an die Schläfen, und Allegra sah, wie das bläuliche Licht der Aura um seine Fingerspitzen herum aufflackerte.

»Ein Gedanke von mir, und sie sind tot, Ruben. Und da wird dir auch die Aura nichts mehr nützen«, drohte er. »Aber ich mache euch ein Angebot: Wenn du dich mir anschließt, Allegra, rettest du sie – und im Übrigen auch deine eigene Zukunft. Ich würde sie am Leben lassen, ihre Seelen zurückkehren lassen, auch die deiner Schwester.«

Allegra taumelte ein paar Schritte zurück. Arthur hielt sie fest. »Er lügt«, hauchte er ihr warnend ins Ohr.

»Ich weiß«, gab sie zurück. »Aber er ist besser als ich, verdammt.«

»Noch«, flüsterte Arthur. »Aber du hast noch mehr Energie. Deine Seele ist stärker!«

»Und, Allegra, kommst du mit mir? Du bist gut, und du hältst dich nicht an Regeln – bei mir könntest du Großes leisten!« Mortensen streckte die Hände aus, Handflächen nach oben, und schenkte ihr ein Lächeln.

Allegra blieb der Mund offen stehen. Wie durchgedreht war dieser Mann eigentlich?

Mortensen zuckte mit den Schultern. »Ob freiwillig oder nicht: Du wirst mir folgen.«

Er schnippte mit den Fingern, und Allegra sah, wie sich eine nahe gelegene Düne in einen feurigen Berg verwandelte und glühende Lava auf die Träumer zufloss.

Oh, verdammt!, wütete Allegra stumm. Was sollte sie denn dieser Kraft entgegensetzen?

»Wer in meinem Traum stirbt, ist für immer verloren. Und nun komm!«

Der Lavastrom kam immer näher. Mit einem grässlichen Gurgeln verschlang er alles, worauf er traf. Die Träumer waren längst nicht wach genug, um wegzulaufen. Die Aura umhüllte sie, und es schien, als würden sie alle erwachen, aber noch standen nur wenige auf den Füßen. Einer schrie entsetzt auf und begann stolpernd in Allegras Richtung zu fliehen, doch er kam nicht weit, ging erschöpft wieder in die Knie. Corlaeus warf Allegra einen grimmigen Blick zu, legte sich kurzerhand eine Frau über die Schulter und zog ein Kind an der Hand mit sich. Der Schwefelgeruch wurde immer stärker, bis Allegra die Augen tränten. Sie schwankte, ihr wurde schwindlig – sie wünschte sich nichts sehnlicher als frische Luft. Luft!

Mortensen klatschte in die Hände, als spende er sich selbst Beifall.

Und in diesem Moment wurde ihr Flehen erhört.

Aus dem glühenden Lavastrom wurde ein breiter Gebirgsbach, frisch und klar und eiskalt, der die letzten Flammenspuren erstarren ließ.

Verblüfft hielt Mortensen inne.

Klatschnass, Kleidung und Haare triefend, standen die letzten Träumer auf. Gestützt von Corlaeus und Adair, die Aura flackerte immer wieder an ihren Schläfen, stolperte einer nach dem anderen auf Allegra zu.

Ich schaffe es, ich schaffe es, sang es in Allegras Gedanken. Sie sah, wie die Reihe der Träumer, angeführt von Adair, auf sie zukam, und warf Mortensen einen trotzigen Blick zu.

Mortensen verzog, jetzt zum ersten Mal sichtbar wütend, den Mund. »Du bist tatsächlich auch ein Shifter. Welch Überraschung für die Akademie, nicht wahr? Doch um mich – *mich!* – zu schlagen, musst du noch etwas üben, glaube ich.« Und als er erneut mit den Fingern schnippte, hatte Allegra das Gefühl, ihr Kopf würde zerspringen. Sie fühlte etwas in sich drin platzen, warmes Blut floss ihr aus der Nase, über Mund und Kinn und tränkte ihr weißes T-Shirt. Alles verschwamm ihr vor den Augen, die Bilder in ihrer Seele lösten sich auf, und die Kontrolle über den Traum entglitt ihr.

Arthur schlang von hinten seine Arme um sie und bemühte sich, sie auf den Beinen zu halten. »Sie denken viel zu klein, Mortensen«, schrie er. »Sie haben damals verloren, und Sie werden heute verlieren! Glauben Sie wirklich, die DI würde Ihnen wieder folgen? Einem verrückten Größenwahnsinnigen?«

»Klein?« Mortensen verlor ganz plötzlich die Fassung und begann zu schreien: »Ich? Klein? Ich war immer größer als ihr alle zusammen. Ich habe die Zukunft gesehen, ich allein!« Seine Stimme kippte.

Arthurs Bemerkung hatte ihn aus dem Konzept gebracht, lenkte ihn ab, und im nächsten Moment lichtete sich der Nebel vor Allegras Augen. Sie bemerkte, dass die Träumer einen Kreis um sie schlossen. Als jemand sie an den Händen nahm, durchflutete sie Wärme.

Es war Elena.

Ihre Elena. Für die sie alles aufgeben, für die sie sich jedem Albtraum stellen würde.

Und neben Elena stand ein schmales Mädchen, das sie mit großen Augen anschaute, die fast wie Arthurs aussahen. »Gabriella!«, flüsterte sie, und Tränen liefen ihr über das Gesicht, als sie sah, wie Arthur seine Schwester umarmte. Allegra dachte an das Bild, das Elena ihr geschenkt hatte. An all die Wärme, all die Freude, die Elena in jeden Pinselstrich gelegt hatte. Und auf einmal verstand Allegra: Um einen Traum zu wandeln, brauchte sie die Kraft, die sie mit Elena verband, die Arthur mit Gabriella verband, die ihre Eltern verbunden hatte. Dankbarkeit durchströmte sie.

Der Traum begann zu klingen. Es war ein tiefer, volltönender Glockenton, der sich ausbreitete und in dem Sonne und Wärme, Licht und Freude mitschwangen. Mortensen schrie wütend auf, er fuchtelte mit den Händen, seine Augen wurden schwarz vor Wut.

Der Kreis um Allegra blieb standhaft.

Mortensen hielt sich die Ohren zu. Dann sank er zu Boden – und verschwand. Genauso lautlos, wie er gekommen war.

Schwarze Stofffetzen wirbelten auf und schwebten wie in Zeitlupe zu Boden, lösten sich auf wie Ascheflöckchen.

Allegra lehnte sich mit dem Rücken an Arthur, hielt die Hand ihrer Schwester ganz fest und fühlte sich plötzlich fast schwerelos. Mortensen war weg. Sie hatte Kontrolle über den Traum – und von Sekunde zu Sekunde schwand die Benommenheit, die die Träumer festgehalten hatte.

»Wir werden euch alle zurückbringen«, verkündete Adair und sah die Träumer einen nach dem anderen an. Jubel erhob sich. »Und ihr werdet euch nicht mehr daran erinnern, was hier geschehen ist. Es war ein langer, mühseliger Traum, aber nun ist er vorbei. Allegra, öffnen Sie uns die Membran?«

Allegra lächelte. Jetzt wusste sie, wie es ging. Nicht mit der Wut, sondern einfach dadurch, dass sie sich intensiv etwas vorstellte. Adair wandte sich an Corlaeus: »Wir bilden draußen mit den Ankern einen Auratunnel. Und sobald alle zurück sind, werden wir uns um Mortensens Körper kümmern.« Er hob die Hand, Arthur und Corlaeus taten es ihm gleich, und zwischen ihren Fingern erglomm das Licht, das Allegra bereits im Traumsaal gesehen hatte. Sie zogen einen Tunnel aus blauglänzender Aura hoch und ließen die Träumer hindurchgehen. Allegra blieb neben der Öffnung stehen, weiterhin auf den Traum konzentriert, darauf bedacht, sofort zu reagieren, sollte sich etwas ändern.

Madame Berger und Madame Pinot, die vor der Membran gewartet hatten, verstanden sofort. Sie folgten dem Beispiel ihrer Kollegen und erweiterten den Tunnel. Ein Träumer nach dem anderen betrat den Gang aus Licht und konnte geschützt in seinen eigenen Traum zurückkehren oder – falls nicht mehr vorhanden – einfach aufwachen.

Als Gabriella an der Reihe war, umarmte sie Arthur kurz. Er lächelte sie an und sagte: »Du hast mir und Mama einen ganz schönen Schrecken eingejagt. Schlaf jetzt schön, und wenn du wieder wach bist, wird alles gut sein.«

»Danke, Aru«, erwiderte sie und fiel im nächsten Moment auch Allegra um den Hals.

»Du musst mir von eurer Wette erzählen«, flüsterte Allegra ihr ins Ohr. Gabriella blickte überrascht zwischen ihr und Arthur hin und her, dann grinste sie verschmitzt, nickte und trat in den Tunnel.

»Muss Elena auch alles vergessen?«, fragte Allegra Adair, der neben ihr stand und zwei weitere Träumer auf den Weg nach Hause schickte.

»Es wäre angenehmer für sie, aber ich verstehe, dass Sie es nicht möchten. Ich kümmere mich darum«, gab er zurück.

Elena blieb neben Allegra stehen. Schwarze Rußflecken zogen sich über ihr Gesicht, in ihren Haaren hing trockenes Gras, und an ihren Fingerknöcheln schimmerte getrocknetes Blut. Tränen glänzten in ihren Augen, aber ihr Blick war voller Liebe. »Kleine, du bist sagenhaft. Mama und Papa wären so stolz auf dich. Mach weiter so. Wir sehen uns bald, und dann reden wir. Über alles.« Sie warf einen kurzen Blick auf Arthur, der sie verlegen anlächelte.

Allegra nickte stumm. Sie war so froh, so unendlich erleichtert.

Isadora Hansen war die Letzte. Doch als Adair sie mit einer Handbewegung aufforderte, den Gang zu betreten, schüttelte sie den Kopf. »Mein Weg ist hier zu Ende«, sagte sie. »Ich werde zusammen mit dem Traum verschwinden.«

»Isadora!«, begann Corlaeus mit leiser Stimme und trat einen Schritt vor, doch sie hob gebieterisch die Hand, stoppte ihn, wo er war.

»Du weißt, wie es mir geht, Ruben. Ich will nicht mehr zurück, hörst du? Sagt meiner Flo, dass ich stolz auf sie bin. Sie soll nicht weinen, wir hatten so viel Zeit miteinander. Mehr, als vielen vergönnt ist.« Ohne auf eine Antwort zu warten, drehte sie sich um und wanderte zurück in den Traum, eine schmale Gestalt in Pyjama und Pantoffeln, mit silbergrauem geflochtenem Zopf, die Hand zum Gruß erhoben.

Einige Sekunden sahen sie ihr schweigend nach.

»Alle raus!«, kommandierte Adair dann, und Hand in Hand traten sie aus dem Traum.

»Was passiert mit dem Traum?«, fragte Allegra.

Madame Pinot sah sie an. »Wir könnten ihn einfach lassen, wie er ist, er wird in ein paar Stunden vergehen – wenn Viktor nicht zurückkommt.« Sie sah sich prüfend um. »Wo immer er – sein Körper und seine Seele – auch sind. Mir wäre aber am wohlsten, wir wüssten, dass sein Geist zumindest hier drin nie wieder Schaden anrichten kann.«

»Dann löst Allegra den Traum auf«, beschloss Corlaeus. »Ich möchte den Traum nicht so zurücklassen, solange wir nicht wissen, wie viele Helfer Viktor hatte. Wir müssen wirklich verhindern, dass er sich diesen Traum noch einmal zunutze macht.«

»Das sehe ich genauso«, pflichtete Adair bei und wandte sich an Allegra. »Würden Sie?«

»Aber Madame Hansen ... Sie wird dann ...« Allegra wusste nicht, wie sie das taktvoll formulieren würde.

»Sie war Agentin – und Sie haben sie gehört. Es ist ihr letzter Wille. Sie weiß, was wir tun werden.«

»Was muss ich tun?«, fragte Allegra, und ihre Stimme zitterte nur ein ganz kleines bisschen.

»Das Gleiche wie vorher«, erwiderte Corlaeus. »Stell dir vor, dass du den Traum auflöst.«

Allegra wandte sich um und konzentrierte sich. Der Traum erzitterte, die Membran schimmerte weiß und wurde gleißend hell, bis alle geblendet die Augen schlossen. Dann zerplatzte die Kugel lautlos, leuchtende Funken stoben in der Nebelwelt auseinander, überzogen ihre Gesichter für Sekunden mit einem weißen und goldenen Schein und erloschen dann, bis nichts mehr zu sehen war.

Corlaeus legte ihr anerkennend eine Hand auf die Schulter. »Gut gemacht«, sagte er rau.

Allegra nickte. Es war sein Vorschlag gewesen, und er hatte es ihr damit so leicht wie möglich gemacht, doch sie konnte erkennen, dass ihm das Ende von Isadora Hansen doch deutlich zusetzte.

»Schnell jetzt. Zurück!«, drängte Adair, der den Summton bereits in dem Moment angestimmt hatte, in dem der letzte Funken zerstoben war. Allegra überließ sich dem Ton und dem schon vertrauten Ziehen um ihren Bauchnabel herum, Arthurs und ihre Finger lösten sich voneinander.

Allegras Seele kehrte zurück in den Traumsaal.

Sie hatte Jubel erwartet, doch es war totenstill.

Verwundert schlug sie die Augen auf.

Viktor Mortensen stand neben ihr und hielt José Adair eine Pistole an die Schläfe.

17.

Der ehemalige Wächter lächelte gelassen. »Wenn jetzt endlich alle da sind, können wir ja fortfahren. Alle, die gerade zurückgekehrt sind, erheben sich und gehen auf die linke Seite des Raums. Außer dir natürlich, José. Und bitte keine Mätzchen, sonst leidet der Direktor unnötig, und der Wechsel vollzieht sich sehr viel unschöner als geplant.«

Allegra fühlte sich, als hätte sie einen Schlag in die Magengrube erhalten. Mit zitternden Knien stellte sie sich neben Arthur, der ebenfalls völlig verwirrt dreinsah. Langsam ließ sie ihren Blick durch den Traumsaal schweifen. Der violette Sand war bis aufs letzte Körnchen durchgelaufen. Neben der Tür lag Madame Reloy. Sie bewegte sich nicht, doch unter ihr breitete sich eine fast schwarzglänzende Lache aus. Ihre dunklen Locken und der Seidenmantel waren dunkel vom Blut.

Allegra bekam vor Entsetzen kaum mehr Luft. Wer hatte das getan? Mortensen war im Traum gewesen ... Sie sah sich weiter um: In der Mitte des Saals stand Adair mit Mortensen, hinter ihm Mike und Louise mit leerem Gesichtsausdruck. Und – Allegra traute ihren Augen kaum – Ian Hammond! Der Griff eines großen Messers ragte aus seiner Tasche.

Corlaeus veränderte unauffällig seine Position, schob sich vor Allegra.

»Gut«, fuhr Mortensen in seinem gelassenen Ton fort, »dann wollen wir mal, nicht wahr? Ich mache es kurz, denn Zeit ist kostbar, vor allem, wenn man wie ich vier Jahre davon verloren hat. Es ist an der Zeit, dass sich die Dream Intelligence grundlegend erneuert. Und zwar unter meiner Führung.«

Adair gab ein Geräusch von sich, das wie ein unterdrücktes Lachen klang. Mortensen zog ihn zu sich heran, drückte ihm mit einem Arm die Luft ab und krümmte den Finger um den Abzug. »Du hast in den letzten Wochen vierzehn Studenten in der Traumwelt verloren, weitere zehn gehören mittlerweile zu mir, und du siehst ja, dass auch Professoren erkennen, wer der wahre Meister ist.« Er zwinkerte Hammond zu.

Adair hustete erstickt, und Mortensen gönnte ihm zwei, drei Atemzüge. »Du wirst jetzt deine Niederlage eingestehen und mir die Leitung der Akademie übergeben, José Adair.« Er senkte den Lauf keinen Millimeter, sah Adair erwartungsvoll an. Ihre Gesichter waren keine zehn Zentimeter voneinander entfernt.

»Was ... was hast du mit meinen Leuten gemacht?« Adair war das Entsetzen deutlich anzuhören. Allegra hielt die Luft an.

»Oh ...« Mortensen kostete den Moment weidlich aus. »Ich gebe dir die Kurzfassung: Wir haben die Traumstäbe außer Kraft gesetzt und deine Studenten in ihren Träumen besucht. Einige von ihnen waren gleich Feuer und Flamme für meine Ideen – andere benötigten etwas ... Überredung. Aber dafür hatte ich eine sehr begabte Assistentin ...«

»Du weißt gar nicht, was du angerichtet hast«, keuchte Adair.

»Aber natürlich weiß ich das.« Mortensen lächelte. »Ihr seid alle in meine Falle getappt. Es ging nie um die Träumer. Zugegeben, die kleine Heller hat etwas in meinem Plan herumgepfuscht, aber wie ihre Eltern konnte sie nichts gegen mich ausrichten. Und nun tu endlich, was ich dir gesagt habe! Übergib mir die Dream Intelligence!« Er drückte seinen Unterarm wieder gegen Adairs Kehle.

Allegra trat hinter Corlaeus hervor. »Warum nehmen Sie sie sich nicht einfach?«, fragte sie herausfordernd.

»Pass auf, Allegra«, warnte Arthur leise.

»Du schon wieder!«, erwiderte Mortensen und sah ihn spöttisch an. »Wer bist du eigentlich?«

Arthur presste die Lippen zusammen, dann murmelte er: »Ich weiß nicht, was Sie das angeht.«

»Es ist Arthur Sorento«, verriet Louise.

Mortensen legte den Kopf schräg. »Ah, der vielversprechende Sprössling der Sorentos ... Du wirst deine vorlauten Sprüche noch bereuen!«

Arthur wurde blass, doch er schob trotzig das Kinn vor. »Das können Sie – «

»Halt den Mund« unterbrach ihn Mortensen unwirsch. »Das ist meine Show! Ich kann mir die Führung über die DI natürlich nehmen, Arthur. Aber das wäre für alle Beteiligten ... sagen wir ... unerfreulich. Es würde noch mehr Tote geben. Ich bin sicher, wir werden das friedlich lösen, nicht wahr, José?«

Der Direktor schnappte nach Luft. Als die Tür zum Traumsaal aufging und Sofia mit langen Schritten eintrat, weiteten sich seine Augen. »Hija, zurück, schnell!«, krächzte er, doch Sofia beachtete ihren Vater nicht.

Mit einem überlegenen Lächeln stellte sie sich neben Mortensen. »Es muss sich etwas ändern«, sagte sie mit klarer Stimme, »und jetzt ist es so weit. Deine Zeit als Direktor ist um, Vater.«

Adair wurde noch blasser, als er bereits war. »Sofia«, brachte er nur heraus.

Allegra starrte sie an. Sofia – mit der sie vorgestern noch Kaffee getrunken hatte? Die mit ihr shoppen gewesen war? Die sich als Mentorin angeboten hatte? In ihren Ohren rauschte es, und der erneute Schock ließ sie zittern.

»Darf ich vorstellen«, sagte Mortensen vergnügt: »Meine überaus begabte Assistentin.«

»Jetzt wird mir einiges klar«, murmelte Corlaeus, »Sofia und Ian ... natürlich. Ian, der nie zufrieden war mit dem, was seine Stellung hier zulässt ...«

»Sofia!«, fuhr Adair dazwischen. Seine Stimme pfiff ein wenig, denn Mortensen ließ nicht locker. »Du wolltest doch gestern noch, dass ich dich mit einer Gruppe Agenten losschicke. Hättest du sie in den Tod geschickt?«, fragte Adair seine Tochter und sah sie mit einem Blick an, in dem seine unermessliche Enttäuschung über ihren Verrat lag.

»Deine Tochter hätte das Zahlenverhältnis zwischen uns und euch gerne noch etwas zu unseren Gunsten verändert«, warf Mortensen ein. »Es hat nicht funktioniert, aber letztlich ist es egal. Ich allein bin mehr wert als ihr alle zusammen. Ihr habt keine Chance gegen mich.« Seine Augen glitzerten kalt, und Allegra war sich in diesem Moment nicht sicher, ob er nicht doch vollkommen wahnsinnig war.

»Du hast mich gestern weggeschickt wie ein kleines Mädchen«, sagte Sofia zu ihrem Vater. »Wie immer.«

»Ich wollte dich beschützen, Sofia, was glaubst du denn?«, fuhr Adair auf.

»Du nimmst mir die Luft zum Atmen, Vater! Aber er ...«, sie zeigte auf Mortensen, »er schätzt meine Arbeit, er wird mich –«

Allegra konnte nicht mehr an sich halten, sie ging an Corlaeus vorbei zwei Schritte auf Sofia zu. »Du miese Verräterin!«, schrie sie. »Wie kannst du gemeinsame Sache mit diesem ... diesem Irren machen? Das ist der Mann, der meine Eltern umgebracht hat! Bist du völlig durchgeknallt, oder was?«

»Ach, Allegra, du weißt so vieles noch nicht!« Mit süffisantem Gesichtsausdruck und einem verächtlichen Lächeln in Richtung ihres Vaters ergänzte Sofia: »Deine Eltern sind nicht tot, hat dir das keiner gesagt?«

Allegra zuckte zusammen. Stille senkte sich über den Raum. Mortensen beobachtete fasziniert das Geschehen, ließ die Pistole aber um keinen Millimeter sinken.

Allegra drehte sich halb um und sah Corlaeus fassungslos an. »Sie lügt doch! Oder?«

Corlaeus und Adair tauschten einen Blick. »Also ... wir wissen es nicht genau«, sagte Adair schließlich langsam.

Das Blut begann ihr in den Ohren zu rauschen, und für einen Moment nahm Allegra nichts anderes mehr wahr als ihren eigenen Herzschlag. »Meine Eltern sind vielleicht noch am Leben? Ihr habt mich und Elena angelogen? Vier Jahre lang?«, fragte sie dann langsam. »Und auch jetzt noch?«

»Es ist nicht ganz so einfach, Allegra«, begann Corlaeus.

Jetzt lachte Mortensen auf. »Aber doch, das ist es. Ganz einfach! Die Dream Intelligence besteht aus Lügnern. Ich stehe auf der anderen Seite, ich werde euch nicht anlügen!«

»Wir mussten lügen, um die Unseren zu schützen. Aber wir werden uns keinem Mörder unterwerfen!«, fiel Madame Pinot ein. Die alte, kleine Lehrerin ging auf Mortensen zu und funkelte ihn empört an.

Mortensen sah sie amüsiert an. »Sie waren schon immer sehr streng mit mir, Madame. Wie wäre es mit etwas Altersmilde?«

»Nicht für Sie.« Und mit einem harschen »Schämen Sie sich, Viktor!« und einer schnellen, fast unsichtbaren Armbewegung schlug sie ihm von unten die Pistole aus der Hand.

Ein lauter Knall folgte, der Allegra fast das Trommelfell zerriss, und Adair brach zusammen. An seiner linken Schulter breitete sich auf dem weißen Hemd ein großer dunkler Fleck aus.

»José«, brüllte Corlaeus und sprang mit einem großen Satz auf Mortensen zu, der sich einen Moment lang suchend nach seiner Waffe umblickte. Doch Madame Pinot hatte ihn nicht nur entwaffnet, sondern Arthur hatte das Überraschungsmoment genutzt und die Pistole gezielt an Madame Reloys reglosem Körper vorbei durch die offene Tür nach draußen gekickt.

Mortensen stürzte unter Corlaeus' Gewicht zu Boden. Sofia rannte zur Tür, um die Waffe zu holen – und lief dabei geradewegs in Lorenzos Arme. Ein triumphierendes Lächeln huschte über Sofias Gesicht, als sie sah, dass Lorenzo Florentine an der Hand hinter sich herzog. Doch es wurde gleich wieder weggewischt, als sie Mortensens Waffe in Florentines freier Hand entdeckte. Florentine stolperte mit einem überraschten Schrei über Madame Reloys

Körper, ließ dabei die Pistole fallen und blickte entsetzt um sich.

Sofia griff nach der Waffe, doch Lorenzo trat ihre Hand weg.

Angeekelt sah er sie an. »Du hast mich zu einem ... einem Monster gemacht! Wie konntest du nur? Ich habe dich geliebt, aber du ... Das war keine Liebe. Du hast uns verraten!« Mit einem Schluchzen sank er neben Madame Reloy in die Knie und nahm ihre schlaffe Hand in seine, kümmerte sich nicht um die Blutlache, die immer größer wurde und seine Jeans tränkte. Seine Lippen formten ein tonloses: »Es tut mir leid.«

»Florentine! Hilf mir!« Allegra trat um sich. Mike und Louise hielten sie fest, während die anderen Agenten gegen Mortensen und Hammond kämpften. Florentine rannte zu Allegra und verpasste Louise erst einen gezielten Tritt auf die Kniescheibe und dann einen Kinnhaken. Mit vereinten Kräften schoben sie die schwere Studentin von Allegra herunter, und Florentine legte sich dann, obwohl sie viel schmaler und leichter war, quer über Louise und blockierte deren Arme in bester Judo-Manier.

Allegra blieb in geduckter Haltung und sah sich um. Mortensen war von Corlaeus an den Projektor gedrängt worden, Arthur wirbelte herum und fegte in diesem Moment Hammond die Beine weg, der mit dem Kinn voraus auf dem Boden landete und vor Schmerz aufschrie.

»Rückzug«, schrie Mortensen und befreite sich aus Corlaeus' Klammergriff mit einem heftigen Hieb, sodass der Wächter zurücktaumelte und sich fluchend ans Auge griff. Über seine Schläfe zog sich ein Riss.

Ein weiterer Schuss löste sich, das Kuppeldach über ihnen zerbarst mit lautem Krachen, Glassplitter regneten herab, und das Licht im Traumsaal erlosch abrupt.

»Es ist noch nicht vorbei!«, kreischte Mortensen, während er zur Tür rannte. »Noch lange nicht! Der Niedergang der Dream Intelligence hat bereits begonnen, ihr werdet schon sehen. Letzte Chance, Allegra, folge mir! Mit mir wirst du alles erreichen, wovon deine Eltern geträumt haben!«

»Wenn die Hölle zufriert!«, schrie Allegra zurück, und mit einem lauten Sirren sprang die Beleuchtung wieder an.

Corlaeus kniete neben Adair, hatte sich einen Ärmel von seinem Hemd abgerissen und versuchte, die Blutung zu stillen. Ungeduldig wischte er sich mit dem Ellbogen das Blut weg, das ihm von der eigenen Schläfe in den Bart tropfte. »Wir werden uns nicht ergeben, Mortensen«, grollte er, und seine Stimme vibrierte durch den Saal.

»Aber ihr seid nur noch wenige, ihr habt keine Chance, du alter Narr!« Mortensen blickte ein letztes Mal von der Tür zurück in den Traumsaal. »Wer Großes tun will, schließt sich mir an!« Jetzt waren Sofia, Hammond und Mike bei ihm und rannten in Richtung Ausgang.

»Ich übernehme, haltet sie auf!« Madame Berger schob Corlaeus beiseite. Der Wächter rannte aus dem Saal, hob im Laufen die Waffe auf. Allegra lief ihm hinterher, rutschte beinahe auf der Blutlache vor dem Eingang aus, fing sich gerade noch. Als sie den Haupteingang erreicht hatten, sahen sie Mortensen und seine Anhänger über den Rasen sprinten. Drei Autos warteten bereits mit laufendem Motor. Corlaeus zielte auf das vorderste, zog den Abzug durch, und dem linken Vorderreifen entwich zischend die Luft. Der Fahrer sprang heraus und quetschte sich zusammen mit Mortensens Leuten in den zweiten Wagen.

Der zweite Schuss traf dessen Kotflügel, der dritte ging daneben. Jetzt ließ Corlaeus die Waffe sinken. »Ich erschieße niemanden, der eine andere Überzeugung hat als ich«, erklärte er, aber er klang grimmig. »Und Mortensen werden wir wieder erwischen, so oder so.«

Mit quietschenden Reifen rasten zwei der Wagen davon. Eines der Fahrerfenster surrte in diesem Moment hoch und versperrte ihr die Sicht, aber Allegra hatte den silberblonden Schopf eindeutig erkannt. »Jenny!«

Corlaeus nickte. »Nicht nur Jenny, wie es scheint.«

Jenny, Hammond, Sofia ... wer hatte sie alles belogen? Und Corlaeus und Adair hatten ebenfalls nicht die Wahrheit gesagt ... Was sollte sie jetzt tun? Wem konnte sie überhaupt etwas glauben?

Da schlossen sich warme Finger um ihre Hand. Arthur.

»Wir haben die erste Schlacht geschlagen, und wir sind noch am Leben«, schien sein Händedruck zu sagen, und sie nickte. Allein seine Berührung tröstete sie.

Kaum waren die Verräter außer Sicht, breitete sich Stille über dem Akademiegelände aus. Die Welt hatte sich ein bisschen weitergedreht, die Nachmittagssonne leuchtete unbeirrt durch die grünen Blätter, als ginge sie das alles nichts an – und doch: Alles hatte sich geändert in den zwei Stunden, seit sie in Mortensens Traum gegangen waren.

Ein Eichhörnchen schwang sich über ihnen durch das Geäst eines Baumes und vertrieb eine Taube, die es sich im Schatten gemütlich gemacht hatte.

Nach und nach traten die anderen aus dem Gebäude, sie blieben alle eng beieinander stehen, als suchten sie gegenseitig Halt. Wie ein Lauffeuer verbreitete sich die Nachricht darüber, was geschehen war, und es dauerte keine halbe Stunde, da saßen fast alle Lehrer, Studenten und Mitarbeiter wild durcheinanderredend im Schatten der großen Bäume auf einer Wiese, auch die, die von der Schlacht überhaupt nichts mitbekommen hatten. Wie viele Kämpfer hatten Mortensen und Sofia wohl hier an der Akademie rekrutiert? Wie viele in den Tod geschickt? Allegra zählte durch und kam auf fünfundzwanzig Lehrer und Studenten, die übrig waren. Vierzehn waren in der Traumzeit gestorben, und heute hatten sie Madame Reloy verloren. Allegra blinzelte eine Träne weg. Blieben rund ein Dutzend, die Viktor heute gefolgt waren. Mit Ausnahme von Louise und Lorenzo.

Beide hatte man in die Krankenstation gebracht, um sicherzugehen, dass keiner von ihnen weiter Unheil anrichtete – und auch, um den Schaden zu begutachten, der in ihren Seelen angerichtet worden war.

Allegra dachte an Corlaeus' Bemerkung, dass etwas Dunkles Louises Seele berührt hatte. War das Sofias Werk gewesen? Wie hatte sie, ausgerechnet die Tochter eines Akademiedirektors, so etwas nur tun können? Hatten Lorenzo und Louise geahnt, was mit ihnen geschehen war? Allegra erinnerte sich mit Schrecken an das Gefühl, als Lorenzo in ihrem Traum gewesen war, und fühlte sich irgendwie ... beschmutzt. Ein Schauer lief ihr über den Rücken.

Madame Marius und zwei Helfer aus der Küche kamen mit großen Körben aus dem Gebäude. »Wir essen heute draußen«, verkündete sie, klappte einen großen Tisch aus, schwang ein Tischtuch darüber und verteilte Teller und Besteck. »Picknick in der Sonne, wo uns niemand bedroht!«

Adair stand unter einem Baum und blickte auf die Schar, die sich um das spontane Büfett versammelte; neben ihm stand Corlaeus, der leise auf ihn einsprach. Adair hatte sich seine Wunde verbinden lassen und trug den linken Arm in einer Schlinge. Sein blutgetränktes Hemd hatte er gegen ein frisches blaues getauscht. Die Falten hatten sich tiefer in sein blasses Gesicht gegraben, seine schwarzen Augen erinnerten an Kohlestücke, und die Trauer drückte ihn sichtlich nieder – er sah um Jahre gealtert aus. Er lauschte Corlaeus mit ernster Miene, und als dieser mit der Hand auf Allegra wies, nickte er zustimmend.

Allegra ließ sich neben Florentine und Arthur ins Gras fallen. »Ich kann jetzt nichts essen«, sagte sie. »Erst muss ich dir was erzählen.« Und während sich um sie herum die Stimmung ganz langsam entspannte, erzählte Allegra Florentine von der letzten Botschaft ihrer Urgroßmutter.

Florentine schluckte, lächelte aber tapfer. »So war sie immer«, sagte sie leise. »Geradeheraus, nie wehleidig und da, wenn ich sie brauchte. Jetzt muss ich es allein schaffen.«

»Sie wusste, dass du es kannst«, erklärte Allegra. »Sonst wäre sie nicht gegangen, da bin ich sicher. Und du bist nicht allein!«

»Aber was du uns noch verraten musst«, sagte Arthur jetzt, beugte sich vor und blickte Florentine misstrauisch ins Gesicht. »Was hast du mit Lorenzo gemacht? Wie hast du ihn dazu gebracht, plötzlich die Seiten zu wechseln – hast du ihn etwa hypnotisiert?«

»Das würde ich auch gerne wissen.« Corlaeus stand plötzlich neben ihnen. Mit einer wie immer fließenden Bewegung ließ er sich im Schneidersitz in ihrer Runde nieder und blickte Florentine fragend an.

Florentine lächelte verlegen. »Er war stinkwütend und hat mich angeschrien, dass ich alles vermassle und er seine Aufgabe erfüllen muss und dass ich ihn nicht hindern werde und so weiter. Er war ja gefesselt, also konnte er mir nichts anhaben, und da dachte ich, ich frag ihn einfach, wenn er mal aufhört, rumzubrüllen. Ihr wisst schon, Fragetechnik à la Madame Pinot. Jemanden dazu bringen, etwas zu tun, was er zunächst nicht will.«

»Also hast du improvisiert«, konstatierte Arthur.

»Ja. Ich hab ihn gefragt, was er von Mortensen will. Was er sich erhofft. Und er hat gesagt, er will Sofia. Daraufhin ich: Aber die hast du doch schon. Er: Sofia! So ging das ein paarmal hin und her. Irgendwann ging ihm selbst auf, dass er keine vernünftige Antwort hatte, denn zwischendurch sagte er auch, dass Mortensen gefährlich sei. Ich also wieder: Warum hilfst du ihm dann? Und er: Tu ich nicht. Daraufhin hab ich ihm vorgeworfen, dass er in Allegras Traum eingestiegen ist und dass du zweimal quasi ohnmächtig geworden bist, als du ihn berührt hast, dass seine Seele schwarz geworden sei. Sehr poetisch, nicht?«

Sie machte eine Pause.

»Und dann?«, drängte Allegra. »Jetzt mach es doch nicht so spannend.«

»Er ist richtig erstarrt. Das ist gegen das Credo, hat er ungläubig gesagt. Als würde er sich erst jetzt daran erinnern. Und dann sind seine Augen erst glasig geworden, sodass ich dachte, er fällt gleich in Ohnmacht und ich muss ihn beatmen oder so, dann wieder klar, und er hat was ganz Sonderbares zu mir gesagt: Deine Urgroßmutter ist eine Kämpferin. Und: Es tut mir leid. Ich hab ihm angesehen, dass er es ernst meint. Da hatte sich was in ihm geändert, ich kann's nicht genau beschreiben. Ich hab ihn gefragt, ob er jetzt weiß, wo er steht. Und er hat genickt und mir in die Augen geschaut. Daraufhin hab ich ihn freigelassen, wir sind zum Traumsaal gerannt – und den Rest kennt ihr.«

»Das beweist, was wir schon vermutet haben. Sofia hat ihn manipuliert, wahrscheinlich hat sie ihm in seinen Träumen Gott weiß was eingeflüstert, und er hat ihr gehorcht und geholfen, andere Agenten unter ihre Kontrolle zu bringen. Seht ihr, wie gefährlich das ist? Was das für entsetzliche Folgen haben kann?« Corlaeus trommelte mit den Händen auf seine Knie.

»Ich glaube, das ist etwas, das alle erfahren sollten«, schaltete sich Adair ein. Er hatte sich hinter dem Grüppchen an einen Stamm gelehnt und Florentines Bericht gelauscht. »Esst etwas, und dann werden wir hier und jetzt über die Zukunft der Akademie entscheiden – und damit über die Dream Intelligence.«

»Wieso gleich über die ganze Dream Intelligence?«, fragte Allegra im Flüsterton.

»Weil die Akademie Adair das Herzstück der DI ist. Wir sind die erste Dreamkeeper-Akademie, die es je gab. Adair ist nicht nur Direktor hier, sondern Anführer der Organisation. Hier werden die Regeln aufgestellt, die Maßstäbe gesetzt«, erklärte Arthur leise.

»Ach so.« Das hatte sie in dem Trubel glatt vergessen.

Aber es war logisch. Warum Mortensen sich ausgerechnet Adair ausgesucht hatte. Es war nicht nur Rache gewesen, sondern ganz klares Kalkül.

Jean hatte sich derweil über das Büfett hergemacht und kam mit einem großen Teller mit luftgetrocknetem Schinken, Tomatenhälften und etwas Käse zurück. Jetzt erst bemerkte Allegra, dass sie hungrig war. Der Fieberschauer, der alle begleitete, die aus der Traumzeit kamen, war abgeklungen. Sie legte den Kopf in den Nacken und leerte eine Flasche Wasser, ohne einmal abzusetzen. Wassertropfen rannen ihr übers Kinn und den Hals hinab bis unters T-Shirt. Sie belegte sich ein Stück Baguette mit allem, was auf dem Teller war, sprang aber auf, bevor sie einen Bissen gegessen hatte. »Ich muss Elena anrufen! Sie weiß noch nicht, dass unsere Eltern vielleicht noch leben!«

Corlaeus schüttelte den Kopf. »Sie wird sich bei dir melden. Komm du erst mal wieder zur Ruhe. Später könnt ihr alles besprechen.«

»Hm.« Allegra wollte gerade protestieren, da trat Adair in die Mitte, klatschte in die Hände und bat um Ruhe. Wie auf ein unsichtbares Zeichen positionierten sich Corlaeus, Madame Berger, Madame Pinot und Monsieur Lambert an vier Eckpunkten außerhalb der Versammlung, verschränkten die Arme vor der Brust. Jetzt wurde es noch einmal ernst. Die Gespräche erstarben, und alle blickten Adair erwartungsvoll an.

»Wir sind noch einmal mit dem Leben und intakten Seelen davongekommen«, begann der Direktor, »und Sie alle haben ein Recht darauf, zu erfahren, was heute und in den Wochen davor hier geschehen ist. Einige Details sind mir selbst noch unklar, aber ich denke, wir haben schon eine recht präzise Vorstellung dessen, was sich hier abgespielt hat.« Er machte eine kurze Pause und blickte jedem Einzelnen ernst ins Gesicht. »Ich brauche wohl nicht darauf hinzuweisen, dass alles, was wir hier besprechen, der strengsten Geheimhaltung unterliegt.«

Allgemeines Nicken. Niemand sagte ein Wort.

»Bevor ich weiterspreche, müssen Sie alle etwas tun. Allegra, strecken Sie bitte Ihre Hand aus.«

Allegra folgte seiner Anweisung. Was hatte Adair vor? Er beugte sich zu ihr und flüsterte: »Wir müssen wissen, ob wir weitere Verräter unter uns haben.«

Allegra wusste zuerst nicht, was er meinte, dann fiel es ihr wie Schuppen von den Augen. Wenn noch jemand von Sofia beeinflusst worden war, würde sie es bei einer Berührung merken.

»Geben Sie bitte alle Mademoiselle Heller kurz die Hand.«

Die Leute schauten sich verwundert an, doch keiner protestierte. Sabine war die Erste, die Allegras Hand berührte. Nichts geschah, und Allegra lächelte ihre Mitstudentin erleichtert an. Ebenso ging es ihr bei Laurie, Jean und Stéphane, und auch die anderen riefen keine Reaktion bei ihr hervor. Als alle an ihr vorbeimarschiert waren, nickte Adair ihr ebenfalls erleichtert zu und wandte sich wieder an alle: »Wir haben eine unverzeihliche Sünde begangen. Wir waren hochmütig. Seit einigen Monaten verschwanden Seelen aus ihren Träumen, und wir schickten unsere Leute los, um sie zu finden und zu retten. Doch wie wir jetzt wissen, ging es nie wirklich um die Träumer. Sie waren ein reines Lockmittel, um so viele Agenten wie möglich in den Traum zu ziehen und dort verschwinden zu lassen. Viktor Mortensen –«, und bei diesen Namen schnappten einige hörbar nach Luft, »Viktor Mortensen hat uns heute Demut gelehrt. Es war sein Plan.«

»Also ist er gar nicht verrückt?«, fragte Sabine dazwischen, die bei Jean und Laurie Harper saß.

»Nein. Er hat seine Krankheit so perfekt vorgetäuscht, dass wir ihm geglaubt haben«, gab Adair zu. »Er hat ... meine Tochter rekrutiert ... und sich damit den besten Spion geschaffen.« Er schloss kurz die Augen, und man konnte sehen, wie schwer ihm diese Worte fielen. »Er hat Sofia das versprochen, was wir – ich – ihr hier wohl zu wenig gegeben haben: Anerkennung. Eine Perspektive. Macht. So habe ich doppelt versagt. Als Direktor – und als Vater.«

»Sofia ...« Der Name, von mehreren Stimmen ungläubig geflüstert, schwebte über der Versammlung, und Adair blickte hoch in den Himmel, als würde er dort Antworten finden.

»Aber was war denn jetzt mit den Träumern?«, fragte Sabine weiter.

»Was viele von Ihnen nicht wissen: Monsieur Corlaeus ist der Wächter der Akademie.«

Jetzt erhob sich lauteres Gemurmel. Überraschung, aber auch Respekt lag in den Blicken, mit denen Corlaeus bedacht wurde. Er verließ seine Position und stellte sich neben Adair, die Arme verschränkt, das Hemd in Fetzen. Der Kampf hatte sichtlich Spuren hinterlassen.

»Corlaeus und ich haben mittlerweile ein ziemlich klares Bild«, fuhr Adair fort. »Mortensen will die DI revolutionieren, sie nach seinen Ideen neu gestalten. Vor vier Jahren hat es nicht geklappt, und auch diesmal war ihm klar, dass es Widerstand geben würde. Also ließ er die Träumer entführen. Mortensen wusste, dass wir die Entführten suchen würden. Ihm ging es darum, Agenten unauffällig verschwinden zu lassen. Und zwar die Agenten, von denen Sofia wusste, dass sie sich Mortensen nicht anschließen würden. Die anderen hat sie versucht, für Mortensens Ideen zu begeistern. Und bei einigen ist es ihr leider gelungen. Sie ist verbotenerweise in deren Träume eingedrungen und hat ihnen eingeflüstert, was sie von ihnen erwartet.«

»Mortensen wollte gezielt die aus dem Weg räumen, die ihm Widerstand leisten würden?«, fragte Jean ungläubig. »Das ist …« Er blickte um sich, sichtbaren Ekel im Gesicht, suchte nach dem passenden Wort.

»Ungeheuerlich«, fuhr Adair fort. »Einige sind Mortensen freiwillig gefolgt, manche wurden von Sofia unter ihre Kontrolle gebracht. Ihre Skrupellosigkeit hat viele Opfer gefordert, heute auch unsere geschätzte Madame Reloy.« Tränen traten ihm in die Augen.

Einige Studenten schlugen die Hände vors Gesicht.

»Aber wie hat er es denn gemacht? Wie kann man einen Träumer irgendwohin locken? Was für ein Traum war das? Seiner?« Jean versuchte, die Fassung zu bewahren, indem er Fragen stellte.

»Mortensen ist ein sogenannter Shifter«, erklärte Madame Pinot jetzt mit erstaunlich fester Stimme und gab Adair so die Möglichkeit, kurz durchzuatmen. »Nicht alle von Ihnen wissen, was das bedeutet. Ich erkläre es Ihnen:

Ein Shifter ist in der Lage, Träume aktiv zu verändern. Sowohl den Inhalt wie auch die allgemeine Stimmung. Im besten Fall kann der Shifter einen Albtraum in einen sanften Traum verwandeln. Wir vermuten, dass Mortensen den Traum eines Sterbenden genommen hat und ihn dann für seine Zwecke umgewandelt hat. Er hat ein Gefängnis daraus gemacht, in das er uns Agenten gelockt hat.«

»Von Shiftern habe ich tatsächlich noch nie gehört«, murmelte Jean. Auch viele andere Studenten sahen erstaunt aus.

»Die Fähigkeit ist extrem selten«, warf Arthur ein. »In der Literatur sind über die Jahrhunderte höchstens fünf oder sechs Dreamshifter beschrieben.«

Madame Pinot nickte.

»Und Sie sagen, es gab Freiwillige? Wer denn, um Himmels willen? Wer würde diesem Irren folgen?« Das war Stéphane.

»Meine Schwester«, sagte Laurie mit leiser Stimme, und alle Blicke wandten sich ihr zu. Tränenspuren schimmerten auf ihren Wangen. »Ich bin sicher, sie wurde nicht gezwungen. Jenny war schon immer ... auf der anderen Seite der Grenzen zu finden. Ich hoffe, dass ihr mir trotzdem weiterhin vertraut ...« Laurie brach die Stimme weg. Allegra fühlte einen Stich in ihrem Herzen. Laurie war genauso eng mit ihrer Schwester verbunden wie sie mit Elena.

Adair nickte dem schmalen, blonden Mädchen zu. »Was Ihre Schwester betrifft, mögen Sie recht haben, Mademoiselle Harper. Auch hier haben wir uns schuldig gemacht. Wir hätten die Zeichen erkennen müssen. Nur unserem Wächter ist das gelungen, aber der Beweis konnte erst zu spät erfolgen – auch dafür übernehme ich die volle Verantwortung und biete meinen Rücktritt an.«

Jetzt kam Bewegung in den Wächter. Corlaeus schüttelte energisch den Kopf. »Wir sind nicht hier, um darüber zu debattieren, wen welche Schuld trifft. Sondern um zu klären, was wir aus unseren Fehlern lernen können.«

»Ich war noch nicht fertig, Ruben. Wir haben Mortensen unterschätzt – aber dennoch war es keine komplette Niederlage«, fuhr Adair fort. »Jetzt kennen wir unseren Gegner. Er konnte seinen Plan, die Akademie Adair und damit die Dream Intelligence zu übernehmen, nicht durchführen, und wir –«, er warf einen vielsagenden Blick in Richtung Allegra –, »wir haben jetzt eine Agentin auf unserer Seite, die Mortensen gewachsen sein wird, wenn er wieder angreift.«

Jetzt drehten sich alle Köpfe zu Allegra, und sie wurde rot. Musste sie jetzt etwas sagen?

Doch Corlaeus kam ihr zu Hilfe. »Seit einer Woche ist Allegra Heller bei uns an der Akademie, und sie zu holen, obwohl sie eigentlich noch zu jung ist, war die richtige Entscheidung. Wir haben es ihr zu verdanken, dass wir hier sitzen. Sie hat uns eine Atempause verschafft, die wir dringend brauchen.« Er hielt inne und fixierte die Zuhörer mit seinem klaren Blick. »Eines noch. Bevor wir weitersprechen, muss Folgendes klar sein: Wenn Sie hierbleiben, akzeptieren Sie, gegen die Verräter zu kämpfen. Die DI wird sich modernisieren müssen, aber sicher nicht unter dem Zwang eines machtgierigen Despoten wie Viktor Mortensen. *Wir* bestimmen die Bedingungen. Und José Adair bleibt Direktor der Akademie.«

Es blieb einen Moment lang still.

Dann stand einer nach dem anderen auf. Wortlos streckten alle die Hände nach oben, und im Sonnenlicht glitzerte für ein paar Sekunden das blaue Auranetz an ihren Fingern. Zwischen Jean und Sabine stand Laurie Harper. Ihre Lippen waren zusammengepresst, und die Aura leuchtete bei ihr heller als bei allen anderen. Der Verrat ihrer Schwester ging ihr sichtlich nahe. Allegra beobachtete, wie das Licht von ihren Händen zu Arthur und Florentine übersprang, und fühlte sich mehr denn je als Teil dieser Gemeinschaft.

Hier gehöre ich hin, dachte sie. Sie war zerkratzt und am Ende ihrer Kräfte, aber das war einfach klar.

»Ich nehme das als Zustimmung«, sagte Corlaeus zu Adair, der seine Studenten und Kollegen sprachlos ansah. Die Rührung stand ihm ins Gesicht geschrieben, ein leichtes Lächeln flog über seine müden Züge.

»Ich danke Ihnen allen«, sagte er rau. »Wie Ruben schon gesagt hat – der DI stehen Veränderungen hervor. Wir müssen unsere Grundregeln überdenken, aber ich werde unser Credo nicht zur Diskussion stellen: *Somnio altiore conservetur.*«

»Der Traum muss in seiner Gesamtheit bewahrt werden«, murmelten alle wie eine Antwort.

»Ganz genau. Mortensen wird versuchen, Sie davon zu überzeugen, dass die DI zu Höherem berufen ist, dass es seine Berechtigung hat, Träume zu verändern. Dass die DI ihre eigentliche Berufung verfehlt und er derjenige sein wird, der die DI führen muss.« Adair räusperte sich. »Ich verspreche Ihnen, wir werden darüber diskutieren, ob wir stärker eingreifen sollten als bisher. Aber der Schutz der träumenden Seelen, das Intaktbleiben der Psyche – das war und bleibt für mich unantastbar.«

Einen Moment blieb es still, Adairs Worte schwangen zwischen den Bäumen nach.

»Aber wie können wir ihn bekämpfen? Wenn er weiterhin unsere Träume manipuliert? Oder Sofia? Niemand ist sicher«, gab Sabine dann zu bedenken.

»Jenny hat die Traumstäbe außer Kraft gesetzt«, antwortete Florentine. »Wir haben es selbst gesehen.«

»Auch unsere Iridium-Legierung hat ihre Schwächen«, gab Corlaeus zu. »Das werden wir ändern müssen. Doch wir werden Wachen aufstellen und uns gegen heimtückische Angriffe wappnen. Euer Schlaf ist wieder sicher. Lorenzo hat bereits zugestimmt, uns, soweit es ihm möglich ist, über Mortensens nächste Schritte zu informieren. Er will versuchen, sich daran zu erinnern, was Sofia ihm eingeflüstert hat. Und damit zu dem, was ich euch allen mitteilen wollte. Allegra, komm bitte kurz zu mir.«

Allegra folgte zögernd der Aufforderung und stellte sich neben Corlaeus.

»Allegra ist ein Scout, das wisst ihr alle bereits. Doch im Laufe der letzten Tage stellte sich noch etwas anderes heraus.« Adair machte eine Pause, und zum ersten Mal machte sich so etwas wie Genugtuung in seiner Miene bemerkbar. »Auch sie besitzt die Fähigkeit, Träume zu wandeln. Sie ist ein Shifter.«

»Was?« Einzelne Zwischenrufe wurden laut. »Sie kann das Gleiche wie der Verrückte?« Misstrauische Blicke streiften sie, einige Studenten sprangen auf. Andere bedachten sie mit einem eher erstaunten, fast ehrfürchtigen Blick.

»Ruhe bitte!« Adair hob die Hände, als würde er ein Orchester zum Schweigen bringen wollen. »Dass eine Person zwei so besondere Eigenschaften in sich vereint, hat es noch nie gegeben, soweit wir wissen. Allegra ist untrainiert und konnte doch Mortensen die Stirn bieten. Ihr allein haben wir es zu verdanken, dass ein Dutzend Seelen wieder in ihre Träume zurückkehren konnten. Mit ihr haben wir eine gute Chance, ihn ein für alle Mal in die Schranken zu weisen. Ich vertraue ihr. Ebenso wie unser Wächter.«

»Und sie spürt, wenn jemand manipuliert wurde? Deswegen mussten wir vorhin an ihr vorbei?«, fragte Sabine dazwischen. Sie klang skeptisch, aber nicht abweisend, und nickte Allegra kurz zu.

»So ist es.« Jetzt legte der Direktor Allegra die Hand auf die Schulter und sah sie an. »Wenn Sie das möchten. Es ist Ihre Entscheidung. Und Sie sollten darüber gut nachdenken, denn sie wird Ihr Leben drastisch beeinflussen.«

Allegra spürte die Hand wie ein schweres Gewicht auf ihrer Schulter. Die Sonne stand ihr genau gegenüber, und obwohl sie die Augen zusammenkniff, nahm sie die Menschen vor sich fast wie schwarze Scherenschnitte wahr.

»Meine Eltern haben gegen Mortensen gekämpft«, sagte sie. »Sie müssen mir die Wahrheit erzählen. Die Wahrheit darüber, was mit ihnen geschehen ist. Und wo sie sind. Versprechen Sie mir das? Ich muss Ihnen vertrauen können.«

Der Direktor erwiderte ihren Blick und atmete tief durch. »Gleich im Anschluss an diese Versammlung«, versprach er. »Sie haben mein Wort.«

Allegras Blick fiel auf Arthur. Sie konnte gegen die Sonne nur seinen Umriss sehen, wilde Dreadlocks und schmale

Schultern, doch sie konnte spüren, dass er sie anlächelte. Dass er ihr Mut gab. Genauso wie Florentine.

»Dann bin ich bereit, für die DI zu kämpfen.«

Applaus erhob sich, erst verhalten, dann immer lauter, und mit flammenden Wangen ließ Allegra sich wieder zwischen ihren Freunden auf den Boden sinken.

»Erholen Sie sich den Rest des Tages«, verkündete Adair, wieder an alle gewandt. »Wir werden die Prüfungen aussetzen. Es sei denn, jemand möchte sie gerne ablegen, dann stehen wir natürlich zur Verfügung«, fügte er schmunzelnd hinzu. Sein Gesichtsausdruck wurde aber sofort wieder ernst. »Wir haben schreckliche Verluste zu beklagen, und wir werden eine Trauerfeier abhalten. Keine Gedenkminute, sondern eine große Feier zum Andenken an all die, die wir nicht retten konnten. Zuletzt Madame Reloy, die wir schmerzlich vermissen werden. Ort und Zeit werden noch bekannt gegeben. Die Akademie wird über die Sommermonate geöffnet bleiben, wer möchte, kann gerne hierbleiben. Sie alle – und Ihre Familien – stehen unter unserem Schutz.« Er legte die Hände vor der Brust zusammen und verbeugte sich. »Das ist im Moment alles. Ich danke Ihnen.«

»Sollen wir mitkommen?«, fragte Arthur leise, und Florentine griff nach Allegras Hand.

Allegra dachte kurz nach, dann sagte sie zögernd: »Nein. Ich spreche alleine mit Adair. Aber bleibt ihr hier? Wartet ihr auf mich?«

Beide nickten.

Allegra lächelte dankbar. Sie erhob sich, ging zu Adair hinüber.

Adair winkte Corlaeus und wartete, bis der Wächter neben ihnen stand.

Allegra trat nervös von einem Fuß auf den anderen.

»Ich habe es dir vor ein paar Tagen schon erzählt«, begann Adair und verfiel zum ersten Mal ins Du. »Der Traum meines Vorgängers ist damals zerrissen, deine Eltern wurden in die erste Ebene geschleudert, und ich dachte, ich hätte sie für immer verloren.« Adair zögerte. »Du weißt, was mit dem Körper passiert, wenn man zu lange in der Traumzeit bleibt, nicht wahr?«

Allegra nickte. »Die Seele verweht, dann stoppt der Herzschlag.« Für einen Moment sah sie das unbewegliche Gesicht von Solveig wieder vor sich. »Und schließlich stirbt man.« Die letzten Worte würgte sie geradezu heraus.

»So ist es. Bei deinen Eltern blieb aus unerfindlichen Gründen die Körpertemperatur bei vierunddreißig Grad konstant. Das heißt, es besteht die Möglichkeit, dass ihre Seelen noch irgendwo unterwegs sind. Doch das ist sehr unwahrscheinlich.« Jetzt ergriff Adair Allegras Hände und sah zu ihr auf. »Und falls sie gefunden werden sollten, dann weiß niemand, in welchem Zustand, Allegra. Deshalb schien es uns besser, dich und deine Schwester in dem Glauben zu lassen, sie seien tot. Zu eurem eigenen Schutz. Ihr musstet beide Abschied nehmen, euer Leben weiterleben, denn wir konnten euch keine Hoffnung geben.«

»Wo sind sie?«, flüsterte Allegra.

»In einem geheimen Sanatorium in der Nähe von München.«

»Aber in diesen vier Jahren ... haben Sie nicht nach ihnen gesucht?« Allegra zog ihre Hände weg.

»Wir wussten nicht, wo. Sie waren nicht auf den Karten zu finden, und die Verbindung zu mir als Anker zerriss nach einigen Tagen. Nur die Körpertemperatur blieb, und auch ihr Herzschlag hat nie ausgesetzt. Und das hielt uns davon ab, sie endgültig aufzugeben.«

»Aber Sie werden doch weitersuchen?«

»Natürlich. Jetzt, mit dir, haben wir möglicherweise eine Chance«, sagte Adair und erhob sich. »Dennoch bitte ich dich, dass du dir nicht zu viel Hoffnung machst. Was die Traumzeit mit Seelen anrichtet, die so lange darin bleiben, weiß niemand. Es kann sein, dass sie eines Tages wieder erwachen – aber du sie nicht wiedererkennst. Dass ihre Seelen trotzdem verloren sind.«

»Haben Sie das gemeint, als Sie neulich die Frage nach ihren Sanduhren nicht beantwortet haben? Ich wollte wissen, wo sie sind.«

Adair lächelte traurig. »Ich bewahre sie seit diesem Tag für deine Eltern auf. Ich wollte es dir nicht noch schwerer machen an der Akademie. Aber ... du hast dich in dieser Zeit als eine Studentin erwiesen, die noch Großes vor sich hat. Du hast Reife und Mut bewiesen. Und ich denke, dass du heute – anders als noch vor wenigen Tagen – mit dem Wissen um deine Eltern umgehen kannst. Du hast die Traumwelt gesehen, in ihr agiert, hast ihre Gefahren am eigenen Leib verspürt. Wie hätte ich dir vor vier Jahren erklären können, was mit deinen Eltern geschehen ist? Und deiner Schwester wollte ich diese Verantwortung ebenfalls nicht mitgeben. Es war schon schwer genug für sie, dir damals die Existenz der Traumzeit zu erklären.«

Allegras Blick fiel auf den Baum neben Adair. Es war eine

schlanke, noch junge Linde, und doch strahlte sie Kraft und Festigkeit aus, hatte bestimmt schon einige Mistralstürme überstanden. Spontan legte sie die Hand an den Stamm.

»Du bist wie dieser Baum«, sagte Adair. »Biegsam und doch kraftvoll. Und je länger du bei uns bist, desto verwurzelter wirst du sein. Im Heute und in der Traumzeit gleichermaßen.«

Allegra strich versonnen über die Rinde, fühlte die kleinen Unebenheiten auf ihrer Handfläche. »Ich danke Ihnen«, sagte sie leise. »Für die Wahrheit.«

Langsam, im Innersten aufgewühlt und doch seltsam getröstet, lief sie zu Arthur und Florentine zurück.

Ihr Weg in die Welt der Träume hatte – wenn auch mit einem Paukenschlag – gerade erst begonnen, und jetzt war sie sich gewiss: Sie musste ihn nicht allein gehen. Arthur und Florentine würden an ihrer Seite sein. Als sie die beiden erreichte, fiepte es in Arthurs Hosentasche. Er zog sein Handy mit einem unterdrückten Fluch heraus und betrachtete es ungläubig. Die vordere Seite mit dem Display war diesmal komplett geschmolzen. Irritiert sah er Allegra an. »Warst du das?«

Allegra zuckte hilflos mit den Schultern.

Plötzlich erhellte sich Arthurs Gesicht: »Ich hab eine Idee«, verkündete er. »Du richtest all deine Energie ab jetzt nur noch auf mich – vor allem natürlich, damit die technischen Geräte in deiner Umgebung verschont werden …« Er zog sie kurz an sich und drückte ihr einen Kuss auf die Lippen.

»Gute Idee«, sagte Florentine und grinste.

18.

In München waren, wie so oft Mitte Mai, die Temperaturen in die Höhe geklettert. Überall kamen die Blätter an den Bäumen zum Vorschein, spendeten jenes hellgrün gefilterte Licht, das es nur ein paar wenige Wochen im Frühling gibt.

Immer noch nicht so heiß wie in der Provence, dachte Allegra, als sie die Stufen zum Atelier ihrer Schwester hinaufstieg, aber ins Schwitzen kommt man trotzdem.

Elena war heute Morgen schon früh nach oben verschwunden – ihre nächste Ausstellung war in greifbare Nähe gerückt, und sie malte quasi ununterbrochen.

Allegra trug ein Tablett mit belegten Broten und zwei Joghurt-Früchte-Bechern mit extra viel Sahne vor sich her. Mit einem Ellbogen drückte sie die Klinke nieder, quietschend schwang die Tür auf. Elena stand neben dem Fenster, die Staffelei vor sich, und tupfte mit dem Pinsel schwarze Flecken auf einen dunkelblauen Hintergrund. Jetzt setzte sie zu einem langen, schwungvollen Strich an, der oben rechts begann und am unteren Ende des Bildes auslief.

»Ui, Mittagessen«, sagte sie und ließ den Pinsel sinken. »Gute Idee.«

Allegra setzte das Tablett auf einem kleinen Tischchen ab und zog die zwei niedrigen Sessel heran, die an der hinteren Wand standen. »Du hast Farbe in den Haaren«, bemerkte sie.

Elena zuckte mit den Schultern. »Hab ich doch immer. Ich dusche heute Abend, es wird schon wieder rausgehen. Notfalls mit Terpentin …« Sie kniete sich vor ihren neuen kleinen Kühlschrank, nahm zwei kleine Flaschen Bitter Lemon heraus und ließ sich auf den Sessel neben ihrer Schwester sinken. Sie wirkte gelöst, doch immer noch zeigten sich Ringe unter ihren Augen, und Allegra hatte sie letzte Nacht aufschreien hören. Es würde noch eine ganze Weile dauern, bis sie beide Mortensens perfiden Traum vergessen konnten. Andererseits durften sie diesmal wenigstens sicher sein, dass es sich um einen ganz normalen Albtraum gehandelt hatte. Corlaeus hatte Allegra vier Traumstäbe mitgegeben. Er hatte sie auseinandergeschraubt und in eine speziell isolierte Tüte gepackt – sonst wäre sie damit sicher nicht durch die Flughafenkontrolle gekommen. Allegra hatte sie gleich nach ihrer Ankunft zu Hause an allen vier Ecken des Hauses angebracht. Jetzt wiegten sie sich leicht im Wind. Da Elena Künstlerin war, würde diese Installation sicher nicht weiter auffallen. Abgesehen davon war es Allegra egal, was die Nachbarn dachten. Ihr Haus war sicher. Elenas Träume waren sicher. Das war alles, was zählte.

»Du bist ganz schön erwachsen geworden, Kleine«, riss Elena sie aus ihren Gedanken.

»Hm?« Allegra sah ihre Schwester fragend an.

»Ich sagte, erwachsen. Du musst nur aufpassen, dass du bei all dem Stress nicht frühzeitig Falten bekommst.«

»Quatsch«, wehrte Allegra ab und biss von ihrem Sandwich ab. »Aber ehrlich – was ist mit dir? Wie geht's dir wirklich?«

Elena lehnte sich mit geschlossenen Augen in ihrem Sessel zurück. »Es war ein Traum. Und genauso fühlt es sich auch an. Mit jedem Tag schwindet die Erinnerung daran.«

»Ich war auch dort«, widersprach Allegra nachdrücklich. »Und es war furchtbar. So schnell vergisst du das nicht.«

»Die konkreten Dinge schon. Nicht die Angst, das Entsetzen ... da hast du recht. Aber auf eine besondere Art hat mich dieses Erlebnis stärker gemacht, genauso wie dich auch. Ich male ganz anders, etwas drängt mich zu anderen Farben als sonst.« Sie wies mit der Hand auf die Leinwände, die sie bereits zum Trocknen aufgestellt hatte. »Ist dir das nicht aufgefallen?«

»Doch, natürlich.«

»Die Malerei ist mein Ventil, sie hilft mir, nicht durchzudrehen. Aber du? Wie machst du das? Wie verarbeitest du das alles?« Elena beugte sich vor und sah Allegra forschend an.

Arthur! Das war das Erste, woran Allegra dachte, und das schien sich in ihrem Gesicht abzuzeichnen, denn Elena lachte auf. »Aha! Ja, ja, happy true love.«

»Haha.«

»Ich freu mich doch für dich. Ich mag ihn!« Elena lachte, und Allegra strich sich verlegen durch die Haare.

»Ach, ich wollte dir noch was erzählen«, begann Elena und wechselte elegant das Thema. »Gestern rief mich die Polizei an wegen dem Brand im Studio.«

»Und?« Allegra wartete gespannt.

»Klassischer Kabelbrand«, winkte Elena ab. »Keine Brandstiftung, kein Mysterium. Mortensen und seine Leute haben damit nichts zu tun. Das war ein dummer Zufall.«

»Solche Zufälle gibt's doch gar nicht«, protestierte Allegra.

»Klar gibt es die. Aber wer weiß, vielleicht gibt's doch einen Zusammenhang. Nur: Wem nützt es, wenn ein DI-Studio abbrennt? Ihr Agenten könnt doch theoretisch von jedem Platz aus in die Traumzeit.«

»Stimmt auch wieder.« Allegra sah sich um. Hier in diesem Raum war Elena ganz sie selbst, das war ihr Reich, man sah es an jeder Einzelheit.

»Corlaeus hat den Familien Schutz angeboten. Aber du willst nicht mit an die Akademie, oder?«

»Um Himmels willen, Alli, nein. Ich glaube, ich würde dort eingehen wie eine Primel. Mit euren Traumstäben fühle ich mich hier sicher, und ich besuch dich im Sommer, okay?«

»Klar, du bist immer willkommen! Ich werde sehr viel üben, auch in den Ferien, aber –«

»Supergirl«, grinste Elena und zerzauste liebevoll Allegras Haare. »Pass auf dich auf! Und wenn die –«

»Wenn du jetzt noch einmal was von *die spinnen* oder *dem Verein* sagst, hau ich dich«, unterbrach Allegra sie, tauchte den Löffel in die Schlagsahne und hob ihn drohend hoch.

Elena hob abwehrend die Hände. »Ich doch nicht! Ich bin stolz auf dich. Und das wären Mama und Papa auch.« Sie sah Allegra liebevoll an. »Wir erzählen ihnen alles. Morgen.«

Allegras Herz begann zu flattern, und sie ließ den Löffel sinken.

Morgen. Ein kleines Wort – und doch steckte so viel darin. So viele Möglichkeiten. So viel Vorfreude. So viel Angst.

Morgen.

Sie gab ihrer Schwester einen Kuss auf die Wange. »Mal

weiter. Bis heute Abend. Ich koch uns später was«, sagte sie und zog die quietschende Tür hinter sich zu.

Langsam ging sie die Treppe hinunter ins erste Stockwerk, kippte in ihrem und Elenas Zimmer die Fenster und ließ die laue Frühlingsluft herein. Die Maiglöckchen unten im Garten dufteten bis hier herauf. Allegra ließ die Stirn gegen die kühle Scheibe sinken.

Plötzlich knarrte die Treppe, und Allegra keuchte erschrocken auf, als sich von hinten zwei Arme um sie schlangen.

»Spinnst du?«, sagte sie, aber es war ein Lächeln in ihrer Stimme zu hören.

Arthur drehte sie zu sich herum und musterte sie. Was er sah, schien ihm zu gefallen, denn er zog sie eng an sich und küsste ihr die Sahne von der Nasenspitze.

»Du schmeckst wie Nachtisch, Allegra Heller«, murmelte er, bevor er seine Lippen auf ihre presste. »Und ich habe beschlossen, dass ich in meinem Leben etwas Süßes gut gebrauchen kann. Was meinst du?«

»Dann brauchst du ein neues Handy«, flüsterte Allegra.

Arthur lachte leise. »Das kriege ich hin«, murmelte er, hob sie unvermittelt hoch, wirbelte sie einmal herum und küsste sie erneut. Seine Küsse verscheuchten jeden weiteren Gedanken.

Allegra ließ sich fallen.

Sie würde erst morgen an morgen denken.

Zu guter Letzt

Mein herzlicher Dank geht an Katrin Kroll von der Literaturagentur Petra Eggers, das gesamte Team vom Friedrich Oetinger Verlag, ganz besonders an Vicky Graz, Anne-Lena Jahnke und Julia Hanauer, sowie an Rolf Heilmann, Heidi Helmbrecht und an meine Lieblingsbuchhändlerinnen Nicola Bräunling, Sandra Lehmann und Maria Himaj.

Ebenso an meine wunderbare Familie, der ich nie genug für Unterstützung und Liebe danken kann und die (zumindest meistens, ähem) dafür Verständnis hat, dass ich zu den unmöglichsten Zeiten – Ferien, Feiertage, Grillnachmittage – zur Dream Intelligence abwandere. You are the best.

Und natürlich danke ich euch, liebe Leserinnen und Leser, dass ihr Allegra Heller durch ihr erstes Abenteuer begleitet habt.

Eure Joyce Winter
im November 2017